한국 근대소설 연구

강인숙 평론 전집 **5**

한국 근대소설 연구

초판 인쇄 2020년 7월 1일
초판 발행 2020년 7월 7일

지은이 강인숙
펴낸이 박찬익

펴낸곳 ㈜ **박이정**
주　　소 경기도 하남시 조정대로45 미사센텀비즈 7층 F749호
전　　화 02-922-1192~3 / 031-792-1193, 1195
팩　　스 02-928-4683
홈페이지 www.pjbook.com
이 메 일 pijbook@naver.com

등　　록 2014년 8월 22일 제2020-000029호

ISBN　979-11-5848-505-4　94810
ISBN　979-11-5848-500-9　(세트)

＊책값은 뒤표지에 있습니다.

한국
근대소설
연구

강 인 숙

(주)박이정

1964년에 필자는 『현대문학』을 통해서 평론가로 데뷔했다. 대학을 졸업한 지 8년 만의 일이다. 그때 필자는 고등학교 교사이면서 두 아이의 엄마인 대학원 학생이었다. 데뷔는 겨우 했지만 평론이나 논문을 쓸 여건은 정말 아니었다. 시인, 소설가는 많은데 왜 여류 평론가는 선배가 없는지 알 것 같았다. 전임교사를 하면서 아이 둘을 기르고 있으면, 누구라도 주가 달리는 논문을 쓰는 것은 거의 불가능하기 때문이다. 석사학위 논문을 쓸 때는 아이를 재워놓고 글을 쓰려고 일어나려고 하면, 매번 아이가 따라서 깨곤 했다. 충분히 잠들기를 기다려 줄 수 없었기 때문이었을 것이다. 하룻밤에 대여섯 번쯤 그런 일을 되풀이하고 나면, 글은 하나도 못 쓰고 밤만 꼴깍 새우게 된다. 아침이면 학교에는 제시간에 가 있어야 하니 할 짓이 아니었다. 그래서 논문을 대충 써내고 나중에 다시 쓰곤 했다.

세 번째 아이가 세 살이 되던 1968년에 이남덕, 이효재 선생 같은 여성계의 어른들이 『신상新像』이라는 동인지를 만드는 데 필자를 참여시켜 주셨다. 대학에 출강하면서, 거기에 1년에 한두 편씩 평론을 쓰고, 이따금 청탁 받은 원고들을 썼다. 1977년부터 대학에 전임으로 나가면서 1981년에 박사학위 과정을 시작했다. 아이들을 해치지 않으려고 쉰 살에야 박사과정을 시작한 것이다. 그러니까 사실은 그때부터 평론가로

5

산 셈이다. 하지만 얼마 지나지 않아서 노안이 시작되어 제대로 활동한 기간이 짧다. 그 짧은 기간에 쓴 글들을 여기에 모아보았다. 시사성도 없고 방법론도 새롭지 않은 묵은 글들이지만, 끝 쓰기 인생을 마무리하는 작업의 하나로 이 일에 손을 댄 것이다.

대학원에 들어가면서 애초부터 필자는 자연주의 연구에 관심을 가지게 되었다. 대학에 들어가 보니 프랑스의 자연주의는 우리나라에서 자연주의의 대표작이라고 하고 있는 「표본실의 청개고리」와 너무나 달랐기 때문이다. 그 이유를 알고 싶어서 시작한 것이 일본 자연주의 연구였다. 일본 자연주의는 졸라의 자연주의와 편차가 많다. 졸라식 과학주의가 일본에는 없었기 때문이다. 그러니 우리나라에는 성격이 다른 두 개의 자연주의가 들어온 것이고, 염상섭은 일본식 자연주의만 받아들여서 그런 일이 일어났다는 것을 알게 되었다.

그러니 자연주의를 연구하려면 천상 프랑스와 일본의 자연주의를 모두 연구해야 한다. 개인이 연구하기에는 범위가 너무 넓다. 프랑스 자연주의 작가들만 연구하는 것만도 필생의 과업이어야 한다. 공쿠르 형제와 졸라, 플로베르, 모파상 같은 프랑스 자연주의계의 대표작가들은 작품이 엄청나게 많기 때문이다. 일본 작가들도 만만치 않다. 결국 범위를 줄여서 대충하지 않을 수 없으니 좋은 논문은 기대할 수 없는데, 힘은 몇 배가 드니 아무도 자연주의 연구를 본격적으로 하지 않는 것이다. 더구나 자연주의 연구에는 불어와 일본어로 독서가 가능한 사람이 아니고는 할 수가 없다는 악조건이 붙어 있다. 40년 전에는 프랑스나 일본의 대표작가들의 소설들이 번역되지 않은 것이 태반이었기 때문에 원서를 읽어야 했던 것이다.

다행히도 필자는 부전공이 불문학이어서 불어책도 사전을 찾으면 대충 읽을 수 있었고, 일본어로 6년간 교육을 받은 세대여서, 두 나라 말로 대충 독서하는 일이 가능했다. 그러니 일본말을 아는 우리세대가 「표본실의 청개고리」가 자연주의를 대표하면 안 되는 이유를 밝히지 않으면 안 될 것 같다는 일종의 사명감 같은 것이 생겨났다. 그냥 두면 우리나라 학생들은 계속해서 필자처럼 졸라의 과학적 자연주의와 일본의 주정적 자연주의 사이에서 혼란을 겪을 수밖에 없을 것이기 때문이다. 할 수 없이 자연주의 연구를 학위논문의 제목으로 삼았다. 그렇게라도 하지 않으면 도저히 못해낼 것 같아서였다.

그 대신 범위를 바짝 좁혔다. 프랑스에서는 에밀 졸라 하나만을 택했고, 일본에서는 시마자키 토손과 다야마 카다이를, 한국에서는 김동인과 염상섭을 대상으로 한정한 것이다. 그 논문들을 모아서 출판한 것이 고려원에서 1987년과 1991년에 나온 『자연주의 문학론-불·일·한 삼국의 대비연구』 두 권이다. 김동인과 염상섭을 중심으로 한 자연주의론을 두 권이나 냈는데, 아직도 「표본실의 청개고리」는 여전히 자연주의를 대표하는 작품으로 교과서에 실리고 있으니 기가 막히지만, 그걸 바로잡으려고 뛰어다닐 기운은 없으니, 누군가가 그 일을 계승해주기를 바랄 뿐이다.

일본에서는 자연주의가 노벨의 "curtain raiser"로 간주되고 있다. 노벨의 정착기에 자연주의를 받아들여서, 자연주의와 노벨이 겹쳐진 것이다. 사실주의와 자연주의가 포개지는 과정에서 일본은 자연주의의 '진실존중사상'을 '사실존중사상'으로 잘못 해석했다. 그래서 실지로 겪지 않은 일은 소설로 쓰지 말라는 것이 자연주의의 규범이 되었다. '무각색, 배허구無脚色, 排虛構'가 그들의 구호였던 것이다. 그래서 지금까지도 일본에서는 작가가 직접 경험한 것을 되도록 사실에 가깝게 재현하는 사소설이 소설문학의 주류를 이루고 있다. 염상섭과 일본 유학생 출신의 평론가들도 마찬가지였다. 작가와 평론가들이 모두 「표본실의 청개고리」가 자연주의 소설이라고 생각하게 된 이유가 거기에 있다.(자세한 것은 『자연주의 문학론』 참조)

일본이나 한국처럼 자연주의를 노벨의 정착기에 도입한 나라에서는, 자연주의 연구가 노벨의 정착과정 연구와 오버랩 된다. 그래서 자연주의 연구가 노벨 연구도 되는 것이다. 이번 책에 실린 글들은 『자연주의론』을 내기 전과, 낸 후에 쓴 노벨에 관한 논문과 평론들이다. 김동인보다 선대로 소급해 올라가서, 박연암과 이인직의 소설에 나타난 노벨의 징후들을 고찰한 논문들은 『자연주의론』 앞에 와야 할 글들이고, 「춘원과 동인의 거리」 두 편과 「나도향 소고小考」는 염상섭 연구 뒤에 와야 순서가 맞는다.

필자는 그 연구를 하면서 평생을 보냈다. 데뷔작이 「동인문학의 구조 탐색」과 「춘원과 동인의 거리 1」이었으며, 학위 논문이 감동인과 염상섭의 자연주의 연구였고, 2000년에 쓴 논문이 「박연암의 소설에 나타난 노벨의 징후」였던 것이다. 그리고도 부족해서 정년퇴임 때는 「춘향전」부터 나도향까지 열 작가의 노벨과의 관계를 규명한 논문을 제자들과 같이 써서 『한국 현대소설의 정착과정 연구』(박이정)라는 제목의 편저를 낸 일이 있다.

이번에 필자는 그 글들을 모아서 한 권의 책으로 묶어보았다. 1960년부터 2000년 사이에 쓴 글들이어서 방법론으로 보나 원숙도로 보나 두루 미흡하지만, 한자만 줄여서 거의 그대로 출판하기로 했다. 연구자료들을 후학들에게 나누어 주었기 때문에 내용을 수정할 자료도 없고, 난시 때문에 논문을 새로 쓸 형편도 아니기 때문이다. 나도향론만 이미 발표한 여러 편의 단편적 글들을 하나로 묶어 재구성했다. 앞으로 이

방면에 관한 연구를 하실 분들은 최근에 재발행된『불·일·한 3국의
자연주의 비교연구』1, 2(솔과학)와『한국 근대소설의 정착과정 연구』를
참조해 주시기 바란다.

　여러 가지로 어려운 시기인데 출판을 담당해준 박이정출판사 박찬익
사장과 편집부 직원들에게 깊은 감사드리며, 자료 채록과 교정을 도와
준 이혜경, 이범철에게도 고맙다는 말을 전하고 싶다.

2020년 6월

小汀 강 인 숙

차 례

부록

I부

한국

근대소설의

정착과정에

대한 고찰

1. 노벨의 장르적 특성

1) 노벨의 특성

우리나라의 현대문학사에는 정리되지 않은 채 남아 있는 과제가 아직도 많이 있다. 문학사 속에 미해결의 과제가 이렇게 쌓여 있는 배경에는, 우리나라의 근대화 과정 자체가 안고 있던 문제들이 도사리고 있다. 오랜 쇄국주의 정책 뒤에 온 쓰나미 같은 근대화는 초고속의 스피드를 지니고 있었다. 그래서 군데군데 괴자리가 생겨났다. 나무를 속성으로 기르면 둥치 여기저기에 빈 공간이 생기는 것과 같은 현상이 문학사에도 나타난 것이다.

하지만 그보다 더 큰 문제는 서양의 근대를 직수입하지 못하고 일본에서 굴절된 것을 그대로 받아들인 데 있다. 식민지였던 한국은 다른 창구가 없었기 때문에, 일본이 모방하면서 변질시킨 서구의 근대 문학의 여러 흐름을 여과하지 않은 채 답습하면서 새 시대의 막을 열었던 것이다. 해방이 되자마자 국토가 분단되어 혼란기가 계속되었다. 모방의 대상이 일본에서 구미 쪽으로 수신국을 급선회하는 데서 생긴 혼란이 거기에 첨가되어, 문학사의 공동空洞들을 정리할 정신적 여유가 없었다.

필자는 그 많은 미해결 과제 중에서 하나라도 정리하고 강단을 떠나야 할 것 같은 사명감에서 한국 근대소설novel의 정착과정에 대한 연구를 시작하게 되었다. 한국의 현대문학에서 노벨[1]이라고 부를 수 있는 장르가 출현한 시기는 언제이며, 그것이 정착한 시기는 언제이고, 누구의 어느 작품의 어떤 부분이 노벨적인가 하는 문제들을 밝히는 것은 아주 중요한 문학사적 과제라고 할 수 있기 때문에, 그 일에 전념하기로 한 것이다. 그래서 연암 박지원朴趾源에서 시작해서 국초 이인직의 소설을 점검하고 나서, 김동인과 염상섭을 대상으로 선정하여 자연주의 연구를 하려고 했다. 그런데 순서가 바뀌어서 자연주의 연구를 먼저 하게 되었다. 박사과정의 논제를 「佛·日·韓 자연주의 비교연구」로 잡았기 때문이다. 터미놀로지의 개념을 확실하게 정립시키는 일이 더 시급하다고 생각했던 것이다. 일본과 마찬가지로 한국에서도 자연주의는 노벨의 정착 시기와 맞물려 있다. 일본과 한국에서는 자연주의 소설이 노벨의 첫 주자가 되고 있기 때문에 자연주의 연구가 노벨 정착과정 연구와 겹쳐지게 된 것이다.

두 문제를 병합하면서 범위를 좁혔다. 원래는 고소설부터 시작해서 최서해, 채만식까지를 대상으로 할 예정이었으나, 혼자 하기에는 범위가 너무 넓어서, 박지원과 이인직을 거쳐서 김동인과 염상섭을 연구하는 쪽으로 범위를 좁힌 것이다. 김동인과 염상섭 연구는 이미 『자연주의 문학론』(1권-1989년, 2권-1991년)이라는 제목으로 두 권의 논문집이 출판되었

---

1 본 논문에서는 혼란 피하기 위해서 노벨과 로맨스라는 용어를 그대로 쓰고, 그 둘을 함께 통칭할 때에는 '소설'이라고 쓰기로 한다.

기 때문에, 이 책에서는 김동인, 염상섭 문학의 선구자인 연암과 국초 연구를 하여, 시발점에서부터 나도향까지로 범위를 좀 넓힌 것이다. 이들의 소설 속에서 어느 부분이 노벨적이며, 어느 부분이 아닌가 하는 문제를 항목마다 점검함으로써, 한국에서의 노벨의 정착과정을 규명해보려한 것이 필자의 목적이다. 이 작업은 적어도 1970년대까지는 대상으로 삼아야 하는 것이 온당하지만, 뒷부분은 후학들에게 맡기기로 했다.

2) 노벨과 로맨스의 변별특징

이 논문을 쓰기 위해서는 노벨의 장르적 특성에 관한 점검이 선행되어야 한다. 노벨 이전의 소설양식인 로맨스와 노벨의 차이를 찾는 작업이 요구되기 때문이다. 하지만 노벨과 로맨스의 차이를 규명하는 일은 쉬운 일이 아니다. 첫 번째 문제점은 소설이라는 장르 자체가 가지고 있는 다양성과 신축성에 있다. 일정한 규범이 없이 자유롭게 변형되는 신축자재한 대상을 두 개의 카테고리에 가두는 일은 많은 문제점을 함유하게 된다.

두 번째 문제점은 이 두 장르의 관계가 단절적인 것이 아니라는 데 있다. 로맨스는 "운문이나 산문으로 된 중세의 허구적인 이야기"로 사전에 나와 있으니까, 18세기에 본격화된 노벨보다 훨씬 이전에 출현한 양식이어서, 연대순으로 보면 노벨보다 앞서 있다. 소설의 역사를 노벨에서 시작하는 영국 같은 나라에서는 제인 오스틴의 「Northanger Abbey」(1797)의 출현과 더불어 고딕 로맨스의 역사가 끝나니까, 장르를 구별하는 데 문제가 별로 없다. 하지만 멜빌 같은 대가가 고딕 로맨스의 현대판을 쓰고 있는 미국과, 도스토옙스키의 나라 러시아처럼 두 양식이 뒤섞여 있는 지역에서는 문제가 생긴다. 로맨스와 노벨이 현대 작가들 사이에서 공존하고 있기 때문에 순서를 정하는 일이 어려워지는 것이다. 정도의 차이는 있지만, 모든 작가의 내면에는 음으로나 양으로 이 두 요소가 공존하는 것이 상례이기 때문에, "이상적인 소설은 졸라와 이사야의 합작"이라는 말이 생겨난다. 따라서 이 두 장르의 비교는 상대적인 것이 되지 않을 수 없다. 비율의 많고 적음에 의존하지 않을 수 없기 때문이다.

우선 로맨스와 '로맨스적인 소설'은 구분해야 한다. E. M. 포스터가 '예언'을 내포하고 있는 작가라고 평한 도스토옙스키, 멜빌, D. H. 로렌스, 에밀리 브론테 같은 소설가들도, 어디까지나 로맨스적 요소를 가지고 있는 노벨리스트이지 로맨스 작가는 아니다. 그것은 현대소설에 나타나는 친로맨스적 경향에 불과하다. 따라서 로맨스=중세소설, 노벨=근대소설의 원칙에는 변함이 없다. 그것을 전제로 하여 로맨스와 노벨의 성격적 차이를 살펴보기로 한다. 그러려면 이 문제에 대해 연구한 학자들의 견해를 두루 살펴야 하나, 지면 관계상 본고에서는 다음 세 사람의 의견을 바탕으로 하여 노벨의 장르적 성격을 규명하는 작업에 착수하려 한다.

(가) 디드로D. Diderot의 '리차드슨 송頌'[2]에 나타난 노벨의 특성

① 인간심리의 정확하고 치밀한 묘사

② 부르주아의 모럴 강조

③ 일상어를 통한 개인 내면의 공개

④ 일상어로 그린 일상적 상황

---

2 L'Éloge de Richardson, *L'Ouevres de Diderot*, Gallimard, 1951, pp.1059-1074.

⑤ 주인공의 평범성

⑥ 건조sec한 문체

⑦ 다원적 풍속 묘사

(나) 길리언 비어Gillian Beer의 로맨스론[3]

① 사랑과 모험의 주제

② 주인공이나 독자의 소속 커뮤니티와의 거리

③ 성격의 단순화 — 알레고리적이 됨

④ 의외의 사건과 일상적 사건과의 원활한 혼합

⑤ 해피엔딩

⑥ 단일한 클라이맥스가 없이 사건이 복잡하게 오래 계속됨

⑦ 인물을 강요하는 무리한 행동의 율법

(다) 필립 스테빅P. Stevick의 로맨스와 노벨의 대비표[4]

노벨	로맨스
① 부르주아의 문학	비범한 계층을 그린 문학
② 反영웅이거나 非영웅적 인물	영웅적 인물
③ 비극 지향적	희극 지향적
④ 현실을 그림	현실에서의 도피를 그림
⑤ 현실의 비신화화demythification	현실의 신화화mythification
⑥ 디플레이션deflation	인플레이션inflation
⑦ 풍차를 풍차로 보는 산초	풍차를 거인으로 보는

3 Gillian Beer, *The romance*, Methuen, London, 1970.

4 P. Stevick ed., *The Theory of Novel*, New York: The Free press, 1967, pp.13-23.

판자적 세계   돈키호테적 세계

이 세 사람의 정의를 바탕으로 하여 노벨의 요건들을 하나하나 점검
해보면서 로맨스와 노벨의 변별특징을 찾아보려 한다. 그 첫 항목이 언
어, 문자의 층위다.

(1) 언어와 문자의 층위

소설의 문장상의 특징은 첫째로 사용 언어의 성격에서 찾아야 한다.
볼튼M. Boulton이 『산문의 해부Anatomy of Prose』에서 제시한 노벨의 언어
의 요건은 다음과 같다.

   i) 평소에 사용하는 일상적 언어여야 한다.
   ii) 외래어가 아니라 토착어여야 한다.
   iii) 추상어가 아니라 구체적 언어여야 한다.
   iv) 운문이 아니라 산문이어야 한다.[5]

그의 견해는 7항목 중에 일상어 사용을 강조한 항목이 두 개나 들어
있는 디드로의 '일상어' 중시 경향과 부합된다. 소설은 로맨스에서부터
이미 일상어 사용과 유착되어 있었다. 로맨스라는 용어 자체가 로마 제
국 안에서 공용어로 되어 있던 라틴어 대신에, 각 지방의 일상어(속어)인
로만어로 쓰인 글들을 가리키고 있기 때문에 로맨스라는 명칭 자체가

---

5 M. Boulton, *Anatomy of Prose*, London: Routledge & Kegan Paul Ltd., 1955, 2장
참조.

로만어 사용을 전제로 하고 있었다. 노벨도 그 점은 같다. 그건 소설 전체의 문제이기 때문이다. 단테는 속어 사용의 필요성을 역설하는 평론은 라틴어로 썼으면서 「신곡」은 토스카나 지방어로 써서 근대소설의 선구자 자리를 차지한다. 로만어 사용은 그만큼 중요성을 띠는 소설의 기본 요건이다.

노벨이 로만어로 쓰여야 하는 이유는, ⅰ) 그것이 현실에서 쓰이고 있는 언어라는 점과, ⅱ) 소설이라는 장르가 로만어밖에 모르는 시민 계층의 문학이라는 의미를 지니고 있다. 그 말은 노벨은 현실을 반영하는 문학이라는 사실과 더불어 그것이 부르주아의 문학이라는 것을 알려 준다. 노벨은 현실을 재현하는 문학이면서 동시에 부르주아 계급과 밀착되어 있는 문학인 것이다.

노벨은 로맨스에서 로만어 사용 원칙을 물려받아 강화시킨다. 노벨의 로만어 사용은 로맨스의 경우와 마찬가지로 일상어와 토착어 애용을 의미한다. 라틴어가 소설 용어로 적합하지 않은 이유는, 첫째로 그것이 생활용어가 아닌 데 있다. 그것은 노벨이 지향하는 언문일치의 원칙에 저촉되는 것이다. 로만어 사용은 근대와 더불어 생겨난 새로운 장르인 소설의 새로움을 드러내는 중요한 징표다. 그것은 라틴어가 가지는 추상성에 기인한다. 모든 외래어는 추상성을 띠고 있어 생활과 유리되어 있다. 지금도 유럽에서 라틴계 단어를 학술용어로 사용하는 것은, 논리적, 추상적 세계를 나타내는 데는 라틴어가 더 적합하기 때문이다. 하지만 소설은 아니다. 소설은 로만어밖에 모르는 시민계층을 대표하는 문학이기 때문에 라틴어를 쓰면 안 된다. 라틴어는 비일상적 언어여서 소설에는 적합하지 않다. 그것은 엘리트층의 언어이다. 근대는 만민평등을 지향하는 시대이다. 부르주아 계급의 상승기인 것이다. 소설은 부르주아의 문학이기 때문에 누구나 쓰고 있는 로만어 사용을 필수로 한다. 소설은 리얼리즘을 표방하는 문학이기 때문에 생활용어를 선호하는 것이다.

라틴어의 이런 특성을 한자어나 외래어로 바꾸어 놓으면, 그것은 우리에게도 그대로 적용된다. 의미가 같은 말이라도 한자어는 생활용어가 아니고 외래어여서 추상성을 띤다. 그래서 조선시대의 근엄한 유학자들은 기피하고 싶은 저속한 어휘들을 일부러 한자어로 썼다.[6] 그렇게 함으로써 그 의미를 추상화시키려 한 것이다. 한자어는 라틴어처럼 추상적, 관념적 성향을 띨 뿐 아니라, 학습된 언어여서 엘리트층의 전유물이기도 했기 때문에 소설에는 적합하지 않았다. 그래서 우리나라에서도 고소설에서부터 소설의 문장에서는 한자어가 기피사항에 속했다. 부득이한 경우에는 괄호 속에 한자를 넣는다거나 토를 다는 것이 불문율처럼 되어 있는 것이다. 한자를 모르는 사람들을 독자층으로 하고 있기 때문이다. 우리 조상들이 소설을 언문만 아는 아녀자용 문학으로 한정한 시각은, 사실은 소설의 문학적 특성을 올바로 파악한 것이라 할 수 있다. 언문은 우리나라의 로만어였고, 로맨스의 독자는 여성층이 많았기 때문이다.

따라서 한자어나 외래어의 빈도수에 따라 노벨의 정착과정을 가늠하는 작업이 가능해진다. 염상섭의 초기 3작과 「전화」 이후의 소설들의 문장의 격차가 그 좋은 예를 제공한다. 염상섭은 초기에 평론의 문장과 다를 것이 없는 난삽한 국한문 혼용체를 소설에서도 사용했다. 그러다가 「전화」에서부터 생활용어인 경아리말로 전환했다. 경아리말의 사용은 그의 소설이 본격적인 노벨이 되어가고 있음을 입증하는 자료가 된

---

6 소변보는 것을 '所避', 세수를 하는 것을 '梳洗'라 하며, 절에서는 화장실을 '解憂所'라고 하는 것 등이 그 예임.

다. 한자어나 외래어는 추상성을 띠기 때문에 독자의 정서적 반응을 유발하지 못하는 불리한 점도 가지고 있다. 소설의 언어는 다른 문학용어와 마찬가지로 감정적 언어여야 하며, 환기적 언어여야 하기 때문에, 구체성을 확보할 수 있어야 한다. 한자어나 외래어가 소설의 문장에 적합하지 않은 이유가 거기에도 있다.

그 다음은 운문성의 제거가 쟁점이 된다. 일상어의 사용, 구체성 존중 등은 소설의 공통과제인 만큼 로맨스와 노벨은 같은 노선 위에 놓여 있다고 할 수 있다. 하지만 산문성의 문제는 노벨과 로맨스를 가르는 가늠자가 된다. 노벨은 산문문학의 대표적 장르이기 때문에 운문을 배제하고 있다. 그것은 이미 운문이 사라진 시점에서 출발한 새로운 장르다. 로맨스처럼 운문과 함께 있지 않는 것이다.

노벨은 문학의 장르 중에서 가장 늦게 출현한 장르다. 최초의 노벨인 리차드슨의 「패밀라」가 나온 것은 1740년이다. 티보데는 고전시대의 그리스인들이 몰랐던 쾌락의 하나로 소설읽기의 재미를 들고 있다. 소설이라는 서사적 장르가 근대와 밀착되어 있음을 입증하는 말이다. 소설은 과학의 발달과 궤를 같이하며 발전해 왔다. 봉건시대의 성곽문화를 무너뜨린 요인 중의 하나가 과학의 발달로 인해 출현한 대포의 폭발력이었던 것처럼, 산문시대가 온 것도 과학의 발달과 밀착되어 있다. 인쇄술의 발달과 제지술의 발달이 운문시대를 종결시킨 원동력이기 때문이다. 저렴한 가격으로 책이 유통되기 시작하자 듣는 문학은 힘을 잃는다. 듣는 문학에서 읽는 문학으로 독서행위의 패턴이 바뀌는 것이다. 그 결과로 생긴 것이 산문성의 확장이다. 문장에서 음악적 요소가 약화되어 언문일치의 시대가 오는 것은 인쇄술이라는 과학의 힘에 의거해서 일어난 변화다. 현대에 가까워 올수록 과학은 더 발달하며, 거기 병행하여 언문일치의 폭이 넓어져서 모든 글에서 산문화의 비율이 증가된다. 노벨은 그런 시대적 여건이 낳은 새로운 문학 양식이다. 부르주아의 발흥, 과학의 발달, 자본주의의 발전 등은 모두 산문의 비율과 호응하여 전개된다. 산업혁명기에 출현한 새 양식인 노벨이 산문문학을 대표하는 장르가 되는 이유가 거기에 있다.

로맨스와 노벨의 문장의 차이는 운문성의 배제와 관련이 깊다. 아직 듣는 문학의 형태를 완전히 벗어나지 못한 로맨스는 부분적으로 운문의 잔재가 남아 있었고, 클리쉐의 사용이 빈번했다. 노벨에는 그런 부담이 없어서 완전한 산문화가 가능해진다. 산문화는 노벨이 근대사회를 재현할 수 있는 자유롭고 유연한 장르가 되는 데 기여하는 항목의 하나다. 노벨의 언어는 일상적이고 구체적인 언어일 뿐 아니라 산문이어야 하는 이유가 거기에 있다.

로맨스와 노벨을 가르는 두 번째 항목은 문장 표현의 지향점의 차이이다. 현실을 있는 그대로 재현하는 것이 글쓰기의 목적인 노벨의 문장은, 거울의 원리를 답습해야 하니까 과장법을 쓰면 안 된다. 친리얼리즘적 장르인 노벨은 리얼리즘의 공식에 따라 현실을 있는 그대로as it is 재현해야 하기 때문에, 보태거나 빼는 작업을 작가가 임의로 할 수 없다. 노벨의 문장은 정확하고 분명해야 하기 때문이다. 상징이나 암시, 비유를 많이 쓰는 수사법보다는, 법조문 같은 과학적 명증성을 확보하는 일이 노벨에서는 중시된다. 디드로의 말을 빌자면 노벨의 문장은 감정 표현의 과잉 노출을 절제하는 건조한 것이어야 하며 정확하고 치밀해야 하는 것이다.(디드로 참조) 로맨스의 정서과잉 상태를 지양하여 지적 측면을 지녀야 한다는 의미가 되는 것이다. 보편성 지향의 이성주의는 객관적 안목을 선호한다. 따라서 노벨의 작가는 외면화의 수법에 의거하는 묘사 방법을 통하여 객관성을 확보해야 하며, 가치중립적 태도에 수반되는 선택권의 배제로 인해 디테일의 정밀묘사를 요구받게 된다.

노벨의 문장이 간결체보다는 만연체에 적합한 이유는 간결체로는 현실을 있는 그대로 재현하는 작업이 불가능하기 때문이다.

(2) 인물의 계층과 유형

노벨은 보통사람을 그리는 문학이다. 등장인물의 범속화 현상은 노벨을 로맨스와 가르는 기본적 항목이다. 스테빅은 로맨스의 인물의 특징을 이상화 내지는 과장법에서 찾고 있다. "거기에서는 모든 청년이 다 영웅이고, 모든 안타고니스트는 괴물이다. 그리고 처녀들은 모두 신의 걸작품처럼 미화되어 있"[7]다고 그는 말한다. 그의 말대로 아이반호처럼 초인적인 인물, 돈키호테처럼 환상 속에 사는 사람은 로맨스적인 인물이다. 에이하브(멜빌)나 스타브로긴(도스토옙스키)도 그들의 동류이다. 이광수의 인물들에서도 그런 경향이 나타난다. 안빈 박사(사랑)나 원효대사, 이차돈 같은 인물형이 그것이다. 그들은 모두 비범한 인물이다.

노벨의 주인공들은 그런 비범성을 지니지 않는다. 영웅에서 환상의 거품이 제거된 것이 노벨의 인물이어서, 그들은 평범하며 범속하기까지 하다. 인물의 '비신화화'(스테빅)가 행해지기 때문이다. 현실의 시공간에 갇혀 있는 그들은 가르강튀아처럼 원하는 대로 살아갈 능력이 없고, 이차돈처럼 기적을 행할 능력도 없다. 그들은 사소한 욕망도 성취시키기가 어려운 소시민들이어서, 그들의 이야기는 희극보다는 비극에 어울린다. 현실에는 희극보다 비극이 많기 때문이다. 엠마 보바리가 남편과 마주 앉아 있는 식탁의 풍경[8]은 노벨의 인물들의 현실을 상징한다. 보

---

7 P. Stevick, ibid., p.22.

8 Auerbach, *Mimesis*, Princeton Univ. Press, 1974, pp.482-483에서 재인용.

이는 것은 후룩후룩 소리를 내며 국물을 마시는 미욱스러운 중년 남자와, 때묻은 식탁보 위에 놓인 싸구려 그릇밖에 없다. 그런 현실 속에서 꿈이 많은 엠마 보바리가 겪는 것은 환멸과 패배밖에 없다. 노벨의 인물들은 샤를르 보바리나 산초 판자 같은 인물들이다. "현실의 인물처럼 약간은 착하고 약간은 악하며, 똑똑한 면과 어리석은 면을 공유하는"[9] 인물이 노벨의 인물들이다.

① 인물의 계층

인물의 왜소화 현상은 계층의 하락과 맞물려 있다. 영웅에서 보통사람으로 하강한 주인공들은 점점 계층이 낮아져서 「파멜라」에 가면 하녀가 주인공이 되고, 「몰 플랜더스」에서는 창녀가 무대 위에 서 있다. 노벨의 인물들을 로맨스와 비교하면, 우선 눈에 띄는 변별특징이 계층의 차이이다. 꿈을 그리는 문학인 로맨스는 주동인물을 이상화한다. 그래서 주인공-hero=영웅-hero의 등식이 생겨난다. 아리스토텔레스 식으로 분류하자면 그들은 '우리보다 나은 사람'들이다. 그들의 비범함은 사회적 계층의 높이만을 의미하지 않는다. 그들은 외모도 아름답다. 헌칠한 키에 잘 생긴 얼굴을 가진 남자나 절세의 미인만이 로맨스의 주인공이 될 자격이 있다. 뿐 아니다. 그들은 대체로 젊다. 앞날이 창창한 젊은이들이다. 게다가 도덕적인 면에서도 흠집이 없어야 한다. 불굴의 의지를 가지고 선을 위해 목숨을 바치는 로빈후드형의 남자들과, 십장가를 부르며 수절하는 성춘향 같은 여자들만이 로맨스의 주동인물이 될 수 있다. 사악하면 서사시의 주인공이 될 수 없는 것과 같은 이치이다.

---

9 Linn and Taylor, *Forword to Fiction*, New York: Appleteon-Centuri-Croft Ins., 1935, p.13.

노벨은 그렇지 않다. 노벨의 인물들은 '우리 중의 하나'인 보통사람들이다. 그들은 로맨스의 인물들처럼 특출한 외모나 능력, 덕성 등을 지니는 대신에, 외모가 평범하고, 선과 악을 공유한다. 루카치의 말을 빌리자면 서사시는 아이들의 장르이며, 로맨스는 청춘남녀의 장르인데, 노벨은 성인남자의 장르이다.[10] 그 말은 노벨의 주인공이 돈과 성이 지배하는 현실 속의 평범한 생활인이라는 것을 의미한다.

　보통사람들이 주인공이 되기 때문에 초창기부터 노벨의 인물들은 계층이 낮다. 서사문학의 역사는 인물의 계층 하락의 과정으로 나타나는데, 노벨은 그 밑바닥 부분에 해당된다. 로맨스에서는 귀족계급이 주축이 되는데 비해, 노벨은 부르주아와 프롤레타리아가 주동인물이 되기 때문에 low mimetic mode나 ironic mode가 되는 것이다. 소설 속에서 주동인물의 계층이 나날이 하강해 가는 것은, 현실에서 개개의 인간의 역할이 점점 작아지는 현상의 반영이라고 볼 수 있다. 콜린 윌슨이 현대 소설의 특징을 '영웅의 소멸'로 파악하는 것,[11] 로브그리예나 카프카 같은 작가들이, 이름이 없거나 이니셜만 있는 인물들을 다루고 있는 것 등이 현실에서의 인간의 왜소화를 반영하는 것이다. 에밀 졸라는 리얼리스트의 스크린은 그냥 유리로 된 투명한 것이어서 현실을 있는 그대로 반영한다는 말을 한 일이 있다.[12] 그것은 낭만주의자의 것처럼 확대경이 아니기 때문에 인물의 신화화가 일어나기 어렵다. 인물의 왜소화 경향은 현실을 보는 리얼리스트의 안목에서 생겨난다. 현실을 '있는 그대로' 반영하면 노벨 속의 보통사람들이 나타나는 것이다.

---

10 George Lukacs, *The Theory of The Novel*, M.I.T. Press, Mass, 1971, p.71.
11 *The Age of Defeat*의 서문 제목임.
12 Demian Grant, *Realism*, Methuen, 1970, pp.27-29 참조.

② 인물의 유형

로맨스의 인물들은 흑이 아니면 백으로 양분된다.[13] 악인이 아니면 선인, 미인이 아니면 추녀로 양분되니 전형성을 띠게 되기 쉽다. 로맨스는 사건소설이기 때문에 인물은 플롯에 종속된다. 그러면 길리언 비어의 말대로 '성격이 단순화' 되는 것이다. 노벨의 인물들은 그들보다 복합적이고 다양한 양상을 나타낸다. 로맨스의 인물들은 도덕적 유형 morality type인데, 노벨의 인물은 선악 혼합형이거나 개성적 유형 personality type[14]이다. 인물들의 개성이 저마다 다르니까 다양성이 나타나며, 저마다 내면에 심연을 간직하고 있[15]으니 단순형이 되기 어렵다. 로맨스의 시대보다는 사회 자체가 엄청나게 규모가 커지고 복잡해졌으며, 삶의 규범도 다변화되어 현실에서의 삶 자체가 다양화되고 복잡해졌기 때문에, 그것을 반영하는 노벨의 인물들이 복잡하고 다양한 양상을 나타내는 것이다. 로맨스의 인물들이 현실에서 유리되어 있는 '진공적 인물 characters in vacuo'[16]인데 반하여, 노벨의 인물들은 사회성을 지니고 있는 것도 그들을 구분하는 가늠자가 된다.((가)-⑤, (다)-② 참조)

(3) 배경의 현실성

본질적으로 현실도피의 문학인 로맨스는 배경의 구체성 여부에 신경을 쓰지 않는다. 구체성을 띠지 않는 진공의 시간과 개별성을 지니지

---

13 M. Boulton, ibid., p.115.

14 Carter Colwell, *A Student's Guide to Literature*, New York: Washinton Square press, 1973, pp.10-16 참조.

15 George Lukacs, ibid., pp.29-39 참조.

16 Northrop Frye, *Anatomy of Criticism*, Princeton Univ. Press, 1957, p.304.

않는 공간이 로맨스의 시공간이 되고 있다. 노벨은 그렇지 않다. 노벨의 배경은 일상적 상황이나 현실을 그려야 하기 때문에 그 시공간은 개별적이며, 구체적인 것이어야 한다. 번지수가 분명한 지지적地誌的 공간과, 일부인이 찍히는 구체적 시간이 요구되는 것이다. 뿐 아니다. 노벨은 거울의 문학이어서 현실을 되도록 정확하게 재현해야 할 의무를 지니니까 작가가 잘 아는 시기와 장소가 요구된다. 제인 오스틴 같은 노벨리스트는 자기가 살던 당대의 영국의 한 지방으로 배경을 한정했다. '여기-지금'의 시공간이다. 노벨은 '여기-지금'의 크로노토포스에서 벗어날 수 없다. 노벨과 서사시를 가르는 기준 중의 하나가 시간적 배경의 당대성에 있다. 서사시는 과거를 그리는 문학이기 때문에 현재에는 관심이 없다. 노벨은 이와는 반대로 현재에 집착한다. 따라서 역사소설과 미래소설은 근본적으로 노벨의 시공간에서 일탈해 있어 친로맨스적 장르가 된다.

노벨의 배경이 지니는 당대성의 원리는 노벨의 배경을 노벨이 탄생한 부르주아 상승기의 사회와 밀착시킨다. 노벨은 '부르주아의 모럴'을 강조하는 문학이다. 부르주아는 산업문명과 함께 도시를 만들어 냈다. 그래서 노벨에는 도시적인 배경이 많아진다. 인구밀집 지역 안에서의 인간관계의 역학을 추구하는 것이 노벨의 특징이 되는 것이다. E. M. 포스터가 멜빌을 노벨리스트라 부를 수 없는 조건으로 커뮤니티에서의 인간관계의 결여((나)-②)를 들고 있는 이유가 거기에 있다. 미국문학이 전반적으로 로맨스적 경향을 띠는 원인을 시민사회적인 전통이 없었던 데서 찾고 있는 월터 알렌Walter Allen은, 러시아 문학에서 같은 현상이 일어나는 것도 시민사회적 전통의 결여와 결부시키고 있으며, 영국에서 노벨이 전형적인 발전을 이룬 요인도 시민사회의 정상적인 발전과 유착된 것으로 보고 있다.[17] 노벨과 시민사회가 밀착되어 있음을 명시해 주는 것이다.

시민사회의 인간관계를 일상적 차원에서 포착한 노벨은 풍속소설적인 성격을 지니게 된다. '다원적인 풍속묘사'(디드로(7))가 노벨의 기본 여건이 되는 이유가 거기에 있다. 헨리 필딩Henry Fielding은 "나는 사람을 그리는 것이 아니라 풍속을 그리는 것이다."라고 말하고 있으며, 발자크는 자신을 인간의 "관습과 풍속을 그리는 역사가"로 자처했고, 제인 오스틴에게서도 풍속에 대한 관심이 노출되어 있다. "그녀가 그린 것은 보다 협소하고 일시적인 시대의 사회적 관습과 허식의 코미디였다."[18]는 평을 오스틴이 듣게 되는 것은 그녀가 노벨리스트임을 이서해 준다. 현실도피의 문학인 로맨스는 월터 알렌의 말대로 꿈을 그리는 문학이기 때문에 구약 성서의 예언서처럼 지리적, 역사적 제약에서 자유롭다. 꿈의 속성은 현실의 굴레를 일탈하는 것이기 때문에 거기에서는 풍속이 형성될 수 없다. 19세기의 낭만주의 소설에 나타나는 이국취미와 중세취미는 친로맨스적 경향에 속한다. 그들이 이국과 과거를 좋아하는 이유는 거기에 현실이 없기 때문이다. 현실이 없는데 풍속이 있을 수 없다.

낭만주의자들은 현실의 냄새가 나지 않는 공간을 선호하기 때문에, 이국의 원시림이나 사막, 바다 같은 인적이 드문 곳을 선호한다. 그래서 현대소설에서도 로맨스적 배경을 가진 「모비 딕」이나 「폭풍의 언덕」 같은 작품은 바다나 황야를 배경으로 선택했다. 모비딕의 바다나 폭풍의 언덕의 황야는 시간이나 공간의 구체성이 간여할 여지가 없는 장소다. 그래서 그것은 비사회적이며 반도시적 성격을 지니게 된다. 현대의 유토피아소설, 환상소설 등도 모두 이 소설들처럼 친로맨스적 장

---

17 그는 노벨과 로맨스를 전통과 꿈으로 구분하여 *Tradition and Dream*(1964)을 씀.
18 「ノヴェルとロマンス」, 『Symposium 英美文學』 6, pp.25-29 참조.

르이며, 포스터가 '예언을 가진 소설'이라 명명한 소설들도 같은 범주에 속한다. 현실을 기피하는 것이 공통 특징인 이 소설들은 시공간에 관심이 없기 때문에, 개별적인 시공간이 명시되는 경우에도 시공간의 의미는 약화되며, 당대를 벗어나는 일이 많다. 과거와 이국을 넘나드는 자유로운 시공간이 로맨스의 시공간이다. 그것은 '이국에서의 모험의 시간adventure time in alien land'의 유형[19]에서 크게 벗어나지 않는다.

노벨의 배경은 그런 자유를 누릴 수 없다. 그것은 제한된 시공간에 갇혀 사는 현실의 인간들의 이야기이기 때문에 번지수가 분명한 공간과 일부인이 분명한 시계시간clock time 속에 자리하고 있어야 한다. 노벨리스트들은 로맨스 작가처럼 사막이나 황야 등을 방황할 겨를이 없다. 보통사람들의 일상생활이 영위되는 커뮤니티 안에는 돈과 성이 지배하는 치열한 생존의 율법이 도사리고 있다. 그래서 노벨의 공간적 배경은 피카레스크 노벨이나 모험소설처럼 노상이 아니다. 외딴집이나 성채도 역시 아니며, 황야나 사막 같은 곳도 아니다. 보통사람들이 모여서 아웅다웅 다투며 사는 그 시정의 한복판, 편지를 부치면 배달될 수 있는 현실의 공간인 것이다. 영국에서 「로빈슨 크루소」가 노벨의 선두주자가 되지 못한 이유는 공간적 배경이 외딴 섬이라는 데 있다. 노벨은 「파멜라」처럼 집단주거지역을 무대로 해야 한다. 그래서 로맨스의 배경은 노벨의 그것보다 넓다. 가공의 섬(「보물섬」)이나 바다(「백경」), 황야(「폭풍의 언덕」) 등을 그린 소설들은 공간적 배경이 아주 넓다. 노상을 배경으로 한 소설들도 마찬가지다. 그것들은 모두 친로맨스적 소설이다. 현실의 디테일까지 정확하게 재현해야 하는 노벨은 넓은 배경을 기피한다. 노벨이

---

19 M. M. Bakhtin, *The Dialogic Imagination-Four Essays*, Univ. of Texas Press, 1981. p.88.

이동공간보다는 정착공간을, 옥외보다는 옥내를 선호하는 이유가 거기에 있다.

(4) 플롯의 합리성과 개연성 존중

제한된 '여기-지금'의 시공간 속의 현실을 있는 그대로 재현해야 하는 노벨의 사건은 보통사람의 별 볼일 없는 일상사가 될 수밖에 없는 숙명을 지닌다. 친리얼리즘 문학인 노벨에서는 용을 죽인다거나 귀신과 동거하는 류의 비현실적 사건은 용납되지 않는다. 합리적인 척도로 재어보아서 수긍할 수 있는 사건이어야 하기 때문에 노벨의 사건은 현실에서 일어날 수 있는 가능성을 충분히 지녀야 한다. 그것이 개연성probability이다. 개연성이 있는 사건이라야 현실과의 유사성vrai-semblance을 보유할 수 있다. 그런 면에서 노벨은 친과학적인 경향을 지닌다. 합리성을 숙명으로 하고 있기 때문이다. 그래서 노벨의 사건에는 스릴과 서스펜스가 거의 없다. 클라이맥스도 뚜렷이 나타나지 않고, 극적인 엔딩도 없이 무해결로 끝나고 마는 일이 많다. 현실에서 일어날 가능성이 많은 일상적 사건들이 인과의 고리로 연결되는 것이 노벨의 플롯 유형이다. 노벨은 성격에 역점이 주어지기 때문에 사건성은 약화되는 대신에 개연성의 원리가 강화된다.

로맨스는 그렇지 않다. 그것은 현실을 반영하는 거울이 아니라 현실을 확대하는 확대경이어서, 사건의 개연성을 그다지 중요시하지 않는다. 거기에서는 현실과의 유사성보다는 인간이 지니고 싶은 바람wishful thinking이나 꿈dream이 중시되기 때문에 인간의 한계에 대한 도전이 자행된다. 그 결과로 생겨나는 것이 비일상적이고 초자연적인 사건들이다. 고소설에 나오는 명혼冥婚, 인귀교환人鬼交驩 등은 로맨스에서만 가능한 사건들이다. 춘원의 「이차돈의 사死」나 「원효대사」에 나오는 사건들도 같은 유형에 속한다. 인간의 육체적 한계를 무시한 사건 유형이기 때문이다. 두 번째로 지적할 특징은 로맨스의 행동소설적 특징이다. 행동적 요소가 주도하고 있기 때문에 인물의 성격은 사건에 필요한 한계 안에서 그려지니까 성격이 단순화되어 '알레고리에 접근'((나)-③)하게 된다. 로맨스는 '인물을 강요하는 무리한 행동의 율법'((나)-⑦)에 의해 해피엔딩으로 유도된다.((나)-④, ⑤) 현실을 그리는 것이 아니라 이상화된 세계를 그리기 때문에 사건은 작가가 바라는 방향으로 수정되어 현실이 왜곡되는 것이다. 로맨스는 현실을 신화화하는 문학이기 때문에, 사건은 소원과 일치하도록 재조정된다. 따라서 개연성은 중요하지 않다. 개연성의 비중은 로맨스와 노벨을 가르는 경계선이 된다. 세 번째는 사건 연결 원리가 합리성이라는 점이다. 그 말은 우연적 요소의 배제를 의미한다. 노벨의 플롯은 바흐친이 분류한 '갑자기-때마침suddenly-by chance'의 유형[20]이어서는 안 된다. 거기에서 일어나는 사건들은 우연적인 것에 의존하지 않는다. 인과율에 따라야 하고, 전후 관계에 모순이 없어야 한다. 흩어져 있는 자료들을 모아 붙이면 직소게임의 그림처럼 빈틈없이 아귀가 맞는 영상이 이룩되어야 하는 것이다. 네 번째는 비극 지향적 종결법이다. 일간신문에 나오는 삼단기사 같은 사건들이 주종을 이룰 수밖에 없는 것이 현실반영의 문학으로서의 노벨의 숙명인 만큼, 거기에서의 모든 사건은 해피엔딩으로 끝나기가 어렵다((다)-③). 「삼대」처럼 해결 없이 그냥 흐지부지 끝나 버리거나, 별로 좋지 않은 쪽으로 결말이 나는 경우가 많게 된다. 로맨스가 기상천외한 사건을 연발시켜 스릴과 서스펜스를 만끽하게 하고 난 뒤에 해피엔딩으로 마무리되는 것

---

20 ibid., pp.92-94.

과는 정반대가 된다.

노벨의 종결법이 비극지향적인 것이 되기 쉬운 것은 현실에 희극보다 비극이 많은 데 기인한다. 무해결의 종결법도 같은 원리에 의거한다. 현실에는 해결되는 일보다는 무해결로 끝나는 일이 많기 때문에 노벨에는 비극적이거나 무해결의 종결법이 많은 것이다. 이것 역시 노벨과 로맨스를 가르는 중요한 변별특징이다.

(5) 돈과 성의 주제

노벨은 주제도 로맨스처럼 사랑과 모험((나)-①)이 될 수 없다. 그렇다고 「이차돈의 死」나 「원효대사」처럼 형이상학적인 것이 될 수도 없다. 과학문명과 자본주의가 손을 맞잡고 있는 현대사회를 반영하는 문학답게, 거기에서 주축을 이루는 주제는 돈과 성이 되며, 그밖에 인간의 현실과 관련되는 다양하고 평범한 갈등들이 수용된다. 노벨은 매머드처럼 커져버린 현대사회의 모든 것을 다 싸안을 수 있는 넓은 가슴을 가진 유일한 문학이기 때문에, 거기에는 담지 못할 주제가 없다. 하지만 기억해두어야 할 것은 노벨의 바탕이 되는 리얼리즘이다. 노벨의 세계는 리얼리즘의 지배를 받기 때문에, 모든 것이 개연성의 울타리 안에 갇히게 된다. 인물이나, 사건 배경, 주제 등이 서로 인과의 고리로 얽혀져야 한다.

위에서 살펴 본 노벨의 특성에 의거해서 필자는 한국의 현대문학에서의 노벨의 정착과정을 점검하는 작업을 시작하려 한다. 원칙적으로는 춘향전에서 시작하여 오늘의 문학까지 모두 대상으로 해야 하지만, 필자는 그 중에서 대표적인 네 문인만 연구하기로 범위를 좁혔다. 혼자

할 수 있는 것이 아니기 때문이다. 첫 번째 대상이 연암燕巖 박지원朴趾源이고, 그 다음이 국초菊初 이인직李人稙이다. 제3의 주자는 김동인, 그 다음은 염상섭이다. 김동인과 염상섭 연구는 이미 일단 마무리되어 책으로 나왔기 때문에, 이 책에서는 그들의 앞에 서서 노벨의 징후를 나타냈던 연암과 국초만 다루게 되었다.

마지막으로 언급할 것이 있다. 한국에서는 노벨의 본령이 단편소설에 있었다는 특수한 여건이다. 유럽에서 노벨은 대체로 장편소설을 의미한다. 그런데 한국에서는 현대소설의 주류가 단편소설에 있었다. 그래서 이 논문에서는 단편소설을 주축으로 하는 수밖에 없다는 것을 밝혀둔다. 전술한 바와 같이 한국과 일본에서는 노벨과 자연주의가 유착되어 있었기 때문에, 노벨 연구가 자연주의 연구가 되어버렸다. 박사학위 논문의 주제가 "불·일·한 자연주의 비교 연구"였기 때문에, 김동인과 염상섭에 대한 책이 1987년과 1991년에 먼저 나온 것이다.

(강인숙 편저, 『한국근대소설의 정착과정연구』(1999) 서론)

참고문헌

Auerbach, *Mimesis*, Princeton Univ. Press, 1974.

Carter Colwell, *A Student's Guide to Literature*, New York: Washinton Square press, 1973.

Demian Grant, *Realism*, Methuen, 1970.

Denis Diderot, *L'Ouevres de Diderot*, Gallimard, 1951.

Frank Kermode, *The Sense of an Ending*, New York: Oxford Univ. Press, 1967.

George Lukacs, *The Theory of The Novel*, M.I.T. Press Mass., 1971.

Gillian Beer, *The Romance*, London: Methuen, 1970.

Ian Watt, *The Rise of The Novel*, Penguin Books, 1976.

Linn & Taylor, *Forword to Fiction*, New York: Appleteon-Centuri-Croft, Ins.,

1935.

M. M. Bakhtin, *The Dialogic Imagination-Four Essays*, Univ. of Texas Press, 1981.

Majorie Boulton, *The Anatomy of Prose*, Routledge & Kegan Paul Ltd., 1955.

Northrop Frye, *Anatomy of Criticism*, Princeton Univ. Press, 1957.

Philip Stevick ed., *The Theory of The Novel*, New York: The Free Press, 1967.

Richard Chase, *The American Novel and It's Tradition*, New York: Doubleday, 1957.

Walter Allen, *Tradition and Dream*, London: Phoenix House, 1964.

「ノヴェルとロマンス」,『シンポジウム 英美文學』6, 學生社, 1977.

2. 박연암의 소설에 나타난 노벨의 징후
―「허생」을 중심으로

1) 연암과 노벨

노벨의 정착과정에 대한 필자의 연구는 정년퇴임할 때에 낸『한국 근대소설의 정착과정 연구』(편저, 박이정, 1999)에 세 편이 실려 있다. 이인직, 김동인, 염상섭 편이다. 그 전에 출판한『자연주의문학론』1과 2(고려원, 1986, 1991)도 같은 분야에 속하는 연구여서, 사실상 필자는 평생을 이 분야를 계속 탐색해 왔다고 할 수 있다. 하지만 미처 하지 못한 것이 있다. 노벨의 시발점을 찾는 작업이다. 정년퇴임을 앞두고 그것을 고전문학을 전공한 제자들에게 맡기고, 염상섭 이후의 작가들은 현대문학 전공한 제자들에게 맡겨서 함께『한국 근대소설의 정착과정 연구』를 출판한 것이다. 그런데 그 책에 '연암'편이 빠져 있었다. 그 분야의 마땅한 전공자가 없어서 후일에 필자가 쓰기로 했다.

그래서 퇴임한 다음 해에 쓴 것이 이 논문이다. 연암은 필자의 전공에서 벗어나 있는 한문소설 작가여서 손을 대기 어려운 대상이었다. 학

부에서 연암 소설 특강을 들었고, 박사과정에서 이가원 선생님께 연암
연구 강의를 듣기는 했지만, 여러 모로 무모한 도전이었다. 하지만 연
암을 빼고 근대소설의 정착과정을 논할 수는 없다는 생각에서 좀 무리
를 했다. 연암 박지원(1737~1805)은 한국 사실주의 소설의 첫 주자로 일컬
어지는 작가이기 때문이다. 그러니까 이 논문은 노벨의 정착과정에 대
한 필자의 기존 연구보다 앞 세대를 다룬 것이다. 필자의 연구 순서에
서는 마지막에 위치하지만, 연대순으로 보면 연암은 그 모든 연구의 첫
머리에 서야 옳다. 박지원-이인직-김동인-염상섭 순서로 한국의 리얼리
즘 소설의 계보가 이어지기 때문이다.[1]

필자는 이 논문에서 연암의 1) 사실주의적 문학관을 먼저 점검하고,
2)「허생」을 통해 본 연암 소설에 나타난 노벨의 징후들을 규명하려 했
다. 연암의 소설사적 위상을 밝히면서 한국에서의 노벨의 정착과정에
대한 이정표도 점검해 보는 계기를 만들려 한 것이다. 연구 대상을「허
생」한 편으로 한정한 것은 시간과 지면 때문이다. 연암의 작품 전체를
대상으로 하려면 전 생애를 걸어야 하는 대업이 되기 때문이고, 「허생」
을 택한 것은 그 소설이 노벨적 요소와 그것에 반대되는 요소를 공유하
고 있어, 작가의 근대성을 탐색하기에 적합하다고 생각되었기 때문이다.

---

1 『자연주의문학론』 1(고려원, 1985), 『자연주의문학론』 2(고려원, 1991)에서 김동인,
  염상섭의 노벨적 특성을 탐색했고, 그 다음에「신소설에 나타난 노벨의 징후-「치악산」과
  「장화홍련전」의 비교연구」(『건대학술지』 40집, 1996)를 썼으며, 「박연암 소설에 나타난
  노벨의 징후-「허생」을 중심으로」는 건대 국문과에서 나오는 『겨레어문학』 40집(2000)에
  발표했던 논문이다. 작품명은「허생전」으로 쓰이기도 하지만, 이 논문에서는 이가원
  선생의 주장에 따라「허생」으로 표기하기로 했다.

2) 사실주의적 문학관

(1) 이미타시오Imitatio에서 미메시스Mimesis로

연암 시대의 문학관도 다른 시대의 경우와 마찬가지로 모방론과 창조론이 공존해 있었다. 하지만 주도권은 모방론이 쥐고 있었다. 조선 오백 년은 모방론이 문학을 지속적으로 지배한 시대여서 창조론은 언제나 열세를 면하지 못하였다. 항상 중국의 작품들이 전범典範으로 간주되어 왔고, 밤낮으로 호메로스의 작품을 읽으라고 권장했던 로마 사람들처럼 중국에도 이미타시오의 풍조가 있었는데, 우리나라도 그 영향권 안에 들어 있었기 때문이다.

모방론에는 아리스토텔레스적인 것과 호라티우스적인 것이 있다.[2] 아리스토텔레스는 예술을 자연(현실)의 모방mimesis에서 생겨난 것으로 보았다. 19세기 프랑스의 리얼리즘에서도 미메시스는 현실의 모방을 의미한다. 미메시스적 모방론은 오늘날에도 리얼리즘 문학의 기반이 되고 있다. 그런데 호라티우스의 모방론에서는 모방의 대상이 자연이 아니라 기존의 작품이어서 imitatio가 된다. 이미타시오적 모방론은 현실을 직접 모방하는 것이 아니라, 기존의 탁월한 작품을 전범으로 삼는다. 그래서 이미타시오적인 모방론에서는 현실이 간접화될 뿐 아니라 규범화되기 때문에 독창성의 폭이 줄어든다. 그런데도 불구하고 그런 모방론이 권장되는 것은, 대상 작품이 최고의 문학적 가치를 지니고 있다는 믿음이 있기 때문이다. 호메로스처럼 가장 오래된[最古] 시인이 가장 훌

---

2 J. A Cuddon, *A Dictionary of Literary Terms and Literary Theory*(3rd Edition), Basil Blackwell Ltd., 1991, 'Mimesis'항(pp. 457-458)과 'Imitatio'항(p. 445) 참조.

룽한[最高] 시인으로 추앙될 때 비로소 이미타시오적 모방론이 생겨난다. 호라티우스는 "밤낮으로 호메로스를 읽으라"고 권장했고, 그의 말대로 로마의 문인들은 자신이 선택한 장르를 대표하는 그리스 문인들의 작품을 기준으로 하여 창작을 해나갔다. 대표적인 예가 비르길리우스다. 그는 데오크리토스의 작품을 모방하여 「목가」를 지었고, 헤시오도스의 「노동의 나날」을 모방하여 「농경창農耕唱」을 썼으며, 「오뎃세이아」를 모방하여 「에네이드」를 써서 로마 최고의 시인이 되었다. 이미타시오의 전통은 17세기의 고전주의에까지 그 여세가 이어진다. 프랑스의 고전주의는 아리스토텔레스의 삼일치의 법칙을 준거로 하여 드라마를 평가했고, 그리스에서 문체분리의 원칙도 답습했다.

연암 시대에 우리나라를 지배하던 모방론도 호라티우스적인 것이다. 모방의 대상은 중국의 고전이다. 그 무렵의 한국 문인들의 전범이 되었던 것은 '文'은 한나라의 것이었고[文必擬兩漢] 시는 당나라의 작품이었다. [詩卽盛唐也][3] 로마가 그리스 고전을 전범으로 삼은 것처럼, 연암 시대의 문인들은 한당송漢唐末의 대표적 작가를 전범으로 삼았다. 그런 사람들을 연암 시대에는 방고파倣古派라고 불렀다. 17세기 프랑스 연극에서 삼일치의 법칙이 절대적 준거가 된 것처럼 우리나라에서도 중국의 전범을 벗어나는 작품은 인정받지 못했다. 연암은 거기에 반기를 들었다. 문학은 현실을 모방하는 미메시스적인 것이어야 한다고 생각했기 때문이다. 우리나라 사람이 모방해야 할 현실은 우리나라의 것이지 중국의 것일 수가 없고, 당대의 것이지 고대의 것일 수 없다는 것이 연암의 주장이다. 그래서 그는 계속해서 방고파의 비난을 받았다.

---

3 『연암집』 권4, 「贈左蘇山人」. 이 논문에서는 연암의 이론은 『연암소설연구』(이가원, 을유문화사, 1978)에서 인용할 것이고, 작품인용은 『이조 한문소설선 역주』(『이가원전집』 19)에서 하기로 하였다.

(2) 개별성particularity에 대한 인식

소설은 이미타시오가 되기 어려운 장르다. 형식적으로 전범이 될 룰이 거의 없는 자유로운 장르인데다가, 반영해야 할 현실이 서로 다르기 때문이다. 근대사회처럼 다변화된 사회에서는 각자의 삶의 양태가 서로 달라서 이미타시오가 되기 어렵다. 근대는 보편성 존중에서 개별성 존중으로 가치관이 전환되는 시기를 의미하며, 소설은 그런 분위기 속에서 출현한 장르이기 때문이다. 자기 작품에 서명이 시작되는 르네상스기에 유럽에 다양한 소설이 출현하는 이유가 거기에 있다. 개별성에 대한 인식이 공간적인 것과 연결되면 자국 문화의 고유성에 대한 자각이 된다. 연암이 조선문학의 독자성에 관한 주장을 펴는 것은 그런 시대적 흐름에서 나온 것이다. 우리나라의 현실을 그렸다는 이유로 방고파가 이덕무李德懋의 글을 비난하자, 연암은 그를 옹호하는 다음과 같은 글을 쓴다.

> 이덕무는 조선사람이다. 조선은 산천과 기후의 조건이 중국과 다르고, 언어와 요속謠俗도 중국과 다르기 때문이다. 만약 중국의 수법을 본받고 한당의 문체를 여과 없이 답습하는 것이 문학이라면, 그런 재주는 많을수록 작품은 보잘 것 없는 것이 될 것이다.[4]

자신이 처한 현실을 모방하는 것이 문학의 정도라는 것이 연암의 신념이었던 것을 이 글을 통하여 확인할 수 있다. 이런 인식은 자기 나라

---

4 "今懋官 朝鮮人也 山川風氣 地異中華 言語謠俗 世非漢唐 若乃效法於中華 襲體於漢唐 則吾徒見 基法益高而基實卑". 『연암집』 권7, 「嬰處稿序」(이가원, 같은 책) p.345.

의 고유한 방언이나 민요 같은 것을 중요시하는 경향을 낳는다. 자국어 애용운동이 민요, 민담에 대한 인식을 제고시키는 것은 모든 나라의 근대화의 공통되는 특징 중의 하나이다. 연암도 마찬가지였다. 방언과 민요를 통한 조선문학의 독자성을 높이는 데서 그의 근대의식은 시작된다.('언문일치'항 참조) 연암도 그 점을 인식해서, "글자는 같은 한자를 쓰더라도 글은 독자적인 것이어야 한다."[5]든가, "비록 새 글자를 만드는 것은 어렵더라도 자기 생각은 다 써야 한다."[6]는 말을 하고 있다. "창힐이 처음 글자를 만들 때 누구 것을 본떴다는 말인가."[7]라고 반문하면서 연암은 중국의 고전을 본받는 일이 부당하다고 주장한다. 비록 글자는 한자를 쓰고 있지만 민족문화의 독자성은 살려야 한다는 의식은 확고했던 것이다. 그것은 개인의 개별성에 대한 자각에서 생겨난 것이다. "유구한 세월이 흘러왔지만 천지는 끊임없이 새 생명을 만들어 내고, 책은 수없이 많지만 책마다 제가끔 다른 말을 하고 있듯이"[8] 문인들은 제가끔 독자적 목소리를 내야 한다고 연암은 생각한다. 방고파들이 순정醇正한 글을 지으라고 비난을 퍼부을 때, 연암은 "이미 있는 것을 그대로 모방할 것이면 내가 무엇 때문에 글을 쓸 필요가 있는가."[9]라고 탄식한다. 독자성에 관한 이런 확고한 인식은 그 자체가 근대적 발상이다. 유교는 보편성을 존중하는 경향을 가지고 있기 때문이다.

시간적인 면에서는 개별성에 대한 인식이 자신의 당대에 대한 관심으

5 "字所同而文所獨也".　　　　　　　　　『연암집』권5,「答蒼厓」, 같은 책.
6 "新字唯難創 我臆宜盡寫".　　　　　　『연암집』권4,「贈左蘇山人」, 같은 책.
7 "蒼頡造字之 倣於何古".　　　　　　　『연암집』권7,「綠天館集」序, 같은 책, p.449.
8 "天地悠久 不斷生生 載籍悠博 旨意各殊".『연암집』권1,「楚亭集」序, 같은 책, p.118.
9 "噫於古有之 我何更爲".　　　　　　　『연암집』권7,「녹천관집서」, 같은 책, p.450.

로 나타난다. "지금은 한당 시대가 아닌데 왜 우리가 그들을 모방해야
하는가."[10]라는 연암의 항의는, 방고파의 병폐가 당대를 그리지 않는 데
있다는 사실을 상기시킨다. 연암은 '여기-지금'의 시공간을 반영하는 문
학을 지향하고 있었다. 그것은 리얼리즘 문학이다. 리얼리즘은 당대를
중시하기 때문에 역사소설을 기피한다. 하지만 연암의 개별성에 대한
인식은 오리지널리티를 절대시하는 낭만주의자들의 그것과는 성격이
다르다. 그의 '법고창신法古創新'의 문학론이 그런 생각을 입증해 준다.
법고창신의 문학론은 모방론과 창조론의 병행을 의미하기 때문이다.

(3) 법고와 창신의 역학관계

연암은 법고와 창신을 모두 중요시했고, 그 두 가지가 상호보완하는
것을 이상적으로 생각했다. 그가 부정한 것은 법고 자체가 아니라 경직
된 이미타시오의 경향이다. 그는 고전을 모방하는 일의 불가능함과 불
필요함을 지적하였고,[11] 법고와 창신의 극단성을 모두 경계하고 있다.
옛것에 얽매여 헤어나지 못하는 것이 병폐이듯이 새것에 치우치면 불경
不經에 빠질 염려가 있다[12]고 본 연암은, 두 가지를 융통성 있게 병행해
나갈 것을 주장한다. "옛것을 본받되 변화를 살릴 줄 알고, 새것을 창안
하되 전아典雅할 수만 있다면, 지금 쓰는 글도 고전이 될 수 있다."[13]는
것이 그의 결론이다. 법고와 창신에 대한 그의 견해는 어느 한편에 치

---

10 "何必遠古担 漢唐非今世".　　　　　　　『연암집』 권4, 「증좌소산인」, 같은 책.
11 "倣古爲文 如鏡之造形 可謂似也歟 左右相反 惡得而似也".
　　　　　　　　　　　　　　　　　　　　『연암집』 권7, 「녹천관집서」, 같은 책.
12 "噫 倣古者病泥跡 創新者患不經".　　『연암집』 권1, 「초정집」 서, 같은 책, p.118.
13 "苟能法古而知變 創新而能典 今之文猶古之文也".　　　　　위와 같음, p.118.

우친 것이 아니다.[14]

연암 자신의 글쓰기에서도 이 두 가지는 공존한다. 초기에는 『맹자』, 『사기』 등 선진양한先秦兩漢과 당송唐宋의 고문도 추구했고, 중년에는 『장자』와 불교적 문체의 영향을 나타내기도 하며, 만년에는 육선공陸宣公과 주자의 서독書牘을 좋아했던[15] 연암은, 고전의 다양한 문체를 두루 받아들여 다양하고 독창적인 글을 썼던 것이다.[16] 김조순金祖淳이 "朴某使讀孟子一章 必能成句"라고 한 것은 이미타시오의 부실함을 지적한 것이고, 서유거徐有榘가 "朴丈必能作 孟子一章[17]이라고 한 것은 그의 독창성에 대한 인정이라고 할 수 있다.

연암은 법고를 창신보다 중요시했는데도 김조순 같은 평이 나오는 것은, 그가 한당송의 대가들보다는 공안파公安派를 위시한 명·청의 근대 문학에서 영향을 더 많이 받은 데 원인이 있다. 그는 고문보다는 시문時文을 선호했고, 시 대신에 패사소품체稗史小品體[18]를 선택했다. 모방의 대상이 방고파와 달랐던 것이다. 패사소품체는 낮은 문체low style에 속한다. 그것은 낮은 제재와 낮은 인물, 낮은 언어를 수용하는데, 방고파는 높은 문체high style만 선호하기 때문에 방고파는 그의 소설을 문체를 망치는 원흉으로 보았다.[19]

연암은 패사소품체를 통하여 근대소설의 미학을 터득했고, 배경의 당

---

14 "與基創新而巧也 無寧法古而陋也".　　　　　　　　　같은책, p.119.

15 강혜선, 『박지원 산문의 고문 변용 양상』, 태학사, 1999, p.30.

16 같은 책, p.29.

17 『叢秘記』 5와 『睡餘蘭筆續』 하, 이가원, 같은 책, p.756.

18 正學과 대조되는 자질구레한 모든 글을 가리킨다. 특히 明淸 공안파의 소품체와 연의류 소설의 문체를 지칭한다.　　　　　　　　　강혜선, 같은 책, p.151.

19 "近日文章如此 原基本 則莫非朴某之罪也".
　　　　　　　　　『연암집』 권2, 「答南直閣公轍書」, 이가원, 같은 책, p.462.

대성도 받아들였다. "북학파의 시공時空의 상대주의 이론은 원굉도袁宏道의 논리와 일치"[20]한다. 민족문학의 독자성의 원리도 거기에서 나온 것이며, 미메시스론도 마찬가지였다. 원굉도가 "옛것은 왜 높고 지금 것은 왜 낮은가古何必高 숙何必卑"[21]라고 묻는 말은, 연암이 새것도 전범이 될 수 있다는 사상과 궤를 같이 한다. 연암은 명, 청의 최신 문학에서 리얼리즘의 특성을 터득했고, 문장의 산문화 경향도 받아들였으며, 패관소설의 중요성과 근대적 가치도 알게 되었다. 연암은 중국의 가장 중국답지 않은 문학, 중국의 가장 고전답지 않은 문학을 전범으로 삼아서 문제가 된 것뿐이다. 하지만 이론에 대한 영향을 받은 것이지 작품 자체를 모방한 것은 아니니까 이미타시오는 아니다. 그는 옛것을 본받되 융통성이 있는(法古而知變) 신축성을 가지고 그것들을 자기화했다. 자신의 독특한 세계를 개척해 간 것이다.

(4) '진眞' 존중의 문학관

연암의 문학론의 새로움은 사실존중사상에서 나타난다. "사실에 입각해야 진취가 나타난다即事有眞趣"[22]는 그의 주장은, 고전에서만 '진취'를 찾던 방고파와는 반대되는 새로운 견해다. 그것은 현실을 중시하는 리얼리즘적인 문학관이기 때문이다. 서구의 리얼리스트들처럼 연암은 '진'을 '미'나 '선'보다 우위에 놓았다. '즉사유진취'의 문학은 '진' 존중의 문학이다. 글을 쓰는 사람들은 '진을 그릴 따름'이며, 진취를 발현하기 위

---

20 강혜선, 같은 책, p.17.
21 『袁宏道集箋校』, 「丘長儒」, 강혜선, 같은 책, p.16.
22 『연암집』 권4, 「증좌소산인」.

해서는 현재를 존중해야 한다는 주장이 거기에서 나온다.[23] 그의 소설들이 실재한 사람의 전기 형식을 취한 사실이 그것을 입증한다. '즉사유진취'의 경향은, 사소설이나 모델소설만이 리얼리즘을 대표한다고 생각한 일본 자연주의자들의 사실존중사상과 비슷하다. 그들도 연암처럼 생각해서 '배허구'의 구호를 달았던 것이다.(졸저, 『불 · 일 · 한 3국의 자연주의』 1장, '일본자연주의'항 참조)

리얼리스트들은 '진'과 사실을 존중하기 때문에 '여기-지금'here and now 의 시공간에 집착한다. 거울은 거기 비치지 않는 것은 반영할 수 없기 때문이다. 연암이 조선사람은 조선사람의 현실을 그려야 하며, 고대가 아니라 당대를 재현해야 한다고 주장하는 이유가 거기에 있다. 현실에서의 도피를 꿈꾸던 낭만주의자들은 현실이 아닌 것에 대한 동경 때문에 중세와 이국을 선호해서 역사소설과 이국소설을 양산했다. 리얼리즘은 역사소설이나 이국소설을 기피한다. 배경의 근접성과 당대성은 리얼리즘과 낭만주의를 가르는 기본항이다. '당대성의 원리와 진취 발견', '즉사유진취'의 경향 등은 모두 리얼리즘의 특성에 속한다. 거기에 미메시스적인 모방론까지 합치면 그의 문학이 리얼리즘을 지향했음이 분명해진다. 연암의 리얼리즘적 경향은 「文章有道 如訟者之有證」[24]에 나오는 증거중시사상에서도 나타난다. 법관처럼 분명하게 증거를 중시하는 것을 지향하는 점에서 그는 19세기 프랑스의 리얼리스트들과 유사하다. 소송하는 이가 증거가 있어야 하는 것처럼, 글 쓰는 사람도 입증할 수 있는 사실을 기반으로 해야 한다는 말은, 리얼리즘의 실증주의적

---

23 "爲文者 惟基眞而己矣", 『연암집』 권3, 「공작관문고」 自序, 이가원, 같은 책; "文以寫意 卽止而己矣", 이가원, 같은 책, p.119.
24 『연암집』 권5, 「答蒼厓」, 이가원, 같은 책, p.121.

경향을 의미하기 때문이다. 이 점은 그의 소설이 로맨스가 될 수 없는 사유를 제공한다. 김시습의 소설처럼 사람과 귀신이 동침하거나, 「심청전」처럼 사람이 연꽃으로 변하는 소설과 연암을 구별하는 기본항이 증거 존중 사상이다.[25]

다음에 주목을 끄는 것은 '문의사의文以寫意'[26]라는 용어다. 자신의 생각을 있는 그대로 써야 한다는 주장은 방고파에 대한 비판에서 나온다. 고문이나 경전의 어구들을 가지고 글을 윤색하는 것은 "초상화를 그리는 사람이 용모를 고치고 화가 앞에 서는 것과 같다."고 생각하기 때문이다. 무엇을 그리든지 사의를 가지고, 있는 그대로as it is 그려야만 핍진逼眞한 묘사가 된다는 것이 연암의 리얼리즘론이다.

현실을 있는 그대로 반영하는 문학에 수반되는 것이 비속성의 문제다. 방고파는 고상한 제재만 선택하여 전아한 고문으로 그것을 표현하는 높은 문체만 선호하는데, 사의위주寫意爲主의 문학은 그렇게 할 수가 없다. 제재를 선택할 권리가 없기 때문이다. "글 쓰는 사람은 아무리 추한 것이라도 회피해서는 안 되며, 아무리 비속한 것이라도 그 자취를 없애 버려서는 안 된다."[27]는 그의 생각은 그가 거울의 문학인 리얼리즘을 선택한 작가임을 분명히 해준다. 그래서 연암은 대변을 줍고 다니는 사람을 위해 똥의 종류를 나열하기도 하고, 광인이나 거지들의 짓거리를 정밀하게 묘사하기도 하며, 호랑이 앞에 거름 냄새를 풍기며 부복해 있는 북곽선생을 상세히 묘사하기도 한다.

프랑스의 리얼리스트들이 "제재에는 높낮이가 없다."[28]고 선언하면서

---

25 같은 글 참조.

26 『연암집』 권7, 「녹천관집서」, 이가원, 같은 책, p.119.

27 "爲文者 濊不諱名 理不沒迹", 같은 글.

28 P. Stevick ed., *The Theory of The Novel*, The Free Press, 1967, p.89 참조.

실지로는 금기시되던 삶의 암흑면 묘사에 치중했기 때문에 '대변학大便學'
이라는 혹평을 받은 것처럼, 연암의 초기 소설들은 그 지나친 비속성
때문에 비난을 받았다. 정조가 연암을 문체를 망치는 원흉으로 본 것도
그 때문이다. 연암 자신도 이 점을 인정하여 자기가 "글로서 장난을 쳤
고, 박잡무실駁雜無實한 글을 썼음"[29]을 인정한다는 반성문을 쓴다. 그의
문장이 고전적인 작품들처럼 전아典雅한 것이 아니었음을 자타가 인정하
고 있는 셈이다. 언어의 비속화는 언어의 현실화에 수반된다. 중국의
언문일치를 부러워했던 연암은 현실에서 유통되는 속된 말들을 의식적
으로 문장에 집어넣었다. 현실을 있는 그대로 반영하기 위해 낮은 제재
와 낮은 어휘들을 수용한 것이다. 그 결과 비속성의 부피가 커져 버린다.

'진' 존중사상, '여기-지금'의 시공간 선호, 증거중시사상, 있는 그대로
의 현실의 재현 지향, 비속어 수용 등은 연암의 문학이 가지고 있는 리
얼리즘적 측면이다. 연암은 분명한 의식을 가지고 사실주의적 문학을
지향했다. 사실주의에 대한 그의 인식은 정확하고 환고하여 흠잡을 조
항이 적다. 작품에 나타난 노벨적 특성보다는 이론에 나타난 '卽事有眞
趣' 사상이 더 리얼리즘과 가깝다.

(5) 언어 문장의 층위

문장 면에서 보면, 연암에게는 신기한 말이나 특이한 어휘를 선호하
는 경향이 있고, 현학취미衒學趣味도 있다. 그의 소설에서는 거지도 광인
도 모두 문자를 쓰며, 탑타闒拕 같은 난해한 한자 이름을 가진 비렁뱅이
도 있어서, 박식하지 않으면 해독하기가 어렵다. 한자는 상형문자여서

---

29 『연암집』 권2, 「답 남직각공철서」, 이가원, 같은 책, p.464.

글자 수도 많고, 자획도 복잡하여 국문과 출신의 학력을 가지고 있어도 한문소설을 자전 없이 읽는 것은 어려운데, 연암은 현학취미까지 있어서 원전을 읽는 일이 대단히 어렵다. 사전 없이는 읽기가 어려운 문장으로 소설을 쓰는 것은 규칙 위반이다. 노벨은 애초부터 서민을 위한 문학이어서 우선 어휘가 쉬워야 하기 때문이다. 그래서 유럽 사람들은 라틴어 대신에 로만어(라틴어 문화권의 작은 나라의 토착어)로 소설을 썼다. 로만어 사용은 소설의 서민문학으로서의 성격과 밀착되어 있다. 소설은 라틴어를 모르는 계층까지 포용하는 최초의 장르라는 데 그 근대적 의의가 있기 때문이다.

그런데 연암은 한자로만 소설을 썼다. 그리고 자신이 "언문은 한자도 모른다 不識一個諺字"고 자랑스럽게 떠들고 있다.[30] 그는 박학다식한 작가다. 그가 한글을 몰랐다는 것은 일부러 안 배운 것이 아니면 알면서 모르는 체 한 거라고 볼 수밖에 없다. 그 사실은 그의 문학이 서민용 문학이 아니라는 것을 밝혀주고 있다. 그는 양반 출신이면서도 양반계층을 가혹하게 비판한 문인이다. 하지만 그의 양반 비판은 양반의 잘못된 점을 지탄하는 것이지 계급 사회 자체를 부정하는 것은 아니다.

언어 문장의 측면에서 기문취미나 현학취미보다 더 소설에 맞지 않는 것은 그의 한문 숭배사상이다. 라틴어 대신 자기 나라 글자를 사용함으로써 유럽의 나라들은 언어적인 독립을 쟁취한다. 로만어는 그 나라 사람들만의 고유한 언어였던 것이다. 단테가 『속어론』은 라틴어로 쓰면

---

30 "吾之平生 不識一箇諺字", 『연암집』 권3, 「공작관문고」, 이가원, 같은 책, p.663. 김윤식은 연암의 한자 편애를 "언어의 근본을 생활에서 찾지 아니하고 이념에서 찾기 때문"이라고 보고 있으며, "그러나 그들의 언어인식은 김만중의 저 유명한 자국어선언과 마찬가지로 표기된 것(signifiant)과 사물 사이의 간극을 깨닫는 선에까지 이르러 있다."(『한국문학사』, p.37)고 평하고 있다.

서 『신곡』은 토스카나어로 썼기 때문에 오늘날의 이태리어가 토스카나 어를 기반으로 하여 발전하게 된다. 자국어의 문학용어화야 말로 근대 문학의 가장 두드러진 특징이며, 그것은 소설이라는 새로운 장르를 통해서 구현된다. 자아에 대한 각성이 민족의식으로 확대되고 민족의식이 자국어와 연계되면서 소설이라는 새로운 장르가 탄생하는 것이다. 프랑스의 칠성파가 불어순화운동을 일으키는 시기에 「가르간튜어와 판타그 류엘」(라블레의 소설)이 나타나는 것은 우연이 아니다. 우리나라도 그들과 마찬가지다. 「홍길동전」이 나오고 「구운몽」, 「사씨남정기」 같은 한글 소설의 대작들이 나오면서 한국어로 된 서사문체가 형성된다. 그것들은 김만중 같은 작가들의 자국어에 대한 투철한 의식의 결실이라 할 수 있다. 연암이 소설을 한자로 쓴 것은 자가당착이고 시대착오다.

로만어 사용은 근대와 함께 시작된 문장의 산문화를 달성하는 수단이기도 하다. 자국어 사용은 언문일치운동의 지반이 되기 때문이다. 라틴어는 외래어여서 추상적이고 관념적이다. 한자어도 마찬가지다. 외래어는 철학용어나 학술용어에는 적합하지만 소설의 언어로는 적합하지 못하다. 토착어가 문학용어가 되는 것도 언문일치의 공적이고, 그 결과로 소설은 20세기를 지배하는 양식으로 성장하게 되는 것이다. 그런데 연암의 소설은 한자로 쓰였기 때문에 관념적이고 추상적이어서 논설문이나 평론과의 변별성이 없다. 「양반전」이나 「허생」은 찬탄의 대상은 되어도, 감동은 주지 못하는 이유가 거기에 있다. 연암도 그 점을 알고 있어서 언문일치가 되는 새 문자를 만들고 싶어 했다. 그는 속담이나 비속어 같은 것도 애용했으며, 문장의 산문화에도 힘을 썼고, 18세기의 한국의 현실을 재현하는 제재를 선호하기도 했다. 하지만 그는 한글은 무시하고 한문을 숭상했다. 한자는 남의 나라 글자이기 때문에 토착어를 제대로 표현할 수 없으니 언문일치가 될 수 없어서 근대화와는 주행 방향이 달라진다.

그러면서 연암은 중국사람들은 글을 외우는 것이 곧 말이 되는 까닭으로 한어漢語가 만국의 방언 중에서 가장 쉽다고 부러워하고 있다.[31] 한자는 중국문자이니 당연한 일이라 할 수 있다. 자기 나라의 탁월한 글자를 놓아두고, 남의 나라 글자인 한자로만 글을 쓰면서, 연암은 우리나라에서는 언문일치가 되지 않는다고 탄식하고 있다. 그의 한글 무시는 새 글자의 필요를 느낄 정도로 철저했다.[32] 이미 한글로 쓴 소설들이 여러 편 있는 상황에서, 한자로 소설 쓰기를 고집하는 것은 경직된 문자 사대주의라고 할 수 있다. 자기 나라의 언어와 문자에 대한 인식을 결여한 언문일치론에서 연암의 근대정신의 허점이 드러난다. 그것은 개인의식의 미숙성, 만민평등사상의 부실함, 언어 사대주의 등과 연결되어, 연암의 근대성을 저해하는 결정적 요소로 작용한다.

다음으로 주목할 부분은 부분적으로 나타나는 정밀묘사의 사실성이다. 졸라식의 폭넓은 정밀묘사를 그에게서 찾아보기는 물론 어렵다. 단편소설이기 때문이다. 하지만 연암의 디테일의 정밀묘사는 객관적이며 사실적이다. 단편소설이니까 부분적이 될 수밖에 없고 간결해지지 않을 수 없는 것뿐이다. 하지만 연암은 한자로 박진감 있는 간결체의 아름다운 산문 문체를 만들어냈다. 그의 간결의 미학은 표의문자로서의 한자의 의미 응축작용에 힘입은 바가 크다. 연암은 한자의 응축성을 최대한으로 살려서 짧은 형식 속에 많은 것을 담는 무기로 만들었다. 그는 한자의 그런 점을 높이 산 것이다.

---

31 "所以萬國方言 惟漢語最易".
　　　　　　『연암집』 권11, 「熱河日記」, 「渡江錄」. 같은 책, pp.662-663.
32 연암은 '別造文字'의 의지가 강했으나 만들지는 못했다.
　　　　　　이가원, 같은 책, '별조문자' 항, 같은 책, pp.660-669 참조.

문제는 노벨이 간결체와 적성이 맞지 않는 데 있다. 현실을 있는 그 대로 재현하는 문학은 만연체를 필요로 한다. 노벨은 작가의 선택권을 인정하지 않으니까 소설가는 그리려는 대상을 전부 있는 그대로 그려야 한다. 간결체로는 그 일을 감당할 수 없는 것이다. 간결체의 문장은 연 암이 노벨리스트가 되는 것을 방해한다. 노벨에 적합한 문체는 아니지 만 연암은 부분묘사에서 사실성과 구체성을 구현시키고 있다. 그것은 연암이 문장의 근대화에 기여한 부분이라고 할 수 있다.

현학취미, 외래문자 사용, 묘사의 간결성 등은 노벨에는 부적합한 요 소들이다. 하지만 문장의 산문화와 부분묘사의 사실성은 그것을 보완하 는 요소라 할 수 있다. 연암이 사실주의적 소설의 선구자이면서 노벨리 스트는 되지 못한 이유가 거기에 있다.

3) 「허생許生」을 통해 본 연암 소설의 노벨적 특성

연암의 소설과 노벨과의 상관관계를 작품의 구조를 통하여 검증하기 위하여 필자는 소설 「허생」을 선택했다. 연암은 12편의 소설을 썼지만, 노벨로서의 성격 규명을 위해서는 이 소설이 가장 적합하다고 생각했기 때문이다. 이 소설의 주인공 허생에게는 독서인 허생과 실천가로서의 허생의 두 인물이 공존한다. 산초와 돈키호테가 함께 들어 있는 것이 다. 실천가로서의 허생은 노벨에 근접한 인물이다. 그는 5년 동안에 백 만금의 이윤을 창출해 내는 사업가이며, 이상국을 만든 행정가이고, '시 사삼난時事三難'에 대한 해결책을 내 놓을 수 있는 정치가이다. 하지만 독 서인 허생은 노벨에는 적합하지 않은 인물이다. 쓰고 남은 황금을 바다 에 버리고, 어느 날 홀연히 사라져버리는 허생은 이상국의 지도자가 되기에는 너무나 현실과의 거리가 멀기 때문이다. 그런 양면성을 지닌 점에서 연암 소설에 나타난 노벨의 징후들을 검색하기에는 이 작품이 가장 적합한 것이다.

(1) 인물

① 출신 계층

계층면에서 보면 연암의 작품에는 양반과 중인과 서민이 섞여 있다. 그런데 바람직한 인물형은 서민층에 많다. 천민인 엄행수나 광문은 작가가 양반보다 높이 평가한 긍정적인 인물들이다. 중인계급에도 도덕적으로 숭앙을 받을 인물이 많다. 그런데 양반은 긍정적으로 그려지는 경우는 아주 드물다. 「양반전」이나 「호질」에 나오는 양반들은 부정적 측면이 과장되게 부각되고 있다. 돈을 받고 양반을 파는 사람이 아니면, 동네 과부집을 몰래 드나들다가 들켜서 소란을 피우는 부류의 양반밖에 나오지 않기 때문이다. 연암은 자신이 속한 양반계층을 가혹하게 비판한 작가다. 북곽선생은 호랑이도 구려서 먹지 않는 말종이고, 정선양반은 나라의 관곡을 대책 없이 해마다 받아먹고 갚지 않는 파렴치한이다. 일을 하지 않고 무위도식하는 그런 양반들을 연암은 가혹하게 비판한다.

하지만 허생만은 예외다. 양반 계층에서 나온 주동인물 중에서 허생은 가장 긍정적으로 그려진 인물이다. 그는 출신 계급은 양반이지만 경제적으로는 프롤레타리아이다. 과거를 보지 않는 선비니까 앞으로도 나아질 가망이 없어서 사실상 서민들보다 더 가난하다. 한때는 장사를 해서 막대한 돈을 벌었지만, 장사해서 번 돈은 자신을 위해서는 쓰지 않는 인물이니 평생 가난을 면하지 못한다. 하지만 그에게는 원하기만 하면 언제라도 거금을 벌 수 있는 탁월한 능력이 있다. 쓰고 싶은 데 다

쓰고도 50만 냥을 바다에 버린 사람의 가난이니까, 그의 가난은 '손에 돈을 쥐지 않는다'는 양반적 긍지에서 생겨난 선택적인 가난이라고 할 수 있다. 그 점은 허생과 다른 빈민을 가르는 변별특징이 된다. 그는 경제적 측면에서는 프롤레타리아지만, 계층면에서는 최고 계급의 양반이니 계층면에서 보면 이중성이 드러난다.

② 인물의 예외성과 비범성

연암의 양반들은 대체로 평범한 생활인이 아니다. 그의 문학에는 집안을 제대로 꾸려 나가는 양반이 없다. 허생은 아내의 품팔이로 연명하며, 정선양반은 관곡만 축내고 있는 빈민이다. 마음속에는 원대한 경륜이 도사리고 있겠지만, 그것을 풀어볼 기회를 가지지 못하는 불우한 빈민층 양반인 것이다. 정상적이 아닌 것은 서민들도 마찬가지다. 「마장전」에 나오는 세 인물은 떠돌아다니는 광인들이고, 광문은 거지이며, 김홍기는 곡식을 먹지 않고 사는 기인이다. 엄행수(「예덕선생전」)를 제외하면 성실한 생활인이 거의 없을 뿐 아니라 정상적인 생활을 하는 평범한 시민도 거의 없다고 할 수 있다.

하지만 그들은 도덕적으로는 우월하다. 대변을 주어다가 채소장수들에게 파는 것이 직업인 엄행수가 대표적인 인물이다. 그는 "행적은 더러우나 입은 조촐"한 점잖은 사람이다. 거지와 광인 같은 인물에도 그와 같은 유형이 많다. 그들은 도덕적으로 숭앙 받는 천민들이다. 그들 옆에는 천재형 서민들도 있다. 통신사를 따라다니는 천재적인 역관 우상이 그런 인물을 대표한다. 재능면이나 도덕적인 면에서 그들은 모두 보통 이상이다. "바보와 천재를 합성해 놓은 것 같은" '방외인方外人'의 무리들이다. 출신 계층은 낮지만, 정신적인 면에서는 최고층에 속하는 엄행수나 우상 같은 인물들은 스타일 혼합의 측면에서 보면 숭고성과 비속성을 공유하는 유형에 속한다.[33] 그들은 노벨에는 맞지 않는다. 균형이 잡히지 않는 보통이 아닌 예외적인 인물이기 때문이다. 독서인 허생도 그들과 유사한 유형에 속한다.

하지만 연암의 인물 중에서 허생은 가장 비범한 인물이다. 독서인 허생은 양반계급 출신인데, 다른 양반들처럼 위선적이지 않고, 허례허식을 좋아하지 않는다. 도덕성에 하자가 없는 것이다. 그는 하층민 같은 궁핍한 생활을 영위했으면서 돈이 생기니 50만금을 바다에 버릴 수 있는 배포도 가지고 있다. 돌아온 후에 허생은 변 부자에게서 최저생계비를 지원받지만, 그것도 버리고 어느 날 홀연히 남산골에서 자취를 감춘다. 가난을 부끄러워하지도 않고, 두려워하지도 않는 초연함을 가지고 있는 것이다. 뿐 아니라 그는 이완 대장을 칼을 들고 죽이려 할 정도의 담대함도 가지고 있다.

가출 후의 허생의 묘사에서는 비범성만 드러나는 것이 아니라 이상화까지 이루어지고 있다. 그는 로맨스에 나오는 인물처럼 만능의 인물로 그려진다. 그는 생면부지의 상인에게서 말 한마디로 만금을 변통받는다. 그는 또 5년 동안에 백만금을 만들어내는 탁월한 상술도 가지고 있다. 물건의 유통구조를 훤히 꿰뚫고 있어서, 매점매석으로 10배의 이윤을 남기는 것이다. 그는 쌀을 일본에 수출하여 백만금을 얻는 국제무역까지 하는 스케일이 큰 상인이다. 그의 비범함은 다른 곳에서도 나타난다. 그는 도적떼들을 양민으로 만들어 이상국을 세우는 탁월한 목민관의 안목을 지니고 있고, 북벌정책에 대한 비전이 전문가인 이완을 능가하는 정치가이기도 하다. 돈을 버는 방법도 놀랍지만, 물질에 대한 초

---

33 숭고성과 비속성을 공유하는 문체혼합의 패턴은 낭만적인 것이다. 고전주의는 문체분리를 택하기 때문이다.

연한 자세도 경이롭다. 그는 50만 냥이나 되는 돈을 버리고 청빈을 택하는 고결한 인품을 지니고 있는 것이다.

허생은 지적 능력이나 경륜의 크기, 실천력의 치밀함 등으로 볼 때 '우리보다 우월한 자'여서 고차모방의 유형high mimetic mode에 속한다. 그러면서 독서인 허생은 서민보다 더 가난하고 초라한 몰락양반에 불과하기 때문에 그는 숭고성과 비속성을 공유하고 있다. 허생은 탁월한 행정가지만, 그 능력과 인품을 알아보고 삼고초려를 하는 통치자는 없었다. 불우한 천재인 것이다. 그 점은 우상도 민옹도 마찬가지다. 불우한 천재의 이미지는 낭만주의가 선호하는 품목이다.

허생의 방외인적 풍모는 그의 초상식적 언행에서도 나타난다. 그는 중용을 모르는 인물이다. 변씨와의 관계도 그렇지만 이완과의 대화에서도 그의 극단적 성향이 노출된다. 일개 어영대장에게 허생은 제왕이 할 일을 요구하고 있다. 그리고 자기 의견을 수용하지 않는다고 칼을 찾으며 난리를 부린다. 그의 요구사항의 내역도 양식에 어긋나는 것들이 많다. 명나라 장병의 은혜가 아무리 크다고 해도 종실의 딸들을 그들의 자제들과 결혼시키라는 발상법은 온당하지 않으며, 양갓집 자제들을 호복胡服을 입히고 치발薙髮을 하게 하여 청나라에 유학 보내라는 것도 당대의 상식으로는 수용하기 어려운 사항이다. 18세기에 우리는 아직 유교의 영향권 안에 있는 나라였으니, 신체발부는 여전히 부모에게서 받은 소중한 것이어서 함부로 잘라서 치발을 하는 것은 어려운 일이다. 뿐 아니다. 굳이 그렇게까지 해야 할 이유도 없다.

인물의 방외인성, 인물의 이상화, 숭고성과 비속성을 섞는 문체혼합의 양상, 불우한 천재의 이미지 등은 로맨스가 선호하는 경향들이어서 노벨에는 적합하지 않은 요소들이다. 노벨은 보통사람을 다루는 장르이기 때문이다. 시정에서 흔히 볼 수 있는 평범한 인간들의 일상을 재현하는 것을 노벨은 선호한다. 그런 인물들에게는 숭고성이 결여되어 있다. 그들에게는 천재성도 없다. 경제문제, 사회문제, 정치문제 같은 현실적인 문제들을 다루고 있는데도 불구하고 허생이 노벨에 적합하지 않은 이유가 거기에 있다. 허생의 상행위는 일회성 시범행위에 불과하며, 이상국의 건설도 지속성이 없고, 이완에게 요구한 세 항목은 실현성이 희박하다. 허생은 현실 속에서 평온한 생활을 영위하기가 어렵다. 이상주의자이기 때문이다. 허생은 본질적으로 돈키호테적인 측면에 역점이 주어져 있는 인물이라 할 수 있다.

그러나 허생 속에는 돈키호테만 있는 것이 아니다. 상인으로서의 허생은 완벽한 산초이다. 그는 치밀하고 합리적이며, 실천적인 현실주의자다. 빅데이터를 가지고 사회 전체를 컨트롤하는 오늘날의 우수한 기업가들처럼, 허생은 상거래의 본령을 통달하고 있어서 그의 상행위에는 리스크가 없다. 목민관으로서의 측면도 마찬가지다. 그는 가족과 농토를 주어서 도적들을 양민으로 만든다. 먼저 먹여 놓고 나서 교육을 해야 효과가 있다는 걸 알기 때문이다. 그러면서 무인도를 떠날 때는 글자를 아는 인물은 남겨놓지 않는다. 다시 계급이 생기고 붕당이 생겨서 식자들이 갑질하는 것을 예방하기 위함이다.

정치가나 행정가는 앞날까지 예측할 수 있는 구체적이고 현실적인 안목을 지녀야 한다. 허생은 그런 정치가다. 그래서 백성들에게 항산부터 만들어 준 다음에 교육을 시작하며, 북벌을 하기 위해서는 스파이의 활용이 필요하다는 의견도 내 놓는다. 복지에 대한 관심, 능력 있는 자의 등용문제, 북벌정책 등에 관한 견해에서도 그의 현실적인 안목의 성숙성을 볼 수 있다. 인간 평등사상도 가지고 있었던 그는 계급의 경직성을 타파하는 문제에도 방향을 제시한다. 양반이 농사도 지어야 하며, 기술자나 상인도 되어야 나라가 진흥될 수 있다고 생각한 것이다.

그런 성숙성은 그의 인물들의 연령과도 관련이 된다. 연암의 인물들은 연령면에서는 노벨과 궁합이 맞는다. 모두가 성인 남자들이기 때문이다. 루카치의 말대로 노벨은 성인남자의 세계를 그리는 장르이다.[34] 인물의 성별로 보아도 그의 소설에는 남자가 압도적으로 많다.

그의 소설은 한문으로 쓰여서 관념적이고 추상적이다. 그것은 감성부재의 안목으로 그린 현실의 영상이다. 허생의 상인, 정치가, 목민관으로서의 세계는 그의 인물들이 지니는 노벨적인 성향을 보여준다. 성인남자의 세계를 그린 점도 마찬가지이다. 문제는 그런 현실적인 측면에서도 발견되는 인물의 지나친 이상화 경향과 몰상식성이 문제다. 허생은 실천가로서도 너무 완숙하여 흠을 잡을 틈이 없다. 현실에는 그런 인간이 존재하기 어렵다.

③ 인물의 양면성과 추상성

다음에 문제가 되는 것은 인물의 성격이 양분되어 있는 점이다. 허생 안에는 산초와 돈키호테가 다 들어 있는데, 그 둘이 융합되지 못하고 각각 움직인다. 경제, 사회, 정치문제의 전문가인 가출한 후의 허생은 산초형이지만, 가출 전의 허생은 돈키호테형이다. 이 두 인물 사이에는 연결 고리가 없다. 서로 너무 다르기 때문이다. 변화가 돌연하고 극단화되어 있어 동일인으로 보기 어려울 정도다. 하지만 허생의 본질은 후자에 있다. 그는 실천가의 자리에 오래 머물지 않고 집에 돌아와 독서인으로 돌아간다. 물욕에서 초탈한 고고한 선비상을 살리면서 동시에 상인으로서의 탁월함, 사회사업가로서의 유능함, 정책가로서의 우수함을 한 인물에게 모두 구현시키려 한 작가의 과욕이 인물의 성격을 파탄

---

34 G. Lukacs, *The Theory of The Novel*, M.I.T. Press, 1971, p.71.

시킨다. 허생은 두 얼굴의 사나이다.

통일성의 결여는 이완에게서도 나타난다. 어영대장인 이완은, 허생의 누옥을 찾았을 때 문 밖에 세워 두는 푸대접을 조용히 감수하는 대범함을 보였는데, 허생 앞에서는 말을 잘못하여 번번이 허생을 실망시키며, 그의 칼부림에 놀라 허겁지겁 도망치는 추태를 부린다. 허생의 아내도 양면성을 지니고 있다. "不工不商 何不盜賊"이라는 당돌한 발언을 남편에게 퍼붓던 여인은 너무 쉽게 50만 냥이나 되는 돈을 버리면서 가장으로서의 책임을 지지 않는 남편 앞에서 군말이 없는 반가의 여자로 바뀌어 있다. 다음에 지적해야 할 것은 구체성의 결여이다. 허생에게는 이름이 없을 뿐 아니라 얼굴도 없고, 몸집도 없다. 변씨 집 사람들 눈을 통해 비렁뱅이 같은 옷차림만 상세하게 묘사되어 있을 뿐이다.

실띠는 허리에 둘렀으나 술이 다 뽑혀 버렸고, 가죽신은 꿰었으나 뒷굽이 빠졌으며, 다 망그라진 갓에다 검은 그으름이 흐르는 도포를 걸쳐 입었는데 코에서는 맑은 물이 훌쩍훌쩍 내리곤 했다.[35]

하지만 그런 차림새는 '남산골 샌님'의 보편적 차림새여서 신선도가 떨어진다. 외양에 대한 묘사가 소홀한 데 비하면 인품은 구체적으로 묘사되어 있다. 그에게 십만 냥을 내준 변씨의 눈을 통해 허생은 다음과 같은 인물로 그려진다.

대체로 남에게 무엇을 요구할 때엔 반드시 의지를 과장하여 신의를 나타내는 법이야.

---

35 이가원, 『이조한문소설선역주』, 정음사, 1986, p.151.

얼굴빛은 부끄럽고도 비겁하며, 말을 거듭함이 일쑤지. 그런데 이 손님
은 옷과 신이 비록 다 떨어졌으나, 말이 간단하고, 눈가짐이 거오倨傲하고
얼굴에 부끄런 빛이 없는 것을 보아서도, 그는 물질이 갖추어지기를 기다
리기 전에 벌써 스스로 만족을 가진 사람임이 틀림없는 것이다.

같은 책, p.152

인품을 묘사하는 대목은 다른 데서도 여러 번 나타난다. 돈을 갚은
후에 변 부자와 나누는 대화에서는 그의 청빈함이 드러나며, 이완과의
대화에서는 경륜의 크기와 함께, 호방하나 참을성이 없는 성격이 부각
된다. 간접묘사를 통한 형상화의 기법이 뛰어나다. 그런데 경륜과 덕의
크기를 다루는 일에 지면을 빼앗겨서 신체적 조건이 잊혀졌다. 허생은
meta-physics만 그려져 있지 physics는 소외되어 있는 추상적 인물이
다. 개별성이 부각되지 않는 이유가 거기에 있다.

하지만 조선시대의 몽환소설이나 「심청전」 등과 비교해보면, 현실과
의 거리가 현저하게 좁혀져 있음을 알 수 있다. 사람과 귀신이 같이 사는
매월당梅月堂의 소설이나, 사람이 연꽃으로 변하는 심청의 이야기 등과
비교할 때 허생은 현실성을 지닌다. 허생은 당대의 제도와 인습에 갇혀
있는 현실의 인물이기 때문이다. 책상에 앉아서도 그는 경전을 읽는 대신
에 이용후생의 현실적 문제를 연구하는 실학자이며, 일시적이기는 하지
만 상행위를 성사시킨 상인이기도 하다. 초월성과 비합리성의 배제는
연암의 인물이 지니는 노벨적 요인이고, 인물의 방외성, 인물의 통일성의
결여, 형이상학에 치중한 묘사 등은 그것을 저해하는 요인이다.

(2) 시공간의 양상

이 소설에서 노벨과 가장 근사치를 나타내는 것은 공간적 배경이다. 허생은 지번을 분명히 지니고 있는 현실의 거주자임을 다음 인용문을 통해서 확인할 수 있다.

> 허생은 묵적골에 살고 있었다. 줄곧 남산 밑에 닿으면 우물 위에 해묵은 은행나무가 서 있고, 싸리문이 그 나무를 향하여 열려 있으며, 초옥 두어 간이 비바람을 가리지 못한 채 서 있었다.　　이가원 역, 같은 책, p.150

인물묘사의 추상성에 비하면 공간 묘사는 파격적으로 구체적이다. 공간의 구체성은 다른 데서도 나타난다. 허생이 서울에서 누가 제일 부자인가 묻고 다니는 거리는 운종가雲從街이고, 장사하러 간 곳은 '畿湖之交 三南之綰口'에 있는 안성으로, 상업적 요충지로서의 가치까지 명시되어 있다. 도적들이 모여 있는 곳은 전남 부안이며, 이상국을 세우는 무인도는 서해의 '沙門長崎之間'에 있고, 나가사키 섬은 "삼십일만 호나 되는 일본의 속주"라고 지지적地誌的 조건까지 명시된다. 기행문인 「열하일기」를 쓴 작자답게 연암은 공간적 배경의 개별성에 대한 관심이 많다.

공간적 배경의 구체성은 연암의 소설이 지니는 노벨적 요인이다. 로맨스가 배경을 애매하게 묘사해서, 진공화하거나 장식적 역할을 시키고 마는 데 비해, 노벨은 분명한 지지적 공간을 제시하여 인물의 거점을 현실화하고 개별화하기 때문에, 공간묘사의 구체성은 노벨을 로맨스와 나누는 중요한 요건이 되는 것이다.

그런데 시간적 배경은 좀 이완되어 있다. 북벌 문제가 쟁점으로 등장하던 시기니까 「허생」의 배경은 100년도 더 떨어진 과거가 된다.[36] 당대성의 원리를 잘 지키던 연암이 과거의 인물을 대상으로 삼은 것은 '시사삼난時事三難'에 대한 해법을 제시하고 싶은 의욕에 기인했을 가능성이 많다. 연대만이 아니다. 이 소설에는 일부인도 없다. 계절도 날짜도 명시되어 있지 않다. 하지만 허생이 장사한 기간은 5년이고, 이완과 만나는 시기는 귀가 후 3년, 젊어서 허생이 글만 읽으며 산 기간은 7년으로 명시되어 있다. 시대적 배경도 과거이기는 하지만 1세기 정도로 당겨져 있어, 현실과의 거리가 그다지 멀지는 않다. 이전의 소설에 비하면 시간과 사건과의 인과관계의 폭이 많이 넓다. 이전의 소설에서는 시공간이 의미를 가지지 못하거나 내용과 유리되어 있었던 것이다. 시간적 배경이 현실에 접근해 있고, 부분적으로라도 구체화되어 있는 것은 과거소설과의 변별특징이라고 할 수 있다.

시간적 배경의 구체화와 공간적 배경의 현실화는 「허생」이 지니는 가장 근대적인 특징이다. 하지만 공간적 배경은 스케일이 너무 커서 단편소설의 수용능력을 파탄시키고 있고, 시간은 1세기라는 시차 때문에 당대성의 원리가 이완되어, 노벨의 시공간으로서는 미흡하기 때문에, 현실화의 징후로서의 역할만 하게 되는 것이다.

(3) 사건

① 사건과다 현상

「허생」의 플롯의 특징은 사건과다 현상에 있다. 1) 허생의 가출, 2) 변씨와의 만남, 3) 안성과 제주도에서의 상행위, 4) 해외무역, 5) 이상국

---

36 1659년에 효종시대가 끝나는데, 연암의 열하행은 1780년이니 120년 이상 떨어진 시대가 배경이다.

건설, 6) 귀가 후 변씨의 돈 갚기, 7) 이완과의 만남, 8) 허생일가의 실종 등이 크지도 않은 소설 안에 다 담겨 있다. 사건이 너무 많을 뿐 아니라 아주 거창하다. 해외무역을 하거나 나라를 세우는 스케일의 일이기 때문이다. 「허생」은 단편소설이다. 단편소설은 단일한 사건을 다루어야 성공한다는 것이 소설작법상의 기본율이다. 그런데 「허생」은 경제, 사회, 정치의 세 분야에 걸친 연암의 사상을 모두 담고 있기 때문에 단편소설의 수용능력을 초과하고 있다. 그래서 장편소설의 줄거리를 요약해 놓은 것 같은 느낌을 준다. 사건소설인 로맨스와는 달리 노벨에서는 사건의 비중이 낮아지고 작아지는 것이 상례이다. 현실에서는 거창한 사건이 벌어질 가능성이 적기 때문이고, 사건은 디테일까지 상세히 서술되어야 하기 때문이기도 하다.

사건과다 현상은 디테일을 정밀하게 묘사할 지면을 없애 버려서, 현실과의 유사성을 감소시킨다. 리얼리즘이 장편소설을 선호하는 것은 그 때문이다. 단편소설을 중심으로 발전한 한국의 초창기의 사실주의적 소설들이 자칫하면 「허생」처럼 장편소설의 시놉시스 같은 것이 되어 버리기 쉬웠던 것은 사건과다 현상 때문이다. 뿐 아니다. 단편소설은 생략과 선택의 폭이 커서 작가의 주관이 개입될 여지가 많다. 단편소설에서의 사건과다 현상이 반노벨적 요인이 되는 것은 디테일의 정밀묘사가 불가능하고, 작가의 주관이 개입될 여지가 많은 데 기인한다.

② 개연성의 부실함

그 다음에 문제가 되는 것은 개연성이 부족한 사건이 많은 것이다. 허생이 변씨에게서 만 냥을 얻는 사건에는 개연성이 적다. 생면부지의 허술한 사람에게 달라는 대로 거금을 성큼 내주는 상인은 많지 않기 때문이다. 50만 냥의 은을 수장水葬하는 사건도 마찬가지다. 돈을 쓸 데가 없어 버려야 한다는 말은 수긍하기 어렵다. 돈을 좋게 쓸 곳은 얼마든지 있기 때문이다. 한번 무역해서 얻은 이익이 백만 냥이라는 것도 개연성에 저촉된다. 액수가 너무 클 뿐 아니라 아귀가 딱맞는 것도 수상하다. 상품이 쌀이라는 것도 의심을 자아내는 항목이다. "땅이 천리가 못 되는" 작은 섬에서 일 년 동안 수확한 쌀에서, 주민 이천 명이 삼년 먹을 양식을 제하고 남은 것이 백만 냥어치나 된다는 게 납득이 되지 않는 것이다. 그 돈을 허생이 마음대로 쓰는 것이 정당한가 하는 것도 생각해 볼 문제다.

이완과의 관계에도 문제가 있다. 허생이 그에게 요구한 것은 그의 재량 밖의 일들인데, 들어주지 않는다고 초면의 어영대장을 칼로 찌르려 한다는 것은 어불성설이다. 더구나 상대방은 무술에 능한 군인이다. 일개 독서인이 함부로 칼을 들고 덤빌 상대가 아니다. 이런 개연성의 부족은 사건의 인과관계를 이완시켜 그의 소설들이 노벨이 되는 데 장애가 된다.

하지만 가출해서 돌아올 때까지의 행적은 대체로 구체적이다. 상행위와 이상국 만들기, 해외무역, 변씨와의 재회 등은 비교적 납득이 갈 수 있게 처리되어 있다. 안성의 지리적 여건과 치부致富와의 관계, 제주도에서의 매점매석 품목 선정 등에서 합리적인 연암의 안목이 드러난다. 나가사키長崎의 흉년과 쌀 무역도 시의성時宜性이 있다. 그 중에서도 가장 현실적인 것은 북벌문제의 선결과제로 간첩의 필요성을 제시한 부분이다. 플롯 면에서도 이 소설은 둘로 갈라진다. 가출한 후의 허생의 행적은 연암의 소설을 노벨에 접근시키는데, 독서인을 다룬 부분은 현실성이 이완되기 때문이다.

③ 일상성의 결여

노벨에서는 일상생활 속에서 일어나는 일상적인 사건이 다루어진다. 그런데 「허생」에는 그것이 없다. 허생은 황금을 보기를 돌같이 하고, 가족에 대한 부양 책임은 잊고 사는 선비다. 무위도식하면서 독서만 하는 것이 남산골 샌님의 전형적 행태이기 때문이다. 허생은 10년 동안 글만 읽으려 했는데, 아내가 잔소리를 해서 7년 만에 집을 나서게 되었다고 투덜거리는 남자다. 그가 얼마나 무책임한 가장인가를 이로 미루어 알 수 있다.

연암은 그런 양반들을 아주 싫어했다. 그래서 가출한 허생에게 장사를 시킨다. 그런데 허생은 장사해서 번 돈을 한 푼도 집에는 가져오지 않는다. 귀가한 후에는 변씨가 식량을 보내서 최저생활을 하고 있는데, 양식을 넉넉히 보내면 화를 낸다. 그러면서 술은 사양하지 않는다. 허생은 밥보다는 술에 역점을 두고 살고 있는 사람이고, 그것을 멋으로 여기는 사람이어서, 그의 삶에서는 일상사가 배제되는 것이 당연하다.

가출한 후 장사를 하는 부분의 행적에서도 역시 일상성은 나타나지 않는다. 이상국 이야기가 몇 장으로 처리되는 지경이니 일상성이 끼어들 여지가 없다. 일상성은 삶의 지속적인 반복과 유착되어 있는데, 이 소설에서는 일회성 이벤트들만 기술되고, 나머지는 생략된다. 허생이 어디에서 자고, 무얼 먹고 살며, 무얼 입고 다니는지 작가는 관심이 없는 것이다. 그래서 이 소설에서는 디테일 묘사가 적다.

하지만 상행위와 활빈행, 해외무역 등으로 나타나는 가출 후의 행적도 디테일은 그려져 있지 않지만, 중요한 사건은 수치가 정확하게 보고되고 있다. 문제는 그 숫자가 항상 똑부러지게 아귀가 맞는 데 있다. 만 냥, 십만 냥이 아니면 백만 냥 하는 식이다. 도적들의 인원수도 마찬가지다. 천 명이 아니면 이천 명이어서 '0'이 아닌 숫자로는 마무리가 되지 않는다. 구체적인 수치의 명시는 현실적인 측면인데, 거기에도 우연적인 요소가 이렇게 끼어들어서 개연성을 손상시킨다. 사건과다 현상, 개연성의 부실함, 일상성의 부재 등은 연암의 소설이 노벨이 되는 데 장애가 되는 요인들이다.

(4) 주제에 나타난 근대의식

① 계급사회의 경직성 타파

연암의 근대성은 계급의식의 경직성을 비판하는 데서 시작된다. 인간을 네 계급으로 나누고, 관리가 되는 과거 시험은 양반이 아니면 보지 못하게 하는 제도를 그는 우선 비판한다. 우상 같은 천재도 역관계급 출신이어서 과거를 볼 자격이 없으니 초야에 묻히고 마는데, 연암은 그것이 싫어서 「우상전」을 쓴다. 등용문 확대를 지지하는 주장과 더불어 그가 요구하는 것은 공정한 선발제도다.

그 다음에는 계급에 따라 직종이 정해져 있는 계급사회의 경직성을 비판한다. 양반은 이익을 추구하는 장사 같은 것을 해서는 안 되며, 기술자가 되거나 농사를 짓는 막노동을 하는 것도 안 되니까, 과거시험을 안 보는 허생 같은 사람은, 아내에게 기식하는 존재로 전락하는 수밖에 없다. 그래서 연암은 허생에게 장사를 시키고 이상국에서는 농경에도 관심을 표명한다.

연암은 하층계급의 천민 중에서 탁월한 인물들을 골라서 그들의 이야기를 소설로 쓴 작가다. 그의 초기의 9전에는 똥을 주워 생계를 이어가는 인물을 예찬한 「예덕선생전」이 있고, 정직하고 성실한 거지를 다룬 「광문자전」도 있다. 그들은 연암이 천민 계급에서 찾아낸 사람다운 사람들이다. 인품이 양반다우면 양반 대접을 해야 되고, 능력이 탁월하면

계급과 무관하게 등용해야 한다는 것이 연암의 주장이다.

그래서 그의 작품에서는 양반들이 대체로 부정적으로 그려진다. 연암은 양반의 명분론과 위선, 무위도식하는 몰염치함, 지위를 이용한 횡포 등을 가혹하게 비판한다. 정선양반에게는 양반을 팔게 하고, 북곽선생은 거름 구덩이에 빠뜨리며, 이완은 칼로 내리치려 하는 이유가 거기에 있다. 「허생」에서도 양반의 무위도식이 문제가 되고 있다. 독서만 하는 허생에게 아내가 "당신은 뭘 하려고 책을 읽는가讀書何爲"하고 묻는다. 과거를 볼 것이 아니면 책은 왜 읽는가 말이다. 책만 읽지 말고 '工'이나 '商'이라도 해서 생계를 책임지는 것이 가장다운 일이 아닌가 하는 것이 그녀의 의견이다. 거기 대하여 허생은 '工'은 배우지 못해서 못하고 '商'은 밑천이 없어서 못할 뿐 천업이라서 안 하는 것은 아니라고 대답한다. 그러자 아내는 한 걸음 더 나아가 '不工不商 何不盜賊'이라 말한다. 그건 연암의 의견이기도 하다. 연암은 선비들의 무위도식을 도적행위보다 더 나쁜 행위로 보고 있다는 것이다.

그래서 연암은 허생에게 과감하게 제4계급이 하는 직종인 장사를 시킨다. 그는 매점매석을 해서 열 배의 수익을 올리고, 해외무역을 해서 백만 냥을 얻는다. 섬에서 농사도 지었으니 '농'과 '상'을 모두 실천한 셈이다. 양반이 낮은 계층의 일인 '농'과 '상'에 종사한 것은 혁신적인 처사다. 하지만 허생의 이런 행위는 지속되지 않아서 그의 직업이 되지 못한다. 그는 애초부터 상인이 될 마음이 없었다. 청빈을 높이 평가한 그는 장사해서 번 돈을 천시해서 한 푼도 집에는 가져오지 않을 뿐 아니라, 해외에서 얻은 돈 절반을 바다에 버린다. 그의 상행위는 양반도 상업을 할 수 있다는 것, 하면 그렇게 잘할 수 있다는 것을 시범해 보인 것에 불과하다. 그것은 영역확대이지 계급 타파는 아니다. 허생의 상행위는 그를 상인으로 만들지 않았기 때문이다.

그는 여전히 상문주의자여서 상인을 천시하고 선비를 높이 본다. 그가 우상(「우상전」)을 높이 평가한 것은 그가 아름다운 문장을 쓰는 시인이기 때문이다. 그의 상문주의는 변씨와의 대화에서도 나타난다. 다시 만난 자리에서 변씨가 "그대의 얼굴빛이 전보다 조금도 나아지지 않았으니, 만 냥을 잃어버린 모양이지?"라고 말하자 허생은 "재물 때문에 얼굴빛이 윤택해지는 것은 그대들이나 하는 일이지. 만 냥이 어찌 도道를 살찌게 하겠는가."라고 말해서 상인에 대한 멸시를 노출시키며, 변씨가 그에게서 이자만 받으려 하자 "그대가 어찌 나를 장사치로 대우한단 말인가?"라고 분개한다. 선비의 청빈사상은 최고의 가치로서 허생에게 여전히 자리잡고 있는 것이다. 연암은 양반도 장사나 농사를 할 수 있고, 다른 계급에서도 우수한 인재는 등용해야 한다고 생각한 유교의 개혁파였을 뿐, 계급을 타파할 생각은 없었던 인물이라고 할 수 있다.

허생의 근대성은 돈을 버는 데서만 나타나는 것이 아니라 돈을 쓰는 법에서도 나타난다. 그는 돈 버는 법을 시범한 것처럼 쓰는 법도 시범한다. 허생은 장사해서 번 돈으로 도적을 양민으로 만들어 이상국을 건설하며, 외국무역에서 나온 돈도 사회복지를 위해 사용한다. 상업 이윤의 사회환원의 모델을 제시한 것이다.

다음은 정치에 대한 관심의 표출이다. 그것은 이완에게 제시하는 시국타개책으로 나타난다. 첫 항목은 초야에 묻힌 인재를 영입하여 참신한 정치를 하라는 것이다. 우상이나 허생 등도 거기에 해당될 것이고, 연암 자신도 마찬가지일 것이다. 연암은 정조가 순정문醇正文을 쓰지 않은 데 대한 반성문을 요구하자 처음에는 반발하지만 결국 써서 바치며, 만년에 변방의 수령자리를 제수하자 받아들이고 있다. 올바른 정치를 지방에 있는 고을에서라도 펴보고 싶었기 때문일 것이다.

두 번째 것은 명나라 장수의 후손들과 우리나라 종실의 딸들과의 혼인정책에 대한 제언이다. 결혼을 통한 우호관계의 구축이라고 볼 수 있다. 하지만 명나라는 이미 망한 나라다. 그 결혼이 국가의 이익이 될 가능성이 적다. 그렇지 않다 하더라도 하필 반가와 종실의 딸들을 국가가 주도해서 외국인과 결혼시켜야 할 이유가 없다. 한국인은 혼혈을 좋아하지 않는 민족이다. 개인의 결혼에 국가가 간섭하는 것은 반근대적 사고방식이라고 할 수 있다.

세 번째는 북벌문제다. 그가 북벌의 선결조건을 첩자를 통한 상대국의 정보수집으로 본 것은 타당성을 지닌다. 유학을 보내는 것도 좋은 의견이다. 하지만 굳이 청나라 사람들처럼 호복을 입히고 치발을 해야 할 이유는 없다. 의복은 그 나라의 문화의 표상이기 때문이다. 명분론의 허상에서 탈피하여 현실적으로 국치를 씻을 방안을 제시한 것인데, 너무 나가서 현실성이 손상됐다.

상행위와 복지사회 구현, 복제의 개혁과 혼인정책, 북벌정책의 제시 등은 연암이 종래의 양반들과 스스로를 구별짓는 변별특징이다. 그는 재래의 선비들처럼 경전만 읽은 것이 아니라 북학파답게 경세치용經世致用의 현실적인 학문도 연구한 학자다. 그래서 탁월한 상술도 겸비하고 있고, 활빈행의 요령도 터득하고 있으며, 계급사회의 경직화에 대한 진보적 자세도 갖추고 있고, 북벌정책의 해법을 제시할 정도로 정치에 대한 식견도 높으며, 국제무역도 실천하는 유연성을 가지고 있는, 개혁적인 선비의 상을 「허생」에서 제시한 것이다. 허생은 연암이 되고 싶었던 것을 모두 이룬 바람직한 양반상이라 할 수 있다.

새로운 양반상을 제시하고, 수구적 양반상을 비판한 곳에서 연암의 실학파적 특징이 드러난다. 하지만 그는 여전히 엘리트주의자이다. 그가 예찬한 천민이나 중인은 모두 출중한 사람들이다. 평범한 사람을 좋아한 것은 아니다. 그것이 그의 평등사상의 한계이다. 다른 계급의 특출한 인재들을 수용하고, 양반들도 '농'과 '상'에 종사하는 것을 통하여 계급사회의 경직화를 막기를 원했을 뿐이지 계급사회 자체를 부정한 평등주의자는 아니기 때문이다.

② 이상국의 여건에 나타난 연암의 유토피아관

허생의 이상국의 첫 번째 특징은 '먼저 부하게 하고나서 가르친다'는 '선부후교'의 정신이다. 의식이 족한 후에 가르침을 주는 방침은, 유교의 '선교후부先敎後富'에서 나타나는 물질 경시 사상의 허상을 타파하는 리얼리스틱한 접근법이다. 그 다음에 허생은 새 글자를 만들고, 복제도 개혁할 예정이었다. 하지만 허생은 웬일인지 이상국 경영을 그만두고 귀가한다. 장사처럼 목민관도 자신의 본령이 아니라고 생각한 모양이다. 그러나 그는 두가지는 가르치고 떠난다. 오른손으로 수저 집기와 장유유서의 규범이다. 그건 유교적 가르침이다. 그는 또 자신의 이상국에 글을 아는 사람을 남겨놓지 않는다. 글 아는 자들의 횡포가 되살아날 것을 저어한 것이다. 마지막 조치는 타고 온 배를 모조리 불살라서 자기가 만든 이상국을 폐쇄사회로 만드는 일이었다.

'선부후교'의 정신이나 문자의 창제, 복제개신 등은 진취적인 발상법이다. 하지만 '선부후교'는 교육의 순서만 바뀌었을 뿐 가르침 자체에 대한 부정은 아니다. 그런데 글 아는 사람을 모두 데리고 나왔으니 누가 무엇으로 어떻게 교육을 시킬지 알 수가 없다. 그리고 무엇을 가르치고 싶었는지도 애매하다. 허생이 지시한 것은 수저 집는 법과 장유유서뿐이다. 계속 글이 없이 장유유서만 구전으로 가르치고 만다면 그 사회는 원시시대로 돌아가고 말 것이다. 로마인들이 이교도의 사원을 없앤다고 하이에로그리픽을 가르치는 이집트 사원을 모두 폐쇄해버리자, 이집트 문명이 자취를 감춘 선례가 있다. 그러면서 새로운 문자의 창제를 시도한 것은 모순이 될 뿐 아니라 너무 나간 발상법이다. 있는 글자를 두고 왜 굳이 새로운 문자를 만들어야 하는지 알 수 없고, 글자 아는 사람을 화근으로 보면서 새 글자를 만들려 하는 것도 자가당착이다. 복제의 혁신에도 문제는 있다. 대원군처럼 소매가 넓은 도포를 편리한 옷으로 간소화 하기 위해 소매폭을 줄이는 것은 바람직한 일이지만, 혹시 '호복'의 도입 같은 것이 될까봐 염려가 되는 것이다. 배를 모두 끌고 나온 것도 문제가 있다. 자신은 국제무역을 하면서 자신의 이상국은 왜 폐쇄사회로 복귀시키려 한 것인지 납득이 가지 않기 때문이다.

하지만 제일 큰 문제는 그 모든 과정에서 허생이 저지르는 독단적 행동패턴이다. 허생은 자기만 옳다는 신념에 중독이 되어 있어 독재성을 띨 가능성이 많다. 연암은 중용을 모르는 작가다. 그의 발상법은 대체로 극단화되는 경향이 있다. 소설 속의 인물이나 사건이 극단성을 띠는 것은 그 때문이다. 연암에게는 실사구시를 지향하는 실학파적인 면이 있지만, 한편에는 위에서 든 것 같은 유아독존적인 행동 패턴도 있으며, 장유유서 같은 유교의 원리에 대한 집착도 있고, 상인에 대한 멸시의 잔재도 남아 있다. 그런 것들이 허생을 통하여 표출된 것이다. 허생에게 근대적 측면과 반근대적 측면이 공존하고 있는 것은 그 때문이다.

4) 연암의 소설에 나타난 노벨의 징후들

연암의 시대에는 문학의 주도권을 전통파가 쥐고 있어서 패서금지령이 연거푸 내려졌다. 소설은 설 자리가 옹색하던 시대였다. 그런 여건 속에서 양반인 연암은 소설을 썼다. 그의 창작행위 자체가 근대정신의 발로가 되는 이유가 거기에 있다. 소설은 근대사회가 만들어낸 새로운 장르이기 때문이다. 하지만 시대적 제약이 그의 소설에서 허구의 폭을 감소시켰다. 그의 소설은 실재한 인물을 모델로 한 반전기적 작품들이다. 소설의 내용이 실지로 있었던 이야기라는 점을 강조하여 허구에 대한 불신을 씻으려고 연암은 노력했으며, 허구의 분량을 줄였다. 이런 여건 속에서 써진 연암의 소설들은 노벨적인 요소와 反노벨적 요소를 공유하게 된다. 연암 소설에 나타난 노벨적 요인을 찾아보면 다음과 같은 것이 있다.

(1) 문학관

① 미메시스론과 개별성 존중

연암의 새로움은 방고파의 이미타시오에 대항하여 미메시스의 문학을 주장하는 데서 시작된다. 중국의 고전을 모방하는 것이 아니라 현실을 직접 모방하는 문학을 연암은 주장한 것이다. 미메시스적 모방론은 개인의 개별성particularity을 인정하는 곳에 있다. 개개인의 독자성에 대한 인식의 연장선상에서 자기 나라의 개별성에 대한 인식이 생겨난다. 연암이 조선 사람이 모방해야 할 현실은 조선의 현실이지 중국의 것일 수 없고, 당대의 현실이지 고대의 것일 수 없기 때문에, 고전 모방은 불필요하다고 주장한 것은, 자기 나라의 개별성에 대한 인식에 근거를 두고 있다. 노벨에서는 인물과 장소와 사건이 모두 개별화되어야 한다. 개별적인 인물들과 사건을 다루는 예술이 소설이라는 새로운 장르이기 때문이다.

연암은 개성이 강한 인물을 선호한다. 그의 인물들은 유형성 대신에 개별성을 가지고 있다. 허생은 흔히 말하는 남산골 샌님의 전형은 아니다. 그는 현실성을 겸비하고 있는 유니크한 선비다. 사건의 유형도 역시 개별성을 지니고 있다. 허생에게 일어나는 사건은 다른 사람에게는 절대로 생겨나지 않을 특이한 사건들이다. 인물이나 사건의 개별성이 지나치게 강조되고 있는 것은, 전통에 대한 저항의 강도를 입증하기 위한 작가의 안간힘이었을 가능성도 있고, 작가의 기질에서 오는 극단취미의 발현일 수도 있다. '여기-지금'의 시공간과 유니크한 인물형, 사건의 개별성 등은 연암 소설이 지니는 근대적 특징인데, 지나친 극단화 경향이 사실주의적인 특징을 훼손한다. 노벨은 보통사람에게 일어나는 개연성이 있는 사건을 선호하기 때문이다.

하지만 그의 독자성에 관한 인식은 낭만주의자들처럼 절대화되지는 않는다. 법고와 창신을 공유하는 문학론이 그것을 입증한다. 연암의 법고의 대상은 한·당·송의 고전이 아니라 명말 청초의 중국문학이다. 그는 중국의 근대문학을 통해 미메시스의 문학론을 터득했고, 개별성의 원리와 소설의 중요성을 알게 되었다. 그의 문학의 원천은 중국의 가장 중국답지 않은 부분이어서 방고파와 격차가 생긴 것이다. 그 차이가 그들과의 충돌을 유발한다.

② 진 존중의 문학관

연암의 사실주의적 문학론은 사실존중사상을 기반으로 하고 있다. '즉사의진취卽事而眞趣'의 원리에 따라 그는 진실과 사실을 존중한다. 그가 모델소설을 쓴 이유도 거기 있다고 할 수 있다. 사실에 입각한 문학은 여기-지금의 시공간과 밀착된다. 연암이 조선의 당대를 중시한 이유가 거기에 있다. 연암의 사실적 경향을 나타내는 또 하나의 특징은 그의 증거중시사상이다. '文章有道 如訟者之有證'의 태도는 리얼리즘의 정도正道를 보여준다. 현실 재현의 문학에 불가피하게 따라다니는 것이 비속성의 문제다. 현실을 있는 그대로 재현하려면 암흑면도 그려야 하기 때문이다. 그래서 연암은 낮은 소재와 낮은 인물, 낮은 언어를 채택했다. 그가 당대의 문체를 망치는 원흉으로 지목되는 이유도 비속성에 있었다.

③ 언문일치 지향

문장면에서 연암이 지니는 리얼리즘적 경향은 언문일치로 나타난다. 그는 언문일치를 위해서 문장의 산문화를 시도했으며, 구어나 속담 등을 도입했다. 하지만 한글 멸시 사상이 그의 언문일치를 저해한다. 한자어는 외래어여서 추상적이 되기 때문에 소설에는 적합하지 않다. 연암의 언문일치는 한자어를 쓰면서 하는 것이어서 성과를 올리기 어려웠다.

다음에 주목을 끄는 것은 묘사의 사실성이다. 장르가 단편소설이어서 사실적 묘사는 부분화되고 말지만, 연암의 부분적인 사실적 묘사는 유니크하다. 연암은 또 간결체를 선호한다. 그는 한자의 응축성을 살려서 탁월한 간결체의 문체를 만들어냈다. 연암만의 독특한 문체다. 그런데 노벨은 간결체를 좋아하지 않는다. 간결체로는 현실을 있는 그대로 재현할 수 없기 때문이다. 그러니 부분적으로 나타나는 사실적 묘사의 구체성만이 그가 문장의 근대화에 기여한 것이라 할 수 있다.

④ 시공간의 구체성

연암 소설에서 가장 근대적인 측면은 공간적 배경의 구체성이다. 허생의 집에 관한 정보는 디테일까지 명시되어 있고, 지방에 돌아다닐 때에도 그 고장들은 구체적으로 묘사되어 있다. 시간적인 배경도 북벌문제가 논의되던 시기로 한정되어 있다. 하지만 1세기 이상 시차가 있는 시대여서 시간적 배경의 당대성은 이완된다. 하지만 다른 소설에서는 당대를 그린 것이 주도적이다. 배경은 당대를 벗어나 있지만 시공간과 사건이 유기적 인과관계를 지니고 있어서 이전의 소설과 비교할 때 배경의 구체성은 연암 소설의 노벨적 징후로 간주될 수 있다.

⑤ 인물, 사건, 주제의 현실성

이 소설에는 독서인 허생과 실천하는 허생의 두 인물이 있다. 인물이 양분되어 있으니 사건의 패턴과 주제도 둘로 나뉘어져 있다. 그 중에서 노벨에 적합한 부분은 후자이다. 사건과 주제, 인물, 모든 면에서 가출한 이후의 부분이 현실성을 띤다. 허생은 장사를 함으로써 노벨에 적합한 계층이 되며, 자신의 소신을 실천해 보임으로써 공리공론에 빠진 유생에서 탈피하여 근대적 인물이 된다.

인물처럼 사건도 가출한 이후의 것이 현실적이다. 「허생」은 사건과다의 결함이 있지만, 사건의 유형은 현실적이다. 예덕선생의 거름줍기, 우상의 일본행처럼 허생의 상행위와 활빈행, 이완과의 만남 등은 현실에서 일어난 사건들이다. 현대소설과 비교하면 「허생」의 사건들은 개연성이 부실하지만, 독서인 허생을 그린 부분에서도 초현실적인 이야기는 나오지 않는다. 그것은 연암의 소설이 전대의 것과 구별되는 변별특징이다.

주제도 현실적이다. 「허생전」의 주제는 양반 비판에서 시작된다. 양반도 '工'이나 '商'의 일을 해야 한다는 말은 계급사회에서는 혁신적인 발언이다. 작가의 바람대로 허생은 장사를 한다. 수입, 지출의 내역이 구체적으로 명시됨으로써 금융문제가 문학 속에 들어오게 되는 것이다. 허생은 양반에게 금지된 장사를 함으로써 계급 간의 칸막이를 제거한다. 그것은 양반의 생업의 범위를 확산시키는 일인 동시에 인간 평등사상의 표출이기도 하다. 초계급적인 인재등용설과 서민 속에서 덕인德人을 찾는 작업이 거기에 가세하여, 그의 인간평등사상의 폭이 동시대인

보다 넓혀지는 것이다.

가출한 후의 상행위, 활빈행. 북벌대책 등은 모두 현실적인 것들이어서 노벨에 적합하다. 경제의 중요성에 대한 인식과 이용후생을 앞세운 부분, 활빈행 등에서 그의 현실주의적 면모가 드러난다. 청나라와 친해야 된다는 주장, 북벌을 위해서 첩자를 쓰자는 의견, 복제의 현실화 등에서도 그의 현실감각과 합리주의적인 사고를 감지할 수 있다. 미메시스 지향, 개별성 종중, 사실주의적 문학관, 언문일치에 대한 관심, 산초적 인물형 제시, 시공간의 구체성, 사건과 주제에서 드러나는 현실성 등이 소설 「허생」에 나타난 노벨적 특성이다. 그것들은 대체로 가출한 후의 허생과 밀착되어 있다.

(2) 연암 소설의 反노벨적 요인들

반면에 독서인 허생과 관련되는 부분은 노벨과 궁합이 맞지 않는다.

① 허구성의 부실함
세 차례나 패서금지령이 내려질 정도로 패관문학에 적대적이었던 상황이 연암의 소설에서 허구의 폭을 감소시킨다. 노벨Novel은 픽션Fiction과 동의어로 쓰일 만큼 허구성과 유착되어 있는데, 연암의 소설은 반半허구적이다.

② 자국어 무시의 언문일치론
연암은 근대적 문장이 산문체임을 알고 있었고, 패관소품체의 가치도 알고 있었으며, 언문일치의 필요성도 인식하고 있어서, 언문일치를 이룩하기 위해 노력했다. 하지만 그는 한자로 소설을 썼다. 소설은 로맨스 때부터 속어문학으로 자리잡은 장르인 만큼 한문으로 소설을 쓰는 것은 노벨뿐 아니라 소설이라는 장르 전체에 적합하지 못한 일이다. 외래의 글자로는 언문일치가 되기 어렵고, 추상적이 되기 쉽기 때문이다. 한글 무시는 서민문학으로서의 소설의 본질과도 위배되어 그의 소설의 가장 反노벨적 측면을 형성한다.

③ 인물의 비범성

연암의 인물들은 거의 모두 비범하다. 높은 쪽뿐 아니라 낮은 쪽으로도 비범하여, 보통사람이 드물다. 연암의 인물들은 현실과 타협을 하지 않는다는 공통성을 지니고 있다. 그래서 그들은 현실과 유리되어 있다. 허생은 그런 인물들을 대표한다. 그는 어느 모로 보아도 보통사람이 아니다. 모든 면에서 너무 비범하다. 출신계층이 최상계급인 양반에 속하며, 뛰어난 상인이고, 안목이 높은 목민관이며, 탁월한 정치인이고, 박학다식한 독서인이다. 노벨의 인물은 그렇게 비범하면 안 된다. 허생은 성격이 다른 두 인물로 분할되어 있는데, 그 중에서 독서인에 해당되는 부분은 거의 모두 노벨에 적합하지 않다.

④ 당대성의 이완

노벨의 크로노토포스는 '여기-지금'의 패턴을 지닌다. 그런데 「허생」은 1세기 전의 시대를 대상으로 선정함으로써 당대성의 원리가 이완되었다. 그것은 노벨에는 적합하지 않은 요인이다. 눈앞의 현실이 아니면 거울로 비출 수가 없기 때문이다.

⑤ 개연성의 부실

「허생」에는 개연성이 적은 사건들이 많다. 변씨에게서 십만 냥을 얻는 것, 50만 냥을 버리는 것, 이완을 치려고 칼을 찾는 것 등이 모두 그렇다. 개연성의 부실함은 노벨로서는 결격 사항이다.

⑥ 상인멸시사상의 잔재

연암의 근대성은 양반이 상행위를 하는 것에서 절정을 이룬다. 하지만 허생은 상인이 될 마음이 없다. 그는 장사해서 번 돈에는 손을 대지 않는다. 변씨에게 자신을 상인 취급한다고 노발대발하기도 한다. 그의 본질은 선비정신에 있기 때문이다. 상인에 대한 이런 이중적 태도는 그가 몸의 절반은 구시대에 담그고 있음을 명시한다. 산업사회의 주축이 되는 '공'에 대한 언급이 없는 것도 그 사실을 뒷받침한다.

허구성의 미비, 언문일치의 부실, 인물의 비범성, 당대성의 이완, 개연성의 부족, 상인멸시사상의 잔재 등이 그의 소설이 노벨이 되는 것을 저해하는 요인들이다. 연암의 문학에는 리얼리즘을 지향하는 측면과 반리얼리즘적인 측면이 공존한다. 책만 읽는 선비 허생과 근대인 허생이 양립하고 있는 것이다. 그런 공존관계 때문에 「허생」은 노벨이 되지 못한다. 하지만 「허생」에서는 여러 가지 노벨의 징후들이 돋아나고 있다. 법고에서 탈피하여 창신을 이룬 모든 요소들이 그의 소설에 나타난 노벨의 싹들이다.

이미타시오의 거부, 개별성의 존중, '진'존중의 예술관, 당대성의 중시, 제재의 높낮이를 없앤 것, 비속성까지 수용하는 자세, 언문일치 지향과 문장의 산문화 등을 통해서 나타나는 연암의 문학관은 분명하게 사실주의적이다. 그 자신의 용어를 빌자면 법고창신法古創新, 사의위주寫意爲主, 성색정경聲色情境, 설증취승設證取勝 등 모든 면에서 연암은 합리주의적이고 실증주의적이다. 연암은 패관잡기라고 천대받는 소설의 장르적 가치도 확실하게 인식하고 있는 작가였다. 그런 사실주의적 예술관에 인간평등사상이 곁들여진다. 그의 실력 위주의 인간 평가법, 덕이 있으면 천민도 스승으로 모시는 계급타파적 경향 등도 근대적이고 민주적이다. 이론 면에서 보면 연암은 실사구시의 정신이 확고한 실학파인 것이다.

소설에서도 그의 근대적 특징은 괄목할만하다. 소설가들이 핍박 받고 있던 시대의 제1계급의 양반이 소설을 썼다는 사실 자체가 경이로운 선택이다. 소설의 구조에 있어서도 개별성 존중, 공간의 구체성, 인물, 사건, 주제에서 나타나는 현실적 측면. 산문화 경향 등이 그의 소설이 지니는 노벨적 요인이다. 그는 산문으로 글을 썼고, 인물의 계층을 낮추었으며, 돈과 성의 주제를 부각시켰고, 확실한 지지적 공간 속에서 사는 현실의 인간들을 등장시켰다. 그것들은 그의 소설에 나타난 뚜렷한 노벨의 징후들이다

물론 그에게는 반근대적 측면도 들어 있다. 돈키호테가 산초와 함께 들어 있는 것이다. 연암은 가출한 후의 허생을 지나치게 이상화시켰으며, 사건이 너무 많았고, 시간적 배경에서의 당대성 이완, 개연성의 부실 등이 그의 소설이 노벨로서 확정되는 것을 저해하고 있었다. 하지만 가장 큰 저해요인은 한자 사용이다. 그런 장애요인들이 지양되고 감소되면서 그의 소설에 나타난 노벨의 징후들은 지속적으로 성장하여, 이인직의 「귀의 성」을 낳았고, 김동인의 「감자」를 거쳐 염상섭에게 가서 「삼대」라는 거창한 부피의 노벨로 결실된다. 연암 박지원은 이론면에서나 작품의 구조면에서 한국 현대소설의 모태라고 할 수 있다.

(『겨레어문학』 25, 건대, 2000)

참고문헌

박지원, 『연암집』(박영철 본), 경인문화사, 1974.

이가원, 「이조한문소설선역주」, 『이가원전집』 19, 보성문화사, 1978.

_____, 「열하일기역주」, 『이가원전집』 16, 보성문화사, 1978.

_____, 『연암소설연구』 「한국문화총서」 18집, 을유문화사, 1978.

박기석, 『박지원문학연구』, 삼지원, 1984.

박성의, 『한국고대소설론과史』, 예그린출판사, 1978.

김기동, 『이조시대소설론』, 이우출판사, 1978.

이재수, 『한국소설연구』, 형설문화사, 1978.

강혜선, 『박지원산문의 고문변용양상』, 태학사, 1999.

김선아, 「玉匣夜話의 구조분석」, 『원우총론』 1집, 1983.

김일근, 「연암소설의 근대적성격」, 『경북대논문집』, 1956.

김형룡, 「허생전의 소위 '시사삼난' 연구」, 『국어국문학』 58. 59. 60 합병호, 1972.

조윤제, 「조선소설사개요」, 『문장』 7호.

정규동, 『梅月堂金時習研究』, 민족문화사, 1983.

김윤식 · 김현, 『한국문학사』, 민음사, 1973.

이재선, 『한국단편소설연구』, 일조각, 1975.

강인숙 편저, 『한국근대소설 정착과정연구』, 박이정, 1999.

강인숙, 『佛 · 日 · 韓 3국의 자연주의 비교연구』 I · II, 솔과학, 2015.

J. A. Cuddon, *A Diictionary of Literary Terms and Literary Theory*, Basil Blackwell Ltd., 1991.

E. Auerbach, *Mimesis*, Pinston Univ. Press, 1974.

N. Frye, *Anatomy of Criticism*, Prinston Univ. Press, 1957.

Ian Watt, *The Rise of The Novel*, Penguin Books, 1968.

Demian Grant, *Realism*, Methuen, 1974.

G. Lukacs, *The Theory of The Novel*, M.I.T. Press, 1971.

P. Stevick ed., *The Theory of The Novel*, The Free Press, 1967.

3. 이인직 신소설에 나타난 노벨의 징후

— 「치악산」과 「쟝화홍련젼」의 비교연구

1) 용어에 대한 고찰

(1) 새로운 양식의 소설

프랑스의 누보 로망nouveau roman의 경우와 마찬가지로[1] 우리나라에서 사용되는 신소설이라는 용어는 광의로 해석하면 '새로운 소설'이라는, 문자 그대로의 의미를 지니게 된다. 기성의 작품들과는 다른 새로운 소설 전체를 지칭하게 되는 것이다.[2] 서사시나 극시 등과는 달리 때늦게

---

1 누보 로망이라는 용어는 하나의 유파를 가리키는 말이 아니며, 같은 방향을 향하여 집필하는 작가들로 구성된 특정한 집단을 지칭하는 용어가 아니다. 그것은 단지 인간과 세계와의 새로운 관계를 표현(혹은 창조)하기 위해 새로운 소설양식을 탐색하는 모든 작가들의 작품을 가리키는 명칭이다.
Alain Robbe-Grillet, *Pour un Nouveau roman*, Les Editions de Minuit, 1963, p.9.
2 신문학 초창기에 낡은 것에 대하여 단순히 새롭다는 대치어로 사용되었던 용어다.
『한국문화사대계』 V ('신소설'항, 전광용 집필), p.1166.

출현한 소설이라는 장르는 'novel'이라는 명칭 속에, 이미 새로운 문학이라는 의미를 내포하고 있는 만큼[3] 다른 장르보다는 새 양식의 탐색에 대한 관심이 많을 수밖에 없었다. 로브그리예Alain Robbe-Grillet가 "소설은 그 처음부터 오늘날까지 항상 누보 로망(신소설)이었다."[4]고 한 말은 이 장르의 특성에 대한 적절한 지적이라고 할 수 있다.

시와는 달리 소설이 지속적으로 새로운 양식을 모색하지 않을 수 없게 된 첫 번째 이유는, 형식적인 전범典範이 없는 데 있다. 전통이 없기 때문에 소설은 시발점에서부터 새 형식을 창안해 내야만 했다. 그런데서 생겨난 형식적 자율성은 번번이 기성의 양식을 거부하면서 새 양식을 창조하는 개신改新의 전통을 형성시켰다. 소설은 아직도 그 모색의 손길을 멈추지 않고 있다. 그런 지속적인 모색과 개신작업 속에서, 소설이라는 "문학의 모든 양식 중에서 가장 독립성이 강하고, 가장 융통성이 많으며, 가장 웅장한 문학의 양식[5]"이 생겨난 것이다.

소설의 형식이 그 생명력을 유지하기 위해서 진화를 거듭하지 않을 수 없었던 두 번째 이유는 사회 자체의 급속한 변화에 있다. 현실을 반영할 의무를 지닌 노벨[6]은 현실의 변화에 따라 가변성을 지니지 않을 수 없다. 그런데 노벨을 산출한 근대사회는 미증유의 속도로 변화가 계속되는 격변적인 사회여서, 그것을 있는 그대로 반영해야 하는 노벨은 항상 새로운 양식을 창안해내지 않을 수 없었다. 그래서 로브그리예는

---

3 Our word stemming from Italian 'novella', and roughly equivalent to 'news' suggests a new kind of anecdotal narrative that claims to be both recent and true.
Joseph T. Shipley ed., *Dictionary of World Literature*, New Jersey: Lihlefield Adams & Co., 1960, p.283.

4 "Le roman depuis qu'il exist à toujour été nouveau", 로브그리예, 같은 책, p.10.

5 Henry James, "Art of Fiction", *Modern Criticism*, p.118.

6 노벨은 '거울'의 문학이기 때문에 현실을 있는 그대로as it is 재현해야 한다.

다음과 같은 말을 하고 있다.

최근의 150년 동안에 주변의 모든 것이 아주 빠른 속도로 변화해갔다. 그런데 소설을 쓰는 방법이 어찌 부동의 자세로 응결될 수 있겠는가?…… 오늘의 젊은 작가가 스탕달처럼 글을 쓴다고 칭찬하는 것은 이중의 불성 실성을 의미한다. …… 스탕달처럼 쓰려면, 1830년대에 글을 써야 한다. …… 그러니까 플로베르는 1860년대의 누보 로망을 쓴 것이고, 푸루스트 는 1910년대의 신소설을 썼다. …… 소설은 과거를 배후에 던져 버리고, 미래를 예고하는 경우에만 살아 남을 수 있다. 로브그리예, 앞의 책, pp.9-10

로브그리예의 말대로 새로운 양식은 과거를 거부하는 데서 생겨난다. 따라서 신소설은 반反소설anti-roman적 성격을 띠게 된다. 그러니까 소설 의 역사를 반소설의 역사로 파악한 카모드Frank Kermode, "소설은 언제나 소설 자체에 대하여 '농non'이라고 말하는 장르"[7]라고 말한 티보데Albert Thibaudet 등은 로브그리예와 같은 말을 하고 있는 것이다. 서양의 소설 사를 보면, 이들의 견해를 쉽게 수긍할 수 있다. 르네상스기의 대표적 소설인 「데카메론Decameron」과 그 다음에 나온 「가르간튜아와 판타그류 엘Gargantua et Pantagruel」은 전혀 다른 양식의 소설이며, 그 다음에 나온 「돈키호테Don Quixote」는 앞의 소설들과 모든 면에서 너무나 공통점이 적다. 이 소설들은 각각 제 나름의 신소설이다. 이런 현상은 지속적으 로 나타나서 심지어 같은 나라의 같은 그룹에 속하는 발자크, 플로베르, 졸라의 작품 사이에서도 이질성이 노출된다.

우리나라의 소설사도 유럽처럼 끊임없는 변화와 개신의 의욕으로 점

---

7 A. Thibaudet, 生島遼一 역, 『小說美學』(Le Liseur du Roman), 白水社, 1959, p.24.

철되어 있다. 사람과 귀신이 함께 사는 「금오신화金鰲新話」의 '인귀교환人鬼交歡'의 세계는 「홍길동전」에 의해 부정되며, 「홍길동전」은 「구운몽」에 의해 개신改新된다. 이런 개신작업은 연암의 소설과 판소리 계통의 소설에서도 꾸준히 계속되어, 한국의 소설사도 신소설의 역사이면서 반소설의 역사였음을 입증해 주고 있다.

하지만 새로움을 모색하는 의욕이 유난히 고조되는 시기가 있다. 우리나라의 개화기가 그런 시기였다. 이 사실은 개화기의 작가들이 자기들의 작품을 담대하게 '신소설'이라고 부른 데서도 짐작할 수 있다. 그런 명칭은 한국의 소설사에서 처음으로 나타났기 때문이다. 신소설이라는 문학용어가 이 시기를 전후해서 일본과 중국에서도 사용된 사실을 감안할 때,[8] 이질적인 새로운 문명 앞에서 동양의 나라들이 느낀 경이감과 흥분의 정도를 짐작할 수 있다. 새로운 양식에 대한 신소설 작가들의 집착은 그들이 살던 시기의 사회적 변동과 유착되어 있음을 다음 인용문을 통하여 확인할 수 있다.

> 화륜선火輪船-氣船을 타고 나타난 낯선 이방인의 본을 따라, 누대累代의 계율에 반기를 들어가며 상투는 깎여 쓰레기 통으로 들어가고…… 서구의 물결은 개화기 젊은이의 사고나 사상에 뿐만 아니라 실생활 내부에까지 한걸음 짙게 침투되어…… 이러한 신식 분위기 속에서 생성된 당시의 첨단적인 하이칼라 문학의 일익—翼이 신소설이다.
>
> 전광용, 「신소설 연구」, 「한국문화사대계」, pp.1172-1173

폐쇄사회에서 개방사회로 돌변함가 동시에 국권 상실의 충격을 함께

---

8 이재선, 「한국개화기소설연구」, 일조각, pp.2-3.

받은 "기형적인 사실史實 속에서 산출된 것이 곧 이 땅의 신문학이요, 이 신문학을 대표하는 문학양식의 하나가 바로 신소설"[9]이라고 전광용은 규정짓고 있는 것이다. 이 말은 신소설 출현배경의 비정상성과 과도기적 성격도 아울러 지적해 주고 있다. 이런 혼란한 상황 속에서, 처음에는 새로운 양식의 소설은 모두 신소설이라는, 광의의 의미로 신소설이라는 용어가 사용되다가, 시간이 지남에 따라 점차로 협의의 의미로 범위가 좁혀진다. 로브그리예가 "모든 소설은 누보 로망"이라고 말하는데도 불구하고, 누보 로망이라는 용어는 그의 일파의 작품으로 한정되듯이, 한국의 신소설도 특정한 시기에 쓰인 소설의 고유명사로 정착되어 간다. 그 후에도 새 양식을 향한 시도는 계속되지만, 이광수나 김동인의 소설을 신소설이라 부르는 사람은 없다. 이효석이나 이상의 경우도 마찬가지다.[10] 신소설은 개화기라는 한 시기에 쓰인 소설의 고유명사로 정착되어 간 것이다.

(2) 개화기 소설의 고유명칭

하지만 신소설이라는 용어가 애초부터 이런 한정된 의미로 사용된 것은 물론 아니다. 일본이나 중국에서는 '신소설'이라는 말이 우리보다 앞서 사용되었지만, 일본에서나 중국에서는 잡지의 이름이었다. 하지만 『신소설』이라는 잡지는 신체소설新體小說의 출발기지였다. '신소설'이라는 용어가 소설의 장르명으로 사용된 일은 없지만, 일본이나 중국에서

---

9 전광용, 같은 책, p.1165.
10 이광수 작품은 가끔 신소설에 끼워 넣는 수가 있지만, 「혈의 누」에서 「무정」까지의 시기에 나온 작가들을 신소설 작가로 본다.

도 그 용어는 새로운 소설과 밀착되어 있었기 때문에, 그것이 자극이 되어, 한국에서 신소설이라는 새 장르의 소설이 생겨났다는 사실이 이재선의 연구에서 이미 밝혀져 있다. 이렇게 형성된 '신소설'이라는 용어가 오늘날과 같은 의미를 지니게 되기까지의 과정의 혼란상은 다음 인용문들을 통하여 확인할 수 있다.

① 그러나 이러한 개념의 도출이 1900년대에 있어서 당장에 이루어진 것도 아닌 것 같다. 왜냐하면 이 '신소설'이란 명칭과 함께 '정치소설', '교육소설', '가정소설', '실업소설', '토론소설', '윤리소설', '연극소설', '음악소설'과 같은 표제가 신소설과 대등하게 나타나 있기 때문이다. 이와 같은 현상은 1912-13년의 『경남일보』에 발표된 박영운朴永運의 일련의 연재소설에서도 볼 수 있는 바이다. 이재선, 앞의 책, p.35

② 같은 융희 2년판의 「귀鬼의 성聲」에서는 표지에서 신소설이라고 썼고, 본문 제1면에는 단순히 소설이라고만 썼을 뿐더러 심지어 1917년에 『매일신보』에 연재된 이광수의 처녀장편 「무정無情」에서도 그 예고에 신소설이라 박아 놓았으니 새로운 소설이라는 극히 상식적인 개념 외에, 그 술어나 소설양식에 대한 의식적인 구분이 없이 막연한 호칭으로 쓰여진 사적史的 전말을 더욱 명백하게 해줌을 알 수 있게 한다. 전광용, 같은 책, p.1170

이런 혼용과정을 거쳐 '신소설'이라는 용어는 모든 새로운 소설을 가리키는 넓은 의미에서 점차로 "개화기의 한 시기를 상징하는 소설 장르의 시대적인 명칭으로 고착화"되어, "일반적 의미로는 사용할 수 없게"[11] 된다. 즉 고대소설과 춘원의 「무정」 사이에 끼어 있는 과도기적 소설의 "특정하고 제한된 명칭으로 고착화"되고 만 것이다. 이 경우에 요구되는 것은 신소설의 성격적 특성을 밝히는 일이다. 고대 소설이나 춘원 이후의 소설과 신소설의 변별특징은 무엇이었을까? 그것을 확인하기 위해서 우리는 신소설 작가들의 지향점을 점검해 볼 필요가 있다. 신소설의 대표적 이론가인 이해조李海朝는 「화花의 혈血」 서문에서 신소설에 대하여 다음과 같은 말을 하고 있다.

> 무론 쇼셜은 톄재가 여러 가지라. 한가지 젼례를 들어말할슈업스니 혹 정치를 언론 흔자도 있고 혹 졍탐을 긔록흔 자도 잇고 혹 샤회를비평흔 쟈도잇고 혹 가졍을경계흔쟈도 잇으며, 기타 륜리 과학 교졔등 인셩의 천수만수중 관계안이되는쟈업나니…… 그러나 그 재료가 매양 옛사람의 지나간 자최어나 가탁의 형질업는 것이 열이면 팔구는되되 근일에 져술흔 박졍화 화세계월하가인등 슈삼죵쇼셜은모다 현금의 잇는사람의 실지사젹이라…… 이졔 그와갓튼 현금사람의 실젹으로 「화의혈」이라흐는 쇼셜을 새로 져슐할새허언랑셜은 한구졀도 긔록지안이흐고 명녕히잇는 일동 일졍을 일호차착업시 편즙흐노니 긔자의재료가 민쳡치못함으로 문쟝의광채는 황홀치못할지언졍 수실은 젹확흐야는으로 그사람을 보고 귀로 그수졍을듯는듯흐야 션악간 죡히 밝은 겨울이 될만흘가흐노라.

『신소설 변안소설전집』 8권, p.3

여기에 나타나 있는 것은 1) 제재의 다양성, 2) 인물과 배경의 당대성, 3) 사실의 적확한 기록을 통한 묘사의 여실성 확보, 4) 교훈성 등이다. 이 중에서 4)번만 빼면, 고대소설과는 분명하게 다른 성격의 소설을

---

11 전광용, 앞의 책, p.1166.

쓰려 한 작가의 창작태도가 드러난다. 1)은 제재의 다양성을 통한 고대
소설과의 차이화의 시도이고, 2)는 인물과 배경의 당대성을 고대소설과
의 차이로 본 것이다. 이 항목을 통하여 신소설 작가들의 인물과 배경
의 당대성이 우발적으로 생겨난 현상이 아니라 의식적인 노력의 결과라
는 것을 확인할 수 있다. 3)은 묘사의 적확성 예찬에서 나타나는 리얼
리즘에 대한 관심이다. 그것은 고대소설의 "형질 없는 허언낭설"의 거
부를 통해서 그들이 이루려 한 신소설의 새로움이 현실성이었음을 확인
하게 한다. 배경의 당대성과 묘사의 정확성, 사건의 현실성 등은 로맨
스와 노벨을 가르는 가늠자가 된다는 사실을 감안할 때, 이해조의 발언
이 가지는 의의는 증대된다. 이해조와 신소설 작자들은 노벨을 쓰려고
노력했던 것이다.

그 다음에는 소설의 허구성에 대한 문제가 제기된다. 「탄금대彈琴臺」
의 끝부분과 「화의 혈」의 후기에서 그는 소설의 장르적 특성에 대하여
다음과 같은 말을 다시 하고 있다.

① 쇼설에 성질이 눈에 뵈이고 귀에 들리는 실적만 더러 기록하면 취미
도 없을 뿐 아니라 한 기사에 지나지 못할터인즉 소설이라 명칭할 것이
없고……

② 쇼설이라 하는 것은 매양 빙공착영憑空捉影으로 인정에 맞도록 편즙
하야……

①에서는 「화의 혈」 서언에서 "뎡녕히잇는 일동일정을 일호차착업시
편즙"한다던 말에 대한 수정修正이 나타난다. 그것은 기사이지 소설이
아니라고 말함으로써 소설의 특징으로서의 허구성이 부각된다. 허구성

에 대한 긍정은 ②의 "빙공착영"에서도 나타난다. 그러고 보면 "적확성"
이나 "사실성事實性"의 강조는 고대소설의 "형질없는 허언낭설"에서의 탈
피를 현실화하는 방법일 뿐 허구성의 부정은 아니라는 뜻이 된다. 어쩌
면 작자 자신이 제재의 현실성이나 사실성이 허구성과 상치되는 것이
아님을 그제서야 알게 되어, 묘사의 적확성을 수반하는 새로운 허구성
을 신소설의 특징으로 부각시키려 한 것인지도 모른다. 그는 소설의 종
결법에 대하여도 "비록 결사를 지루하게 기록지 아니한 대도 애독 제군
이 추상으로 그 다음 일을 요해할 줄로 믿는다."[12]고 하여 후일담까지
제시되던 구소설과의 차이를 명시한다.

그 다음은 작자의 '서명'을 통하여 드러나는[13] 소설의 위상 상승이다.
선비들이 소설을 쓰면서 자신의 신분을 속이기 위해 작자마상으로 처리
하던 전대의 소설들과 비교할 때, 신소설 작가들이 이름을 밝힌 것은
자신의 작품을 공적으로 인정한다는 징표여서, 소설의 위상을 격상시키
는 행위라 할 수 있다. 그런 현상은 이미 김시습, 김만중, 허균, 박지원
등에게서도 나타나서, 소설문학에 대한 인식에 변화를 보여주고 있었
다. 신소설 시대에는 아무도 소설을 패관잡기와 혼동하지 않았고, 패서
금지령도 내리지 않았다.

신소설 작가들이 새로운 양식의 탐색을 위해 의식적인 노력을 경주한
사실은 그들의 소설에 붙어 있는 토론소설(「자유종」), 연극소설(「은세계」) 등
의 부제에서도 엿볼 수 있다. 이 두 작품의 부제는 신소설의 또 하나의
특징을 시사한다. 그것은 김동인이 지적한 "대화"에 대한 관심이다.[14]

---

12 전광용, 같은 책, p.1179에서 재인용.(「탄금대 끝부분」)
13 이재수는 후기에는 다시 무서명 소설이 나오고 있어 서명소설은 전기에만 해당된다고
   하지만, 전광용은 서명을 작가로서의 주체성 발로로 보고 있다. 같은 책, p.1180.
14 김동인, 『김동인전집』 6, 삼중당, 1976, p.146.

대화가 소설 속에서 차지하는 비중의 증가는 신소설을 고대소설과 구별하게 만드는 새로운 요소임을 이재수도 지적하고 있다.[15]

제재의 다양화, 배경의 당대성, 개연성을 수반한 허구성, 후일담을 배제한 종결법, 대화의 활용, 작가들의 서명 등은 신소설이 고대소설과 구분되는 근대적 특징이며 지향점이다. 하지만 새로운 양식을 향한 이런 의식적인 노력은 대부분의 경우 작품에서 육화되지 못하고 있다. 이는 이해조 자신이 "사람의 칠정에 각축될 만한 공전공후의 신소설을 저술코저 하나 매양 붓을 들고 종이에 임하매 생각이 삭막하고 문견이 고루하여 마음과 글이 같지 못하므로……"[16]라고 자백한 데서도 확인할 수 있다. 신소설 작가들의 실험적 의도가 의욕에 비하여 성과를 거두지 못한 이유는, 조연현의 지적대로 1) 형성의지의 반反인위성(반反자각성), 2) 전통적 요소와 외래적 요소의 혼합, 2) 고대적 형태와 근대적 형태의 착종의 결과[17]에 기인한다고 할 수 있다. 그런데도 불구하고 신소설은 다음과 같은 서술구조상의 새로움을 통하여 전대소설과 구별되고 있음을 이재수는 지적하고 있다.

ⅰ) 표제의 변이와 다양화

ⅱ) 시간–공간의 익스포지션의 명료화

ⅲ) 인물묘사 방법의 변화—외양에 대한 관심과 심리해부적 묘사법

ⅳ) 분절分節과 행동연결의 형태상의 변화

ⅴ) 서술방법의 변이

---

15 이재수,『한국소설연구』, 형설출판사, 1977, p.451.

16 전광용, 같은 글.

17 조연현,『한국신문학고』, 문화당, 1966, p.81.

vi) 사건에서 몽환적 요소의 소멸

vii) 배경의 광역화 — 외국으로 확산된 것[18]

구소설적 요소의 잔재로 간주되는 요소는 다음과 같다.

　ⅰ) 어미의 '이라', '더라' 등의 시제時制의 무자각한 사용

　ⅱ) 사건에서 우발적 요소의 빈번함

　ⅲ) 권선징악적 교훈성의 잔재

　ⅳ) 인물이 이상적 유형에서 벗어나지 못한 점[19]

　신소설의 문제점에 대한 평자들의 이런 견해를 기반으로 하여 신소설 작가들의 지향점과 신소설의 새로움의 정체를 작품을 통하여 분석하고 확인하는 것이 이 논문의 목적이다. 신소설에 나타나는 노벨의 징후들을 점검하기 위하여 필자는 고대소설과 신소설의 구조를 비교하는 방법을 선택했다. 대상작품은 신소설에서는 「치악산」, 고대소설에서는 「쟝화홍련젼」이다. 대상 작품의 이러한 한정은 위험한 일이며, 또 보편성을 상실할 우려가 있는 일이지만, 전체적인 것을 포괄적으로 다룰 지면이 없고, 종합적인 고찰이 자칫하면 피상적이 되기 쉽다는 점을 감안한 것이다. 한 지점을 깊이 파고들면 지하수의 수맥을 만나듯이, 한 작품의 세밀한 분석을 통하여 신소설의 보편적인 특성과 만나게 되는 것이 필자의 희망이다.

　신소설에서 「치악산」을 택한 이유는, 이 소설이 고대소설과 가장 많은

---

18 이재수, 같은 책. 여기에 전광용은 8) 時文體의 사용, 9) 주제의 새로움 등을 추가한다.

19 조연현, 같은 책, p.81.

공통점을 가지고 있는 데 기인한다. 유사성이 있다면 같은 척도로 비교할 수 있는 이점이 있고, 역설적으로 동질성 속에 섞여 있는 이질성이 더 선명하게 부각될 수도 있다는 생각에서였다. 이 소설은 상권과 하권의 저자가 다르다. 이 점도 불리해 보이는 조건이지만, 한편으로는 개인적 취향의 한계를 넘어선 두 작가의 공통성을 통하여, 신소설의 보다 보편적인 지향점을 추출해 내는 데 유리할 수도 있다고 보았다. 「쟝화홍련젼」을 택한 이유도 같은 곳에 있다. 이 소설은 주제나 인물유형, 사건의 패턴 등에 있어서 「치악산」과 많은 공통성을 가졌기 때문에, 비교 연구에 알맞은 작품이라는 판단이 섰다. 계모형의 가정소설의 범주에 드는 이 두 소설을, 인물과 배경, 사건 등을 통하여 비교하면서, 거기에서 드러나는 이질성을 통하여 「치악산」에 나타나는 노벨의 징후를 탐색해 내는 것이 필자의 목적이다. 이 소설에 나타난 노벨의 요건과 로맨스적 요소의 함유량을 측정하여, 그 많고 적음에 따라 신소설의 성격을 규명하면, 신소설이 어느 쪽과 친족성을 더 많이 가지고 있는가가 밝혀지리라고 생각한다. 필자는 그 동안 한국에서의 노벨의 정착과정을 밝히는 일련의 작업을 전개해 왔는데, 이 논문은 그 시발점을 소급하여 탐색하는 작업의 2단계에 해당된다. 박연암이 선두에 서 있기 때문이다.

2) 「치악산」과 「쟝화홍련젼」의 서사구조의 비교

(1) 인물의 변모

서사문학인 소설은 행동의 주체로서의 인물의 역할이 큰 장르이다. 화가나 조각가는 원하지 않으면 인간을 그리지 않아도 되지만, 소설가는 그럴 수 없다. 서사문학이기 때문이다.(포스터) 소설 속의 인물들은 현실 속의 인물들보다 더 많은 가치를 가지고 더욱 구체적으로 독자에게 어필한다. 이유는 그들이 "어떤 계급의 대표이며 전형이기 때문"이다. 소설의 인물들은 유형성에 의해 존재가치를 획득한다. 현실의 인물이 선명한 유형성을 지니는 일은 드물기 때문에 소설은 그것을 제공함으로써 독자에게 보다 리얼한 인물형을 부각시키는 것이다.

인물을 형상화하는 여러 요건은 소설의 본질과 직결된다. 로맨스와 노벨의 차이도 같은 곳에서 드러난다. 인물의 계층이나 유형, 인물묘사 방법 등이 서로 다르기 때문에 그 차이를 추적하는 작업이 요구되는 것이다.

① 인물의 계층

가) 주요 인물의 경우

「치악산」의 주요인물들은 모두 양반계급에 속한다. 프로타고니스트인 이씨 부인은 판서의 딸이고, 남편 철식은 참의의 아들이어서 양가가 모두 양반이다. 안타고니스트인 계모 김씨는 시골의 이름 없는 생원의 딸이어서 며느리보다는 못하지만, 선비 계층인데다가 홍참의의 안방마님이니 지체가 업그레이드 되어, 동일계층에 속한다고 할 수 있다. 「쟝화홍련전」의 장화는 "본래 향족으로 좌수를 지내"었고, "가산도 유여"한 배좌수의 딸이다. 「치악산」의 이씨보다는 지체가 낮지만, 허씨의 표현을 빌자면 장화의 집안은 "대대양반"(p.5)이다. 계모 역시 "문중이 쇠잔하고 가세탕진"하여 좌수의 후처로 들어오기는 했으나, 자신의 말에 의하면 그녀의 집안 역시 "대대거족"이다.(p.24) 그러니까 유사한 계층인 셈인데, 경제적으로는 장화보다 낮다. 장화는 어머니가 부자다. "노비가

천여구요 뎐답이 천여석요 보화는 거재두량이라."(p.19) 계모가 그 재산
이 탐나서 홍련까지 죽이려 하는 것으로 되어 있다.

여기에서 첫째로 문제가 되는 것은 두 작품의 주요인물들의 계층의
유사성이다. 게다가 「치악산」 쪽이 「쟝화홍련젼」보다 오히려 계층이
높게 설정되어 있다. 인물의 계층 하락이 소설의 현대화의 일반적인 추
세인데, 여기에서는 역행현상이 나타나고 있는 것이다. 같은 계층인 것
도 문제인데, 신소설 쪽이 더 높게 설정되는 것은 「치악산」의 신소설로
서의 새로움이 삭감되는 조건이다.

그 다음은 도덕적 측면에서의 등급이다. 프로타고니스트들은 이 경우
에도 공통적으로 상층에 속한다. 그들은 계모의 사악함에 개의치 않고
자식으로서의 도리를 다하는 모범생들이다. 장화는 아버지에게도 진실
을 밝히지 않고 조용히 누명을 쓰고 죽음의 길로 나선다. 아비와 사는
여자의 사악함을 알리면 부부 사이가 결렬될 것이고, 집안 망신이기도
하기 때문이다. 장화의 비극은 "비극의 주인공은 사악해서는 안 된다."
는 아리스토텔레스의 인물론[20]에 상응한다.

장화의 유교적인 "효"의 개념은 「치악산」에서 그대로 답습되고 있다.
이씨부인도 장화처럼 사악한 계모에게 대적하지 않으며, 종결부에 가서
는 그녀에게 효도까지 다하는 효부가 된다. 「치악산」이 이인직의 소설
중에서 가장 고대소설과 유사한 작품으로 간주되는 요인 중의 하나가
이런 유교적인 도덕관에 있다. 하지만 안타고니스트들은 그렇지 않다.
이들은 사회적으로는 프로타고니스트들과 유사한 계층이지만 경제적으
로는 그들보다 열등하며, 도덕적으로는 최하층에 속한다. 계층이 낮은

---

20 아리스토텔레스는 비극의 주인공의 자질을 "pretty good but not perfect and evil"로
규정한다.

쪽이 덕성면에서도 열등하게 나타난다. 계층의 높낮이가 인물의 덕성과 조응하는 작품이 이조소설에는 많은데[21] 여기에서도 계모들의 계층의 낮음이 그들의 덕성과 함수관계를 지닌다는 점에서 두 소설은 공통점을 지닌다.

반면에 신소설의 새로운 주제들은 작품 속에서 육화되지 못한 경우가 많다. 「치악산」의 경우에도 신교육사상이나 민족의식은 구호에 그치고 있는데 반해, 고부간의 갈등은 구체화되어 있다. 낡은 것은 모조리 나쁘다는 새것 콤플렉스가 노출되는데도, 바람직한 개화인상이 제시되어 있지 않는 것도 흠이다. 홍철식의 경우가 그 좋은 예다. 그는 유학 동기부터가 비교육적이다. 그는 "이집에 잇다가는 점점 마음만 조쓰러지고 또속이상하여견댈슈가업셔" 유학을 가겠다고 부인에게 말하며, 부인도 "셔방님말슴에는나라를위하야공부할생각으로 가노라하셧스나…… 계모어머니의게 셔름을조금만 들바드실지경이면당초에집떠날생각이 날리가만무하엿슬터"[22]라고 말하여, 애국심보다는 계모에게서 도망가는 것이 유학의 주된 목적임이 밝혀진다. 그의 희망은 유학하고 돌아오면 아내의 곤경을 덜어줄 힘이 생기지 않을까 하는 것이어서 역시 교육받는 목적이 본질에서 벗어나 있는 것이다.

유학의 두 번째 동기도 향학열과는 무관하다. 개명한 처가에 대한 콤플렉스이기 때문이다. 유학하고 돌아오면 개화군의 딸인 마누라에게서 "업슨여김을 아니보겟구"라는 말이 그것을 입증한다. 따라서 그의 유학은 새로운 학문에 대한 호기심이나 민족적 소명의식과는 무관하다. 실

---

21 고소설의 남주인공들은 대체로 '고차모방'에 속하는 요소들을 갖추고 있는데, 이춘풍처럼 양반이 아닌 저차모방계는 도덕적으로도 열등하게 묘사되는 경우가 많다.

22 「치악산」, 같은 책, pp.48-49.

질적으로 유학은 그를 인간적으로 성숙시키거나 민족의식을 상승시키는 대신에, 쉽사리 식민지의 관리로 안착시키는 결과를 가져온다. 철식의 신교육에 대한 주장이 개인적 안일로 좌초하고 말듯이 이인직의 '신소설'은 구태의연한 계모소설을 계승하게 되는 역행현상을 나타낸다. 계몽성을 내세우는 신소설이 새로운 사상의 형상화에 실패하고 가족 간의 갈등으로 고착화되는 현상은 대부분의 신소설의 공통되는 특징이다.

나) 부차적 인물의 경우

「치악산」에 나오는 부차적 인물 중에는 「장화홍련전」에는 없는 형의 인물군이 있다. 고두쇠, 옥단, 최치운, 딱쇠 같은 인물들이다. 이들은 최하계층에 속하며, 도덕적인 면에서도 역시 최하층에 속하는 악인들이다. 그들은 프로타고니스트의 행동을 방해하는 블로킹 캐릭터blocking character로서 "꾀많은 노예"형이기도 하다. 「장화홍련전」에는 이런 유형의 인물이 없다. 홍련의 원귀가 사또게 탄원하는 말에 "어미 제물만삽고 노비가 천여구"라는 것이 있지만, 이 작품에서는 노비에게 아무런 역할도 주어져 있지 않다. 허씨의 악의 집행인은 그녀의 아들 장쇠뿐이다.

이 두 소설은, 안방이 무대이기 때문에 영웅적인 인물은 등장하지 않는다. 장화나 이씨부인은 「박씨부인전」이나 「이춘풍전」에 나오는 여자들처럼 특출한 두뇌나 행동력을 가진 인물이 아니다. 하지만 이들은 평준선 이상의 계층에 속하며 사악하지 않다. 이에 반해 고두쇠, 옥단, 딱쇠 등은 평준선 이하여서 노벨에 적합한 유형이다. 그밖에 충복형의 검홍, 배선달, 유모 등 이씨부인 측의 보조적 인물들이 등장하는데, 이들도 그 계층은 최하급이다. 「치악산」이 구소설과 친족성을 지닌다고 평해지는 것은 주인과 그 노복들이 유형화되어 나타나는 구소설의 인물유

형을 그대로 적용하고 있기 때문이다. 「치악산」의 주동인물이 「장화홍
련전」보다 계층이 높게 설정되어 있는 점도 「치악산」의 새로움을 저해
하는 요소이다.

② 인물의 전형성

소설 속의 인물이 현실의 인간들보다 더 약동하는 생명력을 지니는
것은 전형성과 개성을 공유하기 때문이다. 걸작 속의 인물들은 언제나
보편적 특징을 지니면서 동시에 개성적이다. 전형성만 있으면 우화의
인물처럼 추상화되고, 개별성만 강조되면 캐리커처가 되기 쉽다. 따라
서 두 가지를 공유해야 하는데, 전대소설의 인물들은 대체로 전형성만
강조되는 경향이 있었다. 「장화홍련전」도 예외가 아니다. 「치악산」은
전형적 측면이 강조되어 있는 점에서 「장화홍련전」과 유사하다. 계모
형 소설인 이 두 작품은 착한 피해자로서의 전실자식, 사악한 가해자로
서의 계모, 전실자식과 후처 사이에 낀 무력한 아버지 등의 인물유형이
완전히 일치한다. 이런 일면성의 강조는 두 소설에서 비슷한 양상으로
나타난다. 조선시대의 계모소설 중에는 「장화홍련전」처럼 일면성이 극
단화되지 않는 것들도 있다. 「김취경전金就景傳」에서는 계모의 소생이 전
실자식을 돕기도 하며, 「황월선전黃月仙傳」이나 「어룡전魚龍傳」에서는 자
신의 부재중에 후처가 전실자식을 해친 사실을 안 아버지가 복수를 하
는 이야기도 있는데 「치악산」은 그 중에서 「장화홍련전」의 경직된 유
형을 답습했다.

「돈키호테」나 「햄릿」 등의 경우는 전형성이 개성과 결합된 성격적
유형personality type인데 반하여, 위의 두 소설의 경우는 그 전형성의 기준
이 도덕적 가치에 의존하는 도덕적 유형morality type[23]이다. 이것도 권선
징악을 목적으로 한 고대소설의 공통적 특징인데, 「치악산」이 답습한

것은 이런 유형이어서, 고대소설과의 동족성을 드러낸다. 선인의 노복은 선량하고, 악인의 측근은 노비까지 "만판 흉계뿐"인 인물로 극단화되어 있는 점도 같다. 인물의 계층의 경우와 마찬가지로 이 점은 「치악산」이 지닌 구소설적 측면을 대변한다.

③ 인물묘사에 나타난 근대성

그런데 인물묘사의 경우는 다르다. 우선 외모와 성격의 동질성이 없어지며, 성격의 양면성이 표출되고, 비속어를 통한 인물의 지역성이 부각되는 등 고대소설과는 다른 변별특징들이 나타난다.

가) 외모와 성격의 분리현상

두 소설의 공통성 속에서 드러나는 차이점의 첫 항목은 「쟝화홍련전」에 나타나는 선과 미, 악과 추의 유착현상의 소멸이다. 「쟝화홍련전」의 인물묘사는 선인=미인, 악인=추녀의 등식을 지니고 있으며, 그 일면성이 극도로 과장되어 나타난다. 쟝화는 "얼골이화려하고긔질이긔묘함이 세상에 무쌍하고 효행이 더욱 특출"(「쟝화홍련전」, pp.1-2)하다. 그녀는 외모와 성격이 아름답게 조화를 이룬 이상적 인물로 그려져 있다. 그런데 계모는 외모, 신체, 성격이 모두 최악의 상태로 그려져 있음을 다음 인용문을 통하여 확인할 수 있다.

양협은 한자이넘고 눈은퉁방울갓고 코는질병갓고 입은미역이갓고 머리털은 돗태솔갓고 키는장승만하고 소래는시랑의소래갓고 허리는 두아름되

---

23 Carter Colwell, *A Student's Guide to Literature*, New York: Washington square Press, 1973, 인물항 참조.

고 그중에곰배팔이며 수중다리에 쌍언청이를겸하였고 그주동이는 쓸면열
사발이나되고 얽기는 콩멍셕갓흐니 그형용을 참아 견대여보기어려온중
그용심이더욱불측하여 남의 못할노릇을 차져가며 행하니집에 두기 일시
난감이나……
같은 책, p.3

선인=미인, 악인=추녀의 등식은 다른 고대소설에도 나타나는 특징이
지만, 이 경우처럼 극단화된 예는 드물다. 이런 극단화는 프로버릴리티
에 저촉되어 인물의 현실성을 삭감한다. 곰배팔이에 수중다리, 쌍언청
이에 썰면 열사발이나 될 입술을 가진 괴물을 아내로 맞을 남자는 없을
것이기 때문이다.

「치악산」의 경우에도 계모의 악인적 특성은 여러 군데서 나타난다.

① 입은 동으로 내리 실그러지고 눈은 셔으로 모두떠 홍참의를 보는데
검은동자가 반은 웃눈겁풀속으로 드러갔다.
「치악산」, p.35

② 김씨부인은그아들이 집안에엇지아니하고 일본간거슬죠와하는터이
나 홍참의가 그사돈의게 틀려서 야단치는거시자미가 옥시글 옥시글하
야……
같은 책, p.45

③ 상전의요악과 종년의요악이 갓치모혀……
같은 책, p.75

④ 입에서 찬괴운이 나고 눈에서 독긔가 똑똑떠러지도록 옥단이를 흘
겨보는데 여간사람은 소름이끼쳐서 그압헤안졋기가 어려울듯하나 옥단이
는 겁내는긔색이 조금도 업시……
위와 같음

⑤ 며느리인지 무엇인지 그망할년을 당장에 불너안치고 비상이나먹여
죽이겠다.   같은 책, p.78

 하지만 여기에 나타나 있는 것은 성격적 측면뿐이다. 성격적인 면에
서 볼 때 「치악산」의 계모는 장화의 계모와 비슷하다. 그런데도 차이점
은 여전히 남아 있다. 첫째는 솔직함이다. 「장화홍련전」의 허씨는 남편
앞에서는 완벽한 요조숙녀로 처신한다. 김씨처럼 남편을 표독스럽게 노
려보는 짓 같은 것은 절대로 하지 않는다. 거기 비하면 「치악산」의 김
씨는 단순하다. 화가 나면 남편을 노려보고 종년을 야단치며, 며느리에
게 쌍욕을 한다. 그만큼 그녀는 현실적, 구체적으로 그려져 있다.
 두 번째 차이점은 그녀의 악함은 외모의 추함을 수반하지 않는다는
것이다. 허씨가 차마 정시할 수 없는 추물이요 불구자인 데 반하여 김
씨는 아름답다. 그녀는 "허울좃고 깨긋하기 씨은배차줄기갓든 얼골"(같은
책, p.204)을 가지고 있다. 따라서 「장화홍련전」의 악과 추의 미분화 상태
는 사라지고, 외모와 성격의 분리현상이 나타난다. 그리고 그것은 곧
부부관계와 연계된다. 배좌수가 재혼하는 것은 후사를 얻기 위함인데,
지원자가 없어 할 수 없이 허씨와 결혼했고, "집에 두기 일시가 난감한"
데 데리고 사는 것은 그녀가 대를 이을 아들을 낳았기 때문으로 되어
있다. 그는 "용렬"하여 허씨의 말을 믿기는 하되, 그녀를 사랑하지는 않
는다. 홍참의는 배좌수와는 다르다. 그에게는 아들이 있으니 후사를 얻
기 위해 재혼한 것이 아니다. 그는 여자가 좋아서 결혼했으며, 그들 부
부는 금슬이 찰떡같다. 하지만 그가 아내를 사랑하는 것은 그녀의 덕성
때문이 아니다.

 김씨부인이 무슨 방정을 떨던지 홍참의가 드른테도 아니하던 터이라

홍참의가 후취부인이 잘못하는거슬 그러케 아나 내외금슬은 유명히 조흔
터이라.

아내에 대한 사랑이 부덕이 아니라 외모의 아름다움에 기인한다는 것
은 남녀관계에 대한 인식의 변화다. 덕보다 미가 우위에 서는 것은 유
교적 가치관 붕괴의 조짐이기 때문이다. 그 다음은 상대방의 결점에 대
한 관용이다. 홍참의는 후취부인이 전실자식을 못살게 구는 것을 알고
있어서, 그녀가 무슨 말을 해도 잘 듣지 않는다. 그는 배좌수보다는 두
가지 면에서 현실적이다. 미에 대한 인정과 성격적 결함에 대한 이해
다. 의붓엄마는 전처소생을 미워할 여건을 가지고 있다는 것을 홍참의
는 알고 있고, 그래서 그녀의 결점에 대해 관용하며, 그러면서 그녀의
모함하는 말에 잘 속아 넘어가지 않는다. 성격과 외모의 분리현상은 부
차적 인물들에게서도 나타난다. 이름난 탕아요 남의 유부녀에게 흑심을
품고 흉계를 꾸미는 일이 전공인 최치운의 경우가 그 예이다. 그는 건
달이요 악인이지만, 외양은 끌밋하고 아름다운 인물로 그려져 있다.

나히이십사오세쯤되고 얼골이 볏헤닉어서 검불근빗을 띄엇쓰나 남자의
얼골노는어엿븐얼골이라 도래좁은 통냥갓에 갓근이엇지좁던지 셔울시체
에도 너무 지나도록맵시만 취한모냥이라 철차자입은옷이 썩조하게입엇는
데……

얼굴뿐 아니라 체격도 좋고 맵시도 날렵하며. 패션감각도 뛰어난 악
인의 출현은, 김씨부인의 성격과 외모의 분리가 우발적인 것이 아니었
음을 입증한다. "돈견갓은 장쇠", "토목갓은 장쇠놈" 등의 표현으로 일
관된 「장화홍련전」의 악의 하수인과 비교하면, 그 차이가 현저하다. 이

I부 한국 근대소설의 정착과정에 대한 고찰　　**103**

인직은 의식적으로 고대소설의 악과 추의 유착현상을 파기하여 인물에 현실성을 부여하고 있는 것이다.

나) 인물의 양면성 제시

성격과 외양의 분리 이외에 「치악산」의 인물들이 지니는 또 하나의 특징은 성격면에서 나타나는 양면성이다. 김씨부인만 하더라도 그녀가 요악 일변도의 인물은 아니라는 것을 다음 인용문에서 확인할 수 있다.

> 그리변덕이 습진령을하고 모질기도 한이업든 김씨부인이 자기의 허물
> 을 깨닷기 시작을하더니 본성인 즉 총혜하든고로 구습을 쾌히 곳쳐서 쟈
> 선한 부인이되야…
>
> 같은 책, p.332

계모 김씨의 악함을 구습과 연결시켜 처리하는 잘못을 범하고 있기는 하지만, 그녀의 본성이 총혜하다는 진술은, 상황에 따라 성격이 가변성을 지닐 수 있음을 나타낸다. 상황에 따라 성격이 변할 수 있다는 것과, 성격의 복합성이 긍정되고 있어, 허씨의 완벽한 악인성과 큰 대조를 이룬다. 이런 현상은 백돌의 묘사에서도 나타난다.

> 작난몹시하기로유명한아희라 고생이 되는지 무어시되는지 모르고자라
> 는중에 도로혀그계모가 성이가시여 못견딜때도만히잇섯더라.
>
> 같은 책, p.16

백돌은 계모의 학대 대상이어서 장화와 동류인데, 작자는 그가 어렸을 때 장난이 심하여 계모를 괴롭힌 점도 있다는 말을 함으로써, 선·악 이분법에 변화가 생겨난다. 장화 자매보다는 개연성이 있게 처리되

고 있는 것이다. 선인 측에 속하는 백돌의 단점의 제시는 악인 측의 남순의 장점의 제시와 병행되고 있다. 이씨부인 측에서 보면 "여우가 되다가사람이 되얏지 나이열한살에 눈치는엇지그리 빠른지"(같은 책, p.9)라는 악평을 듣는 아이지만, 어머니 눈으로 보면 속이 깊은 아이이며,(같은 책, p.86) 지문에서도 "숙성하기도 남류다르고 의사도 출중한"(같은 책, p.256) 인물로 그려져 있어, 한 인간의 같은 자질이 관점에 따라 다른 양상으로 평가되는 점을 인정하고 있다. 인성의 복합적 측면이 긍정되고 있는 것이다. 인물의 양면성 제시는 프로타고니스트의 경우에서 절정을 이룬다. 판서의 딸인 이씨부인은 선인형을 대표하는 인물인데, 그녀의 행동은 김씨와 별 차이가 없다. 이 소설은 그녀가 계집종과 툇마루에서 안방 흉을 보는 데서 시작되고 있다.

① (검흥) 이댁마님만도라가시면 앗씨계셔 고생하실까달이 잇슴닛가……

(부인) 이에꿈갓흔말도한다 사십이못된마님이 늙어도라가시려면 나는 그동안에 늙지 아니하나냐

(부) 나는 마님도 마님이어니와 제일자근앗씨 얄미워못살겟다.

(검) 귀신이 무엇을먹고사누 고런거슬 아니잡아가니…

(부) 요년 목소리 좀 나적나적 하야라 안방에들일라.   같은 책, p.9

② (부인) 하하하

너는 조둥이만 빵긋하면 고따위소리만나오나냐.   같은 책, p.6

①의 대화는 내용이 양반가의 며느리의 법도에 어긋나는 것이어서, 그 말을 전해들은 계모가 펄펄뛰며 난리를 벌이는데, 계모의 분노가 오

히려 타당성을 띠고 있어, 작자가 애써 부각하려 한 이씨의 선인형의 이미지를 크게 손상시킨다. 말씨의 상스러움이 계모와 옥단이의 대화와 맞먹고 있기 때문이다. 종들의 말씨는 차치하고라도, 이씨부인과 김씨부인의 비속어 사용 등은 양반인 홍참의 집 안방 언어가 비속성으로 통일되어 있음을 보여준다. 계층이나 교양과 무관하게 화나면 비속어를 사용하는 이런 인물묘사법은, 주요인물과 부차적 인물, 피해자와 가해자, 선인과 악인 양측에 고루 나타나, 신소설의 인물들이 구소설처럼 도덕적 유형이 아니라 선·악 혼합형[24]의 인물임을 밝혀준다. 후자가 전자보다 근대적 인물형에 속하지만, 개성에 의해 기억되는 현대소설의 인물들보다는 낡은 형이어서 신소설이 구소설과 근대소설의 중간형에 속함을 확인할 수 있다.

「쟝화홍련젼」은 이와 대조적이다. 거기에 나오는 인물들의 대화는 비현실적일 정도로 품위가 있고 고상한 쪽으로 통일되어 있다. 이런 현상은 계모의 다음과 같은 장중한 언사에서 엿볼 수 있다.

> 가즁에 불결한일이 잇스나 낭군이 반다시 첩에모해라 하실 듯 하기로 쳐음의 감히 발셜치 못하엿건이와…… 쳐의마암의 놀라움이크나, 저와나 만알고 잇건이와 우리는 대대양반이라 이런일이 누셜될진대 무삼면목으로 세상의 살리요.　　　　　　　　　　　　　　　같은 책, p.4

이런 점잖은 말씨는 "돈견갓흔"이라고 그 인품이 한정된 장쇠의 경우에도 그대로 적용된다.

---

24 Carter Colwell, 같은 글.

① 그대 외가의가라 함이 정말이아니라 그대에실행함이 많으되착하신 고로 모르느체 하시더니 임의 낙태한일이 나타난고로 날로하여곰……

같은 책, p.9

② 소인등은 다시엿줄말삼이 업사오니 다만부모의대신 죽여늙은부모를 사하옵심천만바라옵나이다.

같은 책, p.25

앞의 인용문들을 통하여 인물의 성격과 그가 사용하는 언사의 괴리현상이 벌어지고 있음을 알 수 있다. 「치악산」에서는 비속어 사용이 보편적인데 「장화홍련젼」에서는 고상한 쪽으로 평준화되어 있다. 이것은 「장화홍련젼」이 낭송용 문학oral literature이라는 것과도 관계가 있다고 할 수 있고, 고대소설의 비현실적인 측면의 노출이라고도 할 수 있다.

「치악산」에서는 선인형도 악인형도 양면성을 가지고 있어, 누구나 화가 나면 비속어를 쓴다. 이씨부인도 계모와 똑같이 상대방의 험담을 하며, 치악산에 버림을 받았을 때도 방성통곡을 하는 품이(「치악산」, 같은 책, p.152) 상스러운데, 이것은 인물의 현실화 현상의 일환으로 볼 수 있다.

다) 주종관계의 변화

「치악산」에서는 주종관계에 변화가 일어난다. 김씨부인 쪽이다. 계모 김씨와 종 옥단이 내외와의 관계에서는 봉건적 주종관계가 완전히 깨지고 새로운 관계가 생겨난다. 이해관계를 기반으로 하는 계약적인 주종관계다. 옥단은 아씨를 죽이는 대신에 속량贖良과 "단구역말압들에 잇는 보논"을 조건으로 제시한다. 흥정을 하는 것이다. 고두쇠의 경우에는 거기에 검홍이에 대한 욕망의 좌절에서 오는 복수심이 추가되어 있다. 이들은 한 걸음 더 나아가서 물질적 보상을 높이기 위해, 계략을 꾸미고 재주를 부린다. 뿐 아니다. 그들은 그 일을 통하여 최치운에게서도 막대한 금품을 받아내는 이중의 거래를 한다. 그들은 능란한 상술을 가진 장사꾼이다. 그 중에서도 옥단은 사람을 다루는 기술과 두뇌가 비상하다. 그녀가 꾸민 악의 각본에는 일호의 차착도 없다. 그녀는 마피아 두목처럼 프로다. 그녀의 계획이 실패하는 것은 포수의 등장이라는 우발적인 변수 때문이다. 속량을 향한 집념, 물질에 대한 탐욕, 조직적인 두뇌, 거래를 기반으로 하는 인간관계 등 여러 면에서 옥단은 산업사회적 인간형에 속한다.

주인인 김씨부인도 그들과 같다. 그녀는 물욕이 크지만, 감정을 노출시키는 직선적 성격이어서 옥단의 냉철한 두뇌가 필요하다. 그런데 그것은 비싼 대가를 치루지 않고는 얻을 수 없는 것임을 그녀는 터득하고 있다. 어떻게 하면 비용의 단가를 낮추느냐 하는 것만이 그녀의 관심사다. 그들은 마주앉아 "상전은종의 속을 쏙뽑으려고 안달하고 종은 상전의 비위를 꼭마쳐려고 애를쓴다."(같은 책, p.76) 물질적 거래를 기반으로 한 인간관계를 맺고 있다는 점에서 이 두 여자는 동류이다. 그러나 능력에 있어서는 옥단이 쪽이 한 수 위다. 최치운에게서까지 커미션을 받는 것을 김씨부인은 상상하지 못하고 있었기 때문이다. 옥단은 「치악산」에 나오는 가장 현실적이고 물질주의적 인간형이다.

그녀에게 이름이 있다는 것도 인물의 개성화에 도움이 된다. 이씨부인에게는 이름이 없다. 이름이 없다는 것은 개성이 없는 것을 의미한다. 그녀는 조선 여인들의 통례대로 가족적인 호칭 속에 매몰되어 버린 몰개성한 여인으로 그려져 있다. 이름이 없는 것은 그녀가 기혼자인 것과도 관계되는 것이지만, 처녀시절에도 이름이 안 나오는 것은 변명의 여지가 없다. 그녀는 그저 이판서의 딸이요, 홍참의의 며느리일 뿐이다. 그녀가 개화된 집안에서 자란 사실은 이 소설에서 아무 의미도 지니지 못한다. 그녀는 개화사상과 무관하다.

그런데 옥단이에게 이름이 있듯이 검홍에게도 이름은 있다. 그들은 남에게 노상 이름을 불리울 비천한 신분이기 때문이다. 하지만 옥단의 이름과 검홍의 이름은 개성화의 측면에서는 현격한 차이를 나타낸다. 검홍이에게는 개성이 없기 때문이다. 옥단은 개성을 지니고 있고, 지위 상승을 향한 자각을 지니고 있으며, 능란한 상인이다. 그녀가 이 작품에서 가장 근대적 인물로 간주되는 이유가 거기에 있다.

인간의 개성적 측면이 각광을 받는 것은 문학의 근대적 특성이라 할 수 있다. 근대소설에 나타나는 것은 도덕적 유형이 아니라 성격적 유형이다. 「치악산」에서 성격적 유형에 속하는, 혹은 근접하는 인물형은 옥단, 고두쇠, 최치운 등으로 대표되는 안티고니스트의 보조인물들뿐이다. 이들의 존재는 이 소설에서 중요성을 지닌다. 완전히 도덕적 유형에 속하는 인물들 속에서 그들만이 개성을 지니고 있기 때문이다. 보조인물인데도 불구하고, 이들이 차지하는 비중은 크다. 「치악산」이 가지고 있는 유교적 가치관의 붕괴가 그들을 통해 실현되고 있기 때문이다.

보조 인물들이 근대적 특징을 나타내는 이런 예는 「치악산」과 노벨과의 거리를 나타낸다. 이런 인물형의 등장 자체가 노벨에의 접근을 나타내는 징후인 것과 마찬가지로, 이 유형의 인물들이 주인공이 되지 못하는 것은 노벨의 출현 여건의 미숙성을 나타낸다. 옥단형의 인물은 1920년대의 소설 속에서나 주역을 차지한다. 복녀(「감자」), 안협집(「뽕」) 등이 그것이다. 그리고 이 시기가 한국에서의 노벨의 정착기가 되는 것이다.

도덕적 유형의 붕괴현상은 그대로 유교적 가치관의 붕괴 현상을 반영한다. 그런 징표 중의 하나가 「치악산」에 나타난 외모와 성격의 분리이며, 다른 하나가 인물의 양면성의 제시이고, 그 뒤를 인물의 비속화와 주종관계의 변화가 이어간다. 이런 변화는 「치악산」이 가지고 있는 노벨의 징후들이다. 그것들은 고대소설의 외모와 덕성의 유착현상, 인물형의 전형성, 비현실적인 언사 등이 지니는 문제점을 지양하여 새로운 소설을 창작하려는 신소설 작가들의 지향점을 보여준다. 그런데도 불구하고 전형적 인물의 우세함, 인물의 계층의 동질성 등의 요소들이 구소설과의 친족성을 노출시키는 곳에 「치악산」의 과도기적 특성이 있다.

(2) 시공간의 양상

① 공간적 배경

「치악산」과 「쟝화홍련전」의 차이를 노출시키는 가장 큰 요인은 표제다. 후자가 인물명 표제인 데 반하여 전자는 공간형 표제를 가지고 있다. 이 사실은 단순히 이 두 소설의 우발적인 차이를 나타내는 것이 아니라 고대소설과 신소설의 전반적인 격차를 표시한다. 고대소설에서는 전자류傳字類의 표제가 과반수를 차지[25]하는데, 신소설에서는 '전자류'의 표제가 나오지 않는다. 인명표제의 소멸현상은 신소설 작가들이 가전체 소설에서 의식적으로 탈피하려 한 노력의 결과라고 할 수 있다. 신소설의 표제는 고대소설의 인명 편향성만 탈피한 것이 아니라, 다양화가 이루어지고 있다. 이재선은 그것들을 대략 다섯 가지 유형으로 분류했는데[26] 「치악산」은 그 중에서 제2유형인 공간형 표제에 속한다.

공간형 표제의 제시는 환경결정론적 사고를 수반하는 근대문학의 일반적 흐름을 반영하는 것이라 할 수 있다. 치악산이라는 공간의 구체적 제시는 "장면적 제시"에의 지향성[27]을 보여준다는 점에서 고대소설과는

---

25 정주동, 『고대소설론』, 형설출판사, 1994, p.72.
26 이재선, 앞의 책, pp.92-93.

구별되는 새로운 특징을 나타낸다. 표제의 예시적 기능을 염두에 두고 작품 속의 공간적 배경의 현실성 여부와, 공간과 인물, 사건과의 유기적 관련성을 점검해보면 두 소설 사이에는 많은 차이가 나타난다.

「쟝화홍련젼」의 공간적 배경은 '평안도 철산군'으로 명시되어 있다. 그런데 그 배경은 범위가 너무 넓다. 노벨의 배경은 좁고 구체적이어야 한다. 편지가 배달될 정도의 구체적 지번이 필요해서 고을의 이름만으로는 추상성을 면하기 어렵다. 배경은 인물이나 사건과 연계될 때에만 그 존재 이유를 얻는다. 그런데 장화의 생활 공간은 자기집 울타리 안으로 한정되어 있어서, 그 곳이 평안도나 철산군이어야 할 필연성이 없다. 울타리 밖의 경우도 마찬가지다. 근처에 호랑이가 나오는 깊은 산이 있고, 큰 연못만 있는 곳이면 어디여도 무방하다. 그 산에는 이름조차 없다. "옛날 옛적 어떤 곳에"로 바꾸어 놓아도 별 지장이 없을 정도로 명시된 지명이 제구실을 하지 못한다. 이 소설에 나오는 장화의 집에는 이웃도 없고, 선황당도 없으며, 당산 같은 것도 없다. 그곳은 역사의 진공지대다. '평안도 철산군'이라는 지명은 장식적 기능만 수행할 뿐 인물이나 사건과의 인과관계가 희박하다.

장화, 홍련의 생활공간이 이런 진공지대인 데 반하여, 「치악산」의 이 씨부인의 무대는 현실 속에 있는 지지적地誌的 공간이다. 사건의 패턴이 비슷하고 사건이 일어나는 장소가 산중인 점은 전자와 같지만, 이 작품에 나오는 산에는 이름이 있고, 그 위치가 주인공의 거처와 연결되어 있으며, 마을과 산은 여러 면에서 유기적인 관계로 맺어져 있다.

　　치악산으로 병풍삼고 사는사람들은 그 산밋헤 논을푸을고 밧이러셔 오

---

27 같은 책, p.94.

곡심어 호구하고 그산의 솔을버여다가 집을짓고 그산의 고비고사리를 캐
여다가 반찬하고 그 산에서 흘러나려가는 물을 먹고 사는터이라 때못버
슨 우중충한 산일찌라도 사람의생명이 그산이 만히 달렷는데 그산밋혜
제일크고 이름있는 동네는 단구역말이라.　　　　「치악산」, 같은 책, pp.3-4

　「치악산」은 그렇게 시작된다. 여기에서의 산은 마을 사람들을 먹여
살리는 모성적 공간으로 제시되어 있다. 그 산에서 나온 나무로 지은
집에서 사는 사람들은 그 산에서 흘러내려오는 물을 마시며 고비 고사
리로 반찬을 만든다. 산과 마을을 잇는 유대가 식품이라는 생존의 기본
항과 연결되어 있는 것이다.

　산은 또 사람들이 사는 거처이기도 하다. 치악산에는 포수인 딱쇠의
집이 있고, 암자도 여러 군데 있어 승려들이 내왕하며, 으슥한 곳에는
산적들도 살고 있다. 산에 사는 사람들은 원주라는 지역사회와 부단한
교섭을 가지고 있다. 그들에게는 모두 작품 속에서 배역이 주어져 있
다. 딱쇠와 승려들은 여인들의 수난을 도와주는 역할을 맡고, 산적들은
홍참의의 첩을 납치하는 일을 담당한다.

　마을의 외곽에 있는 산은 사건을 낳는 장소이기도 하다. 이씨부인의
수난, 홍참의 소실의 납치극, 검흥이의 복수극 등은 모두 이 산에서 일
어난다. 그 산은 단구역말과 서울을 이어주는 길도 가지고 있다. 여러
가지 여건을 가지고 마을과 이어져 있는 것이다. 산 아래의 단구역말도
이름만 있는 마을이 아니라 "개짓고 다듬이방망이소리나는" 일상적인
장소다. 카메라가 산을 떠나 마을 안의 홍참의 집 마당으로 줌인해 들
어가면, 툇마루에 앉아 있는 며느리와 하녀의 신세 한탄이 들려온다.
홍참의 며느리가 입은 옷감의 이름도 명시된다. 이런 일상성은 「장화홍
련전」에는 없는 요소다.

이렇게 배경이 인물이나 사건과 관련되어 있는데도 불구하고 이 소설을 노벨이라 부를 수 없는 것은, 작품의 배경이 커뮤니티의 내부가 아니라 그 외곽지대라는 사실에 기인한다. 이 소설이 공간형 표제를 채택하여 공간에 대한 현실적 인식의 확대를 보여주며, 사건은 언제나 치악산에서 벌어지는데도 불구하고 제목과 내용이 밀착되지 못하는 것은, 사건이 일어나는 공간이 커뮤니티 밖인 데 기인한다.

사건의 무대가 지역사회 밖이라는 사실은 인물의 경우에도 해당된다. 전술한 바와 같이 이 소설에는 일군의 노벨형 인물들이 있다. 옥단이와 그의 일당이다. 그들은 육체성과 현실성을 구비하고 있는 현실적 인물들이다. 풍차를 풍차로 볼 줄 아는 산초 판자형 인물인 것이다. 그런데 그들은 활동 무대가 마을 안이 아니라 마을의 외곽지대와 치악산이다. 그리고 그들은 주역이 아니라 조역이다. 표제가 산으로 되어 있고, 산초형 인물들이 보조역에 불과하며, 그들의 활동무대가 커뮤니티의 외곽지대라는 것은 우리나라에 아직 노벨이 출현할 시민사회가 형성되지 못하였다는 것을 입증한다. 그들이 지역사회의 주역이 되고, 그들의 활동무대가 지역사회 안이 될 때가 한국 노벨의 정착기가 되는 것이다.

하지만 「장화홍련전」과 비교하면 「치악산」의 배경은 현실과의 거리를 현격하게 단축시킨 작품이라는 사실을 인정하지 않을 수 없다. 이 소설에 나오는 치악산은 청조가 홍련을 인도하는 환상의 공간이 아니며, 유령이 사또의 벼슬을 올려주는 초자연적 사건의 배경도 아니다. 여기에 나오는 치악산은 ① 현존하는 지지적 공간이다. 작자는 이 산과 서울과의 거리를, 걷는 사람의 보폭과 속도에 의해 세밀하게 측정해 내고 있다.[28] 치악산은 자로 측정하는 일이 가능한 현실의 산이며, 마을과

---

28 김동인, 「이인직론」, 같은 책, p.38.

밀착된 공간이다. 치악산은 ② 마을공동체의 외곽지대로서 식량수급관계, 인간의 갈등이 실연되는 일상적 장소다. ③ 물질적 갈등으로 인해 범죄와 모함을 거듭하는 분쟁의 장소이기도 하다. 「쟝화홍련젼」의 장식적 공간과는 비교가 되지 않는 현실적인 공간인 것이다.

하지만 신소설 「치악산」에서 가장 중요한 요소는 단구역말과 치악산이 가지는 풍속화이다. 장화의 방에 비하면 홍참의의 며느리가 사는 대갓집 건넌방은 현실성을 띤 생활의 무대다. 거기에는 다각적으로 얽힌 인간관계가 있다. 장화와 이씨부인은 소속된 계급이나 가족 구성, 집안에서의 처지 등이 비슷하지만, 이씨부인의 인간관계는 장화보다 그 폭이 현저하게 넓다. 그녀의 집안은 시아버지와 시어머니, 시누이 등 시댁 식구들 외에도 검흥이, 옥단이, 고두쇠, 배선달, 유모 등의 하인들이 있는 대가족이다. 이해 관계가 다른 인물들과의 복합적인 관계에 얽혀 있어, 홍참의 집은 이미 하나의 작은 사회라고 할 수 있다.

거기에 이성과의 관계가 덧붙여진다. 우선 남편과의 밀착된 관계가 있고, 울타리 밖에서 혼자 치러내야 한 여러 남자들과의 관계가 있다. 일방적인 피해로 시종한 것이긴 하지만, 이씨부인이 네 남자를 피해 다닌 공간의 넓이와, 그 동안에 알게 된 사람들과의 복합적인 인간관계가 그녀와 현실과의 거리를 좁혀 준다. 이런 다양한 인간관계는 노벨의 기반이 되는 것이다.

그녀가 소속된 '단구역말'은 근대적인 시민사회가 아니다. 하지만 그것은 모럴과 풍속이 확립되어 있는 개성적인 지역사회다. 거기에는 한국의 전통적인 시골 사회가 갖추어야 할 관습과 제도가 있다. 시골 양반집의 사설 감옥, 아무나 잡아다 교군으로 쓰는 양반의 횡포, 음모의 무대로서의 주막, 무당과 판수의 위력, 떠돌아다니는 부자상인의 건달 아들, 전형적인 고부 갈등, 그 사이에 낀 무력한 사랑양반, 노비들 간의 알력, 부부가 각방 거처하는 풍속, 시골 양반집의 식사풍경에서 드러나는 봉건적인 서열의식, 서울 양반에 대한 시골 양반의 열등의식, 개화파에 대한 시골 양반의 콤플렉스 같은 구체적인 풍습들이 자리잡고 있다. 실지로 이 소설에서 설득력을 가지는 부분은 미신타파, 신교육, 개화사상, 애국심 등에 대한 계몽적 구호가 아니라, 풍속묘사 쪽에 있다고 할 수 있다.[29] 개화의식은 추상적 개념에 머물고 있는 데 반하여, 격동기의 풍속묘사는 구체화되어 있기 때문이다. 「장화홍련전」에서는 생략하여 버린 풍속성의 표출은 「치악산」이 가지는 근대소설적 특징이다. 「치악산」에 나오는 '단구역말'은 근대적인 시민사회가 아니지만, 근대적 시민사회의 모체는 전통사회라는 점에 대한 H. 제임스의 다음과 같은 말은 설득력을 지닌다.

> 다른 나라에 존재하는 고도의 문명의 여러 양상은 열거하자면 끝이 없다. 그것들은 미국의 생활 구성에서는 완전히 결여되어 있는 것들이다. ……여기에는 군주도 없고 궁정도 없다. 충성심도 없고, 귀족제도도 없으며, 교회나 성직자, 군대, 외교관 같은 것도 없고, 향반鄕班도 성채도 장원도 없고…… 초가집, 넝쿨이 얽힌 폐허 큰 사원, 옥스퍼드 대학 같은 것도 없다. …… 40년 전의 미국에 없던 것을 열거하자면 끝이 없다.
>
> 『ノヴェルとロマンス』, 학생사, p.8

제임스는 여기에서 봉건적인 전통과 풍습이 시민사회의 발생과 밀접한 관계를 가지고 있음을 증언하고 있다. 전형적인 봉건사회는 근대적인 커뮤니티를 낳는 모체이기 때문에 그것이 없으면 근대적 커뮤니티가

---

29 전광용, 앞의 책, p.1196.

형성되기 어렵고, 근대적 커뮤니티가 없으면 노벨이 형성될 수 없기 때문에, 전통적인 요소의 결핍이 미국에서 노벨이 성립되기 어려웠던 여건이라는 것이 그의 주장이다. 이런 견지에서 보면 「치악산」에 나오는 '단구역말'의 봉건적 풍습과 그것을 깨치려는 움직임과의 갈등을 그린 과도기의 풍속도는 중요한 의미를 지닌다. 그것은 라파이엣 부인의 「끌레브의 마님」의 경우와 유사성을 가진다. 「끌레브의 마님」의 배경은 봉건적인 귀족사회지만, 그런데도 불구하고 이 작품이 누벨르nouvelle로 대접받는 이유는 한 사회의 모습이 풍속성의 측면에서 포착되고 있는 데 있다. 사회를 풍속의 측면에서 묘사할 줄 아는 작가는, 그 대상만 시민사회로 옮기면 노벨리스트가 될 수 있기 때문이다.

노벨은 풍속소설이다. 이거야말로 서구의 노벨의 중요한 특징이다. 전형적인 노벨리스트인 발자크나 오스틴은 풍속묘사에 열의를 기울였다.[30] 그런 점에서 「치악산」이 보여준 풍속에 대한 관심은 주목할 가치가 있다. 비록 그 관심이 철저성을 띠지 못했고, 그 대상이 민사회가 아니었다 하더라도 풍속성의 부각은 「치악산」이 가지고 있는 가장 근대소설적인 요소라고 할 수 있다.

② 시간적 배경

공간적인 배경이 구체적으로 나타난 데 반하여 「치악산」의 시간적 배경에는 일부인日附印이 명시되어 있지 않은 부분이 많다. 하지만 연대를 추정할 재료는 도처에 널려 있다. 그 중의 하나가 다음과 같은 대목이다.

---

30 Auerbach, *Mimesis*, Princeton Univ. Press, 1974, pp.55-92.

그 후 십년만에 혼인을 지냈는데 그때는 갑오경장이후라 개화를 조아
하던 리판셔는 풀기가 점점더 생기고……   「치악산」, p.42

위의 인용문에 의하면 이 소설의 발단부는 그때부터 5년이나 7년[31]후
가 된다. 그 무렵에 15, 6세 되어 보이던(「치악산」, p.6) 검흥이가 아씨의
복수극을 벌일 때는 20세 가량(같은 책, p.219) 된 것으로 미루어 보아 4년
정도의 시간이 다시 경과했다고 할 수 있다. 발단부위에서 결혼한 지
5년이 되었다 하였으니 아씨가 쫓겨난 것은 갑오경장(1894) 후 10년 전
후라 할 수 있다. 시간적 배경이 작자의 생존기간과 일치되고, 공간적
배경도 작가가 살던 곳이라는 점에서 이 소설은 당대를 그린 작품임을
확인할 수 있다. 이해조가 신소설의 새로움으로 내세운 당대성은 「치악
산」뿐 아니라 신소설 전체의 속성이다. 배경의 당대성은 「치악산」과
「쟝화홍련젼」을 구별하게 만드는 중요한 변별특징이 된다. 「쟝화홍련
젼」의 시간적 배경은 과거이다. 소설의 배경이 "세종대왕시절"로 되어
있는데, 소설이 쓰인 시기는 조선 후기로 추정되기 때문이다. 신소설의
당대성은 고대소설과 신소설 전체를 구분짓는 중요한 특성이 된다.
  두 번째 특징은 시간의 흐름의 합리성이다. 세월이 지나가면 아씨도
검흥이도 똑같이 나이를 먹는다. 따라서 시간적 배경도 공간의 경우처
럼 사건의 필연적 결정요인이 된다. 「쟝화홍련젼」은 그렇지 않다. 공간
의 경우와 마찬가지로 "세종대왕시절"이라는 한정된 시기는 인물이나
사건과 유기적 관계를 가지지 않는다. "옛날 옛적"식 배경보다는 구체
적이지만, 장식적 역할밖에 하지 못한다는 점에서, 리얼리즘의 특징인

---

31 발단부위에서 부인은 결혼한 지 5년으로 되어 있는데 검흥이는 그 집에 온 지 7년으로
   되어 있다.   김동인, 「이인직론」, 같은 책, p.49.

거울의 역할은 기대하기 어렵다.

그 다음에 문제가 되는 것은 「장화홍련전」 속의 시간 계산법의 비합리성이다. 이 소설의 시간의 흐름을 가늠할 수 있는 자료로는 대략 다음과 같은 것이 있다.

① 형의나희는 륙세오? 쇼녀는 사세적의 자모를 여의옵고……

「장화홍련전」, p.19

② 세월이 여류하여 훌훌이삼상이 지내니……잇때좌수비록망쳐의 유언을생각하나, 후사를 아니돌아볼수 업는지라……부득이하여 허씨를 취함에……그것도 계집이라고 그달붓터 태긔잇셔 연하여삼자를 나흐매……

같은 책, pp.2-3

③ 참혹할사우리형님이 이팔청춘의 불측한악명을 신셜치못하고 쳔츄원혼이 되엿스니…… 소녀삼셰의 어미일코……　　같은 책, p.14

④ 계모사나오아 스긔함으로 쟝챠이십이되도록 경혼치못하엿삽고 소녀의 몸이 원혼이 되어……　　같은 책, p.19

위의 자료에 의하면 장화는 6세에 어머니를 여의고 3년 후에 아버지가 재취하니 그때 그녀의 나이는 9세다. 그리고 이팔에 죽는다. 이팔이면 낙태의 누명을 씌울 나이는 된다. 따라서 장화의 경우에는 별 문제가 없다. 문제는 장쇠의 나이에 있다. 결혼한 달부터 태기가 있었다 해도 그는 장화가 열 살이 되어야 태어난다. 따라서 장화가 열여섯 살에 죽을 때, 장쇠는 고작해야 여섯 살밖에 되지 못한다. 장화가 죽으러 가는 시간은 심야이고, 장소는 호랑이가 나오는 심산이다. 그런데 장쇠는 혼자서 "급히 말을모라" 그 산에 들어가 장화를 말에서 끌어내려 죽게 한다. 그는 산의 지리에 밝고, 말을 능숙하게 몰며, 장화를 죽이는 이유를 분명히 설명해 주는 어른으로 설정되어 있다. 그런데 따져 보면 여섯 살밖에 되지 않는 것이다. 작가가 장화의 나이를 명시하면서 장쇠의 나이는 따져 보지 않아서 「장화홍련전」의 시간은 의미를 상실한다.

「장화홍련전」에 비하면 「치악산」의 시간은 현실적 시계시간real time 이다. 거기에는 계절에 대한 세밀한 묘사가 있다. 연대는 오히려 간접적으로 표시되는데 계절은 구체화되어 있다. 이 소설의 서두에는 "션을한가을바람이이러나더니그바람이슬슬도라서개짓고 다듬이방망이소리나는단구역말로 드러간다."는 말이 나온다. 바람으로 표상화된 계절은 "달밝고 이슬차고 볏장이우는청냥한 밤"으로 구체화되며, 찬 밤기운은 "은조사 겹져구리에 세모시 대린치마를 입"은 아씨를 춥게 만들고, "어제밤에송편빗느라고늦게갔더니……"라는 검흥의 말을 통하여 추석 전날일 가능성이 시사된다. 어느 해의 추석 전날의 일인 것이다.

계절에 대한 관심은 「장화홍련전」에도 나타난다. 장화가 죽는 계절은 "두견새우는" 봄이며, 홍련이 죽는 것은 "즁추월망간"으로 되어 있다. 디테일의 묘사를 통한 시간의 구체화 현상은 없지만, 계절만은 분명하게 명시되어 있는 것이다. 계절에 대한 관심은 두 소설이 공통되고 있음을 알 수 있다.

이상의 비교를 요약하면 「치악산」의 배경은 다음과 같은 점에서 「장화홍련전」과 구별되고 있다.

가) 공간인식의 확대와 구체화

「장화홍련전」의 공간적 배경이 인물이나 사건과 유리되어 있는데 반하여, 「치악산」은 단구역말과 밀착되어 "개짓고 다듬이방망이 소리가 나는" 생활공간으로 구체화된다. 공간의 구체성과 현실성은 표제에서도 나타난다. 문제는 사건의 무대가 마을 안보다 외곽지대에 치우쳐 있다는 점이다. 「장화홍련전」에서도 사건은 마을 밖에서 일어나는 것으로 되어 있다. 이것은 그 소설들의 사회와의 거리를 보여준다. 구체적 집단주거지역이 사건의 본무대가 될 때 비로소 노벨은 본격화되는 것이다. 하지만 공간형 표제는 그 자체가 이 소설의 현실성을 나타내는 자료가 된다.

나) 풍속에 대한 관심

이해조가 풍속 교정에 관한 관심을 신소설의 특징으로 간주하였듯이 「치악산」은 풍속에 대한 관심을 표출하고 있다. 풍속의 묘사가 노벨의 요건이 되는 사실을 감안할 때, 이 점은 신소설과 「치악산」이 가지는 근대적 특징이라 할 수 있다. 문제는 이 풍속도가 시민사회의 것이 아니라는 데 있지만, 풍속에 대한 관심은 신소설과 노벨의 거리를 단축시키고 있다.

다) 배경의 당대성

이해조가 지적한 대로 배경과 인물의 당대성은 신소설의 공통특징이다. 이는 「치악산」의 가장 두드러지는 노벨적 요건이다. 특히 시간이 계절로 분절화되어 묘사된 점은 시간의 구체화에 기여하며, 노벨의 디테일 중시 경향에도 부합되고, 계절적 여건이 사건과도 유기적 관련을 맺는 점에서 플롯과 세팅의 유대를 강화시킨다. 이런 여러 조건들은 「치악산」과 노벨의 거리를 접근시키는 요인들이다. 하지만 거기에는 일부인이 없는 부분이 많다.

(3) 플롯

① 플롯의 유형

신소설의 플롯이 보여주는 첫 번째 특징은 연대기적 배열을 지양하려는 경향이다. 조선시대의 가전체소설들은 연대순의 서술구조를 가지고 있다. 「장화홍련전」도 예외가 아니다. 태몽에서 시작하여 죽음과 환생, 다시 죽음에 이르는 장화의 일생이 순행적 순서에 의해 진행된다. 「치악산」은 그렇지 않다. 신소설의 "선형적 서술구조의 약화 현상"[32]이 여기에서도 나타난다. 역전의 수법을 통해 비연대기적 배열법을 쓰고 있는 것이다.

연대기적 순서의 거부와 함께 나타나는 두 번째 특징은 인물의 전생애를 담는 방식에 대한 거부이다. 「치악산」은 주인공이 결혼한 지 5, 6년이 지난 시점에서 시작되고 있어, 한복판에 뛰어드는plunge into the middle 패턴을 지니고 있다. 탄생, 성장과정, 결혼 등의 기간이 생략된 채 시작된다. 다른 신소설처럼 "이야기의 출구적 원형으로서의 공식적인 발단부위가 생략, 탈락된 것"[33]이다. 그 대신 생략된 부분은 필요한 대목에서 플래시백의 기법으로 처리되어 시간의 역전이 일어난다. 비상砒霜의 출처해명, 혼인의 성립경위, 평양감영에서의 추억 등에서 잠정적인 역전양상이 일어나며, 상황의 전이를 나타낼 때에는 완전히 과거로 소급해 가는 경우도 있어, 시간구조가 다양성을 띠고 있다. 이런 현상은 스토리성의 극복을 위한 노력으로 간주되어 「장화홍련전」과 구별된다.

---

32 이재선, 앞의 책, p.20.
33 같은 책, p.21.

② 선택권의 배제와 묘사낭비 현상

다음에 문제가 되는 것은 이 소설에 나타나는 과잉묘사에서 오는 언어의 비경제성이다. 「치악산」에는 불필요한 설명이 너무 많다. 발단부 위에서 남순이가 아버지를 부르러 가는 장면이 그 좋은 예다.

안마당에셔 징박은신을신고 다름박질하는소리가 나난데 홍참의딸이 홍참의를 부르러나가는 모냥이라. 검홍이가 발빠당으로 살작나가더니 사랑방엽헤 숨어셔셔 귀를기우리고듯는다

아버지아버지

부르는거슨홍참의딸이라

남순이우애나왔너냐

하는거슨홍참의목소리라

〈남순〉 어머니가 검홍이란년을때려죽인다셔요

〈홍참의〉 검홍이를 왜 때려죽인다더냐

사람을그러케 함부루때려죽이나

〈남순〉 그년이 어머니더러 어셔죽엇스면 좃켓다하고 날더러 여우되어 가다가 사람되엿다하며 별소리를 다 하여요

〈홍참의〉 그럴리가잇나냐 어셔드러가셔 자거라

이런 식으로 16행이나 소비하고도 17행을 더 부연하는데 막상 사건의 진전은 없다. 낭비적 묘사는 신소설의 전반적 특징이다. 이런 언어낭비현상은 신소설의 수명을 단축시킨 결정적 요인이라고 할 수 있다. 복녀의 시체매매, 매장 등을 석 줄로 처리한 김동인의 간결의 미학에 비기면 국초의 언어 낭비는 정도가 지나치다.

문제는 이런 현상이 생긴 원인이다. 우리나라의 신소설기는 일본의

자연주의 문학기에 해당된다. 자연주의와 노벨의 정착기가 겹쳐지는 명치 말기에 이인직은 일본 유학을 했다.[34] 일본의 자연주의에서 리얼리즘의 수칙들을 배워왔을 가능성이 많다. 이해조도 마찬가지이다. 그렇다면 신소설의 묘사과잉현상은 리얼리즘의 "선택권의 배제"항에 대한 과잉반응이라는 추측이 가능하다. 그것은 다야마 카다이田山花袋의 "평면묘사론"[35]과 상통하는 현상이기 때문이다. 유미주의를 내세운 김동인의 간결의 미학은 평면묘사에 대한 반발에서 생겨난다.

신소설의 과잉묘사가 리얼리즘에 대한 오해에서 나왔을 가능성을 뒷받침해 주는 것이 개연성에 대한 지나치게 친절한 해설이다. 언어의 낭비현상은 이 경우에도 예외 없이 나타나, 사건의 개연성에 대한 보충설명이 사건 자체의 서술보다 길어지는 경우가 많다. 그 중의 한 예가 비상에 관한 것이다. 계모가 꾸민 며느리의 간통조작극에 속은 홍참의가 며느리를 토죄하기 위해 하녀더러 비상을 가져오라고 명하는 장면이 있는데, 그 긴박한 상황에서 다락에 비상이 있게 된 경위에 대한 설명이 다음과 같이 길게 나온다.

멧달전에 고두쇠란놈이 어디셔 옴을올리고 드러와셔 비복장이옴이 안마누라의게오른다든 말이 맛치느라고 고두쇠옴이 옥단의게올마셔 그옴이 안빵식구의게 홈삭올마온지라 그 옴들을 떠히느라고 연쥬읍내에가셔 비상을엇지무식하게 사왓던지 집안사림들이 옴은 다 떠러졌는데 비상은 평

34 이인직이 일본에서 귀국하여 첫 소설 「혈의 누」를 발표한 1906년은 일본에서는 자연주의기 (1900-1911)였다.
35 '평면묘사론'에는 '무각색, 배허구'의 원리와 함께 '무선택'의 원리가 있다. 있는 그대로 현실을 재현하려면 선택하지 말고 모두 그려야 한다는 것이 그들의 주장이다. 그래서 묘사과다현상이 일어난다.

생두고옴만올려도 그비상만 가지고 넉넉히 떠힐만하게잇는 터이라.

　그비상이아무데도 쓸데업시 안 벽장구석에 너어두엇는데 홍참의가 그
비상은 쓸데업시 된 물건으로 녀기고 잇던차에 별안간에 비상쓸일이생겨
서 비상만 들적어리고잇는터이라.　　　　　　　　같은 책, p.108

　이 장황한 곁가지의 출현으로 사건의 원줄기는 빛을 잃는다. 며느리
에게 비상을 내릴 만큼 절박했던 상황의 긴박감을 무산시켜 버린 것이
다. 후에 며느리가 치악산에서 자결을 시도하는 장면에서도 우연히 시
아버지가 그 자리에 나타나게 된 곡절과 연유가 장황하게 나와 역시 긴
장감을 와해시킨다. 개연성에 대한 이런 설명 과잉은 도처에 널려 있어,
플롯의 산만성이 극에 달한다. 사건의 개연성을 살리려다가 작품의 생
명력이 저해되는 것이다. 이런 예는 「혈의 누」를 위시한 국초의 다른
소설들에서도 보편적으로 나타나며, 다른 작가의 경우에도 해당되는 부
분이 많아서, 신소설의 공통특징 중의 하나가 된다. 개연성 확보를 위
한 과잉 해설은 플롯의 유기성을 망치는 요인이 되고, 이야기의 흐름을
토막 내서 소설을 읽는 재미를 반감시킨다는 점에서 신소설의 기법의
마이너스 요인이다.

　하지만 부정적 측면만 있는 것은 아니다. 그것들은 소설의 심미적 측
면은 해치지만, 사건 발생의 우발성에 대한 독자의 의심은 제거해준다.
이 소설에는 우발적 사건이 많은데 그때마다 동원되는 장황한 보충설명
이 그 우발적 사건의 실현가능성을 설득하여 재미 대신에 신뢰를 제공
한다. 이런 현상은 조선의 가진체 소설의 황당무계함에 대한 반동의 극
단화 현상이라고 볼 수 있다. 묘사의 정확성을 향한 이해조의 다짐이
그것을 뒷받침해준다. 신소설의 과잉해설은 새롭고자 하는 의욕의 과다
에서 파생한 과도기적 오류라고 할 수 있다.

③ 인과관계와 개연성

「치악산」의 발단부는 홍참의 집 담의 기왓장이 떨어지는 것과, 뒤이어 들려오는 개 짖는 소리로 시작된다. 이 두 가지는 사건의 줄거리와 밀착되어 있는 필요불가결한 요소이다. 기왓장 사건은 최치운과 얽혀져, 아씨의 남성과 얽힌 수난의 씨앗이 된다. 그것은 옥단과 고두쇠의 음모와 이어져 아씨의 축출을 가져오고, 다시 딱쇠를 만나게 될 계기를 만들며, 두 승려의 싸움으로 이어져서, 아씨의 수난의 전 과정과 다각적으로 얽히게 된다. 뿐 아니라 그것은 후반부에서 홍참의와 최의 아내가 만나는 간접적 계기를 만들어, 작품 전편으로 파급되는 인과의 고리를 형성한다.

개 짖는 소리도 마찬가지다. 그것은 최치운을 일단 담에서 물러나게 만드는 동시에 달구경 나온 아씨와 검흥이의 대화를 중단시킨다. 그리고 남순의 엿듣는 행위와 관련되어 그날 밤 홍참의의 집에서 일어난 소동의 원인이 되고, 그 결과는 아씨의 축출, 산속의 수난 등과 이어지면서 작품 전체에 파급된다. 이씨부인의 실종, 검흥의 수난과 복수, 홍참의 집의 패망, 소실의 등장 등에서 생겨나는 분란, 남순의 납치극 등은 모두 개 짖는 소리가 몰고온 재난들이다. 기왓장 사건과 개 짖는 소리는 작품 전체에서 일어나는 일련의 사건들을 파생시키는 인과의 첫 고리가 된다. 「치악산」은 사건이 인과율에 의해 파생하고 소멸하고 있어 유기적 플롯organic plot에 접근하고 있다. 하지만 이런 인과관계는 주동인물의 위기 때마다 나타나는 우발적 사건에 의해 손상을 입는다. 하지만 우발적인 사건이 일어나게 되는 동기나 경위가 개연성을 띠도록 처리되고 있어, 호랑이가 훈시를 하고, 귀신의 관리의 직급 승진에 관여하는 장화의 이야기와는 근본적인 차이를 나타낸다.

「치악산」의 플롯은 ① 비연대기적 서술구조, ② 인과의 고리로 맺어지는 사건의 전개와 개연성의 중시 등에서 노벨과의 친족성을 나타내지만 ① 에피소드의 과잉노출로 인한 산만함이 플롯의 유기성을 해치고, ② 해피엔딩으로 끝나는 종결법이 고대소설적 측면을 노출시켜, 신·구 양면이 혼합되고 있다. 이런 혼합현상은 사건의 우연성과 인과율의 혼용에서도 나타나지만, 개연성을 향한 배려와 진상의 검증을 위한 작가의 서기적書記的인 노력이 우발성을 상쇄하여 「장화홍련전」보다는 현실적, 합리적 측면이 우세해지는 것이다.

3) 「치악산」에 나타난 노벨의 징후

노벨과 로맨스의 구조적 차이를 기반으로 하여 「장화홍련전」과 비교하여 본 「치악산」의 '신소설'로서의 새로움을 분석하는 일은 곧 신소설의 노벨적 특성의 추적이라고 할 수 있다. 이해조는 신소설의 새로움을 ① 제재의 다양성, ② 인물과 배경의 당대성, ③ 사실존중과 묘사의 적확성, ④ 교훈성 등에서 찾으려 하였는데, 이인직의 「치악산」에서 그것이 어떤 양상으로 나타났는가를 점검해보면 대략 다음과 같은 것이 된다.

(1) 새로운 인물형의 출현

이 소설의 주인공들은 인물형이 유사하다. 출신계층과 덕성, 작품 속에서 맡은 역할 등이 비슷하다. 장화와 이씨부인은 계모에게 모해당하는 선한 피해자로 설정되어 있으며, 그러면서도 끝까지 자식으로서의 도리를 지키는 '전형적, 도덕적 유형'에 속한다. 「장화홍련전」의 경우는 안타고니스트도 역시 윤리적 유형이다. 하지만 「치악산」에는 '성격적 유형'에 속하는 일군의 인물들이 있다. 옥단, 고두쇠, 최치운 등이다. 그들은 시장지향적 인물이어서 노벨의 인물형에 가깝다. 그들은 한국소설사에 나타난 근대적 인물형의 원형이다. 하지만 그들은 주인공이 아니라 보조적 인물이다. 그들이 주인공이 될 때 한국에는 노벨이 자리잡게 될 것이다.

(2) 인물묘사에 나타난 근대적 특성

인물형에는 공통성이 많은데, 인물묘사 방법에서는 이질성의 폭이 크다. 우선 인물의 외모와 성격의 분리현상이 나타난다. 「장화홍련전」에서는 선인=미인, 악인=추물의 공식이 지배적이어서, 계모 허씨는 괴물처럼 추하나 「치악산」의 계모는 아름답다. 외모와 성격의 분리를 통하여 유형성의 경직도가 완화되며, 인물에 현실감이 부여된다. 인간을 보는 눈이 복합적이 되는 것이다.

그것은 「치악산」에 나타나는 인물의 양면성에 대한 긍정으로 발현된다. 배좌수와 달리 홍참의는 자신의 후처의 결점을 알고 있지만, 그들 부부는 금슬이 '찰떡같다'. 육체미의 중시현상, 성격적 결함에 대한 이해가 그들의 화합의 기반이 된다는 점에서 홍참의는 배좌수보다 현실적이다. 양면성은 악역을 맡은 김씨부인과 그 딸의 장점 그리기, 선인 역을 맡은 철식과 그 아내의 결점 그리기로도 나타난다. 인물들이 양면적 시각에서 다루어져 있는 것이다. 「장화홍련전」의 일면성만 가진 인물들의 비현실성에 비하면 「치악산」의 인물들은 현실의 인간들과 유사성을 나타낸다. 그들은 선·악 혼합형의 인물이고, 육욕과 물욕을 가진 보통사람들이다. 그들은 홍련처럼 귀신이 되어 동헌에 나타난다거나 환생할 능력이 없는 현실의 인간인 것이다.

주종관계의 변화도 「치악산」의 근대성의 한 항목이다. 전술한 "꾀많은 노예"형이 여기에 속한다. 그들은 주인의 악행의 단순한 집행자가 아니라 작전참모다. 그들은 프로여서 값비싼 대가를 요구한다. 속량을 통한 사회적 지위상승, 전답 소유를 통한 경제적 지위상승이 그들의 목적이다. 계산에 의거하는 것은 주인도 마찬가지다. 김씨부인은 그들의 브레인을 인정하고, 거기에 파격적인 대가를 지불한다. 더 많은 이익을 얻기 위해서다. 이들은 모두 시장지향적인 인간형이다. 계모 김씨는 끝에 가서 다시 유교적 질서로 귀환하지만 옥단은 그러지 않는다. 옥단내외는 이 소설에서 가장 자본주의적 가치관을 가지고 있는 인물들이다. 주종관계의 변화를 통하여 유교의 정신주의의 퇴조 현상이 노출되고, 그 자리에 합리주의, 물질주의가 자리잡는 것이 보인다.

(3) '여가-지금'의 시공간

공간적 배경에서는 표제를 통하여 실재하는 공간에 대한 관심의 폭이 넓어진 것이 눈에 띈다. 치악산은 「장화홍련전」의 철산군처럼 장식적인 배경이 아니라 생활과 밀착된 공간이다. 이 산은 마을 사람들을 먹여 살리는 모성적 공간인 동시에 소외된 사람들의 주거지이며, 사건의 현장으로서 소설의 내용과 유기적으로 얽혀 있다. 하지만 그곳은 인구밀집지역이 아니라 외곽지대다. 고두쇠형의 인간들은 조역에 불과하고, 그들의 활동무대가 지역사회의 외곽지대라는 사실은 이 소설이 노벨이 아니라 노벨의 징후만 지닌 소설임을 입증한다. 그들이 마을 한복판에서 주역이 될 때 노벨은 정착한다. 다음에 주목을 끄는 것은 단구역말이 지니는 풍속의 묘사이다. 단구역말은 근대적 산업사회는 아니지만, 풍속의 묘사는 이 소설이 지니는 노벨의 또 하나의 징표이다. 노벨은 풍속소설이기 때문이다.

시간의 경우도 이와 유사하다. 「장화홍련전」에서는 시간과 공간이 명시되어 있지만, 인물이나 사건과 유리된 진공지대인 데 반하여 「치악산」은 시간에서도 개별성과 현실성이 나타난다. 그것은 시계의 시간이며, '여기-지금'의 시공간이다. 「장화홍련전」에 나오는 장쇠의 나이와 배역의 괴리현상 같은 비현실적인 것과는 거리가 먼 합리적, 현실적 시공간인 것이다. (i) 공간의식의 확대와 구체화, (ii) 풍속에 대한 관심, (iii) 배경의 당대성 등은 「치악산」의 노벨과의 거리를 단축시키는 항목들이다. 배경 쪽이 인물보다 노벨적 성향이 더 우세하다.

(4) 해부적 플롯에 나타나는 인간관계

① 순행적 플롯에서 해부적 플롯으로의 이행, ② 사건의 인과관계의 유기성과 개연성에 대한 관심, ③ 선택권 배제에 관한 의욕 등은 「치악산」의 근대소설적 특성을 나타낸다. 사건의 우발성, 개연성을 위한 해설에서 에피소드의 길이의 무절제성 등의 마이너스 요인이 나타나긴 하지만, 그것은 고대소설의 급격한 와해와 근대소설의 미숙성 사이에 낀 신소설의 고충이라고 할 수 있다. 사건의 인과관계를 향한 집착과 그것을 방해하는 우연성의 공존현상에서도 같은 것이 감지된다. 이상과 현실의 괴리를 보여주는 이런 현상은 새것을 향한 과잉의욕으로 시작된 신소설이 「치악산」에 와서 장화의 이야기와 유사한 패턴으로 복귀한 사실에서도 검증된다.

신소설은 노벨적 요인과 그것을 저해하는 반대 요인이 상충하면서 갈등을 일으키다 마무리되지 못한 채 끝나버린 과도기의 양식이다. 하지만 거기에서 이니시어티브를 쥐는 것은 노벨적 특성이다. 「치악산」은 구소설과의 유사성이 가장 많이 남아 있는 소설인데도 불구하고 인물묘사의 현실화, 배경의 구체성과 당대성, 플롯의 합리성 지향 등의 측면에서 노벨을 지향해가는 과정을 보여주는 교량적 역할을 하는 소설이라 할 수 있다.

(『건대학술지』 40호, 1986)

참고문헌

『신소설 번안(譯)소설』 영인본 vol. 8, 아세아문학사, 1978.
『쟝화홍련전』, 세창출판사, 1952.
『한국고전문학전집』 3, 희망출판사, 1966.
전광용, 『신소설연구』(한국문화사대계 5), 고대민족문화연구소, 1971,
_____, 『신소설연구』, 새문사, 1986.
이재선, 『한국개화기소설연구』, 일조각, 1979.
송민호, 『한국개화기소설의 史的 연구』, 일지사, 1980.
김학동, 『한국문학의비교문학적연구』, 일조각, 1972.
이재선, 『한국현대소설사』, 홍성사, 1979.
이재수, 『한국소설연구』, 형설출판사, 1977.
김윤식 · 김현, 『한국문학사』, 민음사, 1973.
김동인, 『김동인전집』 6, 삼중당, 1966.
이능우, 『고소설연구』, 이우출판사, 1975.
김기동, 『이조시대 소설론』, 이우출판사, 1975.
조연현, 『한국신문학고』, 문화당, 1966.
임헌영, 『한국근대소설의 탐구』, 범우사, 1974.
『영미소설론』, 신구문화사, 1960.

Alain Robbe-Grillet, *Pour un Nouveau Roman*, Les Editions de Minuit, 1963.
E. Auerbach, *Mimesis*, Princeton Univ. Press, 1974.
Damian Grant, *Realism*, London: Methuen, 1974.
E. M. Forster, *Aspects of the Novel*, Penguin Books, 1977.

Joseph T. Shipley ed., *Dictionary of world Literature*, New Jersey: Lihlefield Adams & Co., 1960.

Linn and Taylor, *A Forword To Fiction*, New York: Appleton-Century-Crofts, Inc., 1935.

philip Stevick ed., *The Theory of the Novel*, New York: The Free Press, 1967.

Northrop Frye, *Anatomy df Criticism*, Princeton Univ. Press, 1957.

Carter Colwell, *Astudent's Guide to Literature*, New York: Washington square Press, 1973.

Aristoteles, S. H. Butches tr, *Poetics*, Macmilan, 연도미상.

A. Thibaudet, 生島遼一 역, 『小説の美學』(*Le liseur du roman*), 동경: 白水社, 1959.

「ノヴェルとロマンス」, 『シンポジウム 英美文學』 6, 學生社, 1977.

Ⅱ부

한국 소설

산고散稿

1. 춘원과 동인의 거리 I
— 역사소설을 중심으로

역사소설은 문자 그대로 '역사'와 '문학'이 합작하여 만들어내는 소설이다. 사실史實이라고 하는 기존의 자료의 한계를 벗어날 수 없는 숙명을 지니고 있기 때문에, 다른 유형의 소설에 비하면 작가가 관여할 수 있는 부분이 적다. 문학과 역사의 비중이 비슷해야 하기 때문이다. 역사소설이 순문학자들에게서 푸대접을 받는 이유가 거기에 있다. 순수문학을 신주처럼 모시고 살던 김동인金東仁(1900~1951) 같은 작가는, 자신이 역사소설을 쓴 것을 '훼절'이라고 부르며 부끄럽게 생각했을 정도로 역사소설을 폄하했다.

역사소설은 '과거'를 배경으로 하는 장르여서, 시간적 배경이 작가가 살아가고 있는 당대의 현실과 유리되어 있다. 지나간 시대를 배경으로 하는 것이기 때문에, '현실의 모사模寫'가 불가능하여 역사소설은 노벨이 되기 어렵다. 시간적 배경이 과거면 아무리 철저한 조사와 치밀한 고증을 거친다 하더라도, 눈앞에서 보는 현실처럼 여실하게 세부까지 묘사하는 일은 불가능하기 때문이다. 직접 본 일이 없는 곳의 디테일을 자세하게 묘사하려면, 불가피하게 상상력에 의존할 수밖에 없어서, 역사소설은 작가의 주관이 개입하는 폭도 넓다. 그래서 상상력을 높이 평가하는 낭만주의자들은 역사소설을 좋아한다. 리얼리스트들은 아니다. 자기가 직접 목격한 것 이외에는 쓰지 않는다는 제인 오스틴 같은 작가는 역사소설을 쓸 수 없다. 리얼리스트의 눈은 있는 그대로 현실을 반영하는 거울이기 때문에 보지 못한 세계를 창조하는 역사소설은 쓰기 어려운 것이다. 염상섭이 역사소설을 쓰지 않은 이유도 같은 곳에 있었다고 할 수 있다.

역사는 평범한 사람에게는 관심이 없다. 역사의 기록에 남을 만한 위인들이나 한 시대를 지배하는 거인들을 역사소설은 선호한다. 계층 여하를 막론하고 특출하지 않으면 역사소설의 주인공이 되기는 어렵다. '행동'과 '사건'이 주축인 '역사'와 제휴하는 역사소설은, 아무래도 사건 중심이 되기 쉽다. 인물의 성격은 행동상 필요한 한도 안에서만 묘사되는, 말하자면 '인물이 플롯에 적응하는 소설'(E. 뮤에)이다. 그래서 역사소설은 친낭만적이다. 평범하고 저속한 일상의 현실을 혐오한 낭만주의자들은, 비범한 인물과 사건을 좋아했고, 현실에서 도피하는 한 방편으로 과거를 선호했다. 역사소설의 거장 스코트, 만초니, 뒤마 등은 모두 낭만주의자들이다. 개화하는 낭만주의와 더불어 근대의 역사소설은 싹이 트고 꽃이 피었다. 한국도 마찬가지였다.

역사소설에는 신문 연재소설이 많다. 우리나라에서는 신문에만 장편소설을 발표하던 기간이 길었으니까, 독자층이 원하는 대중적 이야기가 선호되는 일이 많았다. 그래서 지나치게 대중성을 띠어 간 측면도 있다. 우리나라의 역사소설도 외국의 그것처럼 낭만성과 대중성을 공유하고 있었다.

독립을 상실한 시대가 배경이어서, 일제시대에 나온 한국의 역사소설에는 다른 나라에는 없는 특성이 추가되어 있다. 일본이 국사교육을 폐지해 버렸으니까 역사소설이 역사교과서의 기능을 대신한 것이다. 자기 나라의 역사를 제대로 배울 수 없는 청소년들에게, 간접적으로 역사 공부를 시키는 사명이 작가에게 주어져 있었던 것이다. 현실에 대한 비판이 불가능할 시기였으니까 역사소설은 간접적인 현실비판의 수단으로 쓰이기도 했다.

작가의 창조의 폭이 좁고, 현실의 재현이 불가능하며, 인물의 비범성과 대중성이 수반되는 등 여러 가지 문제점이 있는데도 불구하고, 춘원과 동인의 거리를 측정함에 있어 역사소설을 선택한 이유는, 두 작가가 너무 달라서 공동분모를 찾기 어려웠던 데 기인한다. 이광수李光洙(1892~1950)는 장편소설 작가인데, 동인은 단편소설 작가여서 우선 양적인 면에서부터 격차가 난다. 이인직, 이광수, 김동인으로 이어지던 초창기의 한국 근대소설의 계보 중에서, 아이디얼리스트, 로맨티스트로 간주되던 춘원에 비해 동인은 자연주의자이면서 유미주의를 주창하던 작가였기 때문에 이 두 작가는 공통분모가 적다. 다행히도, 춘원과 동인은 모두 역사소설을 썼기 때문에 그 장르가 비교의 척도로 선정된 것이다.

김동인은 '물구나무선 이광수'라고 해도 좋을 정도로 모든 면에서 이광수와 대척된다. 그들은 극과 극을 달리는 이질적인 성격을 가지고 있는 것이다. 역사소설에서는 그들의 차이가 더 두드러져서 비교하기가 오히려 쉽다. 춘원과 동인은 같은 인물을 다룬 역사소설을 많이 썼다. 하지만 인물을 보는 시점은 언제나 대척적이었다. 춘원이 문종 편에 서서 「단종애사」를 쓰면, 동인은 수양대군 편을 드는 「대수양」을 썼고. 춘원이 주몽의 사랑에 중점을 두는 「사랑의 동명왕」을 쓰면, 김동인은 그의 용맹에만 역점이 주어지는 「서라벌」을 쓰는 식이다.

이질적인 소재를 다룬 작품에서는 소재 자체가 작가의 취향을 밝혀준다. 춘원은 원효와 이차돈 같은 고승들을 선호해서 종교적인 색채가 짙은 소설을 썼다. 「원효대사」, 「이차돈의 사死」 등이 그것이다. 동인은 정치가인 흥선 대원군의 팬이다. 「운현궁의 봄」과 「젊은 그들」은 모두 흥성 대원군을 이야기를 다룬 소설이다. 종교와 정치로 갈라져 있으니 작가들의 관심사는 멀찍하게 벌어져 있다. 이 글에서 필자는 두 작가의 인물형을 중심으로 하여, 그들의 관점의 차이를 점검해 보는 방법을 채택했다.

1) 공통되는 인물을 다룬 작품들

한국소설사에, 홀연히 나타나서 근대소설의 초석을 세운 국초菊初 이인직을, 김동인은 "혜성과 같은 존재"(「조선근대소설고」)라고 극찬한 일이 있다. 하지만 진짜 혜성 같은 존재는 이인직이 아니라 춘원 이광수였다. 춘원은 역사상 유례가 없는 열광적인 환영을 받으며 빠른 시일 안에 전국적으로 독자층을 확보한 예외적인 작가다. '소설'이라고 하는 새로운 장르를 아녀자들이나 읽는 패관잡기로 여겨서 천시하던 조선 사회의 소설 멸시 사상은 사실상 이인직까지 이어진다. 이인직의 독자층에는 언문밖에 못 읽는 아녀자들이 많았던 것이다.

춘원이 나타남으로써 소설을 보는 세상의 안목이 달라진다. 춘원은 당대 최고의 지성인이며, 민족적 지도자였기 때문에, 그가 소설을 씀으로써 소설은 비로소 한국에서 최고의 장르로 격상될 수 있었다. 춘원의 독자층은 국초와는 달랐다. 춘원은 서민층에서도 인기가 많았지만, 당대 최고의 지식층인 신학문을 한 엘리트층에서 더 압도적인 환영을 받았다. 역사상 처음으로 소설은 상류층의 독자들에게서 지지를 받은 것이다. 신문학 백년사를 통하여 춘원만큼 광범한 독자층을 가진 작가는 없었을 것이다.

이 빛나는 혜성에 도전하고 나선 소년이 있었다. 19세의 김동인이다. 춘원이 국초의 신소설을 부정하며 새로운 소설을 들고 나섰듯이, 동인은 춘원문학에 대한 통렬한 비판 위에서 그의 문학의 새로운 성을 쌓기 시작했다. 그는 『창조』에 춘원의 글을 싣지 않을 정도로 춘원의 문학을 폄하했으며, 한국 최초의 본격적인 작가론인 「춘원연구」를 통해서 춘원 소설의 흠결 찾기에 전념한다. 춘원의 공리주의적인 문학관, 감성적인 과민성, 기교의 미숙성, 고증의 부실성 같은 결함적 요소를 집요할 정도로 철저하게 찾아내서 비판한 것이 김동인의 「춘원연구」였다. 동인은 춘원에 대한 도전을 필생의 과업으로 설정한 작가다. 춘원보다 새롭고 본격적인 순수문학을 수립하기 위해서, 그는 사사건건 춘원과는 반대의 위치에 자리를 잡았다. 춘원이 공리주의적 예술관을 내세우면 동인은 유미주의적 예술관을 들고 나왔고, 춘원의 감성주의에는 이성주의로 맞섰으며, 유미주의자답게 춘원보다는 기교를 중시했고, 자연주의를 표방하는 작가답게 춘원보다는 고증을 열심히 했다. 동인은 중용을 모르는 극단주의자이며, 유아독존적인 오만한 '성주'(정한모)였다. 그래서 아무리 공격해도 여전히 자기 앞을 가로막고 서 있는 태산 같은 춘원의 존재를 그는 평생 견디기 어려워했다.

역사소설의 제목만 보아도 김동인의 춘원 콤플렉스가 얼마나 중증인지 짐작할 수 있다. 춘원이 단종 편에 서서 「단종애사」를 쓰면, 김동인은 춘원의 안타고니스트에게 큰 대大자를 붙여서 예찬하는 「대수양」을 쓴다. 「공민왕」에는 「왕부의 낙조」를 들고 나와 대결했고, 「마의태자」에는 「견훤」을 써서 각을 세웠다. 역사소설에서 나타나는 동인의 이런 대결의식은, 인물을 보는 관점의 격차에서도 드러난다. 같은 소재를 향한 두 작가의 시점과 인물해석의 차이는, 그들의 예술세계의 차이를 단적으로 표시해 준다.

(1) 「단종애사」와 「대수양」

공통되는 인물을 다룬 작품들 중에서도 작자의 의견 차이가 가장 뚜렷하게 노출된 것이 이 소설들이다. 김동인이 「춘원연구」에서 대대적으로 세분하여 그 맹점을 통박한 것이 바로 「단종애사」였던 것이다. 그의 「대수양」은 여러 면에서 물구나무선 「단종애사」다. 우선 주동인물을 보는 각도에서 그런 자세가 노출된다. 춘원은 문종의 팬이다. 그는 문종을 "인자하시고 병약하시고 효성이 출천하시"(『전집』 V, p.15)다고 예찬했으며, "집현전의 어느 학사보다도 학식이 많으시고 시화에 능하시어 그림의 매화와 글씨의 초서는 당대에 으뜸이며 천문학에까지 능통하신"(같은 책, p.37) 출중한 인물이라고 생각한다. 거기에 "성인의 도량을 가지신 분"(같은 책, p.11)이라는 말까지 덧붙여져 있다. 유교적인 상문주의적 인물관이다.

춘원은 수양대군을 싫어한다. 「단종애사」에서 수양대군은 최대한으로 폄하되어 있다. 14세에 남의 유부녀를 유혹하는 난봉꾼인데다가 "율律 한 수 지을 줄 모르는"(같은 책, p.39) 비예술적인 인품에, 학식도 낮다는 것이 이유다. 그래서 "부왕께는 걱정거리가 되고 궁중에는 웃음거리가 된"(같은 책, p.11)다는 혹평까지 하고 있다.

동인은 정반대의 증언을 한다. 그는 춘원과는 상반되는 평가표를 만들기 위해서, 그 당시의 세 분의 현인의 눈을 빌리는 수법을 쓰고 있다. "맏아드님 동궁은 그 마음으로든 몸으로든 약하고 부족"하나 "둘째 아드님 진평은 그 사람됨이 너무 과하"(『동인 전집』 3, p.6)여서, 왜 순서가 바꿔지 못하였는가 하고 탄식하는 분은 아버지인 세종대왕이다. 대왕은 자신이 본의 아니게 형님의 자리를 차지한 일을 늘 미안하게 생각했기 때문에, 유교의 원칙대로 장자에게 왕위를 계승하고 싶어 했는데, 지차 자식이 맏이보다 우월해 보이니 그런 한탄을 한다는 것이다. 형은 "명 상의 보필이 필요"하나 아우는 "보필의 신하가 필요없다."(같은 책, p.7)는 것은 명재상 황희의 의견이고, 형을 '스라소니'에 비긴 양녕대군은 아우 를 '기린'이라고 치켜 세운다. 이렇게 세 분의 눈에 비친 형제는 그 우열 이 뚜렷하다. 그것은 작자인 동인의 견해이기도 하다.

비교적 상세한 기록이 남아 있는 문종과 태종 형제에 대한 자료에서, 문종이 병약하며, 유교를 존중하는 전형적 선비형이라는 것과, 수양이 "철석기궁 벽력기시鐵石其弓 霹靂其矢"라는 칭찬을 받는 탁월한 무인이라는 사실만은 두 작가가 함께 시인한 셈이다. 그러나 그런 특징에 대한 평 가의 기준이 다른 것이다. 춘원은 문종이 어질고 효자이며, 탁월한 문 인이요 학자라는 점을 아주 높이 평가했다. "남아답다기보다는 아름다 우신"(같은 책, p.38) 용모를 가진 문종을 성인답다고 생각한 것이다. 따라 서 '날래고' '날뛰는' 수양의 '호협함'은 웃음거리로밖에 보지 않았다. 춘 원은 상문주의자였던 것이다.

그런데 동인은 '어질다'는 바로 그 사실 때문에 문종의 통치자로서의 자질을 폄하했다. "인자롭다는 단 한 가지 감정만으로 국정을 보살핀다 는 것을 왕은 늘 부족하고 쓸쓸히 여기었다."고 동인은 쓰고 있다. "통 치자는 인자함과 동시에 힘이 필요하고, 관대함과 동시에 박력이 필요 하다."(같은 책, p.9)는 것이 부왕의 생각이고 견해라는 것이 김동인의 주장 이다. 김동인은 대체로 문학지사를 좋아하지 않는다. 우리나라 작가 중 에서는 보기 드물게 그에게는 무반존중 경향이 있다. 그는 문사를 "좀 되고 간특하고 속으로는 이를 취하고 겉으로는 의를 가식하는 자"(같은 책, p.25)라고 깎아내리고, 심지어는 "주둥이만 깐게 돼서 사태의 여하를 막론하고"(같은 책, p.51) 규범만 따지려 드는 족속이라고 극단적으로 폄하하는 것이다. 문종은 나약하여 힘이 없기 때문에, 힘세고 남성적인 아우들을 시기와 의심의 눈으로 대하는 소심한 문인적 기질의 대표자라고 생각했던 것이다.

춘원은 반대로 '호협'하고 '날랜' 것을 멸시한다. 그래서 수양대군을 싫어하는 것이다. 춘원이 '병약하고 인자한' 문종 편에 서서, 수단을 가리지 않고 "군국대사를 한손에 쥐고 천하를 호령하는 것"(같은 책, p.71)만 꿈꾸는 수양의 야심을 규탄하는 데 반해, 동인은 불행하게도 맏이로 태어나지 못해서 '스라소니' 같은 형한테 왕위를 빼앗기고, 마지막에는 어린 조카에게까지 밀려나서, 찬탈자의 오명을 쓰지 않고는 통치권을 잡을 수 없었던 수양대군 편에 서서, 정통론의 모순을 비판하고 있다. 춘원이 선호하는 인물형이 단아하고 인자한, 여성적인 선비형인 데 반해, 동인의 그것은 어린 나이에 궁장을 뛰어넘으며, 하루에 20여 마리의 짐승을 쏘아 잡는 호탕한 남성적인 야심가다. 춘원이 제도와 법규에 순응하는 인물을 취한 데 반해, 동인은 전통과 법규마저 때려 부수고 새로운 질서를 향하여 감연히 일어서는 혁명가형을 편애한다. 문종은 3년상이라는 법도를 지키기 위해, 폐인이 되다시피 허약해지면서도 참고 있는데, 수양대군은 양암諒闇(거상) 중의 단종에게 납비納妃를 하게 하고, 단상短喪을 권하는 극단적인 규범 파괴 행동을 감행한다. 그건 김동인식 과감성이다. 동인은 중용을 모르는 작가다.

춘원과 동인은 '충의관忠義觀'도 다르다. 대나무 꼬챙이로 생살을 후벼 파고, 인두로 족장을 지지는 참혹한 고문을 당하면서도 끝까지 '임 향한 일편단심'을 노래한 사육신을 춘원은 극찬했다. 여남은 살 먹은 여자 같은 용모의 소년. 홀보다는 팽이채를 쥐는 편이 어울리게 생긴 단종을 왕위에 다시 올리기 위해서, 사육신은 유능한 장년의 현왕(수양)을 시해하려다가 죽어갔던 것이다. 명분은 간단하다. 왕위는 장자가 계승하는 것이요, 충신은 두 임금을 섬겨서는 안 되는 것이 법도이기 때문이다. 이 고정관념이 신앙처럼 위력을 부리며 조선 사회를 지배해 내려 온 충의관이다. 춘원은 이러한 충의관에 전적으로 동의했다.

동인은 다르다. 천애의 고아로 어린 나이에 왕실의 주인이 되는 걸 강요받은 단종 같은 임금에게는, 하루 속히 말벗(왕비)을 구해 드리는 것이 충성이요, 상중이지만 "성궁 허약하오시매 고량을 권한 건 애군지념"(같은 책, p.71)이다. 왕이 현기증을 일으키면 우선 부축해 드리는 것이 수양식 충성의 방식이기도 하다. 그런 위급한 순간까지, '신하는 용상에 근접할 수 없다'는 법도를 따지는 자는 차라리 불충하다고 그는 생각한다. 평시에는 날씨까지 군왕의 부덕의 소치로 간주하여 왕을 못살게 굴다가, 이런 경우에는 '일편단심' 운운하면서 목숨을 걸고 싸우려 하는 유학자들의 맹목적인 규범 존중을 김동인은 규탄하고 경멸한 것이다. 춘원은 문종의 허약해진 이유를, 부친을 여읜 슬픔으로 보았으나, 동인은 영양 부족과 운동 부족으로 보고 있는 식이다. 동인은 확실히 춘원보다는 합리적이고 실증적인 사고방식을 가진 작가다.

하지만 김동인은 매사에 극단적인 것이 문제다. "문신이란 주둥이만 깐 게 돼서……." 하는 식의 극단적인 문인 폄하 발언은, 어쩔 수 없이 동인문학의 결점이 되고 있다. 극단은 개연성을 지니지 못하기 때문이다. 김동인은 극단적인 것을 너무 좋아하는 경향이 있다. 그래서 매사에 너무 나간다. 유아독존적인 자만심과 맹목적인 반발심에 조종당하기 때문이다. 극단주의는 동인의 사실주의를 흔드는 가장 큰 결함사항이다. 춘원을 향한 동인의 극단적인 반발심도 그런 기질적 격렬성에서 오는 것이라고 할 수 있다. 자신에게는 따분하게만 느껴지는 춘원의 전통적인 윤리관에 맞서기 위해 사사건건 대립되는 의견을 내세운 것이 동인의 「대수양」이다. 문인 존중과 무인 숭상, 단아함과 호탕함, 여성적 인물형과 남성적 인물형, 목적보다 방법을 중시하는 윤리관과 목적 위주의 사고방식, 정통파(문종·단종)와 비정통파(수양)의 대립 등, 일일이 예를 들 수 없을 만큼 상반되는 요소들이 「대수양」과 「단종애사」 사이에 가로놓여 있다. J. B. 프리스틀리가 고골리를 "물구나무 선 낭만주의자"라고 한 것처럼 나는 「대수양」을 '물구나무 선 「단종애사」'라 하고 싶다. 그것은 김동인을 물구나무선 이광수라고 하는 것과 같다. 모든 면에서 춘원 같지 않게 되려고 지나치게 노력한 결과 김동인은 리얼리즘의 기본항인 개연성 존중에서 일탈하고 있으며, 객관성을 상실하고 있다.

이런 지나친 반감은 인물 묘사에서 춘원과 꼭 같은 과오를 자신도 범하는 원인이 된다. 춘원이 문종을 성인으로 만들었듯이, 동인은 수양을 지나치게 사심이 없는 영웅으로 높였기 때문이다. 성인의 도량을 가졌다는 문종이 고명顧命을 하는 자리에 아우님들을 부르지 않았다는 것은 "왕족은 정치에 참여할 수 없었기 때문"이라는 말만으로는 합리화하기 어려운 처사다. 자리를 따로 마련해서라도 아우들에게 먼저 단종을 부탁하는 것이 단종의 앞날을 위해서도 도움이 되는 처사였을 것이기 때문이다. 아우들을 먼저 부르지 않은 것은 "나약하기 때문에 의심이 많고 투기심이 많아서 건장하고 유능한 아우님들을 꺼리었다."고 보는 동인의 견해를 수긍하게 만드는 요인이 된다.

하지만 수양의 왕위 찬탈을 온전히 충군애국의 사명감으로 돌리려 한다거나, 단종이 억지로 떠맡겨서 왕위를 받은 듯이 말하는 동인의 의견도 상식을 넘어선 억지다. 그런 처신은 "국군 대사를 손에 쥐어야 만족할 수 있는" 수양의 야심의 소치라고 말하는 춘원의 견해에 타당성을 부여한다. 두 작가 모두가 인물에 대한 편애가 지나치게 극단화되어서 객관성을 상실하고 있는 것이다. 유능하고 걸출한 아우들에 대한 문종의 두려움이나, 야심과 양심의 틈바구니에서 허덕이며 번민하는 수양의 인간적인 갈등이 배제된 결과 문종과 수양의 면모가 모두 깎이고 있다. 이런 과장은 김종서를 위시한 고명 중신들과 사육신, 정인지, 신숙주, 권람, 한명회 등 부차적인 인물의 묘사에서는 한층 더 급수가 높다. 춘원이 인간을 선인과 악인으로 양분하는 습성이 있다고 비난하면서, 동인 자신도 같은 과오를 범하고 있는 것이다.

춘원이 수양을 지나치게 악인화 했듯이 동인은 문종을 숫제 스라소니로 만들었다. 어느 나라나 고대소설에서는 인물을 흑백논리로 양분하지만, 근대소설에 오면 인물관은 선악혼합형으로 변한다. 춘원과 동인의 이런 극단화 현상은 고대소설의 권선징악적 수법을 완전히 탈피하지 못한 초기 소설의 과도기적 증상으로 보는 것이 타당할 것 같다.

(2) 「사랑의 동명왕」과 「서라벌」

앞의 경우와는 달리 이 작품들은 많은 유사성을 가지고 있다. 놀라운 무술과 초인적인 정략을 겸비한 주몽의 인물 묘사와 탄생 설화, 기적과 천재지변 같은 신비한 사건의 유형, 작자의 애국적, 계몽적 창작의도 등에 있어 두 작품은 대체로 일치하고 있다. 그러나 서두는 전연 다르다. 땅거미 질 무렵의 숲속에서 조이, 마리 두 장정이 주몽을 만나는 장면에서 「서라벌」은 시작된다. 그런데 그 장면이 아주 경이적이다. 대소 일행에게 "밑둥만 두어 길이 넘는" 굵은 소나무에 묶여 있던 주몽이, 요란한 소리를 내면서 그 거대한 나무를 뿌리째 뽑아 메고 걸어 나오고 있기 때문이다. 주변에는 호랑이가 물어 죽인 짐승의 뼈들이 징그럽게 널려 있다. 그런 살풍경한 자연을 배경으로 하여 한 영웅이 드라마틱하게 모습을 드러내는 신이 장엄하다.

「사랑의 동명왕」은 그와는 너무나 다른 장면으로 시작된다. 가섬별달 밝은 밤에 강변에 있는 버드나무 그늘에서 젊은 남녀가 다정하게 사랑을 속삭이고 있다. 거기서 주몽은 사랑에 몰입해 있는 로미오 역을 연기한다. 김동인이 묵살한 예랑의 존재가 춘원의 작품에서는 첫 장면에서부터 클로즈업 되는 것이다. 이 점이 두 작가의 또 하나의 차이점이다. 춘원은 도처에서 '사랑'을 보았고, '사랑'을 찬미한 연애지상주의자다. "사랑이 일체 유정물의 생명 현상 중에서 가장 숭고한 것"(「사랑」의 서문)이라고 생각한 춘원은, 한 걸음 더 나아가서 육체를 초월한 사랑을 지향했다.

> 육교를 하여야 비로소 만족을 얻음은 야만인의 일이요, 그 용모거지와 심정의 우미를 탄상하며, 그를 정신적으로 사랑하기를 무상한 만족으로 알기는 문명한 수양 많은 군자로야 능히 할 것이로소이다. 「어린 벗에게」

춘원은 그런 연애관을 가지고 있었다. 그는 "육체에 대한 욕망을 전연 떼어 버린 사랑이 있는 것이 인류의 자랑이 아닐 수 없다."는 말을 「사랑」의 서문에서도 하고 있다. 육체를 초월한 사랑에 대한 동경은 시발점에서부터 그가 지속적으로 지니고 있던 하나의 꿈이었다. 춘원은 플라토닉 러브의 전형을 보여준 「사랑」의 작가다.

춘원은 당대의 남성 엘리트들 중에서는 보기 드물게 여성을 남자와 대등한 인간으로 보는 남녀평등주의자였다. 그는 여성적인 것을 그지없이 숭배하고 찬양한 페미니스트이기도 하다. 그가 많은 신여성의 친구였으며, 멘토였고, 흠모의 대상이었던 것은, 그런 여성존중사상 때문이었던 것 같다. 1920년대 초의 신여성 중에서는 드물게도 평탄한 결혼생활을 유지한 정실부인이 춘원의 아내였던 것은 우연한 일이 아니다. 춘원은 결혼 후에 아내가 다시 공부하러 동경에 가는 것을 두 번이나 허용했으며, 성실하게 학비를 붙여준 사실이 그의 편지들을 통하여 증명되고 있다. 그는 진정한 의미에서 페미니스트였던 것이다.

김동인은 춘원과는 반대로 철저한 남성우월주의자였다. 그에게는 춘원 같은 여성존중 사상이 전혀 없다. 그는 인간평등사상조차 가진 일이 없었다고 해도 과언이 아닐 정도로 안하무인이었고, 유아독존형이었다. 그는 여성을 사람으로 보지 않았다. 그는 여자를 흠모하거나 사랑한 일이 거의 없다. 그의 요란한 여성편력의 대상은 언제나 기생이다. 그는 돈으로 사는 여자에게서만 흥미를 느낀다는 발언을 큰소리로 외치고 다니는 남자다. 어쩌면 그에게는 신여성에 대한 콤플렉스가 있었는지도 모른다. 당시의 신여성들은 콧대가 높았는데, 동인에게는 그 앞에서 굽실거릴 마음이 없어서 신여성과의 사랑을 기피했을 가능성도 있다. 그는 기혼자여서 불리한 위치에 있었기 때문에 신여성을 사귀려면 더 자세를 낮추어야 할 처지였던 것이다. 뿐 아니라 김동인은 자기 주장이 강한 신여성들을 좋아하지 않았다. 기생처럼 마음대로 다룰 수 없었기 때문이다. 그래서 그는 신여성을 폄하하는 소설을 쓴다. 그가 신여성을 기생과 동급으로 끌어내려 희화화한 것이 「김연실전」이다. (강인숙, 「에로티시즘의 저변」, 『신상』 1969년 봄호 참조)

그 다음에 지적하고 싶은 것은 동인이 사랑을 성적 교섭으로만 생각했다는 사실이다. 그에게는 낭만적 사랑에 대한 동경이 없었다. 역사소설 중에서 애정 문제를 다룬 유일한 작품인 「젊은 그들」에서도 이런 그의 애정관이 드러난다. 주인공 안재영은 사랑의 번민 때문에 밤거리를 헤매다가 우연히 어느 행랑방에서 새어 나오는 젊은 부부의 "가장 평범한 밤의 치화癡話"를 엿듣게 된다. 그때 그는 "여기도 행복이 있다.", "젊

음이란 이렇듯이 기쁘고 즐거운 것인가?"(『한국 역사소설 전집』II, p.238) 하고
독백한다. 여기에서 '행복'과 '젊음'은 섹스를 의미하고 있다. 비단 이 작
품뿐 아니라 단편소설까지 포함한 모든 작품을 통하여, 김동인의 애정
관은 철저한 사랑=섹스의 공식으로 일관되어 있다. 춘원의 플라토닉한
애정관의 결정판인 「사랑」과 동인의 에로틱한 사랑의 이야기인 「김연
실전」이나 「여인」을 놓고 보면, 인간의 영혼과 육체가 분명한 한계를
가지고 분리되어 있는 듯한 느낌이 들 정도로 춘원과 동인의 애정관은
양극화되어 있다. 춘원의 이상적이고 낭만적인 애정관이 서구의 낭만주
의자들과 상통되는 것인데 반하여, 동인의 것은 자연주의자들의 그것과
근사치를 가진다. 춘원과 동인은 양성관계에 대한 견해에서 가장 거리
가 먼 작가들이다.

(3) 「마의태자」와 「견훤」

춘원의 「마의태자」는 내용과 제목이 유리된 작품이다. 마의태자의
이야기는 끝 부분에 가서 마지못해 나오는 정도이고, 사실은 궁예에 관
한 것이 압도적으로 많다. 궁예의 이야기에 「마의태자」란 제목이 붙은
것도 해괴한데, 더구나 마의태자의 이야기와 궁예의 그것이 유기적인
연관성이 없기 때문에, 내용면에 일관성이 결여되어 있다. 내용뿐 아니
라 인물묘사 역시 지리멸렬하다. 궁예 부인의 시녀가 '월향'(『이광수 전집』
4, p.119)이었다가 '운영'(p.173)으로 변하는가 하면, 무엇에나 약고 규모있
는 인물이라고 하던 소허(견훤)가 금방 '못나디 못난 지렁이'(견훤의 별명. 같은
책, p.45)가 되기도 한다. 이런 일은 이 작품에 국한되는 것이 아니다.
「단종애사」에서 "궁중의 웃음거리"요, "부왕의 근심거리"라고 한 수양대
군더러 다른 데서는 "뜻밖에 태조대왕의 신무神武를 다시 뵈옵니다."라

고 칭찬하는가 하면, 「단종애사」에서는 "양심이 예민하지 못한"(같은 책, p.58) 악인으로 그려놓고 「세조대왕」에서는 "그렇게 인자하시다."(『이광수 전집』 5, p.369)라고 하여, 전후가 맞지 않은 묘사가 많다. 그의 남성인물들은 대부분이 이처럼 성격에 일관성이 없다. 그것이 김동인의 공격의 표적이 되고 있다.

처음부터 끝까지 연달아 나오는 모순이 모두 작자가 주인공 성격을 잘못 선택한 데 원인이 있다. 이러한 줏대 없고 정견 없는 인물에게 "대나무 작대기"를 접한 것 같이 초인적이며 거인적인 사상을 머금게 하였으니 어찌 모순이 생기지 않으랴?

김동인이 「춘원연구」에서 한 이 말은, 인물의 이상화가 빚은 모순을 지나치게 과장된 어조로 규탄하고 있다. 그 말이 가장 적합하게 들어맞는 작품이 「마의태자」다.

두 작가의 인물편애 경향은 「마의태자」와 「궁예」에서도 노출된다. 춘원은 궁예의 편에 섰고, 동인은 견훤의 곁에 서 있다. 춘원이 궁예를 영웅이나 신인神人으로 만들려고 노력하면서 견훤을 악평한 반면에, 동인은 그를 이상성격자로 처리하여 「단종애사」의 경우처럼 상반되는 인물관을 노출시킨다. 춘원이 "선한 사람의 칼은 반드시 이긴다."는 식의 단순한 권선징악론을 피력하여 인의仁義의 중요함을 역설하면, 동인은 용勇 없는 지智의 무가치함을 강조하면서 대립각을 세운다. 동인은 견훤을 맞이하는 진성여왕에게 편복을 입게 하는 등의 치밀함을 보여, 권위보다 인간을 내세웠다. 하지만 그는 여기에서도 반종교적인 자세를 보여준다. 백주에 알몸으로 나다니는 도선 선사를 옹호한 것이다. 도선은 육식을 하는 스님이다. 그런데 그는 율법을 범한 것을 정당하다고 주장하고 있다. "그런 것들(짐승들)은 먹히기 위해서 태어난 것이니까 그것을 먹는 것이 왜 죄악이 되겠느냐? 부처님께서 경계하신 것은 남살이지 거저 다 죽이지 말라는 바가 아니라"(같은 책, p.38)고 큰소리를 치는 것이다. 그러면 작가는 '본本'과 '말末'이 전도되었다고 불교의 율법관을 비판하면서 도선선사 편을 든다.

춘원은 동인의 지적대로 개연성에 저촉되는 일을 많이 저지르는 작가지만, 이 소설에서는 그런 경향이 특히 심하다. 「마의태자」에서는 서두에서부터 천재지변이 남용되고 있다. 가뭄, 살별 등을 선두로 해서, 황룡사 구층탑에서의 구렁이의 죽음, 저주를 받아 귀가 길어진 임금님, 걸어다니는 바위, 고구려·백제 군사의 원혼이 수군거리는 소리 등 초자연적 현상이 너무 많이 나온다. 이런 것들은 "벼슬을 팔려 해도 살 사람이 없을" 정도로 망조가 든 신라 조정의 말기적 분위기를 상징적으로 그리는 데는 효과가 있다. 하지만 루머의 출처에 대한 과학적 비판이 전혀 없어서, 옛날이야기와 같은 비현실성을 노출시키고 있다.

역사소설인 만큼 김동인 역시 풍수설이나 기적, 천재지변 등을 많이 삽입한다. 그러나 동인은 그런 재난에 대하여 합리적인 해답을 제시하려 노력한다. "한난의 차가 극심하여 조선 천지에 고뿔이 유행"(「젊은 그들」)하여 그것이 수상한 루머의 근원이 되었다고 한다거나, 천도도인의 유령이 실은 안재영이었음을 암시하기도 하고, 어떤 경우에는 그것이 고의적으로 퍼뜨린 유언비어라는 것을 밝혀서, 적어도 수긍할 수 있는 지점까지는 독자를 유도해 간다. 되도록 개연성을 부여하려고 애를 쓰고 있는 것이다. 춘원에게는 그런 면이 없다. 이 소설뿐 아니다. 전반적으로 춘원의 소설에는 인물묘사에서도 개연성이 흔들리는 일이 많다. 사상면에서도 이론과 실제가 어긋나는 일이 많고, 용어에 있어서도 그릇된 것이 많으며, '하소라' 같은 어미가 대화에서 사용되고 있는 일도 있다. 그밖에 연대 착오와, 전후가 뒤바뀐 사건 등이 많다. 이상과 현실의 괴리, 인물과 사상의 부조화, 줄거리와 인물묘사의 모순관계, 용어와 연대의 부정확성 등은 춘원문학의 약점이 되고 있다.(「춘원연구」 참조)

「마의태자」에 나오는 연대의 착오나 개연성 부족, 자료조사의 부실함 등은 춘원의 건강과 함수관계가 있을 가능성이 많다. 「마의태자」를 연재하기 전 해에 춘원은 척주 가리에스로 "갈빗대를 도려내는 수술을 받고 백여 일을 입원"한 일이 있고, 연재 도중에도 입원했으며, 연재를 끝내고나서 6개월 이상을 사선을 헤매서 『동아일보』 편집국장직을 사임했다.(전집 20권 연보 참조) 그러니까 마의태자 이야기가 궁예의 이야기 부분에서 마감이 된 것은 병 때문에 중도하차한 것이라고 볼 수 있다. 신문사 사정으로 보아서는 글을 계속 써야 하는데, 건강이 너무 좋지 않았던 것이다. 춘원은 스무 살에 오산학교 학감이 된 조숙한 인물이다. 너무 일찍부터 사회적인 지도자가 되어서 바쁜데다가, 직장이 있었으니 평소에도 조신하게 들어앉아서 자료의 고증을 할 기회를 가지기가 어려웠던 작가였는데 이 무렵에는 거의 사경을 헤매다시피 해서, 도스토옙스키처럼 추고할 여유가 없었던 것이다.

하지만 그것이 모든 오류의 출처라고 할 수는 없다. 춘원은 문학을 여기로 삼은 계몽주의 작가였기 때문이다. 춘원은 공리주의적 예술관을 가지고 있었다. 그래서 예술지상주의자인 김동인 같은 예술을 지상의 가치로 숭상하는 정열이 부족했다. 동인은 예술을 위한 예술을 지향했다. 그래서 그는 예술의 형식에 대한 관심이 많았고, 언어에 대한 관심과 플롯의 유기성에 대한 관심도 지대했다. 그는 예술이 다른 어떤 목적을 수행하는 수단이 되는 것을 절대로 용납하지 못하는 인물이었으며, 예술작품이 추고도 하지 않은 채 방만하게 출판되는 것도 좌시할 수 없었던 것이다. 동인은 자신이 역사소설을 쓰는 것을 훼절이라고 말할 정도로 예술의 순수성을 귀하게 생각했다. 그가 춘원을 비판하는 것도 그의 공리주의적 예술관과 고증 미비, 일관성의 부재 등에 기인한다. 춘원에게는 문학에 전력투구할 마음이 없었던 것이다.

거기에 기질적인 차이가 첨가된다. 동인은 삼국 중에서 고구려를 선호한 작가다. 고구려 정신이야말로 민족의 자랑이요 민족정신의 에센스라고 그는 주장한다. 신라인들이 외국과 제휴하여 고구려와 백제를 없이한 약점을 카무플라주하기 위해 역사를 곡필曲筆했다고 김동인은 분개한다. 고려사도 찬탈자 이성계가 왜곡 날조했다는 것이 동인의 견해다. 그래서 김동인은 그런 역사관을 뒤집어보는 일에 전력투구한다.

춘원은 신라팬이다. 그는 삼국 중에서 신라를 가장 높이 보았고, 화랑도를 격찬했다. 어쩌면 그는 민족적 자존심을 고무하기 위하여, 우리나라의 국세가 가장 번성했던 신라의 문화를 소설 속에서 재현하려 했는지도 모른다. 김동인과 이광수는 둘 다 평안도 출신이니까 그런 견해차는 출신지역과는 상관이 없다. 남국을 사랑한 춘원의 세계가 정적, 낭만적인 것인데 반하여 북국을 찬양한 동인의 문학이 지적이고 남성적인 것인 것은 그들의 개인적 취향일 뿐이다.

춘원은 기존역사라는 권위에 순응하여 정통적인 견해를 답습했고, 동인은 그의 지벽인 반골기질을 유감없이 발휘하여 역사라는 권위에 정면으로 도전하는 역사소설을 썼다. 동인문학의 근저에 흐르고 있는 것은 전통과 율법과 인습에 대한 비판과 반항이다. 그는 사가들에 의하여 왜곡되었던 고구려와 고려를 재조명했으며, 고려 멸망의 원흉으로 몰린 신돈, 조선 역사의 오점이라고 할 수 있는 찬탈자 수양, 좀 도둑으로 간주되던 견훤같이 부정적 평가를 받던 인물들을 발탁해서, 그들을 새로운 각도에서 조명하여 역사 뒤집기를 하고 있는 것이다. 실록에 나와 있는 '사실史實'이라는 객관적 자료의 프레임 안에서, 역사의 인물들을 새롭게 조명하기를 원한 김동인은, 말하자면 역사의 수정자요 사관의 비판자라고 할 수 있다.

2) 소재가 다른 작품들

다른 소재를 취급한 작품 중에서 두드러지게 눈에 띄는 것은 종교와 정치로 관심의 영역이 확연하게 나누어지는 점이다. 이광수는 승려를 주인공으로 한 작품들을 썼다. 「원효대사」와 「이차돈의 사死」가 그것을 대표한다. 승려들도 모조리 정치가로 만드는 버릇이 있는 김동인은 「젊은 그들」, 「운현궁의 봄」 같은 소설들을 썼다. 자기가 가장 좋아하는 정치가인 대원군 이야기를 쓴 것이다.

춘원은 정치가보다는 종교인을 선호했다. 그가 선택한 고승들은 당나라에서도 알아주는 존경할만한 법력과 함께 남성적인 매력도 겸비하고 있는 탁월한 토탈맨들이다. 춘원은 그들을 이렇게 묘사한다. "우리 민족이 낳은 세계적 위인 중에도 머리로 가는 원효와 이차돈은 '화랑에도 으뜸 화랑이며', '국민으로서는 애국자요, 승려로는 높은 보살'이다." 춘원의 말대로 원효와 이차돈은 당대를 대표하는 고승들이다. 하지만 그들은 종교 이외에도 모든 면에서 탁월한, 만능인간이다. 원효는 "전쟁에 나가면 용장이요, 무예를 겨루면 장원이요, 말 잘하고 글 잘하"며, 설법을 하면 '칭양탄지 성비간공稱揚彈指 聲沸干空'(『전집』 11, p.126)인데다가 키가 크고 미남이다. 이차돈도 그와 비슷하다. 이런 완벽한 남성을 여자들이 흠모하는 것은 당연한 일이다.

그래서 스님들의 이야기는 우선 사랑에서 시작된다. 그들은 작가인 이광수 자신처럼 많은 여성 숭배자를 가지고 있다. 원효는 지존의 자리에 있는 여왕에서 시작해서 미모의 왕녀인 요석공주, '가상아당' 도장의 수련과정을 견뎌낸 토속적인 여자 '아사가', 춘추春秋가 불러도 움직이지 않는 청루의 명화 '삼모' 등 각계의 대표적인 여성들이 모두 목숨을 걸고 사모하는 대상이다. 원효는 결국 여인을 사랑해서 파계를 하며, 요석공주에게서 설총이라는 아들을 얻는다. 파계승으로서의 속죄의 고행을 다 마치고 승려로서 대성한 다음에도, 원효 주변에서는 그 여인들의 그림자가 사라지지 않는다. 요석공주와 아사가 두 여인은 비구니가 되어 여전히 그를 따르고 있기 때문이다. 그건 신을 향한 것과 유사한 절대적인 사랑이라고 할 수 있다.

하지만 원효는 사랑만 한 것이 아니다. 사랑을 하면서도 도를 닦아서 당나라에서도 이름을 날리는 유명한 고승이 되는 것이다. 그의 설교는 거지와 도적과 도교의 신자까지 감화시키는 법력을 지니고 있다. 뿐 아니라 그는 애국자다. 도적의 무리를 감화시켜 모두 착한 백성으로 만들었고, 그들에게 벼슬을 주어 삼국을 통일하는 전쟁터에서 이름을 남긴 용감한 무장으로 키워냈다. 그는 미신이나 주술을 싫어했지만, 상감을 위한 것이라면 용납해 주는 융통성도 가지고 있었다. 거기다가 펄펄 끓는 기름 가마에 들어가도 몸 하나 상하지 않는 신통력까지 지니고 있으며, 지팡이를 던지면 우물이 마르는 초능력까지 겸비했다. 푸른 피를 뿜는 이적을 행하여 신라에 불교를 정착시킨 이차돈과 더불어 원효대사는 신라의 불교문화의 정점을 나타내는 인물이다. 미남이면서 모든 면에서 특출한 능력을 가지고 있고, 그러면서 승려로서 대성하는 그런 완벽에 가까운 남성상을 춘원은 선호한다. 그들은 사랑과 종교와 애국을 모두 감춘 이상적인 인물인 것이다.

문제는 그들이 너무 많은 것을 가지고 있는 데 있다. '애국'과 '사랑'과 '종교'가 한 인물 속에서 그렇게 조화롭게 융합될 수 있는 성질의 것이냐

하는 것도 문제이다. 현실적 생활윤리인 충의와, 현세를 초월하는 보살행이 어떻게 조화될 수 있으며, 아무리 정신적인 것이라 하더라도 남녀 간의 애정이 수도생활과 어떻게 공존할 수 있느냐 하는 의문이 생기는 것이다. 종교도 마찬가지다. 춘원의 종교는 기독교와 불교와 샤머니즘이 모두 융합된 거창한 것이다. 유일신을 섬기는 기독교와 모든 사물에서 부처의 모습을 찾는 해탈과 열반의 교리가 아무 갈등도 없이 합쳐지고 있고, "화엄경 80권이나 팔만대장경이 모두 'ㅇ'(고신古神道의 기본이 되는) 자 하나에서 비롯된 것"(『전집』 16, p.158)이라고 주장하는 '용신당'이나 '가상아당' 같은 토종 종교까지 합쳐진 것이 춘원식 종교이다. 여러 종교를 모두 같은 곳을 지향하는 것으로 본 춘원의 종교관은, 탈 물질주의와 박애주의, 육체를 초월하려는 인간의 끝없는 수련의 과정의 총화를 의미하는 것이어서 불교만을 의미하는 것은 아니다. 원효가 아사가에게도 이상적 남성이고, 왕녀에게도 그러하며, 기생에게도 흠모의 대상이 되는 것처럼, 종교도 갈등 없이 서로 융합하는 것이 춘원의 세계다.

춘원의 정신적, 종교적 이상주의에 대비해 보면 동인의 아이디얼리즘은 다분히 현세적이라는 한계를 가지고 있다. 그는 '종교' 대신 '정치'를 취한 작가이기 때문이다. 춘원은 수양대군 같은 야심가나 궁예나 단종까지도 모두 종교적인 인물로 만들려고 애를 썼다. 하지만 김 동인은 도선선사 같은 유명한 고승까지 비종교적인 인물로 만들어 놓는다. 대낮에 벌거벗고 다니며, 고기와 술을 즐기고, 무예에도 능한 도선선사는 불교계에서 보면 분명히 이단자다. '편조'는 더 말할 필요가 없다. 그는 요승이라는 명칭이 부끄럽지 않은 호색가요 야심가다. 동인에게는 그런 이단자를 선호하는 반골취미가 있고, 모든 위대한 인간을 현세의 시점에서 육화시키는 리얼리스트적인 안목이 있다.

종교적 수도의 과정에서 작중인물들과 더불어 현실에서의 해탈을 지향하는 것이 춘원의 꿈이었다면, 「수호지」에 나오는 영웅들처럼 그릇된 정국과 제도를 바로잡아 현세적인 이상국가를 만들고 싶은 것이 동인의 이상이다. 따라서 그의 정치 선호벽은 모든 인물에 적용된다. 수양, 궁예, 주몽, 편조, 을지문덕…… 동인이 좋아한 이런 인물들은 모두 탁월한 정치적 수완을 가진 인물들이다.

　하지만 그 중에서도 김동인이 특별히 사랑한 것은 국태공 이하응이다. 그는 사상 최초로 임금의 사친私親이면서 권력을 장악한 경이적인 책략가다. '대원군'이라는 단어는 거의 고유명사처럼 이하응 하나만을 연상시키고 있는 것이다. 그는 없는 제도를 만들어 정권을 장악했기 때문이다. 정권을 잡은 대원군은 과감하게 나라를 망치는 적폐에 철퇴를 가하는 결단력을 보여준다. 그는 단시일 내에 당쟁의 뿌리를 흔들어 놓았고, 정적을 죽이지 않으면서 세도가였던 외척세력을 와해시키며, 적폐의 소굴인 서원을 무너뜨린다. 우리나라의 취약함을 절실히 느꼈기 때문에 밀려드는 외세를 막느라고 쇄국정책을 단행한 것도 그였다. 대원군은 부지런히 양병을 했고, 팔이 긴 활옷과 큰 갓을 줄여서 생활의 간소화와 합리화를 모색했으며, 왕가의 위신을 회복시키기 위해서 경복궁을 중건했고, 조세제도를 개량한다. 그런 박력있는 거인인 이하응은 김동인이 가장 사랑한 인물이다. "야심이라고까지 형용하고 싶은 패기"(『운현궁의 봄』)의 소유자인 동시에 휼민할 줄 아는 초인적 정치가 이하응이야말로 "조선 5백년 역사에 있어서 조선을 사랑할 줄 알고 왕가와 서민, 정치가와 백성을 참으로 이해한 단 한 사람의 위인"(『한국 문학전집』 II, p.6)이라고 김동인은 생각했다.

　그러나 대원군은 불행하게도 좌절하고 만다. 아들이 장성하니 권력의 핵심에서 물러나지 않을 수 없었던 것이다. 청국으로 납치당해 가는 배 위에 서 있는 태공과, 그를 보내고 집단 자살하는 「젊은 그들」의 활민

숙생들은 모두 꿈을 상실한 실의의 인간들이고, 여의주를 잃어버린 용들이다. 김동인의 역사소설에는 그런 좌절하는 영웅들이 많다. 아들에게 배반당하여 적국으로 압송되는 견훤, 부하에게 나라를 빼앗긴 궁예 등도 이하응처럼 좌절하는 영웅이다. 그들은 모두 탁월한 인물들이지만, 춘원의 인물들에 비하면 현실적이어서 결코 인간의 한계에서 벗어나지 못한다. 끓는 기름 가마에서 낮잠을 잔다거나(「원효대사」), 당근질을 당하면서 인두가 식었다고 호령을 한다든가(「사육신」), 죽어가면서 흰 피나 푸른 피를 뿜을 만한 신통력을 지니기에는 너무나 인간적인, 현실 속의 인물인 것이다.

현실 속의 인물답게 그들은 잘못도 저지른다. 사랑하는 어린 조카를 희생시켜서라도 자신의 정치적 야심을 충족시키고야 마는 수양대군, 개인적인 원한을 끝내 못버려서 "송악에 왕기가 있는" 줄을 알면서도 신라로 쳐들어가는 일을 멈추지 못하여 왕건에게 송도를 빼앗긴 견훤, 아들의 배우자라는 정에 얽매어서 정적인 며느리를 제거하지 못하여 중국으로 압송당하는 대원군은 모두 인간적인 약점을 끝내 버리지 못하여, 그것으로 인해 자신의 무덤을 파는 현실적인 피조물들이다.

동인의 영웅들의 탁월함은 인간이라는 한계 안에서만 작용한다. 그 안에서 그들은 누구도 따라올 수 없는 고지를 점령하고 있다. 왕족은 정치에 간섭할 수 없다는 금기를 깨뜨리고 몸소 영의정이 되었던 수양대군은, 유학자들의 힘으로 세워진 나라에서 공공연하게 절을 짓는 일을 감행할 담력을 가지고 있었다. 전례없는 새 법을 만들어 국왕의 사친으로서 과감하게 섭정의 자리에 오르는 대원군, 나라를 새로 세우는 견훤과 주몽…… 김동인의 남자들은 모두 법률에 지배당하는 자가 아니라 새로운 규범을 만드는 창조적인 지배자들이다. 그러면서 인간이라는 한계를 끝내 벗어나지 못하여 내부로부터 붕괴되어 가는 이들에게는 비장한 아름다움이 있다. 죽음까지도 초월하며 빛나는 춘원의 인물들이 인간성보다는 신성에 접근한 선인仙人들이라면, 동인의 인물들은 너무나 인간적인 현실의 영웅들이다.

하지만 춘원과 동인의 가장 큰 차이는 여성관에 있다. 김동인은 여자를 좋아하지 않는다. 그래서 그의 작품에는 바람직한 여인상이 없다. 7편의 역사소설에서 '인화'(「젊은 그들」)와 '국향'(「을지문덕」)을 빼면, 엑스트라로 기생이 잠깐씩 얼굴을 비치다 말 정도로 그의 소설 속에서 여자가 차지하는 자리 자체가 좁다. 인화, 국향 두 여인도 따지고 보면 여성적인 인물형은 아니다. 그들은 걸핏하면 남자옷을 입고 다니며, 무예와 기마에 능한 여장부다. 육혈포를 들고 혼자 원수(민겸호)의 소굴로 뛰어드는 인화나, 야밤에 겁탈하러 들어온 장정을 발길로 차서 마당에 나가떨어지게 만드는 국향은, 아무리 아름다운 용모를 가졌더라도 본질은 다분히 남성적이다. 여성적인 델리커시를 갖춘 '연연'(「젊은 그들」)과 '계월'(「운현궁의 봄」)은 둘 다 기생이다. 김동인은 기생을 자기와 대등한 인간으로 대접하는 휴머니스트가 아니다. 그는 돈으로 사는 여인이 아니면 사랑할 수 없다고 말하는 인물이다. "일개 기생으로 제 마음이 이렇게 타겠습니까?"(「젊은 그들」, p.224)라고 안재영이 말하는데, 그건 김동인의 대사이기도 하다. 그들은 기생을 사람 취급을 안 하는 남성우월주의자들이다. 두 명의 기생마저 제외하면, 그의 작품에는 구체적인 여인은 두서너 명 밖에 등장하지 않는다. 사랑을 부정하는 김동인에게는 긍정적인 여인상이 없다고 해도 과언이 아니다. 그는 여자를 부정하는 인물이다. "계집이란 첫째도 둘째도 셋째도 온순해야 하느니라."(같은 책, p.278)라는 것이 그의 여성관의 본질이다. 여자에 맹목적으로 순종을 강요하는 그의 태도는 고루하다. 그러니 아내가 도망가지 않을 수 없는 것이다.

박력있고 개성이 뚜렷한 남자 주인공에 비해, 여자들의 모습이 희미하고 추상적인 것은, 이런 그의 여성관의 소치라 할 수 있다. 여인 멸시의 사상에서 그의 형이하학적 애정관이 생겨난다. 사랑과 감성의 부정, 그것은 그의 문학의 불구성을 증명해 준다. 그는 지나치게 남성과 힘만을 강조했다. 직선만 알고 곡선을 모른, 김동인은 편벽된 작가다.

춘원은 동인과는 반대다. 그는 철저한 페미니스트다. 아마도 초창기 문인 중에서 여성 존중 사상을 가진 문인은 춘원밖에 없지 않았나 생각될 정도다. 춘원의 여성관은 소설에 그대로 투영된다.

> 여자의 몸을 소중히 여겨서 남자는 여자를 욕하거나 때리지 못하고 여자에게는 낮은 말을 아니 쓴다. 여자는 집에서 신을 제사하는 제관인 동시에 아들 딸을 낳아 길러서 씨를 번식하는 때문이다. 「원효대사」

이런 지극한 여성 숭배사상이 그의 연애지상주의를 낳은 것이다. 그에게 있어 여자는 대체로 숭배의 대상이다. 따라서 그녀들은 모두 지체가 높아야 한다. 교양과 품위와 지성을 갖추어야 하기 때문이다. 루소처럼 춘원도 귀부인 취미를 가지고 있었던 것이다. 그래서 그의 역사소설의 여주인공들은 여왕과 공주와 양갓집 딸들이 주축을 이룬다. 남자들의 노리개인 기생들은 엄두도 못 낼 세계에 사는 귀인들이다.

춘원은 남성 인물의 묘사에서는 혼란상을 나타내고 있지만, 여인의 묘사에서는 그런 실수를 저지르지 않는다. 삼십승포 고운 베로 입지도 못할 연인의 옷을 손수 장만하면서 모란 옆에서 한숨짓는 요석공주나, 여왕으로서의 체면을 무릅쓰고 사랑을 호소하는 승만여왕은 모두 꽃처럼 향기로운 여인들이다. 하지만 그들은 헌신적 사랑과 죽음조차 두려워하지 않는 담대한 열정을 가지고 있다. 사랑을 위해서는 물불을 가리지 않는 여인들인 것이다. 자존심 같은 것도 그녀들의 정열을 훼방하지 못한다. "이 몸의 십년 소원을 이루어 주소서" 하고 요석공주는 직접 원효에게 호소한다. 사랑을 고백하기 위하여서는 체면도 자존심도 다 버린 것이다. 그리고 마지막에는 궁인들을 동원해서 원효를 납치한다. 사랑을 이루기 위해서라면 "무간지옥 업이라도" 감수할 각오가 되어 있는 것이다. 이 여인들은 춘원이 선호하는, 여성다운 여인들이다.

여인을 높이고 사랑을 찬미한 춘원은 남존여비에서 탈피하지 못한 동인보다는 훨씬 근대적인 여성관을 가지고 있다. 그의 세계에서는 언제나 남자와 여자가 평등한 자세로 마주 서 있다. 동인의 살벌한 남성공화국과는 다른, 온화하고 질서가 있는, 균형잡힌 세계가 춘원의 소설공간이라 할 수 있다. 그건 인간평등사상과도 이어진다. 춘원은 그 당시의 문인 중에서는 가장 인간의 평등함을 신봉한 문인이었다고 할 수 있다.

3) 맺는 말

역사소설의 특성과 제한을 두 작가는 함께 받고 있다. 그래서 춘원과 동인의 역사소설은, 그 장르의 태생적인 특성인 인물의 이상화, 사건 중심의 전개, 민족주의, 대중성 등을 공유할 수밖에 없다. 그러나 역사소설의 한계점에서 한 발만 나서면 그들에게는 공약되는 요소가 거의 없다. 첫째로 인물형의 채택에서 그들은 정반대의 취향을 드러낸다.

춘원의 인물들은 성격이 다양하다. 남성 인물들 중에는 단아하고 인자한 선비가 있는가 하면 고명한 승려들(원효, 이차돈)이 있고, 견훤, 주몽 같은 무인 정치가들이 있다. 춘원은 상문주의자이고, 감성을 중시하는 작가여서, 그의 인물들은 남자들도 감성적인 측면을 드러내는 경우가 많다. 무사나 정치가에게서도 '인의仁義'만을 찾으려한 작자의 가치관이 남성인물들을 문약文弱에 흐르게 하는 인상을 주고 있는 것이다. 주몽 같은 경우에도 춘원은 사랑에 역점을 두고 묘사하니 남성적인 면이 약화된다. 여성인물도 다양하다. 요석공주와 승만여왕이 다르고, 아사가와 삼모가 다르다. 계층이 다를 뿐 아니라 개성도 다른 것이다. 공통되는 점은 로맨틱 러브에 대한 열정뿐이다. 춘원은 여자 이야기나 남자 이야기나 사랑을 빼고 이야기하고 싶어 하지 않는 작가다. 사랑에 모든 것을 거는 여인들이 춘원이 선호하는 여성형이기 때문이다.

인물형에 버라이어티가 있는 춘원에 비하면 동인의 인물들은 지나치게 상사형을 이루고 있다. 무예에 능하며 대범한, 그러나 야심과 패기가 만만한, 박력있는 남성들이 김동인이 선호하는 인물형이다. 춘원이 정통파에 속하는, 세습적으로 물려 받은 지위에 있는 왕이나 세자가 아니면, 안정된 자리에 있는 재상이나 승려를 내세운 데 반하여, 동인의 인물들은 '무無'에서 '유'를 짜내는 '창조자'들이다. 자기의 실력으로 떳떳하게 대결하여 스스로의 위치를 쟁취한 인물들, 비정통파의 인물들이 김동인의 구미에 맞는 인간형이다. 춘원의 주인공들은 쉽사리 인간의 한계를 넘어서는 초인들이기도 하지만, 동인의 인물들은 '인간'이라는 한계 안에서 허덕이다가 무너지고 마는 현실속의 인간들이다. 여자가 적은 동인의 세계는 병영처럼 '살풍경한 남자 공화국'이다. 그가 '직선적인 작가'(김동리) 혹은 '성급한 러너'(정한모)로 평가받는 까닭이 여기에 있다.

춘원과 동인은 사고방식이 서로 다르다. 춘원은 사육신을 통하여 충의를 보여주며, '원효'와 '이차돈'을 통하여 종교적 구도정신을 추구하고, 여인들을 통하여 사랑을 찬미했다. 그에게 있어 '사랑'과 '종교'는 사리사욕의 한계를 벗어남을 의미하는 점에서 공통된다. '사랑'까지도 욕망에서 해탈하려는 노력 속에서 전개되는 것이 춘원의 세계다. 그건 육체의 부정이요, 육체에서의 이탈이다. 현실을 초월하여 피안의 어느 지점을 향하여 비상하려는 자세가 그의 아이디얼리즘의 본색이며, 그 밑을 면면히 흐르고 있는 것은 정감있는 따뜻한 사랑의 세계다.

그러나 동인에게는 사랑도 종교도 없다. 그는 종교인까지 정치가로 변모시키는 철저한 반종교주의자다. 그가 종교 대신 의존한 것이 과학이다. 냉철한 이성으로 해부하고 분석해 보아서 수긍이 안 되는 일체의 것을 그는 거부한다. 그의 세계에는 종교도 기적도 있을 수 없다. 어디까지나 육체와 지상의 한계 안에서 살아 움직이는 실체있는 인간만이 있을 뿐이다. 동인은 "이상의 허수아비"보다는 현실에서 가능한 인간의 모습을 그리려 한 것이다.(「춘원연구」, p.180 참조) 그래서 그는 정치를 택했다. 춘원이 내세적인 것을 숭모한 데 반해 동인은 현세를 택한 것이다.

춘원의 문학은 감성을 바탕으로 한 주정적인 것이다. 다양하고 변화가 풍부한 감성의 세계! 무책임과 방일放逸에 흐르기 쉬운 그곳에 필연적으로 따라다니는 모순과 자가당착의 기복이 그의 문학을 규정짓는 기조가 되는 것이다. 춘원문학의 변화와 모순, 그리고 신비적이고 초현실적인 것에 대한 선호는 모두 이러한 주정적 바탕에서 번져 나온 것들이다.

일관성을 띤 직선적 작가인 동인의 세계는 춘원의 것보다 확실히 좁다. 그러나 거기에는 모순과 혼란은 적다. 자로 잰 듯이 앞뒤가 잘 맞는, 투명한 건축의 세계라 할 수 있다.(말년의 작품은 제외) 수퍼내추럴에의 상승을 지향한 춘원문학의 신기루와 같은 허황성은 동인에게는 전혀 없다. 그의 문학은 초창기 한국문학에서는 보기 드문 이성 편중의 합리주의 문학이다. 이인모 씨가 '문체론'에서 지적한 바와 같이 그는 지적인 작가다. 감성과 신비주의에 대립되는 이성과 합리주의의 문학! 그것이 두 작가의 궁극적인 차이점이다. 춘원이 다분히 센티멘털한 로맨티시스

트인데 반해, 동인은 종교와 플라토닉 러브의 부정 등을 통하여 불철저
한 대로 현실주의 내지는 자연주의자의 면모를 갖추고 있는 것이다. 그
두 기둥 위에 한국의 신문학이 서 있다.

(『현대문학』, 1965. 2)

텍스트

『춘원전집』, 삼중당, 1963.
『동인전집』, 홍자출판사, 1964.

2. 춘원과 동인의 거리 II
―「무명」과 「태형」의 경우

1) 두 개의 현실관

　미국의 소설가 O. 헨리는 뉴욕시를 가리켜 "지하철의 바그다드"라고
말한 적이 있다. 그러나 같은 미국의 소설가인 도스 패소스는 뉴욕을
"분쟁과 무질서만의 사회", "빈곤과 혼돈의 장소"라고 단정지었다. 거의
같은 시대에 삶을 향유한 이 두 작가의 뉴욕에 대한 이런 상반되는 의
견은, 보는 관점에 따라 현실이 판이하게 나타날 수 있다는 것을 알려
준다. '뉴욕'이라는 말을 '현실'이라는 말로 바꾸어 놓으면 두 작가는 현
실을 보는 두 개의 관점을 대표하고 있다고 할 수 있다.

　가시적可視的인 현실의 외양에 보다 중점을 두는 작가들이 있다. 그들
은 현실을 있는 그대로 받아들일 것을 주장한다. 적당한 구실을 찾아
그곳에서 도피하려 한다거나 애써 미화하려는 노력을 그들은 거부한다.
현실이 가지고 있는 미와 추를 모두 서슴지 않고 긍정하려는 것이 그들
의 의도다. 그들은 인간이라는 유기체에 미치는 환경의 영향을 아주 중

요시한다.

반면에 다른 일군의 작가들은 가시적인 현실의 외면보다는 그 내면을 더 소중하게 생각한다. 그들에게는 '지하철'이라는 눈에 보이는 현실이 별로 문제가 되지 않는다. 그 지하철을 이용하고 있는 인간이라는 존재, 한 걸음 더 나아가서 그 인간이 생각하고 있는 사고 내용, 그들의 가치관 같은 정신의 세계를 주목하고 있기 때문이다. 지하철이라는 교통수단이나 하늘을 찌를 듯이 솟아 있는 마천루 같은 것은 인간의 내면생활에 그다지 큰 영향을 주는 것이 아니라고 그들은 주장한다. 마법의 등잔이 위력을 부리던 신화 같은 수천 년 전의 도시 바그다드가 문명의 첨단을 걷는 오늘의 도시 뉴욕과 오버랩 될 수 있는 이유가 거기에 있다.

어느 쪽이 보다 문학적이며 보다 미학적이냐 하는 것은 일률적으로 논단할 수 있는 문제가 아니다. 우리는 다만 현실의 어느 면을 어떻게 보았느냐에 따라서 한 작가와 다른 작가 사이의 차이점을 찾는 작업을 시작할 수 있으며, 가능한 한도 안에서 그 연유를 모색하여 그 작가의 고유한 영역을 추출해 낼 수 있을 뿐이다. 춘원과 동인을 비교하기 위하여 같은 배경을 가진 작품을 택한 것은 동일한 지점을 향한 두 작가의 관점의 차이가 보다 현저하게, 보다 구체적으로 노출되지 않을까 하는 생각에서였다.

춘원과 동인은 이질적인 작가라는 점에서는 정평이 나 있지만, 현실적인 면에서 볼 때 장편소설과 단편소설이라는 장르의 차이에서 오는 갭이 있어서 비교의 척도를 찾기가 어렵다. 다행히 「무명」과 「태형」의 두 작품은 모두 단편소설이다. 시간적 공간적인 배경이 멀지 않고, 작가가 직접 겪은 감옥에서의 체험이 밑받침이 되어 있는 점도 같다. 그리고 그들이 감옥에 들어가게 된 죄목도 비슷하다. 여러 면에서 많은 공통점을 가지고 있어서 비교의 척도를 규정하기가 쉽다. 인간이 인간으로서의 존엄성을 유지할 수 없는 극한의 직역인 감옥, 거기에서 무엇을 보고 무엇을 생각하였으며, 어떻게 처신하는가 하는 문제를 통하여 두 작가의 인간성과 예술 세계의 궁극적인 차이를 찾아낼 수 있기 때문에 필자는 이 제목을 선택한 것이다. 대상 작품은 춘원의 「무명無明」과 동인의 「태형」이다.

2) 감방의 의미

(1) 「무명」의 경우

「무명」은 화자인 '진'의 1인칭으로 된 소설이다. 그가 병감으로 옮기는 데서 시작되어 출감한 지 석 달이 되는 때까지의 이야기들이 시간적인 순서에 따라 조용히 전개된다. 그가 감방에서 어떤 인물들을 만났는가, 그들의 상호간의 관계는 어떠했는가, 그런 관계가 '진'에게 어떤 반향을 일으켰는가, 그들은 결국 어떻게 되었는가 하는 것이 '무명'의 작품 내용을 이루는 요소들이다.

'진'이 병감에 들어가자 반색을 하며 나타나는 한 사나이가 있다. 경찰서 유치장에서 같이 있은 일이 있는 도장 위조범 '윤'이다. 전라도 출신인 그는 "먹고, '민'을 못 견디게 굴고, 똥질하고, 자고, 이 네 가지만을 위하여 살아가는 것 같은" 인물이다. 그는 이 네 가지 일에 더할 수 없을 정도로 충실하다. 위장병 환자인 그는 자기 몫의 죽을 다 먹고 나면 갖은 수단을 다 써서 '진'에게 차입되는 사식을 거의 다 **빼앗아** 먹는다. 그러고는 하루에 "많은 날은 스무 차례나 똥질을 한다." 그러면서도 자신의 "몸이 부은 것은 죽을 먹기 때문이요, 열이 나고 기침이 나고(그는 폐도 나쁘다) 설사가 나는 것은 원통한 죄명을 썼기 때문에 일어나는 화기"라고 단정을 내리는 그런 인간이었다. 그는 잘 때에도 조용하지 않다. "두 다리를 벌리고, 배를 내어 놓고, 베개를 목에다 걸고, 눈을 반쯤 뜨고, 그리고는 코를 골고 입으로 불고, 이따금 꺽꺽 숨이 막히는 소리를 하고 그렇지 아니하면 백일해 기침과 같은 기침을 한다. '윤'은 먹고, 자고, 배설하는 그 나머지 시간을 전부 곁에 있는 '민'이라는 노인을 못 살게 구는 일에 사용한다.

'민'은 '윤'과 달라서 점잖고, 말이 없고 침착하다. 마름의 자리를 빼앗긴 분풀이로 새 마름의 집에 불을 질러서 잡혀 온 그는 재산도 조금은 있고 열아홉 살 된 젊은 아내가 있다. 이런 '민'의 모든 것이 '윤'은 못마땅하다. 끝까지 냉정을 잃지 않는 '민'을 괴롭히기 위하여 '윤'은 '민'의 코끝이 빨간 것은 '죽을 때가 가까워서 회가 동하는 것'이라는둥, '민'의 아내에게는 '벌써 어떤 젊은 놈팡이가 붙었을 것'이라는 등의 치명적인 악담을 계속 퍼붓는다. '진'은 이런 '윤' 때문에 마음의 평화를 유린당한다. 밥을 빼앗아 먹는다든가 노상 변기에 올라 앉아 있다거나, 코나 입을 통하여 시끄러운 소리를 내면서 자는 것 같은 일은 '진'을 그다지 괴롭히지 않는다. 마음에 아무 생각 없이 가만히 누워 있는 것을 지상의 낙으로 삼고 있는 '진'을 가장 괴롭히는 것은 칼끝같이 독이 서린 '윤'의 악담이다.

'윤'과 '민' 다음에 '진'의 앞에 나타난 것이 '정'이라는 종로의 사기범이다. 그는 '윤'보다 더 교활하다. "밥을 한 덩이씩 가외로 얻어서 맛날 듯한 것은 젓가락으로 휘저어서 골라 먹고 그리고 남은 찌꺼기를 행주에다 싸고 소금을 치고 그리고는 그것을 떡반죽하는 듯이 이겨서 떡을 만들어서는 요리 한 입, 조리로 한 입 맛남직한 데는 다 뜯어 먹고, 그리고 나머지를 싸두었다가 밤에 자러 들어온 간병부에게 주고는 생색을 내는" 인물이다. 능란하고도 철저한 '정'의 대담성과 몰염치함은, 성급하고 소극적인 '윤'과는 비교가 되지 않는다. 구변이 좋고 사교적이면서도 아는 것이 많은 '정'은 '윤'의 적수가 될 수 없다. 노상 약한 '민'을 못살게 굴던 '윤'은 자기보다 강한 '정'에게 지속적으로 패배를 당한다. '윤'과 '민'의 싸움은 '윤'이 일방적으로 거는 거지만, 이번의 싸움은 그렇지 않다. 아주 치열하고 수단도 악랄하다. '진'은 이 독거미들이 싸우는 소리를 밤이나 낮이나 듣고 있어야 한다.

그때에 제4의 인물이 나타났다. 젊은 공갈 기자 '강'이다. 그는 키가 크고 건강하다. 성미가 대단히 괄괄한 이 인텔리 청년은 '정'과는 모든 면에서 적수가 되지 않는다. 싸움의 헤게모니는 저절로 '강'에게로 넘어간다.

이들의 싸움은 동물의 그것과 조금도 다를 것이 없다. '윤'이 늙은 '민'을 몰아세우듯이 '정'은 자기보다 약한 '윤'을 몰아세우고, '강'은 자기보다 늙은 '정'을 몰아세운다. 완전히 약육강식의 세계다. '진'은 이런 싸움의 방관자다. 그는 그 싸움을 말릴 만한 능력도 없지만, 함께 휩쓸려들만한 의욕도 없다. 하지만 그들의 싸움이야말로 그의 감방 생활을 못견디게 만든 핵심요소였다. 그를 괴롭히는 것은 관을 연상시키는 변기에서 우러나오는 악취나, 위 확장에 걸린 사람들이 코를 골면서 품어내는 썩은 입김이나 소음이 아니며, 심지어 자신의 병든 육체에서 오는 고통도 아니다.

그는 감방을 인생의 한 연장으로 생각한다. "인생이 괴로움의 바다요 불붙은 집이라면 감옥은 그 중에서도 가장 괴로운 데다. 게다가 옥중에서 병까지 들어서 한정 없이 뒹구는 것은 이 괴로움의 세 겹 괴로움"이라고 '진'은 생각한다. 이런 고통은 정도의 차이가 있을 뿐 감방의 담 밖에도 얼마든지 있다. 진은 그것을 참을 만한 인내력을 충분히 가지고 있다. 그러나 그가 견딜 수 없는 것은 감방 속에서 목격한 인간과 인간 사이의 갈등과 분쟁…… 같은 운명의 굴레를 쓴 인간끼리 서로를 물고 뜯고 할퀴는 그 악착 같은 인간의 자질이다.

희랍의 비극은 자신의 힘으로는 어쩔 수 없는 외적인 힘, 숙명에 의해 파멸당하는 인간들을 그리고 있다. 그러나 「무명」의 비극은 그런 외부적인 데서 오는 것이 아니다. 어디까지나 인간의 내면에서 우러나오는 것이다. 그들을 싸우게 만드는 것은 '감방'이라는 외부적인 조건이 아니라 감방에 들어오기 이전에 이미 그들이 지니고 있던 악한 인간의 속성이다. 감옥이라는 배경은 작자 자신의 말대로 강조적인 구실을 하는 것뿐이다.

인생의 정신적인 면에 역점을 두고 초자연적인 데로 비약하기를 꿈꾸는 아이디얼리스트인 춘원이, 이 작품에서 끝까지 광명을 찾아내지 못하고 만 것은 그가 감방에서 몸서리가 나도록 악착 같은 인간성의 암흑면을 너무나 가까운 데서 목격했기 때문일 것이다. 그의 역사소설의 주인공들 같으면 '진'은 이 세 악인을 거뜬히 감화시켰어야 한다. 도적의 떼를 감화시킨 원효대사처럼 말이다. 하지만 「무명」의 진은 그럴 능력이 없는 평범한 병든 죄수였다. 그는 사람의 마음이란 헤아릴 수 없이 무서운 것임을 어쩔 수 없이 확인하고야 말았다. 「무명」이 로맨스처럼 해피엔딩이 될 수 없는 이유가 거기에 있다.

'진'을 괴롭힌 또 하나의 문제는 질병과 죽음이다. 그곳에 있는 모든 죄수들은 육체적으로는 이미 사형선고를 받은 중환자들이다. "결국 '민'도 죽고 '윤'도 죽고……. (중략) '정'은 소화불량이 더욱 심해진데다가 신장염도 생기고 늑막염도 생겨서 도저히 공판정에 나가볼 가망이 없다."는 것이 「무명」의 마지막 구절이다. 춘원은 죽음을 인생의 종말로 생각하는 현세주의자가 아니다. 그는 종교적인 색채가 짙은 작가다. 그래서 역사소설에서 그는 죽음 앞에서 웃을 수 있는 초인들을 많이 창조해 냈다. 그러나 이 작품에서 춘원은 그렇게 쉽사리 초극하기에는 너무 엄숙한 면을 지닌 '죽음'과 직면하고 있다. 그 점에서도 그는 광명을 찾아내지 못하였다. 작가 자신이 이 작품을 평하여 "나는 비로소 소설다운 소설을 썼다."고 한 말은 그가 이 작품에서 현실 앞에 훨씬 가까이 다가가서 그 진상에 보다 접근하여 있음을 암시하는 것이다. 이 경우의 '소설'은 로맨스가 아니라 노벨일 것이다.

그러나 여기에서 주의해야 할 점은 사람은 감옥에서만 싸우는 것이 아니라는 사실이다. 질병도 감옥에만 있는 것이 아니다. 죽음도 마찬가지다. '감방'이라는 특수한 외부적 조건은 춘원의 경우 별 의미를 가지지 못한다. 결국 '감옥'이라는 극한의 상황에서 춘원은 보편적이고 본질적인 인간의 고통을 보았다. 그래서 그는 절망에 빠진다. 인생은 그가 꿈 꾸어오던 것보다는 훨씬 가혹한 것이었다. 인간이 악하기 때문이다. 이 작품에는 성선설을 믿지 못하게 된 춘원이 있다. 그의 시야에서 빛이 사라져 버린 것이다.

(2) 「태형」의 경우

이 작품에서 작가는 여덟 개의 장면으로 나누어 감방의 이모저모를 그리는 수법을 쓰고 있다. 첫 장은 '기쇼오起床!'라는 일본어의 구령으로 시작되는 감방의 아침 풍경이다. 주인공인 '나'는 이 살벌한 명령 때문에 마음대로 잠을 자는 기본적인 권리를 침해당한다. 곧 간수의 '뎅껭(點檢)'이 있을 것이다. '뎅껭'은 번호로 불려진다. 그것도 역시 일본말이다. 낯선 이국어로 불리는 자기의 번호를 미처 못 알아들은 774호의 영감이 간수부장에게 채찍질을 당한다. "방은 죽음의 장소같이" 소리하나 없다. "이상한 일이거니와 한 사람이 벌을 받으면 방안 전체가 떨린다. (공분이라든가 동정이라든가는 결코 아니다.) 몸만 떨릴 뿐만 아니라 염통까지 떨린다."고 작자는 말한다. 모든 것이 매와 형벌에 의해 다스려지는 감방의 생태가 첫 장부터 드러나기 시작하는 것이다.

다음은 더위의 묘사다. 다섯 평이 못 되는 방에 마흔한 사람이 수용되어 있다. "둥그렇게 구부러진 허리, 맥없이 무릎 위에 놓인 손, 뚱뚱부은 시퍼런 얼굴에 힘없이 벌어진 입, 생기 없는 눈, 흩어진 머리와 수염, 모든 것이 죽은 사람이었다?" '나'는 거기에서 지옥의 풍경을 본다. "몸과 몸이 서로 닿아 썩어서 십분의 칠은 옴쟁이인 무리"들.

애초에 그들은 '독립'이라는 이상을 위하여 모든 자유를 자진하여 반납한 애국지사들이다. 그러나 문둥이 계곡 같은 참혹한 방안에 몇 달 갇혀 있는 동안에 그들의 이상은 본능적 욕구 앞에 완전히 꺾이고 말았다. 지금 그들이 원하는 유일한 것은 냉수 한 모금이다. "나라를 팔고 고향을 팔고 친척을 팔고 또는 뒤에 이를 모든 행복을 희생하여서라도 바꿀 값이 있는 것은 냉수 한 모금밖에는 없다."는 결론에 그들은 도달했다. 이것은 어느 한 사람의 개인적 기호에서 나온 결론이 아니다. 그 곳에 있는 40명의 인간이 한결같이 도달한 절실한 육체적인 갈망이다. 물과 공기가 있는 곳인 병감病監에 가기 위하여서라면 그들은 열병에라도 걸리고 싶다고 생각한다.

다음은 잠자는 장면이다. 방이 워낙 좁으니까 누군가가 3분의 1씩 번갈아 자는 묘안을 생각해 냈다. 3분의 1에 해당되는 사람들이 누워서 자면, 나머지 사람들은 서서 시간을 보낸다. '나'는 서 있는 사람들 축에 끼여서, 이를 잡는 옆의 사람과 날짜, 식욕, 계절 등에 대하여 이야기한다. 그러다가 어느덧 선 채로 잠이 들어 버린다. 가슴이 답답하여 잠이 깬 '나'는 자신이 숱한 다리의 계곡 속에 파묻혀 있음을 깨달았다. "머리와 몸집은 어디 갔는지 방안에 하나도 안 보이고 다리만 몇 겹씩 포개고 포개고 하여 있는" 다리의 진열장 같은 방안. "저편 끝에서 다리가? 열여덟 개 들썩들썩하더니 그 틈으로 머리가 하나 쑥 나오다가 긴 한숨을 내어 쉬고 도로 다리 속으로 스러진다." 모든 인간의 '머리'는 '다리'의 부피에 눌려 그 소재조차 알아보기 어려운 형편에 있다. 이 장면은 소설의 주제를 현시한다. 김동인의 감방은 다리의 부피에 눌려서 머리가 작동하지 않는 동물인간들의 집합장소인 것이다.

그들에게 가장 값있는 시간은 세수를 하는 아침나절이다. "이 때뿐이 눈에는 빛이 있고 얼굴에는 산 사람의 기운이 있었다. 심지어는 머리도 얼마간 동작하며, 혹은 농담을 하는 사람까지 생기게 된다." 이 시간이면 사람들은 저마다 공판정에 대한 기대를 갖는다. "언제든 한 번은 간다." 그 '언제'가 어쩌면 오늘이 되는지도 모른다고 사람들은 기대한다. 하지만 "오늘은 꼭, 오늘은 꼭" 이렇게 기대하면서 벌써 석 달을 밀려온 '나'는, 이제 그 석 달이 서른 달이 되는지도 모른다는 공포감에 사로잡히고 만다.

이런 지루한 생활 속에서 공상의 재료마저 고갈되어 버린 '나'는 하나의 장난을 시작한다. 밥그릇에 남아 있는 밥알을 긁어모아 짓이겨서 개나 돼지 혹은 간수의 모양을 만들어가면서 노는 놀이다. 그런 놀이를 할 수 있는 시간은 다른 고통을 잊을 수 있다. 그러나 찌는 듯한 더위가 곧 그것을 훼방한다. 변기에서 뿜어내는 독한 습기에 닿아 전신에 종기투성이가 된 '나'는 공판정에 나갈 가망이 없어지자 이번에는 진찰감에라도 가게 될 것을 갈망하게 된다.

진찰감에 가는 것이 허락되던 날, '나'는 공기의 맛이 진실로 달다는 것을 체험한다. 뿐 아니라 그 동안 소식을 몰라 애태우던 동생과 만날 수 있는 행운까지 주어졌다. 동생을 보자 외계와 두절되었던 석 달 동안의 집안 형편과 나라 형편이 모두 염려가 된다. 그러나 이야기할 틈도 없이 '나'는 진찰을 받아야 했고, 옆 사람과 이야기를 나눈 것이 들켜 동생의 어깨로 날카로운 채찍이 내리쳐지는 것을 보아야 한다. "피와 열이 한꺼번에 솟아올라" 눈까지 아득해 오는 분노에 휩싸인 '나'는, 그렇게 갈망하던 감미로운 공기 속에서, 전보다 더 비참한 심정이 되어 자신의 감방으로 돌아간다.

이것이 '나'라는 주인공이 생활하고 있는 감방의 상태다. 사람이 사람으로서 존재하기에는 너무나 가혹한 생존의 조건이다. 그 극한의 여건 속에서 한 사건이 발생한다. 칠순의 노인이 태형 90대의 언도를 받은 것이다. 나이 70의 노인에게 그 언도는 사실상 사형선고와 마찬가지다. 노인은 공소를 했다. "난 아직 죽긴 싫어, 공소했쉐다." 노인이 이렇게 부르짖자 '나'는 펄쩍 뛰면서 그 노인에게 대든다.

"여보, 시끄럽소. 노망했소? 당신은 당신 죽겠다구 걱정하지만 그래 당신만 사람이란 말이오? 이방 사십여 명이 당신 하나 나가면 그만큼 자리가 넓어지는 건 생각지 않소? 아들 둘 다 총에 맞아 뒈졌는데 뒤상 하나 살아서 뭘 하려구?"

'나'가 막말을 쏟아내자 다른 사람들도 노인에게 함부로 욕을 퍼부어 댄다. 결국 노인은 이들의 압력에 못 이겨 공소를 취하하기로 했다. '나'는 패통을 쳐서 간수를 부르고 영감의 뜻을 통역하는 수고마저 아끼지 않았다. 방안의 모든 사람들은 자리가 좀 넓어지리라는 사실이 기뻐서 눈들이 빛나고 있었다.

그러나 다음 날 그들은 '무서운 소리'에 화다닥 놀랐다. 단말마의 부르짖음이었다. "그것은 태맞는 사람이 지르는 소리"였다. 어젯밤 그들이 내쫓은 '영원영감'의 소리다. "쓰린 매를 맞으면서도 우렁찬 신음을 할 기운도 없이 '아유' 외마디의 소리로 부르짖는 것은 우리가 억지로 매를 맞게 한 그 영감이었다." 다섯도 못 가서 끊어져 버리는 신음 소리를 들으면서 '나'의 머리는 저절로 수그러졌다. "멀거니 뜬 눈에서는 눈물이 나오려 하였다. 나는 그것을 막으려고 눈을 힘껏 감았다. 힘 있게 닫힌 눈은 떨렸다."고 작자는 '나'의 형상을 묘사하고 있다.

이 작품에 나오는 '나'는 '영원영감'을 태형으로 몰아넣은 장본인이다. 뿐 아니라 '나'는 늦잠을 자서 옆의 사람에게 폐를 끼치는 존재다. 그는 불평도 언제나 앞장서서 한다. 더위에 대하여, 혹은 수면 부족에 대하여, 혹은 방이 좁은 데 대하여, 그는 언제나 불평을 선창한다. 왜냐하면 그는 감방 안의 모든 조건이 견딜 수 없이 괴롭기 때문이다. 그는 '진' 같은 군자가 아니다. 그에게는 감방 안에서 사람들이 서로 물고 뜯고 싸우는 것은 조금도 마음 아픈 일이 아니다. 그것은 아주 당연한 일이다. 육체가 그렇게 불편한데 짜증이 나지 않는다면 그건 인간이 아니라고 생각하는 것이다. 「무명」의 주인공 '진'과는 달리 「태형」의 '나'를 괴롭히는 것은 잠을 못 자는 것, 더위, 불결한 변기에서 옮아오는 습기, 부스럼 같은 지극히 관능적인 문제들이다. 그 괴로움에서 얼굴을 돌린다거나 초연해져야 할 필요를 '나'는 느끼지 않는다. 숨을 칵칵 막는 더위 속에서 숨을 쉬며 살아야 하는 눈앞의 현실, 그것만이 중요하다. 거기에서만 벗어날 수 있다면 "조국과 아내와 미래까지도" 모두 팔아버리고 싶을 만큼 그가 처한 상황은 비인간적이다. '영원영감'을 사지로 몰아낸 것도 당면한 육체적 고통을 조금이라도 완화하고 싶다는 동물적 욕구 때문이다. 그래서 칠순 노인을 태형의 형장으로 내몰면서 부끄럽다는 생각도 하지 않은 것이다.

삼일운동 때의 감방이니까 그곳에 수감되어 있는 사람들은 모두 정치범들이다. 애초에는 나라를 위해 자신의 육체적인 안일과 자유를 자진하여 헌납한 사람들이다. 그런 고귀한 인간들이 굶주린 짐승처럼 동료를 잡아먹는 '동물'로 화하여, 한 모금의 냉수와 조국을 바꾸고 싶어지는 상태에 이른 것은 누구의 책임일까? 거기에 대하여 작자는 명확한 답을 제시한다. 환경의 잘못이라는 것이다. 그 책임은 전적으로 '감방'이라는 비인도적인 여건이 져야 한다는 것이 '나'의 생각인 동시에 작가의 생각이다. 인간이 인간으로서의 염치와 의리를 지켜 나가기에는 지나치게 가혹한 '감방'의 조건, 그것만 없었더라면 문제는 하나도 생기지 않았을 것이다. 노인의 죽음이라는 극단적인 사건 앞에 그들의 마비되었던 인간적인 양심이 잠시 눈을 뜬 것은 사실이다. 그러나 내일 다시 그와 같은 경우가 생겨나면, 약간의 여유를 얻기 위해 그들은 또 다시 다른 동료를 사지에 몰아넣는 일을 서슴지 않을 것이다. 본능이라는 약점을 가진 인간이 참고 견디기에는 너무 가혹한 '감방'의 모든 조건이 그들을 그렇게 만들었기 때문이라고 작자는 대답하고 있는 것이다.

춘원의 감방은 그냥 확대시키면 사회가 된다. '윤'이나 '정' 같은 인물들의 싸움은 장소와 유착된 것이 아니다. 그러나 동인의 싸움은 어디까지나 장소와 밀착되어 있다. 동인의 감방은 상징적인 인생도를 암시하지 않는다. 그것은 사회에서 격리된 특수지역이다. 거기에서 일어나는 싸움은 그 구역 밖에서는 일어나지 않는다. 최소한도로 다리를 뻗고 잘 자리만 있어도 '나'는 '영원영감'을 사지에 몰아넣는 것 같은 비열한 짓은 엄두도 내지 않았을 것이다. 「태형」에서는 '감방'의 의미가 사회(공간)나 영원(시간)의 어느 쪽으로도 확대되지 않는다. 감옥은 액면 그대로 감옥일 뿐이다. 그곳만 벗어나면 사람들은 감옥에 들어오기 이전의 의젓한 인간으로 환원될 것이 틀림없다는 환경결정론이 김동인의 대답인 것이다.

춘원이 시간과 공간을 넘어선 보편적, 본질적 문제에 관심을 가진 데 반하여, 동인의 관심의 영역은 좁다. 시간적으로나 공간적으로 제한된 삼일운동 직후의 감방에 포커스가 주어져 있기 때문이다. 그 협착한 공간이 인간이라는 유기체에 미치는 영향, 그 하나만을 동인은 철저히 탐색한다. 「태형」은 「무명」보다는 훨씬 외면적이요 국부적인 문제를 다룬 작품이다.

3) 주인공의 성격

두 작품은 아주 대조적인 두 인물에 의하여 대표되고 있다. 「무명」의 주인공 '진'은 몰아적沒我的인 박애주의자다. 노릇노릇한 흰 밥이 감옥에 있는 사람에게 얼마나 고마운 것인가 하는 것을 '진'은 너무나 잘 알고 있다. 그는 병이 위중한 환자이므로 그 밥이 너무나 필요한 처지에 놓여 있다. 그러나 그는 '윤'의 과식을 막기 위해 자신의 사식을 중단한다. 뿐 아니라 폐병에 걸려 독방으로 쫓겨난 '윤'이 "이제라도 불경을 읽으면 극락에 가느냐"고 물었을 때 그는 양심에 가책을 느끼면서도 그 말을 부정하지 못한다. 그는 자신의 욕구보다는 타인의 고통을 더 중요시한 것이다. 그러나 「태형」의 주인공이 중요시하는 것은 타인의 고통이 아니다. 그는 자신의 관능적 욕구를 위해서라면 남이 희생되는 것도 개의치 않는 철저한 에고이스트다.

그들은 현실의 고통을 극복하는 방법도 아주 다르다. 썩은 입김을 얼굴에 불어 넣으면서 자는 위장병 환자 때문에 '진'은 잠을 잘 수가 없다. 그러나 그는 그 사람을 밀어내거나 핀잔을 주는 대신에, 그 사람을 아름다운 여자로 상상하거나, 불경을 읽음으로써 그 고통을 잊으려고 노력한다. 소극적이며 현실도피적인 면이 있지만 형이상학적인 타개책이다. 「태형」의 주인공은 그렇지 않다. 그는 '더위'라는 불가피한 고통에 직면했을 때 부채 비슷한 것을 만들어 낸다. 감방의 무료함을 이겨내는 방법으로는 밥풀을 이겨 짐승을 만드는 장난을 생각해 낸다. 그리고 감방의 조건을 조금이라도 개선하기 위해서 그는 한 사람이라도 인원을 줄이는 일에 앞장을 선다. 적극적이며 남성적이다. 그는 현실에서 도피하는 대신에 현실과 마주서는 것이다.

'정'이 자신의 거짓말의 증인으로 '진'을 지목하였을 때 '진'은 그의 거짓말을 폭로하는 대신에 침묵을 지킨다. 그런 타인에 대한 배려나 우유부단함이 '나'에게는 없다. '영원영감'의 태형의 공소를 취하시키는 '나'의 태도엔 실오라기만한 회의도 없다. '영원영감'의 단말마의 부르짖음이라는 극단적인 사건만 일어나지 않았더라면 결코 수그러질 줄 모르는 오만한 자기애를 '나'는 가지고 있는 것이다. '나'는 자기에게 죄가 있다는 생각을 하는 법이 없다. 70줄의 노인을 태형의 형장으로 밀어내면서도 '나'에게는 죄의식 같은 것이 조금도 없다. 그러기 때문에 '나'는 '감방'에 대하여 불만이 많고 반항적이면서 그 분노를 자제할 마음이 없다.

'진'은 그렇지 않다. "탐욕으로 원인한 이 큰 죄악이 당연한 결과로 경찰서 유치장을 거쳐 감옥살이"를 하게 되었다고 그는 자기의 동료들을 생각한다. 따라서 그들이 벌을 받는 것은 자신의 잘못의 당연한 결과라고 생각하는 것이다. '진'의 주위 사람들은 잡범들이다. 동인의 경우처럼 정치범들이 아니다. 그러니까 이들의 죄를 긍정하는 '진'의 태도는 수긍이 간다.

그런데 '진' 자신은 잡범이 아니다. 이 작품엔 '진'의 죄상이 나오지 않는다. '진'을 그대로 춘원이라고 생각하는 것은 무리가 있다. 그러나 '진'은 연령, 성격, 병세 등 여러 면에서 너무나 춘원과 비슷하다. 그렇다면 '진'이 감옥에 들어간 것은 '탐욕의 당연한 결과'가 아니다. 수양동우회 사건에 연루되어 춘원은 감옥에 갔기 때문이다. 그러니까 '진'은 자신의 감옥살이를 억울하다고 생각해야 옳다. 그러나 '진'은 감옥에 들어온 데 대해 불평이 없다. 그는 조용하게 복죄服罪하고 있을 뿐이다.

'모든 인간은 죄인'이라는 기독교적인 원죄 의식, 모든 일을 스스로의 업의 결과로 보는 불가적인 윤회 의식, 그런 것이 합쳐진 것 같은 춘원의 종교적인 겸허함이 이런 태도의 밑바닥에 흐르고 있다. '진'에게는 확실히 성자적인 면이 있다. 악의 경연장 같은 감방 속에서 '진'은 도통한 사람처럼 모든 무리들보다 한 단 높은 곳에 조용히 위치해 있다. 그는 어느 누구와도 싸우지 않는다. 그리스도와 같은 자비심으로 그는 발아래 내려다보이는 죄인들을 긍휼히 여긴다. 자신을 괴롭히는 무리들을 미워하지 않는 것이다. 다만 그들의 추악한 싸움에서 인간성에 대한 절망을 느끼는 것뿐이다.

이런 절망감은 인간의 선성善性에 대한 그의 지나친 기대에서 오는 것이다. 그는 인간의 형이하적 욕구에 대하여 호감을 갖지 않는다. 이기적인 욕구나 육체적인 욕망은 정신의 힘에 의해 극복되어져야 할 종류의 것이라고 그는 생각한다. '진'의 모습이 고행하는 승려처럼 느껴지는 것은 현세적 물질적 욕망에서 해탈하려고 노력하는 '진'의 자세에서 오는 것이다. '감옥'이라는 특수한 상황 속에서도 환경의 물질적인 조건보다는 인간의 정신적인 모습에 더 많은 기대를 거는 것은 이런 정신지상주의적인 사고방식의 결과다. '진'의 몸은 감방 안에 갇혀 있었지만 그의 정신은 옥벽을 부술 만큼 강하였다고 할 수 있다.

「태형」의 작가는 정반대다. 그는 감방의 물질적인 요소만을 지적하고 있다. 그는 현 시점의 육체적 욕망을 거의 절대시한다. 그는 잠을 자기 위해 남과 싸우며, 좀 넓게 앉아보려고 남을 해친다. 「무명」의 '진'

을 제외한 다른 인물들과 여러 면에서 공통되는 요소를 가지고 있는 것이다. 그는 불평이 많고, 자기중심적이며, 본능적이다. 싸움도 잘하며 때로는 상소리도 하는 '나'는 '진'의 눈으로 보면 눈살을 찌푸려야 할 종류의 인간이다.

그런데 재미있는 것은 '나'라는 인물이 그런 자신의 인품을 아주 긍정적으로 보고 있다는 사실이다. 마지막에 가서 고개를 수그리는 장면을 제외하면 '나'는 한번도 자신을 부끄럽다고 생각하는 일이 없다. '진'이 절망 어린 눈으로 바라본 인간의 모든 결점을 '나'는 인간이 가지는 당연한 요소로 받아들인다. 인간의 선성과 함께 그 악한 속성까지도 모두 긍정하는 '나'는 있는 그대로의 인간을 사랑한다. 그 속에 잠재해 있는 관능적 요소와 에고이즘까지도 모두 그대로 받아들이는 것이다. '나'가 미워하는 것은 인간의 추한 면만을 노출시키는 감옥이라는 '환경'뿐이다. 환경 여하에 따라 인간은 다양한 반응을 나타낸다. 책임은 인간에게 있는 것이 아니라 환경의 물질적인 조건 속에 잠입해 있다고 '나'는 생각한다. 그는 환경 결정론을 신봉하는 작가인 것이다.

'환경의 위력'을 과신하는 자들을 우리는 자연주의자라 부르고 있다. 그들에 의하면 소설가는 사회적, 자연적 환경 속에서 변질되어 가는 인간의 모습을 응시하는 과학자다. 그들은 인간의 정신면보다도 육체적 조건을 중시한다. 그들은 물질주의자다. 그들은 현실의 모습을 있는 그대로 모사하려고 노력한다. 작중 인물에 개연성을 부여하기 위해서 그들은 평범한 일상인을 그린다. 때로는 평준선 이하의 인물상도 그려 내는 것이다.

「태형」에서 김동인은 졸라가 즐겨 쓰던 '환경의 영향'이라는 구호를 그대로 답습하고 있다. 그는 과학자와 같은 치밀성을 가지고 '감방'의 이모저모를 면밀히 조사하여 리얼리스틱하게 재현했다. 몇 도의 더위인가? 몇 평의 방인가? 몇 명이 수용되어 있는가? 몇 %가 옴장이인가? 어떻게 자는가? 하는 문제들을 일일이 숫자를 써가며 정확하게 기록해 나가는 그의 태도는 그 이전의 다른 작가에게는 없던 종류의 것이다.

그는 감방의 일상생활의 디테일을 통하여 그 속에서 변질되어가는 인간의 모습을 그렸다. 물질적인 조건이 정신에 미치는 영향을 추구해 나간 것이다. 그런데 그는 40인의 인간을 한데 뭉뚱그려서 그렸다. 감방에 대한 반응을 그리는 데 있어서 동인은 주인공 이외의 인간의 심리에는 거의 터치하지 않았다. 그 대신 나머지 인물도 매사에 주인공과 똑 같은 반응을 나타내는 것으로 되어 있다. 「태형」은 정렬해 있는 군인들의 사진과 흡사하다. 제일 앞줄에 선 단 한 사람의 얼굴에만 이목구비가 명시되어 있고 나머지 인물들은 모두 육체의 아웃라인만 보일 뿐이다. 같은 환경이니까 반응도 같다는 식이다. 인간이 마흔 명이나 모여 있는데 신통하게도 똑같은 반응을 나타낸다는 것. 그것이 가능하다고 생각하는 데에 동인의 도그마가 있다. 그는 환경의 힘을 지나치게 강조한 나머지 인간의 메타피직스를 거부해 버리고 말았다. 뿐만 아니라 아이디얼리즘에까지 반기를 들고 있다. 그리고 개별성에 대한 배려가 없다.

반면에 그는 한 인간을 분명한 위도緯度하에 자리잡게 하는 데 성공하고 있다. 몇 년도 몇 월의 어디에 있는 감옥의 몇 번 방에 있는지 작가의 궤적을 따라 추적할 수 있기 때문이다. 그 방이 몇 평이며 몇 명이 갇혀 있는지도 자료가 나와 있다. 육체를 가지고 있는 한 인간이 어떤 여건 하에 있는지를 분명하게 그려낸 것은 동인의 공로라고 할 수 있다. 그는 형이상학을 부정하며 신도 거부하는 무신론자이고 물질주의자다. 그 면에서도 동인은 불란서의 자연주의자들과 공통된다. 신과 형이상학에 대한 부정은 초기부터 시작하여 그의 전 작품을 일관하여 흐르는 가장 김동인다운 특징이기 때문이다.

무신론과 물질주의가 동인의 일관된 특징이듯이 유신론과 정신지상의 사고방식은 춘원의 일관된 특징이다. 이 글에서 두 작가의 집필 연령의 차이, 미결감未決監과 병감의 현실적 차이를 전면에 내세우지 않은 이유가 거기에 있다. 성격적인 면에서도 유아독존적인 동인의 오만함이 그의 트레이드마크이듯이 겸손과 인도주의는 춘원의 떼어버릴 수 없는 상표다. 춘원은 동인이 중요시하지 않은 부분만 그렸다. 그는 감방이라는 현실에 대한 '진'과 '강'과 '윤'의 개인적인 반응의 차이를 그렸다. 같은 조건에 대한 각 인물의 반응을 그들의 생리를 통해서 그린 것이 아니라 그들의 심리를 통해서 그려나간 것이다. '진'은 평범한 일상인이라기에는 너무 높은 곳에 서 있는 인물이다. 그는 자신의 이상을 향한 끊임없는 정진 속에서 어느새 육체적 고통을 초월하는 자리에 올라선 일종의 초인이다. 그는 현실을 모사하는 대신에 현실을 수정하거나 개조하려 하는 아이디얼리스트다. 그의 작품의 주인공들이 다소 허황한 느낌을 주는 것은 그의 아이디얼리즘 때문이다. 내장이 없는 것 같은 인물들이어서 그들은 현실감은 자아내지 못한다. 동인의 지나친 물질주의가 인간의 정신성을 부정하는 결과를 가져왔듯이 춘원의 지나친 정신주의는 그 인물들에게서 정직성을 빼앗아 버렸다. 이 두 작가의 극단적인 사고방식이 지양되는 곳에 한국의 현대문학의 올바른 지주支柱가 세워져야 할 것이다.

(『新像』(동인지), 1968년 가을호)

3. 나도향론 I

1) 낭만주의와 한국문학

한국의 신문학은 '개화'라는 말과 더불어 시작되었다. 개화라는 말이 문자 그대로 닫혔던 문이 열리는 것을 의미했고, 열린 결과로 생긴 어떤 변화를 뜻하는 것이라면, 그 변화의 원천은 서구의 근대문학인 것은 더 말할 필요도 없다. 유학생들이 일본에 가서 서구의 근대를 배워 가지고 와서 신문학을 시작했기 때문이다. 우리가 서구의 문예사조를 기준으로 하여 초창기 문단의 여러 현상을 논의하게 되는 것은 그 때문이다. 나도향 羅稻香(1902~1927)이 작품을 쓰기 시작했던 1922년의 우리 문단에서는 한꺼번에 쏟아져 들어온 외래사조들이 혼류를 이루고 있었다.

1919년 이후로 신문예계는 정히 장관이었으니 신시류, 소설류의 다수한 발표는 각지에 청년단체가 속출한 사회 현상과 동일한 현상이며 문예이상주의, 자연주의, 낭만주의, 예술지상주의, 악마주의, 상징주의 등의 조류가 잡연히 횡일橫溢하여……

이 글에 나타나 있는 것처럼 품목도 고루고루 갖춘 여러 나라의 다양한 문예사조들이 그야말로 "잡연히 횡일"하고 있었던 것이다. 그 와중에서 20대 초반의 청년들이 자기를 찾는다는 일은 지극히 어려운 일이었다. 르네상스 때부터 19세기까지 유럽에서 생겨난 모든 문예사조들이 한꺼번에 몰려 왔기 때문이다. 그건 정신없이 돌아가는 소용돌이였다. 그 속에서 더러는 "자연주의, 낭만주의, 상징주의, 심지어는 다다이즘에까지 추파를 던져보다가 마침내 실패하고 침묵"하여 버렸고, 백조파는 낭만주의를 건졌으며, 김동인 같은 문인은 전작全作의 임의任意의 일행一行을 읽고라도 "이는 동인의 것이며 동안만의 작"이라고 인식할 강렬한 개성이 스며있는 문체를 창안해내느라고 몸부림을 치고 있었다. 그러나 "어떤 방식으로? 어떤 것을? 어디서? 어떻게?"[1] 하는 문제가 대두되면 그들은 암담해지지 않을 수 없었다. 물어볼 사람이 아무 데도 없기 때문이다.

초창기의 문인 중에는 일본에 가서 일본말로 중·고등교육을 받은 사람들이 많았다. 우리나라 역사나 문학에 관한 것은 배운 일이 없는 그들은, 부실한 일본어 실력으로 일본식 교육을 받아가며, 문학공부는 혼자 해야 했으니 얼마나 힘들었을지 짐작이 간다. 거기에 3·1 운동의 폭풍이 불어닥쳤고, 경제적인 어려움도 겹쳐져서, 제대로 대학에서 문학공부를 마친 사람은 그 무렵에는 거의 없었다. 그 중에는 나도향처럼 집에서 돈을 보내지 않아, 학교 문앞에 가 보지도 못하고 귀국한 사람도 있었다. 그런데 돌아와 보니 한국의 현실은 소년티를 겨우 벗은 그

---

1 김동인, '나의 소설', 「조선근대소설고」, 『조선일보』, 1929.

들에게 문단의 주도자가 될 것을 요구하고 있었다. 김동인의 말대로 무엇을 어떻게 써야 할지 모르는 상태에서 그들은 당장 글을 쓰지 않을 수 없는 딜레마에 빠져 있었던 것이다.

다행히도 조금씩 자리가 잡혀갔다. 1923-4년을 경계로 하여 초보적인 작업은 정리 단계에 들어간 것이다. 외래의 사조들도 어느 정도 정리가 되어서, 뿌리를 내릴 수 있는 것은 싹이 트기 시작했고, 착근에 실패한 것들은 도태되어 버렸다. 김기진이 위의 글에서 열거한 외래사조 중에서 낭만주의 계열은 쉽사리 자리를 잡았다. 하지만 자연주의는 뿌리를 내리는 데 어려움을 겪었다. 졸라류의 자연주의를 받아들일 과학적 토대가 우리에게 없었기 때문이다. 일본에서 왜곡된 일본식 자연주의가 졸라이즘과 뒤섞여 들어와서 혼란이 가중되었다. 일본 자연주의는 졸라이즘과 유사성이 적기 때문이다. 자연주의는 일본에서 대정시대의 주아주의主我主義, 예술지상주의와도 뒤섞여 들어와서 김동인이나 염상섭 같은 자연주의계의 문인들을 개성예찬자나 예술지상주의자로 만드는 해프닝이 벌어지기도 한다. 1인칭으로 쓴 자전적 소설인 「표본실의 청개고리」가 자연주의로 오인되는 결과를 낳은 것은 그 때문이다.

유미주의도 자연주의처럼 뿌리 내리기 어려운 사조였다. 미보다는 선을 중시하는 유교적 전통이 훼방을 놓았기 때문이다. 김동인이 과감하게 들고 나온 유미주의는 그것을 받아들일 바탕이 우리에게 없어서 「광화사」, 「광염소나타」 같이 미친 예술가의 이야기를 다룬 소설 두어 편을 낳고는 주저앉고 만다. 그래서 우리나라에서는 아직도 공리주의적 예술관이 큰소리를 치고 있다.

그런데 낭만주의는 비교적 순탄하게 받아들여진다. 고전주의에 대한 반동으로 19세기 초에 프랑스와 독일에서 일어난 낭만주의 운동은, 빅토르 위고의 「파리의 노트르담」이나 괴테의 「젊은 베르테르의 슬픔」

같은 낭만적 소설들을 통해서 대중에게 쉽게 접근해 갔고, 별다른 거부감이 없이 수용된다. 같은 낭만주의계인 이광수가 1917년부터 「무정」, 「개척자」 같은 소설들을 써서 독자층을 넓혀 놓은 것이 도움이 되었고, 삼일운동의 여파로 팽배해 가던 민족주의의 위세에 힘입어서 민요시 운동도 환영을 받아, 낭만주의는 별 저항 없이 자리를 잡아갔다.

그 와중에 출현한 백조파[2]의 낭만주의는 서정시 쪽에서 싹을 틔우기 시작했다. 「나는 왕이로소이다」를 쓴 홍사용과 「나의 침실로」의 작가 이상화 외에도 백조파 동인 중에는 세 사람의 시인이 더 있었다. 앞에 있던 『폐허』가 친낭만적인 잡지였는데다가 『장미촌』이 『백조』의 뒤를 계승해서, 한국의 낭만주의 시는 지속적으로 거점을 지니고 있었다. 거기에 나도향의 「환희」계의 센티멘털한 소설들이 가세했고, 국내외의 낭만적인 소설들이 외연을 넓혀 주어서, 낭만주의문학은 설 자리가 넉넉했다. 그런 현상은 대중에게 그것을 받아들일 바탕이 마련되어 있었다는 것을 의미한다. 김기진이 위에서 열거한 많은 문예사조 중에서 자연주의를 빼면, 대부분이 주정적인 사조였던 것이 그것을 입증한다. 한국에 낭만주의가 비교적 쉽게 수용되어진 이유를 필자는 다음과 같은 곳에서 찾아보려 한다.

---

2 『백조白潮』: 1922년부터 23년 사이에 세 권의 잡지를 낸 문학 동인지. 동인은 홍사용, 박종화, 이상화, 노자영, 박영희, 나도향, 현진건, 안석영, 김기진(3호 때 참여) 등이었다. 창간호부터 백조파의 감상주의적 흐름을 주도하는 홍사용의 「나는 왕이로소이다」를 위시하여 박영희의 「꿈의 나라로」, 박종화의 「흑방비곡」, 이상화의 「나의 침실로」 같은 시들이 실렸고, 나도향의 초기의 소설 세 편과 현진건의 「할머니의 죽음」 등의 소설, 박종화의 「오호 아문단我文壇」 등의 평론이 이 잡지를 통해 발표되었다. 감상적이며 정서과잉형의 낭만주의가 특징이었으나, 낭만주의 시운동은 그 후에 『장미촌』에 계승되어 가면서 성숙된다.

(1) 「백조」파와 주정적 청년문화

1920년대 초의 한국에서는 문인들의 연령이 아주 젊었다. 김동인은 나도향을 소년이라고 부르고 있지만, 그 자신도 도향보다 두 살밖에 위가 아니었다. 「무정」을 쓸 때 이광수의 나이도 20대 초반이었으며, 최초의 동인지 『창조』를 창간할 때의 김동인과 주요한이 나이가 19세였고, 나도향이 「환희幻戱」를 쓴 것도 20세 때의 일이다. 1920년경의 초창기 문학은 소년들에 의해 주도되던 청년문화였다. 어느 나라나 낭만주의 운동은 약관의 젊은이들에 의해 주도된다. 감성을 존중하는 낭만주의는 감수성이 예민한 청소년들과 적성이 맞기 때문이다. 그것은 유교의 표층문화 밑바닥에 면면히 고여 있던 한국인의 민족성과도 궁합이 맞아서, 일반 독자의 호응을 받게 된다. 독자들도 작가처럼 새로운 교육을 받은 청소년층이 주류를 이루고 있었기 때문이다. 유교는 청소년들을 좋아하지 않았으니 백조파는 한국에서 처음으로 펼쳐지는 청소년들의 축제무대였던 것이다.

① 사회의 불안정성

고전주의가 절대군주제의 안정된 사회 속에서 싹튼 문학이라면, 낭만주의는 프랑스 혁명을 전후한 불안정한 사회 속에서 생겨난 문학이다. 한국의 신문학이 뿌리를 내리기 시작하던 1919년 전후의 시기는 사회의 구석구석에서 획기적인 변화가 일어나고 있던, 소용돌이 같은 시대였다. 리얼리즘 계열의 문학은 현실을 반영하는 문학이기 때문에 그런 소용돌이 앞에 세우면 맥을 못춘다. 피사체가 흔들리면 현실을 모사模寫하는 일이 불가능해지기 때문이다. 변동기에는 낭만주의 계열의 문학이 적합하다. 한국의 1910년대 말은 오백 년을 지배하던 정치체제와 윤리의 강령들이 송두리째 흔들리던, 총체적인 격동의 시기였다. 그런 시대적 배경이 1922년의 백조파의 출현을 예비한 것이라고 할 수 있다.

② 반 유교적 시대풍조

하지만 낭만주의가 저항 없이 대중에게 수용된 가장 큰 이유는 그 무렵의 한국문화계에 팽배해 있던 유교적 전통에 대한 반동적 분위기 때문이라고 할 수 있다. 프랑스에서 일어난 낭만주의운동이 전적으로 고전주의에 대한 반발에서 생긴 것처럼, 우리나라의 낭만주의는 유교적 전통에 대한 반항 속에서 태동되었다. 개화기에 한꺼번에 쏟아져 들어온 그 많은 문예사조 중에는 '고전주의'가 들어 있지 않았다. 유교와 고전주의는 공통성을 지니고 있기 때문에 개화기는 고전주의를 좋아하지 않았던 것이다. 조연현 씨는 한국에는 낭만주의가 수용될 조건이 없었다(『한국현대문학사』)고 말하고 있는데, 낭만주의가 아니라 고전주의라고 바꿔서 말해야 할 것 같다. 개화사상과 대척되는 전통은 유교였기 때문이다. 개화기에 받아들인 대부분의 신사조는 일제히 반유교의 기치를 달고 있었다. 개화란 유교의 전통을 거부하는 움직임이었기 때문이다. 그런 점에서 19세기 초에 유럽을 석권하던 낭만주의는 한국에 뿌리를 내리기 쉬운 여건에 있었다.

(2) 유교와 낭만주의

앞에서도 지적한 것처럼 프랑스의 고전주의와 유교는 많은 유사성을 가지고 있다. 유교가 고전주의에 영향을 미쳤다고 주장하는 학자들이 나올 정도로 고전주의와 유교는 유사성이 많다. 낭만주의보다 먼저 출현한 유럽의 고전주의는 여러 면에서 유교와 유사했기 때문에, 낭만주의를 고찰하려면 고전주의를 먼저 살펴보지 않을 수 없다. 프랑스의 고전주의는 대략 다음과 같은 특징을 가지고 있었다.

① 보편성 존중

고전주의자들은 보편의식le sens commun을 존중한다. 그들은 일반적, 보편적인 것 속에서만 미를 찾아내려 했으며, 조화와 균형을 지향점으로 삼았다. 그들은 중용을 중요시하고 절제를 예찬한다. 그래서 개별성이나 극단주의를 좋아하지 않았다. 고전주의에서 천재는 보편성을 통찰하는 능력을 의미했기 때문에, 독창성 같은 것은 그다지 중요시 되지 않았다. 보편의식과 중용은 불가분의 관계를 가지고 있기 때문에, 독창성의 위계가 낮아지는 것이다.

② 이성존중

고전주의자들은 이성을 존중했다. 이성만이 보편성을 가지고 있다고 믿은 것이다. 감정은 이성에 의해 규제를 받아야 할 열등한 그 무엇이었다. 그래서 감정이 노출되는 것을 그들은 원하지 않았다. 그들은 이성인간homo sapiens을 높이 평가하여, 어떤 대상에도 흔들리지 않는 불혹의 정신을 예찬한다. 그들이 항심을 지니려 노력하는 것은 고전적 규범에 기인하는 것이다. 고전주의자들은 이성인간을 인간이 도달해야 할 이상적 존재로 간주한 것이다. 그래서 사람들은 태어날 때부터 규범에 자신을 맞추려고 끊임없이 감성을 통제하는 훈련을 받아야 했다. 그 일은 의지력을 요구한다. 고전주의자들이 이상적 모델로 삼는 인물은 대체로 의지력이 강한 유형이다. 나라를 지키기 위해 자신의 시체를 말 위에 묶고 전쟁터를 향하여 손을 들고 출전하는 '르 시드' 같은 장군[3]이나, 담금질을 당하면서 "인두가 식었으니 덥혀오라"고 호통치는 성삼문 같은 인물들이 그들의 이상형이다.

그런 이성편중 사상에서 남존여비 사상이 생겨난다. 고전주의자들은 여성원리는 이성이 아니라 감성이기 때문에 여성을 폄하했다. 감성적인 것을 열등한 것, 미숙한 것이라고 본 고전주의자들은 아이와 여자를 싸잡아 '아녀자'라 부르며, 경멸의 대상으로 삼았다. 그들이 존경한 여자는, 딸로서의 의무를 다하기 위해 국왕에게 사랑하는 사람의 죽음을 간청하는 시멘느(「르 시드」의 여주인공) 같은 유형이다. 남자도 여자도 모두 이성적일 때에만 존경받는 것이 고전주의적 미학이다. 그러니 여성을 여신으로 높이고, 그 발아래 부복하는 것을 자랑스럽게 생각하는 로맨티스트들의 여성숭배 경향과는 생각이 맞지 않는 것이다.

③ 인공적인 것에 대한 예찬

고전주의자들은 자연발생적인 것을 좋아하지 않았다. 그들은 노자나 루소가 좋아하는 것은 모조리 싫어했다. 따라서 어린이나 아기양을 그들은 예찬하지 않는다. 인간이 손을 대지 않은 사막 같은 자연보다는 인간이 만든 도시를 그들은 선호했고, 청춘남녀보다는 성인남자의 불혹성을 예찬했다.

낭만주의자들은 그들과는 반대로 자연발생적인 것을 무조건 숭상한다. 그들은 무위자연無爲自然의 사상을 어린이나 아기양에게서 발견하기 때문에, 영국은 「순진성 예찬」이라는 시를 쓴 윌리엄 블레이크에서 낭만주의가 시작된다.[4] 풍경관도 그 원리에 따랐다. 낭만주의자들은 사막

---

3 프랑스 고전파의 대표적 극작가 꼬르네이유Corneille의 대표작 「Le Cid」의 주인공이다. 「엘 시드」라는 제목으로 영화화된 일이 있다. 쉬멘느 역은 소피아 로렌이, 로드리고 역은 찰턴 헤스턴이 했다.

4 William Blake의 「순진성예찬Reed To Innocence」이 영국 낭만주의를 여는 시가 되고

이나 바다처럼 시시각각 모습을 바꾸는 풍경을, 사람의 손이 닿지 않는 다는 이유로 예찬하는데, 고전주의자들은 인공적인 것을 선호해서 인간이 만든 도시를 사랑했고 인간이 만든 문명을 사랑했다.

고전주의자들은 예술의 정점을 완벽성에서 찾으려 했다. 인간이 만든 가장 완벽한 예술품이 파르테논 신전이나 호메로스의 서사시 같은 것이다. 파르테논 신전 같은 건축물 하나를 완성하기 위해서 고전주의자들은 신전의 외형을 다듬는 데만 2세기의 세월을 소모한다. 그렇게 해서 완성된 예술은 후세의 전범이 된다. 아무도 거기에 손을 대지 않고 조용히 그 규범들을 답습하는 것이다. 자연이 아니라 이미 완성된 예술을 모방하는 것이 고전주의 미학이 되는 이유가 거기에 있다.

유교도 고전주의와 비슷하다. 그들도 보편의식을 존중했으며, 이성을 존중하고, 중용을 숭상하며, 인위성을 존중했으며, 성현들이 만들어 놓은 전범들을 절대시했다. 성리학의 대가인 이퇴계처럼 고인들의 "가시던 길이 앞에 있으니 아니 가고 어이리"[5]라고 말하는 것이 유교의 전범 따르기의 미학이다. 성현들의 말씀을 표본으로 삼아 그대로 따라야 하는 것이 유교의 법도 중시 경향이다. 나중에는 법도와 규범들이 경직되어 개인적 감정의 흐름을 억압한 것이 유교사회의 예술이었다. 유교나 고전주의가 감정의 흔들림에 좌우되지 않는 성인남자를 선호한 것은, 그 나이가 되어야 이성인간으로 성숙할 수 있다고 생각했기 때문이다. 이성존중 사상은 예술지상주의와도 대척된다. 모든 예술은 감성에서 출발하는 것이기 때문에 이성에 기반을 두는 경전보다 순위가 낮다고 생

_____

있다.

5 퇴계 이황의 시조이다. "고인도 날못보고 나도 고인 못뵈/ 고인은 못뵈어도 예던길 앞에 있네/ 예던길 앞에 있으니 아니 가고 어이리".(이 시조는 선현들이 살던 대로 사는 것이 옳다는 유교적 규범을 보여주고 있다.)

각하는 것이다.

감성적이라는 이유로 예술을 폄하하듯이 유교는 감성적이라는 이유로 여성을 폄하했다. 불혹하는 경지에 다다른 성인남자들이 주도권을 가지고 여자와 아이들과 청년들을 억압하면서, 의무와 규범을 강요한 것이 유교가 지배하던 조선 사회였다. 그 속에서 여자들은 문밖의 세계를 넘보지 못하게 억압당했다. 여자는 항상 아이와 같은 수준으로 취급되었으며, 모든 유치한 것은 아녀자용으로 생각되었다. 언문, 소설, 눈물처럼 그들이 시원찮게 여긴 것은 모두 아녀자용이었던 것이 조선 사회였다. 이성중심주의니까 어린이들은 더 열등한 존재로 간주된다. '어리다'는 '어리석다'와 동의어였다. 젊은이들도 발언권이 없기는 마찬가지였다. "재하자在下者는 유구무언有口無言"이 미덕이어서, 유교사회에서는 청년들도 여자들처럼 하대를 받았다. 사내아이들은 어려서부터 이성인간이 되기 위해 극기 훈련을 받았으며, 우는 일도 남자가 해서는 안되는 항목에 들어가 있었던 것이다.

문학도 이성주의 속에 감금당했다. 그래서 조선시대에는 아동문학도, 여류문학도 발달할 수 없었고, 청년문화도 존재하지 않았다. 시문학은 서정시밖에 없는 나라인데도, 쓸 만한 연애시 하나 남은 것이 없이, 핏기 없는 단심가나 사군가 같은 장르만 풍성했던 것이 조선시대의 시문학이었다. 그런 시기가 5백 년이나 지속되었으니, 개화기에 반전통의 바람이 불었을 때, 여자들과 젊은이들이 제일 먼저 반기를 든 것은 너무나 당연한 일이라고 할 수 있다.

한국인은 본래 감성적인 민족이다. 말 한마디에 천 냥 빚도 탕감해주는 기분파인 우리 민족은 오랜 유교의 엄숙주의에 진저리를 내고 있었기 때문에, 개화기에 들어온 감성존중의 문예사조를 지나치게 환영한다. 그런 분위기 속에서 자연주의문학까지 개성제일주의에 감염되어 뭉

크러졌으며, 한동안은 센티멘털리즘의 소용돌이가 문단을 휩쓸 정도였다. 백조파는 그런 분위기를 업고 문단에 감성존중의 깃발을 꽂는다.

(3) 나도향과 낭만주의

① 개별성 예찬

앞에서도 지적한 것처럼 1920년 초의 신문학은 대체로 낭만주의 계열의 문학이 주도하고 있었다. 동인지만 보아도 사실주의를 표방한 잡지는 『창조』밖에 없는데, 낭만주의계는 『폐허』와 『백조』, 『장미촌』으로 계보가 이어지고 있고, 그 중심은 『백조』였던 것이다. 『백조』는 3호밖에 나오지 못한 단명한 동인지다. 1922년에 시작하고 1923년에 끝나면서 잡지는 고작 3권밖에 나오지 못한, 별로 내세울 작품도 없는 잡지다. 그런데도 백조파가 중심이 되는 것은, 시류와 호흡이 맞아 대중들의 지지를 받았기 때문이다.

백조파는 시가 주도하던 유파였다. 『백조』 창간호에 나온 「나는 눈물의 왕이로소이다」라는 홍사용의 시가 문단을 휩쓸고 있었다. 오랫동안 우는 것을 금지 당했던 남자들이 백조파의 체루시涕淚詩 행렬에 기꺼이 동참하여 백조파는 인기가 높아갔다. 새로운 문학 유파 중에서 대중과 가장 친숙했던 것이 백조파였던 것이다. 나도향은 그런 백조파를 대표하는 소설가였다.

그는 1921년에 「추억」을 『신민공론』에 발표한 일이 있지만, 『백조』의 동인으로서 정식으로 창작활동을 시작한 작가다. 그는 『백조』에 「젊은이의 시절」, 「별을 안거든 우지나 말걸」, 「여이발사」 등을 발표하면서 등단한다. 세 권 모두에 소설을 한 편씩 쓴 것이다. 나도향은 백조파의 유일한 소설가였다. 현진건이 있었지만 그 무렵에 쓴 「할머니의 죽음」은 백조파적인 소설이 아니어서, 나도향의 초기의 감상주의적 소설들이 백조파를 대표하게 된 것이다. 그 희소가치가 그의 주가를 높였다. 등단한 1922년이 채 끝나기도 전에, 한국을 대표하는 2대 신문인 『동아일보』가 그에게 장편소설을 청탁한 것이다. 이형기의 말대로[6] 도향에게 천재 소리를 듣게 만든 것은 그가 스무 살 때 쓴 「환희幻戲」 때문이다.

백조파와 나도향의 문학의 낭만적 성격을 진단하기 위해서는 그들이 영향을 받았던 19세기 프랑스의 낭만파와 비교해 보는 작업이 필요하다. 고전주의의 뒤를 이어 출현한 프랑스의 낭만주의는 고전주의의 '보편의식' 선호에 맞서서 개별의식le sens propre을 내세우면서 등장한다.[7] 고전주의에 대한 반동으로 일어난 문학운동이었던 만큼 낭만주의는 철저하게 고전주의의 반대편에 서 있었다. 보편의식 대 개별의식, 중용 대 극단선호, 인공성 예찬 대 자연예찬 등 모든 면에서 그들은 고전주의와 대척했다. 그중에서도 그들이 특별히 중시한 것은 개별의식이다. "천 사람이 수염을 깎아도 똑같은 방법으로 깎는 사람은 없다."는 말을 한 사람이 있는데, 낭만주의자들은 그런 식의 개별성을 존중했다. 그것은 하나밖에 없는 것에 대한 예찬이다. "두 번 다시 볼 수 없는 것을

---

6 도향으로 하여금 '천재 운운'의 말을 듣게 한 것은 이들 단편이 아니라 1922년 『동아일보』에 연재한 장편 「환희」다. 동인지에 비하면 훨씬 많은 독자를 가졌고, 따라서 사회적 공신력도 큰 일간신문이 그에게 장편을 쓰게끔 한 것은 그 자체가 이미 그의 재능에 대한 인정의 표시라 할 수 있을 것이다.(「나도향의 인간과 문학」, 『문학사상』 1973년 6월호, p.279) 정한모도 같은 글에서 이형기와 유사한 말을 하고 있다.　　　　　같은 책, p.274.

7 프랑스 낭만주의 시대(1820-1850): 빅토르 위고Victor Hugo(1802-1885)가 주도하고, 라마르 티느Alphonse de Lamartine(1790-1869), 알프레드 드 비니Alfred de Vigny(1797-1862), 알프레 드 드 뮈세Alfred de Musset, 테오필 고티에Theophil Gautier(1811-1872) 등이 참여한 반 고전주의 문학운동이다.

사랑하라Aimez ce que jamais on verra deux fois"는 알프레드 드 비니Alfred de Vigny의 말(시 「목동의 집」의 일절)은 그들의 개별의식 존중이 '유일성' 존중에 닿아 있는 것을 밝혀준다. 하나밖에 없는 것이 가지는 유일성과 희귀성에 그들은 특별히 집착했다. 그래서 자신 속에서 독자적인 요소를 찾기 위해 필사적인 노력을 기울였다. 하다못해 머리를 빗는 방법 하나라도 남과는 달라야 한다고 생각한 것이다. 루소나 고티에 등의 기발한 옷차림은 그런 경향을 대변한다. "신사는 양복점에서 해주는 대로 옷을 입어야 한다."는 라 브뤼예르[8]와는 정반대의 것을 그들은 원한 것이다. 낭만파는 자신이 어떤 면으로든 다른 사람들과 다르기를 간절하게 갈망한 사람들이다.

그런 극단적인 개별성 예찬은 한국에서는 이상하게도 사실주의파에 속하는 김동인과 염상섭에게서 먼저 나타난다. 유교의 몰개성주의에 넌더리를 냈던 젊은 예술가들은 개화기에 개성존중의 깃발 아래 모두 모였기 때문에, 사실주의파도 거기 동참한 것이다. 그들도 개성이라는 말에 홀려 있었다. 염상섭의 '개성과 예술'은 그런 경향을 대표한다.

> 그러하면 소위 개성이란 무엇인가…… 개개인의 품부稟賦한 독이적獨異的 생명이 곳 각자의 개성이다. 함으로 그 거룩한 독이적 생명의 유로가 개성의 현실이다. 「개성과 예술」, 『개벽』 22호, p.4

낭만주의와 가장 먼 거리에 있는 작가인 염상섭이 초기에 쓴 개성론이 이 정도였다. 염상섭은 "자아의 발견은 일반적 인간성의 발견인 동시에 독이적 개성의 발견"이라고 강조한다. 염상섭에게 있어서 독이적

---

8 La Bruyère(1645-1696). 17세기 프랑스의 모럴리스트.

생명은 '거룩한' 그 무엇이다. 염상섭은 "개성이 없는 곳에 생명은 없다."(같은 글)고 생각했던 것이다. 김동인도 같은 경향을 가지고 있었다. 그는 한술 더 떠서 유아독존적인 경지에까지 자아를 밀어 올린다. "나의 행동은 미다. 왜 그러냐 하면 나의 욕구에서 나왔으니까."라고 동인은 외치면서, 유니크한 삶의 표본을 보여주기 위해, 하나밖에 없는 물건들을 사 모았고, 플라티나 장식이 달린 단장을 짚고 다녔다. 자아를 극단적으로 존중하는 대정시대의 주아주의主我主義적 사상의 영향까지 받은 상섭과 동인에게서는 독자성을 향한 집념이 몸부림으로 나타난다. 단 한 줄의 글을 읽고도 "이건 동인의 것이다."라고 말할 수 있는 글을 쓰고 싶어서 동인이 밤이고 낮이고 노력한 것은 그 때문이다. 재미있는 것은 염상섭과 김동인이 자연주의를 부르짖으면서 개별의식도 열렬히 예찬하고 있는 점이다. 그 무렵에는 "신사조=개인주의"라는 사고가 유행할 정도로 모든 문인들이 개별성에 대해 몰입하고 있었으니, 사실주의와 낭만주의의 구별이 모호해질 수밖에 없다. 백조파는 낭만주의를 표방했으니 개별성을 예찬하는 것이 당연하지만, 사실주의파는 그러면 안 되는 것이다. 사실주의는 보편성을 존중하기 때문이다. 그런데 당시의 한국에서는 새로운 문학은 거의 모두 개인의식에 현혹되어 있었다. 신문학은 전부 유교의 몰개성주의에 대해 반발하고 있었기 때문이다.

나도향도 개별의식에 관심이 많은 작가였다. "어떻든 나는 다른 이의 어린 때와 다른 일절을 밟아 왔다."고 「옛날의 꿈은 창백하더이다」에서 그는 자랑스럽게 고백한다. 무조건 남과 다르다고 생각하고, 거기에서 위안을 얻는 것이다. 개별성 추구는 확대하면 민족의식이 된다. 1920년대의 한국은 민족의식이 가장 강렬했던 시기였다. 정치에 대한 관심이 없었던 김동인 같은 작가마저 감옥에 갈 정도 1919년을 전후한 우리 문단에는 민족의식이 팽배해 있었다.

그런데 나도향은 민족주의에는 관심이 없었다. 그는 조부가 고종황제의 인산(因山)에 참례하러 간 사이에 사랑채의 돈을 훔쳐 일본으로 떠난다. 그의 관심사는 자신의 내면적 감정세계뿐이었다고 해도 과언이 아니다. 자기 안의 혼란에 압도되어 다른 사람에 대한 관심을 가질 여유가 없는 사춘기적 심리 상태가 백조 시대의 나도향의 내면적 풍경이었다고 할 수 있다.

② 감성존중

개성존중사상은 중용과 궁합이 맞지 않는다. 인간에게서 가장 개별적인 것은 감정의 세계이기 때문이다. 루소주의자들은 고전주의자들과는 반대로 감정에 모든 것을 건다. 그들은 '감정이 전부다'라고 생각한 것이다.(Rousseau and Romanticism 현사 참조) 인간은 생각하기 때문에 존재하는 존재가 아니라 느끼기 때문에 존재하는je sens, donc je suis(같은 책 1장 참조) 피조물이라는 것이 그들의 주장이다. 중세의 낭만주의가 행동의 로마네스크를 추구한 데 반하여 19세기 초의 낭만주의는 감정의 로마네스크를 추구했다.

그들은 민감성을 최고의 가치로 간주했는데, 그 민감한 감성은 많은 곳에서 상처를 받는다. 몽상이 현실과 부딪칠 때 갈등과 환멸이 기다리는 것은 정해진 수순이기 때문이다. 그 좌절의 비애 속에서 이 민감한 영혼âme sensible들은 고독감에 사로잡힌다. 그래서 초기의 낭만주의자들은 슬픔과 고독을 자신의 민감성을 증명해주는 훈장처럼 생각했다. 그리고 그 속에서 어떤 유열(愉悅)을 맛보았다. "르네에게 있어서 슬픔은 고통이면서 동시에 축복이었다."는 배비트Babitt의 말(같은 책 1장 참조)은 모든 낭만주의자들에게 해당된다. 그래서 그들은 건강보다는 병약함을 사랑하고, 즐거움보다는 슬픔에서 열락(悅樂)을 느낀다. 그건 민감성을 촉발하는 요소들이기 때문이다. 낭만주의자들은 병 중에서도 폐병을 선호했다. 광기도 역시 그들이 좋아하는 품목이다. 환상을 극단까지 밀고 나가면 광기가 되기 때문에 현기증이나 광기도 숭배의 대상이었다. 염상섭의 김창억 숭배는 「표본실의 청개구리」가 자연주의 소설이 되지 못하게 하는 요인이 된다. 광인숭배는 낭만주의의 속성 중의 하나이기 때문이다. 모든 나라의 낭만주의자들은 우수와 고뇌를 먹이로 하여 자란다. 한국의 낭만주의자들도 마찬가지다. 나도향의 소설 속에서 남자들이 줄창 울고 다니는 것은 그 때문이다. 그들도 민감성을 훈장처럼 여겼으며, 슬픔에서 감미로운 열락을 맛보았다. 그들은 자신이 '눈물의 왕'인 것이 너무나 자랑스러운 '민감한 영혼'들이다.

③ 극단적인 것에 대한 예찬

중용을 싫어하는 낭만주의자들은 인물도 사건도 극단적인 것을 좋아했다. 그들은 경외감을 주는 모든 것을 사랑했기 때문에, 열등한 것이나 우월한 것이나 극단적이기만 하면 무조건 사랑했다. 어중간하지 않은 것은 모두 예찬의 대상이 된 것이다. 그래서 최상급의 미와 함께 최상급의 추함도 선호하면서 대조적으로 다루는 법을 사랑하니 '미녀'가 아니면 '야수'식의 극단적인 콘트라그트가 그들의 트레이드마크가 된다. 빅토르 위고의 콰지모도와 에스메랄다 커플이나 나도향의 「벙어리 삼룡이」의 주인아씨와 삼룡이는 미녀와 야수식 콤비다.

④ 무위자연無爲自然의 사상과 민감성 예찬

낭만주의자들은 인공이 가해지지 않은 모든 것을 숭상한다. 그들은 어린이를 예찬한다. 인위적인 것이 가미되지 않을수록 아름답다고 생각하니까 갓난아이를 가장 성스러운 존재로 높인 것이다. 그 연장선상에

황순원의 「소나가」 같은 소년소녀 기리기가 자리 잡는다. 그들은 자연도 사람의 손을 타지 않은 것을 아름답다고 생각한다. 바다나 사막처럼 사람의 손이 닿지 않은 곳이 그들의 무릉도원이다. 무위성뿐 아니라 기변성도 좋아한다. 순간마다 새롭게 풍경이 변환되는 사막이나 설국은 그들의 환상의 영지다. 순간적인 도취의 찬양, 감성의 무한정한 해방, 희귀한 아름다움의 탐색, 순진성 예찬 등은 낭만주의가 어떤 것에 대한 반동에서 발생한 운동인지 상기시켜 준다.

　1920년대 초의 백조파도 감성을 신주처럼 모시는 사람들의 모임이었다. 그들의 낭만주의에는 행동의 로마네스크도 없고, 이국취미나 회고취미도 없으며, 몽환적인 것에 대한 도취도 없고, 목가적인 자연에 대한 예찬도 없다. 개별성 예찬과 감성존중 사상밖에는 없었던 것이다. 백조파는 그 두 가지에 대한 집착이 아주 강했다. '감정'이라는 말은 그들이 신세대임을 입증하는 키워드였으며, 그 말 한마디로 모든 것이 허용되는 만능의 어휘였다. 감정이 절제 없이 넘쳐흐른 것이 백조파의 가장 큰 특징이다. 『백조』는 어느 구석을 쥐어짜도 눈물과 한숨이 안 나올 곳이 없을 정도로 감정이 구석구석까지 가득 차 있는 잡지라는 사실을 다음 인용문을 통하여 확인할 수 있다.

　① 어찌노, 이를 어찌노 아 어찌노! 어머니 젓을 만지는 듯한 달콤한 비애가 안개처럼 이 어린 넋을 휩싸들으니…… 심술스러운 응석을 숨길 수 없어 뜻 아니한 울음을 소리쳐 웁니다.　「백조는 흐르는데 별하나 나하나」

　② 이 젊은 청년은 어렸을 때부터 저녁해가 뉘엿뉘엿 서산으로 넘으려 할 때 붉은 석양에 연기 끼인 공기를 울리며 그의 대문 앞을 지나 멀리 가는 저녁 두부장수의 슬피 부르짓는 '두부사려!' 하는 소리나 집터를 다

지는 노동자들의 '얼럴러 상사디야' 소리를 들을 때나 …… 그 소리 속에 섞이고 또 섞이어 내가 나도 아니요 소리가 소리도 아니요, 내가 소리도 아니요 소리가 나도 아니게 화化하고 녹아서 괴로움 많고 거짓 많고 부질 없는 것이 많은 이 세상을 꿈 꾸는 듯 취한 듯한 가운데 영원히 흐르기를 바란다 하였다."

「젊은이의 시절」

백조파를 대표하는 시인 홍사용과 소설가 나도향의 이 글들은, 정화되지 않은 감정이 그대로 노출되고 있음을 보여준다. 백조파 중에서도 이 두 문인은 특히 감상벽이 심한 편이다. 스스로 자칭한 그대로, 노작은 백조파를 이끄는 눈물의 왕이다. 그가 이유도 분명하지 않은 눈물을 계속 흘리고 다니면서 눈물의 왕이라고 자부하고 있듯이, 나도향도 자신의 과민성을 자랑으로 여기는 눈물의 왕이다. 도향의 초기소설의 인물들은 왜 우는지조차 모르며 줄창 울고 다닌다. 1922년에 발표된 「젊은이의 시절」, 「별을 안거든 우지나 말걸」, 「옛날의 꿈은 창백하더이다」, 「환희」 같은 작품들 모두 작자의 말대로 '울음의 노래'이며 '느낌의 보고서'들이다. 조선 오백 년 동안 억압당했던 울음보가 한꺼번에 터진 것이라고 볼 수 있다. 독자들이 백조파를 좋아한 것도 그런 울음 때문이었는지도 모른다. 오래 참았던 울음을 터놓고 마음껏 울어보고 싶은 건 그들도 마찬가지였기 때문이다. 그 공감대가 도향의 초기 소설의 흠결을 눈감아준 원천이었을 것 같은 생각이 든다.

슬픔에 대하여 일종의 유열愉悅을 느끼는 것도 백조파의 공통되는 특징 중의 하나이다. 슬픔은 그들의 민감성의 척도였기 때문에 그들은 자신의 눈물을 과시했으며, 슬픔을 예찬했다. 도덕적 교훈에 진력이 난 이들은 '미'를 지나치게 높게 평가했으며, 도덕주의에서의 무조건적인 해방을 희구했다. 한국의 1922년대의 낭만주의는 감성과잉이었다는 점에서 루소나 샤토브리앙 같은 프랑스의 초기 낭만주의자와 공통점을 가진다.

나도향은 1922년과 1926년 사이에 20여 편의 많은 장, 단편소설을 썼지만. 이 글에서는 1922년에 쓴 「젊은이의 계절」(『백조』 1호), 「별을 안거든 우지나 말걸」(『백조』 2호), 「옛날 꿈은 창백하더이다」(『개벽』), 장편소설 「환희」(『동아일보』)의 네 편만을 초기소설의 대상으로 삼았다. 후기 소설은 1925년에 발표된 「벙어리 삼룡이」(『여명』 1), 「물레방아」(『조선문단』 11호), 「뽕」(『개벽』 64호)의 세 편뿐이다. 그 7편의 소설 안에 나도향의 면모가 거의 다 들어가 있다고 생각했기 때문이다.

나도향의 작품 세계는 「벙어리 삼룡이」, 「물레방아」, 「뽕」을 쓴 1925년에 뚜렷한 변모를 보인다. 그 이전 작품들과는 차이가 크기 때문에 불과 5년간의 창작기간이 초기와 후기로 나뉘게 된 것이다. 「벙어리 삼룡이」는 후기와 초기의 특징이 섞여 있는 작품이지만, 작품 하나뿐이어서 일단 후기에 포함시키고 그 차이를 본문에서 밝히기로 한다.

나도향의 작품에 대한 기존의 평가는 그다지 좋지 않다.

① 시에서 노작露雀이 대표적인 감상주의의 시인인 것과 같이 소설에서 도향의 전기 작품이 전면 감상주의였다.[9]

② 「환희」를 비롯한 「젊은이의 시절」, 「별을 안거든 우지나 말걸」, 「옛날의 꿈은 창백하더이다」 등은 치기만만한 감상적 작품으로서, 당시의 인기는 무엇이든 별로 취할 것이 없는 습작들로밖에는 볼 수 없는 것이었

---

9 정한숙, 「반성과 해명」, 『문학사상』 1973년 6월호 참조.

다.[10]

③ 나도향도 후기에 와서 사실주의적인 경향에 참가한 작가였다. 낭만
주의에서 사실주의로, 극단에서 극단으로 위치를 바꾼 셈이다.[11]

④ 그가 요절하기 직전에 발표한 「물레방아」, 「뽕」, 「벙어리 삼룡이」
등은 그 이전까지의 그의 주관적인 애상과 감상을 청산하고, 객관적인 사
실주의적 경향을 보여주는 데 성공한 작품이었다.[12]

인용문 ①과 ②를 통하여 평자들은, 그의 초기 작품은 감상주의적이
며, 작품의 수준은 습작 정도였다는 것으로 합의를 보고 있음을 알 수
있다. 후기작품에 대해서는 두 가지 견해가 있다. 백철, 조연현 같은 평
론가들은 나도향이 낭만주의에서 사실주의로 간 것으로 보고 있다. 자
연주의로 갔다고 보는 평가도 있다. 하지만 이인복은 사실주의로 갔다
는 설에 반대의견을 제시한다.

⑤ 도향의 초기작품 계열에서 보이는 '눈물과 비관의 창백한 감상
Romantique'이 수년의 문학적 수련끝에 습작기를 뛰어넘어 '공상적이고 신
비적이고 진취적인 주관적 정서Romanesque'로 승화되었다고 볼 수 있다.
왜냐하면 「노틀담의 꼽추」를 연상시키는 「벙어리 삼룡이」는 물론이어
니와, 「물레방아」, 「뽕」에 있어서도, 공상성, 진취성, 주관성 등이 가장 두

---

10 이인복, 『현대소설의 상징과 기능』, 민음사, 1976, p.76.

11 조연현, 『한국현대문학사』, 인간사, 1968, p.816.

12 백철, 『조선신문예사조사』, 신구문화사, 1969, p.304.

드러진 정조情調가 되어 있기 때문이다.[13]

⑥ 첫째 기존 평가의 사실주의, 자연주의 운운은 인식 착오이다. 굳이
사조를 논해야 한다면 낭만주의이다.[14]

이인복은 나도향의 작품 전체를 낭만주의로 규정짓고 있다. 도향의
작풍이 전, 후기로 나뉠 만큼 변화한 것은 인정하지만, 그 변화가 '공상
적, 주관적' 범주에서 완전히 벗어나지 않았다는 이유에서 전기와 다름
없다고 보는 것이다. 후일에 조연현도 유사한 의견을 내 놓고 있다. 분
명히 낭만주의에서 사실주의로 간 것으로 본다고 단언하던 조연현도

나도향은 초기엔 감상적인 낭만주의자로서도 치기를 면치 못했고, 그
가 원숙했다고 동시대인들로부터 높이 평가되었을 때도 그의 리얼리즘은
묘사적 표현보다도 설명적 표현으로서 대체되어 있었다.[15]

고 말을 바꾼다. 사실주의적인 면이 미흡하다는 뜻이다. 하지만 조연현
이 극에서 극으로 바뀌었다고 한 말도 틀리지는 않았다. 후기에 가면
나도향의 인물은 초기와는 천양지차가 나타난다. 주인공이 인텔리에서
최하층으로 낮추어지면서 물질주의자로 변하기 때문이다. 인물들의 연
령도 달라지고 양성관계도 물질화된다. 하지만 사실주의와 연결하기에
는 객관적 안목 자체가 아직 미흡하다. 그러니까 사실주의보다 더 과학

13 이인복, 앞의 책, p.78.
14 이인복, 『현대문학』 1969년 1월호.
15 조연현, 『한국현대작가론』, p.582.

적인 자연주의와 결부시킬 측면은 아주 적다. 「뽕」에서는 유부녀의 매음도 다루어지고 있지만, 그의 여주인공들은 졸라의 제르베즈처럼 속절없이 환경의 희생이 될 약자들은 아니다.

그렇다고 사실주의와 무관한 것도 역시 아니다. 객관적 묘사의 폭이 작품마다 늘고 있고, 주제도 현실화되며, 여성인물들은 물질주의자로 정착하기 때문이다. 완전히 달라지지 않고 계속 달라지는 중이라는 점이 문제일 뿐이다.

그렇다고 이인복의 지적처럼 공상적, 주관적인 것도 역시 아니다. 아직 남성인물들이 충분히 현실적이 되지 못하고 있기는 하지만, 공상적인 면은 없기 때문이다. 그들은 한 여자에게 집착하는 점에서 삼룡이와 닮은 데가 있다. 삼룡이 같은 감정적 사랑이 아니라 에로틱한 집착이라는 점이 다를 뿐이다. 배경에도 문제가 있다. 나도향의 소설의 배경은 감상적 낭만주의기에는 도시인데, 사실화되어간다는 후기에는 오히려 「메밀꽃 필 무렵」처럼 인적이 드문 낭만적 자연이 배경으로 설정되어 있어 헷갈린다. 그러니 이인복의 말대로 굳이 사조적인 어프로치를 하자면 그와 결부시킬 수 있는 것은 아무래도 낭만주의가 될 것 같다. 도향의 문학의 특징 중에서 가장 귀한 것이 있다면, 그것은 사물의 특성을 감지하는 감성sensibility의 민감함이 되기 때문이다. 그 민감성은 그가 죽도록 지니고 있던 소년다운 특징이다. 작풍의 변화를 일으킨 1925년에 쓴 「물레방아」와 「뽕」은 초기소설들보다는 현실적이고, 사실적이다. 하지만 그것들을 빛내고 있는 것은 여전히 작가의 예민한 감수성이다. 김동인이 그의 문학에 "예각적으로 파악한 인생이 있다."는 찬사를 보낸 것은 그 때문인 것 같다.

그는 감성인간인 채로 세상을 떠났다. 그래서 그의 문학은 정리가 되지 못한 채 끝난다. 후기의 작품들이 초기의 작품들보다 '사실주의적'이

되어가는 것은 사실이지만. 이인복의 말대로 아직 감성적인 면이 남아 있는 것이 문제다. 두 가지가 뒤섞여 있는 채로 끝이 났으니 나도향의 문학은 영원한 미완의 문학이다. 후기의 작품이 수가 적은데다가 아직 덜 사실주의화되어 있으니 비중은 낭만적인 쪽이 무거워지는 것이다. 그의 「물레방아」가 신춘문예 응모작 수준이라는 혹평을 듣는 것[16]은 그런 미숙성의 잔재 때문이다.

2) 「환희」, 그 미숙성의 미학

놓친 고기가 커 보인다는 말이 있다. 놓친 데 대한 상실감 때문에 대상의 가치가 부풀려지기 쉽다는 뜻이다. 나도향은 우리나라의 초창기 문단이 '놓친 고기'다.[17] 손아귀에 막 들어오려는 결정적인 순간에 몸을 날려 달아나버린 물고기처럼, 그는 「벙어리 삼룡이」, 「물레방아」, 「뽕」 같은 가작들을 막 쓰기 시작하다가 갑자기 요절했다. 스물여섯 살밖에 되지 않은 나이였다. 그 상실감이 그의 문학을 과대 포장한 느낌이 있다. 사실 그의 초기의 소설들은 거의 모두가 '사춘기의 신변잡기'요, '눈물의 수기'이며, '문학 청년의 습작에 불과'했다. 습작 단계를 어렵게 극복하여 새로운 경지를 막 열어 보이는 시점에서 작가가 요절했기 때문에 그의 죽음은 문학사의 아픔으로 남아 있고, 그 애석함의 여운 속에 우리는 아직도 젖어 있을 가능성이 많다.

하지만 그에 대한 애석함이 단순히 놓친 고기에 대한 과장된 미련만

---

16 정한숙, 「반성과 해명」, 『문학사상』 1973년 6월호.
17 이형기, 「놓친 고기론」, 같은 잡지, p.279.

이라고 말해 버릴 수 없는 무언가가 그에게는 있다. 그가 '천재'라는 말을 듣게 된 시발점이, 사망하기 훨씬 전인 1922년에 발표한 「환희」에서 비롯되었기 때문이다.[18] 그렇다면 「환희」는 그의 천재성이 확연하게 드러나 있는 걸작이어야 하는데, 실상은 그렇지 않은 데 문제가 있다. 작자 자신이 일 년이 지난 후에 이 작품에 대하여 "남에게 내놓기가 부끄러울 만큼 푸른 기운이 돌고 풋냄새가 납니다."라고 고백[19]할 만큼 「환희」는 여러모로 미숙한 점이 많다. 「젊은이의 시절」(1922. 1), 「별을 안거든 우지나 말걸」(1922. 5), 「옛날의 꿈은 창백하더이다」(1922. 12) 등 같은 해에 쓴 다른 작품들과 마찬가지로 「환희」는 '울음의 노래'이며 '느낌의 보고서'에 불과한 '사춘기의 신변잡기'다. 그가 「환희」를 쓴 것이 20세 때였으니 어쩌면 당연한 일이었는지도 모른다.

「환희」에는 두 쌍의 남녀가 나온다. 혜숙과 영철 남매와 그들의 사랑의 파트너들이다. 혜숙의 파트너는 일본 유학중인 선용이고 영철의 파트너는 기생이다. 거기에 부잣집 아들인 백우영이 끼어들어 두 팀에 모두 황금으로 된 재를 뿌린다. 그 다섯 사람은 모두 20대 초반이다. 고등교육을 받은 20세 안팎의 젊은이들의 사랑의 풍속도를 그린 것이 「환희」다. 말이 사랑이지 그들의 사랑은 풍문만 있지 실체는 없다. 몇 번의 서먹한 만남과 몇 장의 의례적인 편지 같은 것이 그 사랑의 유물의 전부이다. 하지만 작가는 그것을 대단한 로맨스처럼 다룬다. 남녀가 만나는 것, 편지를 주고받는 것 자체가 아직 익숙하지 않았던 1922년식 서먹하고 서투른 사랑에 작가도 과잉반응을 나타낸 것이다. 한국에는 아직 사랑의 풍속도가 자리잡지 못해서 청소년들은 손도 제대로 잡아보

---

18 주 6 참조.
19 단행본 『환희』 앞부분에 쓴 말. 『나도향전집』 하, 집문당, 1988, p.102.

지 못하고, 사랑의 고백도 할 줄 모르는 상태에 놓여 있었다. 그런 상태에서 작중인물들은 결혼도 하고 자살도 한다. 왜 결혼했는지 왜 자살하는지 이유를 알 수 없는 애매함이 범람하는 것이 그들의 세계다. 나도향의 초기 작품에 나오는 사랑은 대체로 혜숙과 선용 커플의 사랑처럼 애매하고 모호하다. 그러면서 이유도 없이 농밀하다. 사랑이라는 개념 자체를 과대평가해서 농밀해지는데, 막상 정체는 알 수 없어서 애매해지는 것이다. 그런 사랑은 언제나 불행하게 끝난다. 감상적 낭만주의는 비극선호형이기 때문이다.

「환희」까지 포함하는 초기의 소설들은 도향 자신의 자전적 소설들이라 할 수 있다. 그래서 작가처럼 인물들은 모두 중산층에 속한다. 혜숙이네가 중상층이라면, 선용과 설화는 중하층에 속하는 것뿐이다. 서두 부분에서 선용과 혜숙은 아직 학생이고, 영철은 소설책이나 읽으며 소일하는 백수였다가 나중에 잠시 은행원이 된다. 그 두 쌍의 커플을 모두 망가뜨리는 악역을 부잣집 아들인 백우영이 맡고 있다. 그는 세 남자 중에서 가장 미남이고 돈이 많다. 여자들은 모두 그에게 걸려 넘어져 신세를 망친다. 설영은 기생이라는 콤플렉스 때문에 영철을 놓치고, 우영의 단골이 되었다가 자살하고, 혜숙은 우영과 결혼했다가 이혼하고 자살한다. 혜숙과 설영이 자살로써 삶을 마감하면서 「환희」는 끝난다.

그 다섯 남녀의 삶의 현장을 보고하듯이 쓴 것이 「환희」라는 소설이다. 그들의 갈팡질팡하는 어색한 사랑놀음은 당시에 유행하던 이수일과 심순애의 노래처럼 애매모호한 면을 많이 지니고 있다. 심순애는 가난한 연인을 버리고 돈 많은 남자에게 가면서 "당신을 양행을 시키기 위해, 부모의 가르침에 순종하여서"라는 대사를 외운다. 이치에 맞지 않는 소리다. 「환희」의 이야기들도 그렇게 졸가리가 없는 사건으로 점철되어 있다. 혜숙은 선용보다 잘생긴 우영에게 끌리는가 싶더니, 제

발로 우영의 집에 찾아가서 겁탈을 당한다. 겁탈을 당하자 그녀는 우영과 결혼한다. 그리고 병든 몸으로 자살을 감행한다. 그 결혼의 이유와 목적을 헤아리기 어렵다. 돈 때문인지, 정조를 잃은 때문인지, 우영이 잘 생긴 때문인지 판가름하기 어려운 것이다. 자살하는 이유도 애매모호하다.

새로운 것이 있다면 도향의 남자들이 잘 우는 점이다. '민감한 영혼'을 지닌 그들은 자신의 감정을 주체하지 못해서 아무데서나 우는 감성과잉 현상을 나타낸다. 문제는 나도향이 그들의 우는 행위를 예찬하는 데 있다. 그는 "눈물 있고 한이 있는" 것을 바람직한 인물의 요건으로 보고 있다. 홍시용처럼 그도 '눈물의 왕'이다. 그래서 「환희」의 남자들은 우는 일밖에는 별로 하는 일이 없어 보인다. 영철은 오랫동안 소설책이나 읽으면서 소일하고 있고, 우영은 여자들이나 홀리고 다니면서 시간을 보낸다. 나도향도 그들처럼 산다. 진학이 유보된 후 지방에 가 있다가 돌아와서 도향은 소설이나 읽으면서 소일하고 있는 것이다. 그러다가 일본 자연주의식 무선택의 원리를 차용해서 센티멘털한 소설을 쓴다. 선택을 중요시하는 낭만주의적 '느낌의 보고서'식 소설에, 선택을 무시하는 평면묘사적인 기법을 사용한 것이 그의 초기 소설의 특징이다.

그래서 「환희」에는 결함이 많다. 제일 먼저 눈에 띄는 것이 문장의 미숙성이다. '무슨' '어떤' 같은 애매한 수식어가 남용되고 있다.

ⅰ) "무슨 성욕에 대한 감정이 그의 혈관 속으로 흘렀다."

ⅱ) "어떤 중학을 졸업하고……"

ⅲ) "알 수 없게 무슨 기꺼움을 깨달은 듯"

하는 식이어서 무슨 소린지 감이 잘 잡히지 않는다. 그런 수식어가 한 장에 서너 번씩 나온다. 때문은 상투적 표현도 많다. "초생달 같은 눈썹", "대리석 같은 피부", "사랑이 없는 결혼은 무덤" 같은 것들이다. "쓸쓸스러운"처럼 어색한 어휘도 있고, "키가 몹시 크지 못한" 같은 이상한 표현도 있다. 그런데다가 서술 방법이 이인직과 비슷하다. 1910년대의 일본문단을 풍미하던 자연주의에는 '무선택의 원리'라는 것이 있었다. 거기에서 '무각색, 배허구無脚色, 排虛構'라는 구호가 나온다. 현실을 허구화 하지 않고, 있는 그대로 재현하는 것이다. 그것을 그들은 '평면묘사'[20]라고 불렀다. 그것을 이인직이 받아들인 것 같은데, 나도향에게서도 같은 것이 발견된다. 길이를 절반 정도 줄여도 무방할듯한 불필요하게 긴 설명이 나오며, 인물에 대한 설명조의 해설 같은 것들이 독자를 답답하게 만드는데 사건에 기복이 없이 끊임없이 현실의 구석구석이 고개를 내만다. 다야마 카다이田山花袋의 「생」이나 「아내」처럼 일상묘사가 날것 그대로 계속 나열되어 지루하다. 중년부부의 일상이 아니라 청소년들의 일상이 그려진 점만 다를 뿐 문장은 신소설 시대로 퇴행한 느낌을 준다. 그래서 작가의 말대로 소설이라기보다는 인물들의 '느낌의 보고서' 같은 인상을 준다.

사건에도 우연성이 개재되어 있다. 기복이 없이 신변에서 일어나는 시시한 사건들이 산만하게 끝없이 이어지는데, 우연까지 많이 개입되어 있다. 인물의 심리 묘사도 애매하게 처리되어 있다. 주인공 혜숙이 선용을 버리고 백우영과 결혼하는데, 이유가 아리송하며 선용과의 관계도 애매모호하다. 사랑하는 건지 아닌지 헤아리기 어렵다.

---

20 평면묘사: 다야마 카다이가 1908년에 주장한 객관적 묘사법. 현실의 재료를 재료 그대로 가공하지 않고 객관적으로 묘사하는 묘사법이어서 허구를 배격하고 있다.

도향 자신도 그들과 유사하다. 그들처럼 애매한 사랑을 하고 그들처럼 죽음 연습을 한다. 작중인물에 자살이 많듯이 도향 자신도 일본에서 유서를 써놓고 나가 돌아오지 않아서 친구들이 시체찾기까지 하게 만든 일이 있다.[21] 「환희」까지의 소설은 그의 자전적 소설이라고 해도 과언이 아니다.

「환희」가 그렇게 결격사항이 많은 것은 작가가 안이하게 창작을 했기 때문이다. 작가 자신이 하루에 5, 60십 매를 휘갈겨 써서 그냥 발표한 글들이라고 자백하고 있으니 할 말이 없다. 김동인이 '동인미'가 있는 문장을 쓰려고 악전고투하고 있는데 비하면, 나도향은 소설을 너무 쉽게 생각한 듯한 면이 있다. 그에겐 표현의 완벽성을 향한 집념 자체가 없어 보이기 때문이다. 정한숙은 그런 미숙성을 시대의 그것으로 간주하고 있다.

> 「환희」를 『동아일보』에 연재하여 일약 천재 작가의 명성을 얻었다는 사실은 20년대의 낙후한 한국 문학의 수준을 그대로 드러내 보이는 것으로, 나도향이에게는 영예가 될 지 모르나, 한국문학을 위해서는 결코 자랑이 될 수 없는, 그야말로 감상주의적인 것 이외에 아무 뜻도 없는지도 모른다.
> 『문학사상』 1973. 6, p.274

그런 혹평에 이의를 내 세울 사람이 없을 만큼 「환희」는 많은 결함을 가지고 있는 작품이다. 그렇다면 『동아일보』는 막 등단한 작가의 무엇을 믿고 장편 연재소설을 그에게 맡겼으며, 나도향은 왜 「환희」를 통해서 천재라는 소리를 듣게 되었는지 궁금하지 않을 수 없다. 그 원인을

---

21 「환희-처녀작 발표 당시의 감상」, 같은 책 상, p.436.

정한숙은 1920년대 초의 한국문단의 수준이 낮은 데서 찾으려 하고 있다. 하지만 그보다 5년 전에, 나이도 나도향과 별로 차이가 나지 않는 시기에 이광수가 쓴 「무정」과 「환희」를 비교해 보면, 그 말은 쉽사리 수긍하기 어려워진다. 전례가 없는 황무지에서 써진 「무정」이 「환희」보다 훨씬 다듬어진 문체와 무리 없는 구성법을 보여 주고 있기 때문이다. 춘원뿐 아니다. 1922년 전후해서 한국에서는 좋은 단편소설들도 많이 나왔다. 「배따라기」(1921), 「만세전」(1923), 「할머니의 죽음」(1923) 같은 소설들이 이미 발표되고 있었는데, 그 중의 누구에게도 주어지지 않은 천재라는 칭호가 왜 서투른 글을 쓴 도향에게 주어졌는지 궁금하지 않을 수 없다. 「환희」는 신문소설로서도 인기가 있었던 것 같다. 어느 애독자가 나중에 자신의 첫딸에게 '稻'자가 붙은 이름을 지어 주었다는 말을 들은 일이 있다.[22] 도향 팬은 수필에도 있어서 국어교사였던 극작가 김진수 선생은 나도향의 「그믐달」을 국어 시간에 방마다 들고 다니면서 읽어 준 일도 있다. 1947년경의 일이다.[23] 나도향이 작고한 지 이십 년이 지났는데 그런 팬들이 남아 있었고, 당대 사람들이 그의 소설에 열광해서 그를 천재라고 불렀다는 것은 무심히 넘길 일이 아니다. 그렇다면 그 이유는 작품의 완성도와는 다른 곳에 있었다고 볼 수 있기 때문이다.

---

22 소설가 김도희金稻姬 씨 어머니가 나도향의 골수 팬이어서 첫딸의 이름에 '稻'자를 넣었다 한다. 희곡작가 김진숙 선생은 필자의 국어 선생님이셨다.

23 「유서」, 『염상섭전집』 9권, 민음사 참조.

(1) 발표지면과 장르에서 온 프리미엄

춘원의 인기의 중요한 원인 중의 하나가 신문에 연재한 장편소설이라는 데 있다는 사실을 감안해보면, 그와 비슷한 부가가치를 「환희」의 경우에도 상정해 볼 수 있을 것 같다. 춘원을 제외하면 한국의 초창기 소설가들은 대부분 동인지를 통하여 문단에 데뷔했다. 1920년 전후의 대표적 작가인 김동인, 전영택, 현진건 등은 동인지를 주 무대로 하는 단편작가들이다. 아직 신춘문예나 문학잡지 같은 정식 등단 창구가 없었던데다가 『동아일보』와 『조선일보』도 나오기 전이었기 때문이다. 그래서 그들은 단편소설을 쓸 수밖에 없었다. 동인지는 지면이 적어서 장편소설을 감당할 수 없었다. 지면뿐 아니다. 동인들의 나이가 어려서 장편소설을 쓸 만한 필력을 가진 사람도 드물었다. 그런데다가 동인지의 지면도 쉽사리 얻을 수 있는 것이 아니었다. 김동인처럼 자기 돈으로 발행하는 사람이 아니면, 작품을 계속 발표할 지면을 얻는 것이 하늘의 별을 따는 것만큼이나 어려웠다.

고등학생이나 대학 초년병이 아니면 사회에 막 발을 들여놓은 청년들이 자기네들 주머니를 털어 만드는 게 동인지여서, 초창기의 동인지는 1년도 못 가서 끝나는 경우가 많았다. 『백조』도 2년 동안에 3호밖에 못 내고 만 단명한 동인지다. 종합잡지들이 더러 있었지만 문학란이 적어서 역시 장편소설을 발표할 지면은 없었다. 장편소설의 발표지면은 「무정」(『매일신보』) 때부터 신문밖에 없었다. 그런데 장편소설 작가가 없어서, 중요한 신문의 문학면은 거의 춘원의 독무대였다. 춘원은 몇 되지 않는 신문의 지면을 마음대로 활용할 수 있는 유일한 작가였다.

작가의 이름을 알리는 데 있어서 신문은 잡지와는 비교가 되지 않는 엄청난 폭발력을 가지고 있다. 잡지 중에서도 동인지는 독자와의 거리가 아주 먼데다가 광고 같은 것을 낼 형편이 못 되니 모처럼 동인지에 글을 써도 아는 사람이 별로 없다. 김동인이 큰 포부를 안고 사재를 털어 『창조』를 창간했는데, 결과는 "완전한 무시"였다고 한탄하는 글이 있다.(「근대소설고」) 일반 독자들은 그런 잡지가 나온 줄도 몰랐던 것이다. 『창조』는 가장 오래 지속된 동인지였는데도 문학 지망생들이나 겨우 관심을 가지고 지켜보는 형편이었기 때문에, 신문을 점유하고 있는 이광수와는 경쟁상대가 되지 못했다.

춘원은 「무정」을 쓴 후 『창조』가 나올 때까지 문단을 독차지하고 있었다. 문학사에서는 그 시기를 춘원의 '1인 문단기'라고 부른다. 춘원은 독자를 얻으려고 통속성과 타협을 하지 않아도 되는 신문소설 작가이기도 했다. 양대 신문과 춘원의 계몽주의는 방향이 같았고, 그것을 읽으려고 신문을 구독하는 독자층이 같았기 때문에, 춘원은 신문사의 간섭을 받지 않고 원하는 글을 자유롭게 쓸 수 있었다. 그는 신문사의 스태프이기도 해서 신문들이 브나로드 운동을 펼치면 춘원이 「흙」을 써서 응원해 주는 식이었기 때문에, 춘원의 대중성은 급수가 높았다. 초창기의 신문소설이 품격을 유지할 수 있었던 것은 그의 공로라고 할 수 있다. 뿐 아니다. 장정일 씨가 지적한 것처럼(『한국일보』, 2018년 8월 9일) 춘원은 한국의 장편소설이 사소설이 되지 않게 막아준 골키퍼이기도 하다.

그런데도 『창조』에 모인 소장파 문인들은 신문소설을 순수문학으로 인정하지 않는 결벽스러운 예술지상주의적 문학관을 가지고 있었다. 그래서 설사 신문에서 기회를 준다해도 김동인 같은 작가는 신문소설은 쓰지 않았을지도 모를 정도로 콧대가 높았다. 후일에 생활 때문에 신문에 역사소설을 연재하면서, 김동인은 자신이 신문소설을 쓴 것을 훼절이라고 생각할 정도로 순수소설에 대한 집착이 강했다. 하지만 소설이라는 장르는 애초부터 서민적인 문학이기 때문에 대중성과 유착되어 있다. 유럽에서 소설은 애초부터 장편소설이 정도였다. 나날이 비대해가는 사회를 반영하려면 그만한 스케일이 필요했기 때문에, 프랑스나 독일 같은 나라에서는 소설=로망roman=장편소설의 공식이 생겨났다.

한국은 『창조』 때부터 순수소설의 주류가 단편소설 쪽으로 기울어져 있었다. 그래서 전작장편소설이 나오던 196, 70년대까지 단편소설 작가들은 독자들과 거리가 멀었다. 춘원이 대중에게 압도적으로 어필할 수 있었던 것도 신문에 장편소설을 계속 연재한 데 기인한다고 할 수 있다. 당시의 한국의 문학소년들은 춘원의 소설들을 읽고 나면, 부족한 부분을 외국의 장편소설을 읽으면서 문학수업을 해야 할 만큼 초창기의 한국문학에는 장편소설이 드물었다. 그런 시기에, 그 해에 새로 등단한 「환희」의 작가가 『동아일보』에 소설을 연재하기 시작한 것이다. 신문 중에서도 일류신문인 『동아일보』에 소설을 연재한데다가 거기에는 장편소설이라는 프리미엄까지 붙어 있었다. 나도향은 스무 살밖에 안 된 새내기 작가였으니 나이도 센세이션을 일으킬 조건 중의 하나였다. 장르와 발표지면과 작가의 연령이 합세하여 시너지 효과를 나타낸 것이 그가 천재로 알려진 이유 중의 하나였을 가능성이 많다. 도향이 갑자기 유명해진 것은 『동아일보』의 전파력 덕이었고, 장편작가인 덕이었으며, 스무 살이라는 나이 덕이라고 할 수 있기 때문이다.

(2) 시류에 맞은 도향의 낭만적 감상주의感傷主義

하지만 『동아일보』에 장편소설을 연재한다고 누구나 천재 소리를 듣는 것은 아니다. 후세 사람들의 눈에는 작품의 기본조건도 충족시키지 못해 보이는 미숙한 작품이, 당대에는 그를 천재로 보이게 할 만큼 독자들의 인기를 유발했다면, 그 시대만이 가지고 있던 사회적 분위기와 작가 사이에 다른 소설가들에게는 없는 무언가가 있었다고 보아야 한다. 필자는 그것을 감성이라고 보고 싶다. 그냥 감성이 아니라 완전히 해방된 무절제한 감성, 감상주의적感傷主義的 낭만주의라 보고 싶은 것이다.

그 무렵은 청소년들이 문학을 주도하던 시기였다. 오랜 유교문화의 속박에서 벗어나 새롭게 기지개를 켜는 신문학의 담당자는 신학문을 배운 청소년들이었다. 백조파가 불러일으킨 감상적 낭만주의는 한국문학에 처음으로 나타난 청소년들의 감성의 향연이었다. 그것을 대변하는 것이 「환희」였다. 거기에는 머리를 자르고, 킷도 구두와 하이힐을 신은 청춘남녀가 하이네 시집을 주고받으며, 오페라를 관람하러 다니는 장면이 나온다. 예민한 예술지망생인 그들은 걸핏하면 손을 맞잡고 이유 없이 울기도 하고, 백마강에 동반여행을 가기도 하면서 어울려 다닌다. 새로운 청춘문화가 자리를 잡기 시작한 것이다.

나도향은 그런 새로운 청춘의 풍속도를 있는 그대로 그린 작가다. 「환희」는 작가가 느끼고 있는 사춘기적인 고뇌와 사랑의 엇갈림을 그대로 재현한 '느낌의 보고서'에 불과한데, 뜻밖에도 그 혼란스런 감성의 소용돌이가 대중의 구미에 맞았던 것은 그런 시대적 배경 때문이다. 이미 계몽주의나 이상주의 시대가 지나고 평범한 사람들의 내면이 중시되는 시대가 와 있었던 것이다. 평범한 사춘기 아이들이 아무데서나 흘리는 감상적인 눈물을 너그럽게 받아주는 사회적 분위기가 형성되고 있었다는 이야기다. 유구한 세월을 청년문화가 없이 보냈기 때문에, 처음으로 나타난 청춘문화에 작자도 독자도 지나치게 도취되었다. 나도향이라는 스무 살짜리 아이가 연출하는 서투르고 애매모호한 감성유희가, 같은 연배의 독자들의 공감을 환기시킨 것은 그 때문이다.

감성존중과 청년문화는 5년 전에 춘원이 이미 문을 연 새로운 세계였다. 하지만 춘원의 시대에는 아직 유교적 전통이 남아 있어서, 춘원의 낭만주의는 이상주의, 계몽주의와 유착되었다. 감정에 몰입해서 자신의 내면만 응시하며 살거나 아무데서나 울고 다니는 감상주의는 아직 허용되지 않았던 것이다. 춘원의 주인공들은 감성과 개별성 존중과 계몽주의를 공유하고 있었다. 새로운 개인존중사상, 자유연애사상, 인간평등사상, 그리고 애국사상 등이 춘원을 통하여 당시의 한국에 팽배해나갔다. 춘원은 이상주의적 낭만주의자여서 그의 주인공들은 조숙하고 어른스런 지도자들이었다. 그들은 앞줄에 서서 새시대를 선도하고 있었다. 「무정」의 이형식은 처음부터 교사로서 등장한다. 그것이 춘원의 세계다. 그는 20세에 오산학교를 책임지고 학감일을 해낸 조숙한 인물이다. 춘원의 세대에는 사춘기가 없었다고 할 수 있다.

그런데다가 춘원은 너무나 출중했다. 그는 유학생 시절부터 만인이 인정하는 천재였고, 민족적 지도자였으며, 한국 최초의 베스트셀러 작가였고, 독립선언서의 작자였다. 그에게는 도향처럼 아무데서나 울고 다닐 틈이 없었던 것이다. 그는 자신처럼 이상적인 인간형을 선호했다. 「무정」에 나오는 청년들 속에 이미 민족적 지도자의 싹수가 보이는 것은 그 때문이다. 역사소설에 가면 인물의 이상화는 에스컬레이트 된다. 원효대사나 이차돈은 젊었을 때부터 거의 초인적 경지에 다다른 비범한 인물들이다.

「환희」에는 그런 인물이 없다. 「환희」뿐 아니다. 나도향의 초기 3작의 인물들은 거의 다 미숙한 사춘기 소년들이다. 그들은 자신의 감정만을 중요시하는 자기 중심적인 아이들, 자신의 진로도 아직 결정하지 못하고 방황하는 예술지망생들이다. 그들은 비범하려 하지 않았고, 엘리트가 되고 싶어 하지도 않았다. 소년인 채로 사춘기적 감상에 젖어 있는 상태를 즐기고 있었던 것이다.

그런 인물들에 초점을 맞춘 것이 나도향의 인기의 비결이었던 것 같다. 그는 춘원처럼 가르치려 들지 않았다. 춘원이 오산학교 학감을 하던 나이에 도향은 아직도 사춘기적 증상을 벗어나지 못한 소년이었다. 그 나이에도 자신이 아직 소년임을 자랑스럽게 생각하는 작가였던 것이다. 그가 춘원보다 잘하는 것은 아무데서나 울고 다니는 감상벽이다. 삶의 규범들이 바뀌던 시기였으니까 도향처럼 자신의 진로도 아직 못찾고 헤매는 늦된 소년들이 많이 있었고, 도향처럼 아무데서나 마음 놓고 울고 싶은 감상주의자들도 많았을 것이다. 그들은 민족주의 같은 것에는 관심이 없었다. 도향의 인물들은 자신의 내면과 감정에만 관심을 쏟고 있는 낭만적 사춘기 소년들이다.

그 새로운 감성과잉의 세대는 자기들을 대변해 주는 작가를 필요로 했다. 그 수요를 충족시켜 준 것이 나도향이라고 할 수 있다. 나도향의 「환희」계의 소설들은 그런 평범한 보통 청년들의 감성적인 세계에 초점이 맞추어져 있다. 그것이 독자들의 공감대에 불을 지른 것이다. 그러니까 「환희」의 새로움은 인물의 사춘기적 민감성과 미숙성에 있었다고 할 수 있다. 도향은 유교문화가 무너져 가던 시기인 1920년대 초에 하나쯤 필요했던 감상주의 예찬의 작가였던 것이다. 전통문학에 반기를 든 새로운 주정적 작가였던 춘원은, 공리주의적 예술관과 계몽벽을 탈피하지 못해서 젊은 후배에게 도전을 받게 된 것이다.

하지만 1920년대의 작가 중에서 춘원의 적수가 될 만한 문인은 없었다. 「환희」가 인터메조처럼 삽입된 후에도 춘원은 오래도록 청소년들의 스승이었고, 멘토였다. 청년들은 춘원의 소설에서 민족에 대한 사랑도 배우고, 문학도 배웠으며, 브나로드 운동도 배우고, 한국사도 습득하였으며, 플라토닉 러브도 배운다. 춘원은 그들의 지도자였고, 숭배받는 우상이었다. 하지만 도향의 팬들은 이상주의보다는 감상주의가 적성에 맞는 새 세대였다. 그들은 자기들처럼 평범한 개인의 내면적 혼란과 센티멘털리즘을 대변해줄 작품을 필요로 한 것이고, 「환희」는 그런 부름에 부응하여 출현한 작품이었던 것이다.

백조파는 계몽주의를 탈피하고 예술의 자율성을 존중하는 감성존중의 새로운 유파였다. 유럽의 낭만주의가 밀물처럼 밀려와 문학계를 휩쓴 1920년대 초는 반전통, 반이성주의를 표방하는 낭만주의적인 풍조가 문화계를 주도하던 시기였다. 그 중에서도 백조파는 감성과잉의 청소년들의 해방구였다. 소년들이 글을 쓰고, 소년들이 독자였던 그 시기의 한국 문학계는, 아직 성년이 되지 못해서, 감상주의를 지나치게 환영했고, 센티멘털리즘에 과도하게 몰입했다. 오랜 이성존중 경향에 대한 반동이 젊은 독자들을 너무 백조파에 열광시킨 것이다. 백조파 소설의 기교적 미숙성을 눈감아줄 정도로 그 무렵의 독자들은 감성의 해방을 환영했던 것이다. 그런 감성주의에 대한 열광의 한복판에 홍사용과 나도향이 있었다.

나도향은 동시대의 문인들 중에서도 유난히 소년티가 나는 문인이다. 조혼이 유행하던 시기여서 1920년대 초의 작가들 중에는 스물도 안 되었는데 이미 결혼한 사람이 많았다. 이인직, 이광수, 김동인, 염상섭, 현진건 등 도향 주변에 있는 소설가들도 모두 기혼자였다. 도향만 미혼이어서 그런지 김동인의 말대로 그에게는 소년티가 남아 있었다. 춘원과 도향은 같은 감성적 작가지만, 도향이 가지고 있는 소년티가 춘원에게는 없었다. 독자들이 도향에게서 발견한 신선함은 그런 소년티였다. 절제되지 않은 감성의 소용돌이가 그의 소년티의 징표였다. 영탄과 센티멘털리즘의 회오리는 그런 감성과잉 상태에서 생겨나는 것이다.

나도향의 감성주의는 감각적인 민감한 촉각을 가지고 있었다. 그의 과민한 감관의 더듬이에는 음식과 관계되는 비유어들이 많이 걸린다.

검붉은 얼굴의 소유자가 술이 취했을 때의 안색을 도향은 "익히다만 간 덩이"(「춘성」)에 비유하고 있으며, 사십대의 어느 첩실의 피부의 아름다움을 "문지르고 문지른 연시감"에 비유하며,(「젊은이의 시절」) 아씨에 대한 벙어리의 연정은 "살구를 보면 입속에 침이 도는 것"(「벙어리 삼룡이」) 같은 생리적 반응으로 처리하고 있다. 그러다가 마지막에도 "안협집은 여전히 동릿집 공청 사랑에서 잠을 잤다. 누에는 따서 삼십 원씩 나눠 먹었다."는 간단한 두 줄로 한 여자의 생태를 압축적으로 묘사하는 간결의 미학도 보여준다. 나도향의 문학을 관통하는 것은 그런 감각적인 민감성이다.

춘원에게는 없는 감각적이고 유물적인 비유어들이 두 작가의 또 다른 차이점을 보여준다. 춘원은 형이상학적인 것을 숭상하는 이상주의적 낭만주의자이다. 나도향은 춘원보다 감각적이고 즉물적이다. 동인이 그의 문학에 "예각적으로 파악한 인생이 약동한다."는 찬사를 보낸 것은, 삶의 단면을 감각으로 감지하는 도향의 민감성을 높이 산 것이라 할 수 있다. 도향의 전·후기의 문학을 관통하는 것은 그런 감각성이다. 이인복이 도향의 문학을 통틀어 낭만적인 것으로 보는 것도 그런 의미일 것이다.

하지만 초기와 후기는 모든 면에서 많은 격차가 나타난다. 가장 큰 차이는 여성관에서 발견된다. 초기의 나도향은 그의 인물들처럼 애매모호한 사랑을 그렸다. 그의 초기 작품에 나타나는 양성관계는 그런 소년스러운 풋사랑의 한계를 넘어서지 못한다. 그러다가 느닷없이 유부녀의 매춘이 등장하는 안협집의 세계가 나타나는 것이다.

나도향의 초기의 문학의 특징은 그대로 백조파의 일반적 경향이었다고 할 수 있다. 홍사용의 「나는 왕이로소이다」라는 시를 보면 그들의 현주소를 알 수 있다. 그들은 자신이 미숙함을 알고 있었다. 하지만 미숙성을 고민하지 않았다. 미숙성은 그들이 좋아하는 '자연스러운 것'의 속성이기 때문에 낭만주의는 완벽주의를 좋아하지 않는다. 유교가 젊은 애들을 존중하지 않은 것은 그런 미숙성을 결함으로 본 데 기인한다. 미숙성은 유럽의 고전주의자들도 좋아하지 않은 항목이다. 같은 것을 결함으로 보지 않는 데서 백조파의 새로운 면모가 드러난다.

춘원은 유교가 선호하는 성숙성과 완벽성을 지향하는 작가다. 그는 후일에 안빈(「사랑」)을 흠결이 거의 없는 완인完人으로 창조해냈다. 나도 향에게는 그런 원숙성에 대한 집착이 없다. 춘원은 주정적인 작가지만 센티멘털리즘을 예찬하지는 않았다. 도향은 그렇지 않다. 나도향과 백조파는 감성과잉 상태를 예찬한 사람들이다. 그들의 '눈물의 수기'는 슬픔에 대한 몰입과 도취를 보여주는 것을 다음 인용문을 통하여 확인할 수 있다.

엇지노, 이를 엇지노 아 엇지노! 어머니 젖을 만지는듯한 달콤한 비애가 안개처럼 이 서른 넉슬 휩싸들으니…… 심술스러운 응석을 숨길 수 없어 안이한 우름을 소리쳐 움다. 「백조는 흐르는데 별 하나 나 하나」, 『백조』 1호

백조파의 이런 식의 감정에의 탐닉은 춘원에게는 없는 요소다. 백조 시대의 한국의 젊은이들은, 울면 야단맞던 유교적 억압에서 벗어난 것이 너무 좋아서 절제를 잃은 것이다. 5백 년을 이어오던 감성 억제의 둑을 백조파가 무너뜨렸고, 거기에 대한 사은의 헌사가 도향에게 바쳐진 천재라는 칭호였다고 할 수 있다. 프랑스의 초기 낭만주의자들이 좋아했던 '민감한 영혼âme sensible' 예찬은 도향의 가장 큰 매력이며, 그의 인기의 핵심이다. 그의 소년성과 감상주의는 그 시대의 독자들의 낭만적 취향에 맞았다. 감상주의에 함몰해 있던 시대풍조가 도향에게서 자신의 대변자를 발견한 것이다.

프랑스 초기 낭만파들도 이들처럼 감상적이었다. 고전주의가 "나는 생각한다. 고로 존재한다je pense donc je suis"고 외치면 낭만주의자들은 "나는 느낀다. 고로 존재한다je sens donc je suis"고 대답한다. 감성은 그들의 존재이유 같은 것이었다. 백조파는 그들의 추종자들이다. 억압을 당하던 감성존중론자들이 유교 사회의 붕괴를 틈타서 들고 일어난 것이다. 하지만 그들은 무엇을 해야 하는지를 몰라서 망연했다. 유교의 감성통제기간이 너무 길었기 때문에 전례를 찾을 수 없었던 것이다. 그래서 아무데서나 울면서 알프렛 드 비니처럼 말한다. "세상에 나서 내가 한 일이 있다면 그건 이따금 운 것뿐이다."[24]라고. 나도향의 눈물 예찬은 이런 역사적 배경을 가지고 있다.

백조파의 자아에의 몰입, 감성과잉, 보통사람의 내면탐색 같은 것은 춘원에게는 없는 요소이기 때문에 그것은 새로운 영감의 원천이 되었다. 「환희」가 기법상의 미숙성에도 불구하고 당대의 젊은이들에게 환영을 받은 것은 그 때문이다. 도향의 새로움은 어쩌면 그의 문학의 미숙성에 있었는지도 모른다. 미숙성은 루소의 추종자들이 사랑하던 항목이기 때문이다. 센티멘털리즘도 마찬가지다. 『백조』는 세 권밖에 못 나온 단명한 동인지지만 다른 유파보다 지지파가 많았다. 대중이 원하는 것을 주었기 때문이다. 김동인, 염상섭, 현진건 같은 리얼리스틱한 작가들에게는 주어지지 않던 천재라는 호칭이 도향에게 주어진 사실에서 그런 시류를 읽을 수 있다. 그들의 시대는 반유교적인 기운이 팽배해 있던 시대였는데, 리얼리즘은 이성존중, 보편성존중 등의 경향을 가지고 있어 유교와 친족성이 있어 인기가 적었다. 백조파의 특징은 서정시에 더 적합했다. 하지만 소설에서도 창조파보다는 시류에 적합했다고 할

---

24 Alfred de Vigny(1797-1863). 프랑스 낭만파 시인의 시 「목동의 집」의 일절.

수 있다. 신문학 초창기의 반유교적인 분위기가 대중들의 사춘기적 센티멘털리즘과 합세하여 만들어낸 것이 「환희」의 작가에 대한 과대평가라고 할 수 있다.

「환희」의 작가의 초기 소설들은 프랑스의 초기 낭만파의 샤토브리앙 같은 작가들과 상통하는 점이 많다. 감성숭배의 경향과 지나친 센티멘털리즘, 슬픔에서 희열을 느끼는 증세 등은 「아탈라Atala」나, 「르네Rene」[25] 와 공통된다. 하지만 마지막 2년에 가면 도향의 세계에서는 감상적 낭만주의의 자취가 자취를 감추면서 사실적 묘사의 분량이 늘어간다. 초기와 후기의 중간에 놓여 있는 「벙어리 삼룡이」는 도향의 소설 중에서 낭만적 색채가 가장 짙게 표출되는 소설이다. 그것은 마지막 불꽃이었다고 할 수 있다. 두 달 후에 「물레방아」가 나타나기 때문이다. 「물레방아」와 「뽕」은 도향의 세계에서 가장 덜 낭만적인 소설이다. 그 변화의 도정道程에 들어서자마자 도향의 문학은 곧 끝이 난다. 사실주의가 정착되기 전에 죽었기 때문에 후기 소설들도 낭만주의의 마지막 잔재처럼 간주되고 마는 이유가 거기에 있다.

낭만주의에는 많은 갈래가 있다. 그 중에서 백조파가 택한 것은 감성의 해방과 센티멘털리즘뿐이다. 그들에게는 자연숭배도 없고, 이상주의도 없으며, 신비주의도 없고, 영웅주의도 없다. 있는 것은 감성존중 사상뿐이다.

---

25 프랑스 초기 낭만주의(1800-1820): 스탈 부인과 샤토브리앙이 담당자이다. 샤토브리앙의 미국의 원시림과 스탈 부인의 「독일론」이 낭만파문학에 새 지평을 열어주었다. 그 뒤를 위고, 비니, 뮈세, 상드, 고티에 등이 계승한다. 「아탈라Atala」, 「르네Rene」는 샤토브리앙Chateaubriand(1768-1848)이 미국의 원시림을 배경으로 하여 쓴 연애소설이다. 「아탈라」는 인디언끼리의 사랑 이야기이고, 「르네」는 작가 자신의 사랑 이야기인데, 둘 다 여자의 죽음으로 끝난다.

3) 「노트르담의 꼽추」와 「벙어리 삼룡이」

『백조』시대를 지나 1925년이 되면 나도향은 작풍이 변한다. 「벙어리 삼룡이」(『여명』7월호), 「물레방아」(『조선문단』8월호), 「뽕」(『개벽』12월호) 등은 1925년 7월부터 12월까지 반년 동안에 써진 단편소설들인데, 그 세 편에서 작품의 변화가 구체적으로 드러난다. 「벙어리 삼룡이」는 그 첫 번째 소설이어서 과도기적 성격을 지니고 있다. 「벙어리」에서는 낭만주의적 경향이 전의 작품들보다 더 고조되고 있다. 그러면서 인물의 계층이나 문장 등은 사실적이 된다. 「벙어리 삼룡이」는 나도향의 마지막 낭만적 소설이다. 그 뒤에 쓴 「물레방아」에서는 내용과 형식 양면에서 사실주의적 경향이 주도권을 잡기 때문이다.

초기와 구별되는 변화는 인물의 계층하락에서부터 시작된다. 인텔리나 예술지망생에서 「행랑 자식」이나 「여이발사」 등 도시의 하층민으로 하락하다가 「물레방아」가 나오는 1925년이 되면 최하층으로 내려가는 것이다. 그것은 도향이 자전적 소설에서 탈피하였음을 의미한다. 「환희」까지는 자전적 색채가 짙은 소설이 많아서, 인물들이 작가와 같은 중산층이었는데, 마지막 두 작품에서는 시골의 머슴이나 막간살이꾼이 출현하는 것이다. 그들은 작가와는 다른 세계에 사는 사람들이다. 허구를 배격하던 자전적 소설의 시기가 끝나고, 작품이 허구화되면서 객관적 리얼리즘의 수법에 접근하는 본격적인 소설이 시작되려 하는 것이다.

계층이 내려가는 데 조응하여 주제도 문장도 달라진다. 「환희」계의 인물들은 오페라나 영화 구경을 하고 다니는 모던 보이들이어서, 감정적인 사랑이 양성관계의 주축이 된다. 그런데 「물레방아」와 「뽕」 두 편에서는 성이 상품화되는 남녀관계가 출현한다. 「환희」계와는 격차가 심하다. 그 중간에 낭만적 사랑을 다룬 「벙어리 삼룡이」가 끼어 있다.

「벙어리」는 그때까지의 센티멘털한 감상적 낭만주의에서 탈피하여, 숭고성을 수반하는 낭만적 사랑을 보여주는 소설인데, 그런 사랑을 그린 작품은 나도향에게는 「벙어리」 하나밖에 없다.

그 시기가 되면 문장도 달라진다. 영탄조의 센티멘털리즘이 사라지면서 '무선택'에서 생겨나던 군소리가 감소된다. 문장이 압축되고 간결해지면서 외면묘사의 비중이 높아지는 것이다. 인물의 계층하락에 따라 사용하는 어휘들도 달라진다. 토착어와 상스러운 말투가 지배하는 세계가 나타나면서 인물묘사가 구체화된다. 나도향의 작품 중에서 가장 인상이 뚜렷한 인물들이 이 시기에 나타나는 것이다. 그러면서 주동인물이 여성이 되고, 그들은 극단적인 리얼리스트로 설정된다. 방원의 아내와 안협집은 돈과 성의 가치를 터득하고 있는 성인들이다. 그런 여자들이 나타나는 세계의 초입에서 나도향을 세상을 떠난다. 작가의 갑작스런 요절로 작풍의 변화가 형성 도중에 중단되는 것이다.

「벙어리 삼룡이」는 「환희」계와 「물레방아」계의 소설의 중간에 놓여 있다. 그의 후기의 3작은 사실주의 혹은 자연주의적 경향으로 보고 있는 평론가들이 많은데, 후기의 3작의 첫머리에 나오는 「벙어리」는, 뜻밖에도 프랑스의 낭만주의를 대표하는 빅토르 위고의 「파리의 노트르담」과 많은 유사성을 지니고 있다. 그러면서 「벙어리」는 또 「물레방아」계의 두 소설과도 많은 유사성을 가지고 있다. 인물의 계층이 낮아지며, 문장이 간결화되고, 외형묘사가 증가하는 등 후기의 두 소설과도 공통분모가 많다. 그래서 편의상 후기에 덧붙여진 것이다.

하지만 형식면에서 나타나는 그런 사실주의적인 경향은 「노트르담」과 「벙어리」가 공유하는 낭만적 특징에 압도당한다. 「벙어리」는 나도향의 소설 중에서 가장 로맨틱한 사랑을 다룬 소설이기 때문이다. 그 소설에서 활짝 불타버리고 나도향의 낭만적 경향은 갑자기 사라진다.

그 변화의 과정을 추적하기 위해서 「노트르담」과 「벙어리」의 공통점과
차이점을 살펴보면 다음과 같다.

(1) 공통성

① 극단 선호 경향

「노트르담」과 「벙어리」의 첫번째 공통점은 인물형의 극단화 경향에
있다. 그런 경향은 개별성에 대한 집착과 중용 기피 현상에서 비롯된
다. 프랑스의 낭만주의(1830~1850)는 고전주의의 보편의식에 맞서기 위해
개별의식에 집착했다. "두 번 다시 볼 수 없는 것을 사랑하라"[26]는 알프
레드 드 비니Vigny의 시구는 그들의 주문이다. 다시 되풀이될 수 없는
것, 유일한 것에 무한한 가치를 부여하는 그들은 사물의 유일성unique-
ness에 지나치게 집착했다. 유일성 집착에 낭만주의가 혐오하는 중용 기
피현상이 접목되면, 극단화 경향이 생겨나지 않을 수 없다. 낭만주의자
들은 어중간한 것을 견디지 못하는 사람들이기 때문이다.

한국의 1920년대는 프랑스의 낭만파처럼 개별의식le sens propre에 대하
여 지나치게 집착을 가지고 있었다. 유교의 보편의식 존중 기간이 너무
길었기 때문에 반동도 그만큼 컸던 것이다. 그 무렵의 한국에서는 모든
유파의 새로운 문학이 '개성'이라는 단어에 들려 있었다. 보편의식을 존
중해야 할 사실주의, 자연주의계의 작가들도 마찬가지였다. 개별성 존
중이 유교적인 구체제가 무너지던 개화기의 한국을 휩쓸고 있었던 것이
다.

개별성을 극단으로 몰고가는 시기에는 평범한 인물들은 설 자리가 없

---

26 주 24 참조.

어진다. 낭만주의는 중용을 싫어하기 때문에 "두 번 다시 볼 수 없는" 인물형만이 그들의 개별취미를 만족시켜 주는 것이다. 인물의 극단성에 대한 애호는 고차모방high mimetic mode과 저차모양low mimetic mode 양쪽에서 함께 진행된다. 그들은 천재가 아니면 바보를 선호하기 때문이다. 낭만적인 인물에는 아이반호 같은 영웅적이면서 아름다운 인물이 있는가 하면, 콰지모도 같이 미천하면서 괴기한 인물도 있다. 도덕적인 측면도 마찬가지여서 극악한 악인이 아니면 천사형의 선인이 된다. 거기에 무위자연無爲自然 사상까지 가세하여 어린이 예찬과 바보 예찬까지 생겨난다. 「벙어리」와 「노트르담」에 나오는 인물들은 모두 그런 비보통의 극단적 인물들이다. 한쪽 팔이 부러진 채로 불속에 뛰어들어 한 팔로 여인을 안고 지붕 위에 올라가는 삼룡이나, 죽은 여자의 시체를 포옹한 채로 목숨을 끊은 콰지모도는 모두 그런 비범한 유형에 속한다. 그들은 인간의 육체가 가지고 있는 숙명적인 한계를 초극하려 하고 있기 때문이다.

선, 악, 미, 추의 극단적인 양분법은 낭만주의자 위고와 고전주의자 라시느Racine를 가르는 근본적 차이라고 할 수 있다. 이런 극단화 경향은 중세적 특징이라고 배비트는 말한다.[27] 여자를 성모와 창녀로 양분하는 경향은 중용과 절도節度를 무시하는 데서 생겨나기 때문이다. 극단화의 경향은 중용을 중요시하는 고전주의에 대한 반발에서 생겨난다. 앞에서도 언급한 것처럼 절제와 이성을 존중하는 점에서 유교는 고전주의와 많은 공통점을 가지고 있다. 유교적 세계에서의 탈출이 백조파 문학의 결정적인 특성이라는 것은 이미 지적한 바 있다. 양극으로 치닫는 극단화 경향은 백조파가 지향하는 탈유교적 방향에 부응하는 낭만적 특

---

27 Irving Babitt, *Rousseau and Romaticlsm*, Meredian Books, 1959, p.176.

징 중의 하나인 것이다.

② 인물형의 유사성

「벙어리 삼룡이」와 「파리의 노트르담」의 유사성은 프로타고니스트들의 외형에서 먼저 나타난다.

> ① 키가 몹시 크지 못하여 땅딸보이고 고개가 달라붙어 몸뚱이에 대강 이를 갖다가 붙인 것 같다. …… 거기다가 얼굴이 몹시 얽고 입이 크다. 머리는 전에 새꼬랑지 같은 것을 주인의 명령으로 깎기는 깎았으나 불밤 송이 모양으로 언제든지 푸 하고 일어섰다. 그래 걸어다니는 것을 보면 마치 옴두꺼비가 서서 다니는 것 같이 숨차 보이고 더디어 보인다.
>
> 『나도향 전집』 상, 집문당, p.221

> ② 사면체의 코, 말발굽 같은 입, 오른쪽 눈은 하나의 커다란 무사마귀 아래 완전히 사라져 버린 반면, 텁수룩한 붉은 눈썹에 가로 막힌 조그만 왼쪽 눈, 요새의 총안처럼 여기저기 빠진 고르지 못한 이빨, 그 이들 중 하나가 코끼리의 어금니처럼 뻗어 나온 굳어진 입술, 두 갈라진 턱…… 아니, 오히려 그의 몸 전체가 찌프린 상이라 하겠다. 붉은 머리털이 곤두선 커다란 대갈통, 그 반동이 앞에서도 느껴지는 두 어깨 사이의 어마어마한 곱사등, 이상야릇하게 뒤틀려서 무릎에서밖에는 서로 닿지 않고 앞에서 보면 자루에서 합쳐진 반원형 낫의 두 반달처럼 생긴 허벅지와 다리의 조직, 커다란 발, 괴물 같은 손…… 『파리의 노트르담』 1(민음사 전집 113호), p.98

콰지모도와 벙어리는 불구자라는 점에서 공통된다. 하나는 벙어리이면서 얼금뱅이이고, 하나는 곱사등을 가진 외눈박인데 귀머거리까지 겸하며, 턱도 갈라져 있다. 괴기함과 추함의 극치를 이루고 있는 것이다. 「장화홍련전」에 나오는 계모의 외양처럼[28] 콰지모도는 지나치게 불구성이 극단화되어 있다. 하지만 삼룡이도 막강하다. 곤두선 머리털, 커다란 대가리, 땅땅보 몸집, 얽은 얼굴, 굽은 등등 콰지모도에게 별로 뒤지지 않는 괴물이다. 삼룡이는 꼽추는 아니지만 땅딸보인데다가 목이 다붙어서 머리에 몸뚱이가 붙어 있는 것 같은 형상을 하고 있다 그 모양을 작가는 "옴두꺼비가 서 있는 것 같다."고 묘사했다. 그밖에도 유사점은 많다. 곤두선 머리칼도 비슷하며, 작은 키도 닮았다. 신분도 유사하다. 둘 다 부모가 없는 고아여서 머슴이나 하인처럼 살고 있다. 공통점은 그들이 가진 괴력에서도 나타나며, 추한 외양 속에 감추고 있는 반듯하고 따뜻한 인간성에서도 검증되고, 여자를 향한 사랑의 패턴에서도 나타난다. 그 두 사람은 낭만주의자들이 좋아하는 '보기 드문' 존재이며, 개별성이 두드러지는 예외적인 인물형이다.

남자들이 극단적으로 추악한데 여자들은 극단적으로 아름다운 미녀로 설정되어 있는 점도 같다.

③ 그녀는 키가 크지는 않으나 커 보였으니, 그만큼 그녀의 날씬한 몸매는 우뚝 솟아 있었다. 그녀는 거므스름했는데, 낮이라면 그녀의 살갗이 저 안달루시아나 로마의 여성들 같은 아름다운 금빛 광택을 내고 있을 것임에 틀림없으리라는 것을 짐작할 수 있었다. 그녀의 작으마한 발 역시

---

28 양협은 한자이넘고 눈은통방울갓고 코는질병갓고 입은 미역이갓고 머리털은 돗태솔갓고 키는 장승만하고 소래는시랑의소래갓고 허리는 두아름되고 그중에곰배팔이며 수중다리에 쌍언청이를 겸하였고 그 주둥이는 쓸면열사발이나되고 얽기는 콩멍석갓흐니 그 형용을참아 견대여 보기어려은중 그 욕심이더욱불측하여 남의 못할노릇을 차져가며 행하니집에두기 일시난감이나……

안달루시아 여성다왔을 것이, 그 고운 신발 속에서 비좁은듯하면서도 편안해 보였던 것이다. …… 그 포동포동하고 깨끗한 두 팔로 머리 위로 들어올린 탬버린을 탕탕 치면서, 날씬하고 가냘프고 말벌처럼 발랄한 자태로 그렇게 춤을 추고 있는 동안, 그 주름 없는 짧은 금빛 블라우스며, 부풀어 오른 울긋불긋한 드레스, 벗은 어깨, 때때로 치맛자락 밖으로 드러나는 섬섬한 다리, 검은 머리털, 그리고 불길이 타오르는 두눈과 더 불어 그녀는 하나의 초자연적인 피조물이었다.   같은 책, p.122

위고의 에스메랄다는 천상적인 미에 성적 매력까지 겸비한, 발랄하고 야성적인 여성이다. 집시여서 익조틱한 아름다움까지 곁들여져 있어, 낭만주의자들이 선호하는 파격적인 아름다움의 극치를 보여준다. 그녀를 처음 본 시인 그랭고와르는 그 아름다움에 질려서 정신없이 탄성을 지른다.

    ④ 저건 님프다.
    저건 여신이다!

그녀는 천상적인 아름다움까지 지니고 있었던 것이다.
삼룡이의 파트너인 아씨는 낭만주의자들이 좋아하는 '보기 드문' 인물형은 아니다.

    ⑤ 구식 가정에서 배울 것 다 배우고 읽힐 것 읽혀 못하는 것이 없고 게다가 본래 인물이 라든지 행동거지에 조금도 구김이 있지 아니하다.
                                                    같은 책, p.539

그녀는 고전적인 미인이다. 그 대신 계층이 높다. 루소가 좋아한 '귀부인형'에 속한다. 그녀는 숭고한 아름다움을 지니고 있는 점에서 에스메랄다와 비슷하다. 벙어리와 아씨의 미와 추의 거리는 콰지모도와 에스메랄다만큼이나 떨어져 있다. 하지만 신분은 「노트르담」과 다르다. 「벙어리」의 아씨는 지체가 높다. 벙어리와는 나란히 설 수 없는 귀부인이다. 에스메랄다와 콰지모도는 신분의 격차는 없다.

남녀를 막론하고 두 소설의 인물들은 아무도 평범하지 않다. 콰지모도와 삼룡이는 모든 면에서 보통사람과는 다른 희귀종이다. 에스메랄다와 새아씨는 그들과는 상반되는 또 하나의 희귀종이다. 그들은 비범한 미모와 남다른 고운 심성을 가지고 있다. 낭만주의자들의 기호에 적합한 인물들이다. 그들에게는 언제나 최상급의 수식어가 붙어 있다. 신분도 최고가 아니면 최저이고, 심성도 최악이 아니면 최선으로 양분되어 있다. 평범한 것, 중간적인 것에 대해 극단적인 혐오감을 가지고 있는 낭만주의자들은 언제나 이런 극단적 특징을 가진 인물들을 선택한다. 최고가 아니면 최저급에서 인물을 데려오는 것이다. 그런 경향에서 파생한 것이 바보 숭배. 낭만주의자들은 바보에게 보통사람 이상의 큰 가치를 부여한다. 그들이 바보형 인물을 찬양하는 것은, 때묻지 않은 영혼을 귀하게 여기기 때문이다. 루소가 돌아가라고 권한 그 '자연nature'이라는 말이 '가공되지 않은 것', '나이브한 것'을 의미하니까, 낭만주의에서는 자연성을 그대로 지닌 어린애나 아기양 예찬이 생겨난다. 그것을 한걸음 더 연장하면 바보 찬미로 이어진다. 어린이 예찬이 지능이 모자라는 어른에 대한 찬양으로 확대되는 것은 모든 나라의 낭만주의가 가지는 공통적인 특성이다. 사람들이 바보로 취급하는 인간 속에서 성성聖性을 찾아내는 이런 경향이, 벙어리인 삼룡이나 귀머거리인 콰지모도에 대한 관심을 환기시키는 것이다.

③ 대조법의 애용

낭만주의자들은 극단적인 것을 선호하는 것뿐 아니라, 극단과 극단을 병렬해 놓고 그 엄청난 격차를 대비시키는 것을 좋아하는 사람들이기도 하다. 극단과 극단을 콘트라스트 시키면서 극적 효과를 노리는 대조법은 프랑스 낭만파가 즐겨 쓰던 수법이다. 그 중에서도 빅토르 위고는 특히 그것을 애용하여, 대조법의 천재Genies de contrasts라는 말을 들었다.

> ① 숭고한 것은 괴기한 것 옆에서 더 빛나고, 어둠은 광명을 돋보이게 만들며, 죄악은 순진성을 고양시킨다. 대조법은 위고의 영감의 원천이다. …… 극단적인 것들의 조합으로 이루어진 그의 세계 자체가 대조법의 집합체였다.

같은 파의 테오필 고티에Gautier가 한 말이다.(G. Brandes, 內藤濯·葛川篤 공역, 『19세기文學主潮史-불란서낭만파편』, 일본: 春秋社, 1930, pp.20-21) 대조법은 위고가 현실을 새롭게 조명하는 비법이었던 것이다. 위고의 대조법의 하이라이트는 에스메랄다와 콰지모도가 노트르담의 종루에서 처음 상대방을 정시하는 장면이다. 작가는 그 장면을, "한 사람은 상대방의 추함의 절정을, 다른 한 사람은 상대방에게서 아름다움의 절정을 서로 응시하고 있었다."고 묘사했다.(『노트르담』, 같은 책, p.251)

「노트르담」에 나오는 남녀는 여러 면에서 서로 대척된다. 우선 외모가 그렇다. 남자는 추의 극치를 나타내며, 여자는 미의 극치를 나타낸다. 그런 극단적인 격차는 남성인물들 사이에서도 나타난다. 콰지모도는 파비우스와 외모가 대척적이며, 프롤로와는 자적인 면에서 대조를 이룬다. 「벙어리」의 경우도 비슷하다. 삼룡이는 콰지모도와 비슷하고 주인집 아들은 프롤로와 새디즘을 공유한다. 여자들 사이에서도 유사성이 나타난다. 에스메랄다는 이국적인 미와 야성적 미로 낭만적인 여인이 되며, 새아씨는 고귀한 신분으로 낭만적 동경의 대상이 된다. 콰지모도와 삼룡이에게 있어 여자는 손이 닿지 않는 높은 곳에 핀 꽃이며, 하늘의 별 같은 존재인데, 그 점에서도 두 사람은 유사하다.

같은 인물 안에 상극되는 것들이 공존하여 대조를 이루는 경우도 있다. 외양이 번듯한 남자들 속에는 폭력과 악이 도사리고 있고, 추한 남자들 속에는 사랑과 선량함이 깃들어져 있어서, 미와 추의 대조가 한 인물 안에서 이루어진다. 콰지모도와 삼룡이에게는 추하기 그지없는 외양과 아름답기 그지없는 내면이 공존하는 것이다. 미와 추, 선과 악이 대각선을 이루면서 다양한 대조적 상황을 만들어내는 것이 「노트르담」의 특징이다. 콰지모도가 삼룡이와 같듯이 삼룡이의 주인과 프롤로가 유사하기 때문에 삼룡이의 세계에도 유사한 대조법이 형성된다. 극단적으로 이질적인 것의 병치를 두 작가가 모두 즐기고 있는 것이다. 콘트라스트 기법의 애용은 나도향이 위고에게서 전수 받은 기법이라고 할 수 있다. 다른 작품에서는 그런 것이 나오지 않기 때문이다.

(2) 차이점

① 사건의 유형

중세의 로맨스에는 "이방에서 일어나는 모험적 이야기"가 많다. 기사도 소설이 주축이 되니까 모든 사건이 거창해지고, 사건에 우연성이 많이 개입된다. 사건은 언제나 '갑자기' 일어나고, 위기가 고조될 아슬아슬한 순간에 '때마침' 구원자가 나타나서 해결된다. 일상적인 삶을 재현하는 노벨에서는 그런 큰 사건이 일어나지 않는다. 시정에서는 그런 엄청난 사건은 잘 일어나지 않기 때문이다. 사건이 방만하게 일어나 우발적으로 해결되는 것도 노벨은 허용하지 않는다. 노벨의 사건은 언제나 다음 사건과 유기적인 인과관계를 맺으면서 인과의 고리를 형성해야 한다. 노벨은 개연성을 중시하는 장르이기 때문이다.

콰지모도의 이야기는 로맨스 타입이다. 사건이 엄청나게 크고 많다. 종소리로 인해 종지기의 귀가 먹을 정도로 거대한 사원에서, 15세기에 일어나는 사건들이기 때문이다. 책을 열면 거지들이 자기네 법왕을 선출한다고 법석을 떨고 있다. 살인과 납치가 그 뒤를 따른다. 사형대가 있는 배경에서 비일상적인 사건들이 계속 일어난다. 걸핏하면 사형대 위에 사람이 세워진다. 거지들의 시인 그랑고와르가 그 위에서 고문을 당하면서 소설은 시작되고, 에스메랄다와 콰지모도가 껴안고 있는 해골이 먼지가 되어 흩어지는 것으로 끝이 난다. 그 중간에 계속 큰 사건들이 배치되어 있다. 아폴로처럼 아름다운 파비우스가, 에스메랄다를 만나러 오다가 칼에 맞아 피를 흘리기도 하고, 그를 사모하는 에스메랄다가 파비우스의 살인미수 혐의를 뒤집어쓰고 고문대에서 혹형을 당하기도 한다. 그러면 어디에선가 콰지모도가 타잔처럼 긴 밧줄을 타고 나타나 삽시간에 여자를 낚아채서 종루로 사라진다. 거지들이 여자를 구한다고 반란을 일으킨다. 종루에서는 프롤로의 정체를 알게 된 콰지모도가 화가 나서 그를 허공으로 밀어 던지고 있고, 광장에서는 에스메랄다가 처형당하는 것 같은 장면이 겹치는 일도 있다. 그런 식의 엄청난 사건들만 속출한다. 그 중에서도 종결부에 나오는 이야기는 더 드라마틱하다. 시체 유기소 안에 오래 전에 껴안고 죽은 남녀의 해골이 놓여 있는데, 누가 건드리자 해골은 산산이 부서져 먼지로 화해 버린다. 정말로 세상에 하나밖에 없을 희한한 사건들이다. 그 사건들은 언제나 우연히 일어난다. 항상 재난은 '갑자기' 일어나고, '때마침' 구원자가 나타나서 해결된다. 「노트르담」은 사건이 "갑자기-때마침"의 패턴으로 일어나는 로맨스적 사건소설이다.

삼룡이의 경우에도 더러 그 비슷한 희한한 사건이 벌어진다. 왼쪽 팔이 부러지는 부상을 입은 사람이 한 팔로 여인을 부둥켜안고 지붕 위로 올라가는 일을 해낸다. 그는 죽어가면서도 여자를 기어이 안전지대에 내려놓고 나서 숨을 거둔다. 흔히 있는 일이 아니다. 삼룡이와 젊은 주인의 관계도 상식을 초월한다. 주인은 채찍 끝에 납뭉치를 달아서 가슴을 후려 갈겼다가 힘껏 잡아 뽑는 식의 잔학한 행동을 되풀이한다. 이런 장면은 무대가 20세기 서울의 평범한 가정집 마당이라고 해도 묵과해 버릴 수 없는 비범성을 지닌다. 새서방의 새디즘의 극단성 때문이다.

하지만 삼룡이에게 일어나는 사건은 콰지모도의 것처럼 거창할 수가 없다. 무대가 20세기의 서울이기 때문이다. 서울 변두리에 있는 연화봉 밑의 오생원 댁 울타리 안으로 무대가 한정되어 있으니 잔인한 사건은 일어날 수 있어도 스펙터클한 사건은 일어나기 어렵다. 화재 사건과 구타 건을 빼면 나머지는 모두 자잘한 일상사로 점철되는 이유가 거기에 있다. 단편소설인데다가 '여기-지금'의 노벨적 시공간에 갇혀 있으니 우연성이 개입하는 폭도 좁다. 화재 사건만 예외에 속한다. 불이 아씨의 방까지 번지자 벙어리의 초자연적 괴력에 발동이 걸리기 때문이다. 그래서 사건의 규모가 커진다. 그 장면은 여자의 위기를 남자가 구한다는 점에서는 「노트르담」과 유사한 측면이 있다. 두 인물의 괴력과 죽음의 형태가 동질성을 띠고 있기 때문이다. 하지만 그런 부분적인 유사성이 두 작품을 연결하는 가느다란 고리를 형성해 주고 있을 뿐이다. 「벙어리」가 사실주의로 간주되는 이유 중의 하나는 사건의 일상성이라고 할 수 있다. 사건의 일상성은 콰지모도에게서는 찾기 어려운 부분이다.

② 낭만적 사랑

낭만주의자들은 극과 극의 대조를 좋아하니까 '미녀와 야수'식의 극단적으로 불균형한 양성관계가 생겨날 가능성이 많다. 그 경우에 우위優位를 차지하는 것은 대체로 여성이다. 낭만주의는 여성숭배의 전통을 가지고 있기 때문이다. 낭만주의자들은 벼랑에 핀 꽃을 사랑하듯이 여인도 높은 곳에 있는, 손이 닿기 어려운 대상을 선호한다. 희귀한 것을 탐하는 취향 때문이다.

그래서 그들은 귀부인을 동경하는 습성이 있다. 사랑이 이루어지기 어려운 신분의 격차로 인해 낭만적인 동경의 미학이 빛을 뿜을 것이기 때문이다. "내가 매력을 느낀 것은 침모나 몸종이나 점원 같은 부류가 아니라 귀부인이다."라고 말한 루소의 고백이 그런 경향을 확인시켜 준다. 귀부인보다 여성을 더 높이는 경우도 있다. 상대방을 님프나 요정처럼 사랑하는 것이다. 루소는 "나는 언제나 요정들 하고만 사랑을 했다."고도 말하고 있다. 샤토브리앙도 비슷한 말을 한다. "나는 내 요정들을 새로운 세계에 있는 내 환상적인 궁전에서 살게 하고 싶었다."는 것이다. 그런 절대적인 여성 숭배는 모든 나라의 낭만주의자들의 공통 특징이다. 그들은 현실에서 도망가고 싶었기escape from reality 때문에 먼 곳에 있는 그 무엇something afar에 무조건 헌신하니까 귀부인이나 요정을 사랑하게 되는 것이다. 자기애를 초월하고 성욕을 넘어서는 플라토닉한 사랑의 신화는 그렇게 하여 만들어진다.

그런 낭만적 사랑의 패턴을 셸리는 "모기가 별을 동경하는 것"[29]에 비

---

29 The desire of the moth for the star.
　Of the night for the Morrow
　The devotion something afar
　From the sphere of our sorrow

유했다. 콰지모도의 사랑도 모기가 별을 사랑하는 유형이다.

> 아가씨는 한 줄기의 햇살이예요, 한 방울의 이슬이예요. 새의 지저귐이
> 예요. 저는, 저는 그 어떤 끔찍스러운 것, 사람도 아니고 짐승도 아닌 것,
> 조약돌보다도 더 단단하고 더 발아래 짓밟히고 더 보기 흉한, 뭔지 알 수
> 없는 것이예요!   「벙어리」, 같은 책, p.347

삼룡이의 사랑에서도 모기가 별을 동경하는 패턴이 나타난다. 그에게
있어 새아씨는 세상에서 가장 숭고한 존재다.

> 주인 색시를 생각하면 달이 보이고 별이 보이었다. 삼라만상을 씻어 내
> 는 은빛보다도 더 흰 달이나 별의 광채보다도 그의 마음은 아름답고 부드
> 러운듯 하였다. 마치 달이나 별이 땅에 떨어져 주인 새아씨가 된 것도 같
> 고 주인 새아씨가 하늘에 올라가면 달이 되고 별이 될 것 같았다.
>   같은 책, p.541

모기가 별을 사랑하는 것은 이룰 수 없는 사랑이다. 히스클리프와 캐
시(에밀리 브론테, 「폭풍의 언덕」)의 사랑처럼 낭만적 사랑은 죽음 그 너머에까지
연장되기도 한다. 빅토르 위고는 콰지모도의 사랑을 죽은 후의 포옹이
라는 형태로 승화시키고 있다. 콰지모도와 삼룡의 사랑은 죽음을 거친
다음에야 이루어지는 종류의 것이다. 그 사랑은 동경이요, 갈망이며, 꿈
이요, 환상이다. 그런 사랑은 샤토브리앙의 「아탈라」나 「르네」에서부터
시작된다. 아탈라에게 있어서 죽음이 종말이 아니듯이 콰지모도나 삼룡

P. B. Shelly(「Rousseau and Romanticism」, p.180에서 재인용)

이에게 있어서도 죽음이 좌절이나 종말이 아니다. 이재선의 말대로 그건 유미적, 낭만적 죽음이다.[30] 콰지모도가 가장 아름다운 포즈로 해골이 될 수 있는 이유가 거기에 있다. 이 두 남자는 여자를 위하여 목숨을 바친 사랑의 순교자들이다. 그래서 지복至福의 도취경에서 이승을 떠나는 것이다. 그들의 낭만적 사랑은 이렇게 죽음과 연결되어 '死의 찬미' 같은 정사예찬의 노래를 낳는다. 윤심덕이 이룰 수 없는 사랑 때문에 죽음을 찬미하면서 죽을 수 있었던 것은 그런 낭만적 시대풍조 때문이었을 것이다. 인생의 최고의 가치Summon Bonum를 한 소녀의 사랑이라고 말한 브라우닝Browning은 그의 「포필리아Porpiria의 연인」에서 사랑과 도취의 영속화를 위해 행복의 절정에서 연인을 죽이는 이야기를 시로 쓴 일이 있다. 그런 죄를 범하지 않고도 자기가 추구하던 환상을 손에 넣은 순간에 죽을 수 있었다는 점에서 콰지모도와 삼룡이의 사랑은 축복받은 낭만적 종말을 맞았다고 할 수 있다.

③ 시공간의 차이

낭만파와 현실파의 가장 두드러지는 변별특징은 배경의 이질성에 있다. 낭만파 사람들은 현실에서의 도피를 원했기 때문에, 친낭만적인 로맨스의 무대는 시간적으로나 공간적으로 작가의 주거지와 멀수록 좋았다. 낭만주의가 이국취미를 가지고 있는 것은 그 때문이다. 그래서 선택되는 공간적 배경은 외국이나 낯선 고장이다. 프랑스 낭만주의를 연 샤토브리앙의 소설들이 그 당시에는 미지의 대륙이었던 미국의 원시림

---

30 "벙어리 삼룡이가 맞게 되는 죽음은 공포의 체계나 구더기의 현주소로서의 추악한 죽음이 아니라, 전혀 오묘한 신비성을 두르고 있거나, 육신적인 것을 영원성이나 정신적인 것으로 용해하고 전이시키는 유미적인 낭만적 죽음이다."
이재선, 『한국현대소설사』, 홍성사, 1979, pp.259-260.

지대를 무대로 택한 것은 익조티시즘을 통하여 문학을 새롭게 개신하려는 시도였다. 스탈 부인Mme de Staël이 독일 체험을 쓴 「독일론」도 프랑스 낭만파에 많은 영향을 끼쳤다. 낯선 자연과 문화에서 오는 이국 풍정이 새 문학 창조에 크게 기여한 것이다. 낯선 고장의 새로운 자연과 문화는 낭만파의 영감의 원천이었다.

공간적 배경이 외국이 아닌 경우에는 시간적 배경이라도 현실에서 멀어야 한다. 낭만파의 중세취미가 거기에서 나온다. 낭만파에 적합한 소설의 장르는 모험소설이 아니면 역사소설이다. 역사소설은 리얼리스트들이 되도록 기피하는 장르다. 현실의 모사模寫가 어렵기 때문이다. 똑같이 역사소설을 쓰더라도 리얼리스트들은 가까운 과거를 선호한다. 디테일의 정확성을 확보하기 위해서다. 그들은 「살람보」를 쓰는 플로베르처럼 고증과 자료 수집에 열을 올리고 현장 답사를 해야 한다. 하지만 월터 스코트나 알렉산드르 뒤마 같은 낭만적 작가들은 먼 과거를 선호한다. 중세의 기사도 이야기 같은 역사소설의 작자가 심혈을 기울이는 것은 고증이나 자료의 정확성이 아니라 현실과의 거리이다. 노벨리스트는 기록을 찾아다니고 로맨스 작가들은 그 시대의 정신과 분위기를 상상한다. 그들은 상상에 의한 현실의 재창조를 원하기 때문에 현실의 비중이 그만큼 가벼워지는 것이다. 그래서 어느 나라에서나 리얼리스트들은 역사소설을 기피했고, 로맨티스트들은 과거의 시간 속으로 도망가는 일을 즐겼다. 로맨스와 노벨의 차이를 논할 때 시간적, 공간적인 배경이 특별히 중요시 되는 것은 그 때문이다.

노벨의 성립 요건은, 배경이 반드시 당대의 현존하는 커뮤니티 안이어야 하는 점에 있다. 거기에서 일어나는 인간 상호간의 관계를 핵심으로 하는[31] 것이 노벨의 기본이다. 노벨에서는 시공간의 결절성決定性이 중요시 되기 때문이다. 노벨의 크로노토포스(시공간)는 '여기-지금'의 유형이어야 한다. 시간적으로는 작자의 당대여야 하고, 공간적으로는 작자와 잘 아는 지역이어야 하는 것이다. 노벨리스트가 그리는 커뮤니티는 시민사회여야 한다는 것도 잊어서는 안될 조건이다. 노벨은 시민의식의 성장과 궤軌를 같이하여 발달하는 장르이기 때문이다. 미국이나 러시아처럼 시민사회의 출현이 지연된 나라에서 노벨보다 로맨스가 성행하는 이유가 거기에 있다.[32] 애초부터 소설사를 노벨의 출현과 함께 시작하는 영국은 가장 전형적인 노벨의 발상지다. 전형적인 시민사회가 그 나라에서 제일 먼저 형성되었기 때문이다.

삼룡이의 이야기의 배경을 살펴보면 시간적 배경은 "내가 열 살이 될락말락한 때이니까 지금으로부터 십사오 년 전 일"의 일로 되어 있다. 1910년대 초의 한국이다. 공간은 작가가 살던 서울, 그 중에서도 작가의 집이 있던 용산구의 청파동이다.

> 지금은 그 곳을 청엽정이라 부르지만 그 때는 연화봉蓮花峰이라고 이름하였다. …… 지금은 그 곳에 빈민굴이라고 할 수밖에 없이 지저분한 촌락이 생기고 노동자들밖에 살지 않는 곳이 되어 버렸으나, 그 때에는 자기네만은 행세한다는 사람들이 있었다.　　　　『나도향전집』 상, p.220

작자의 배경 설명이다. 완벽한 '지금 여기'의 유형이다. 연화봉 지역은 재동이나 계동 같은 양반촌이 아니다. 자기네깐에는 행세를 한다고 생각하는 그곳의 부자들도 고작해야 과목밭이 좀 많고, 경제적인 여유가 어느 정도 있는 것을 자랑으로 생각하는 중상층에 불과하다. 사대문

---

31 「ノヴェルとロマンス」, 『シンポジウム 英美文學』 6, 學生社, 1977, p.7.
32 같은 책, 1장 참조.

안에 들어가지 못한 신흥 부르주아 계급의 주거지인 것이다. 단편소설이어서 풍속이 자세히 그려질 여유는 없지만, 과도기의 신흥계급의 풍속도가 이따금 드러난다. 집주인인 오생원이 계급적 열등감 때문에 가난한 양반의 딸을 며느리로 맞는 것 같은 것이 그 예이다. 서민들의 계층 상승을 향한 욕망, 남의 일에 참견이 많은 이웃들, 마을 여론 때문에 열등감이 고조되어 더 포악해져 가는 새서방의 열등감, 억울한 일만 당하는 새아씨에 대한 머슴의 동정심 같은 것들이, 근대사회로 넘어가는 1920년대의 서울 변두리의 과도기적 풍속도를 드러내고 있다.

이 소설의 무대는 집단주거지역인 도심지가 아니라 십여 채의 집이 있는 서울의 변두리다. 게다가 일본의 자연주의 소설들처럼 사건의 배경은 집안으로 한정되어 있다. 사건은 오생원집 울타리 안에서만 벌어지고 있는 것이어서 사회성이 없다. 오생원집은 지역사회와 직접적인 교섭이 없는 편이다. 노벨로서는 미흡한 조건이다. 하지만 「벙어리 삼룡이」가 전기의 작품과 다른 특징은 노벨의 여건을 갖추어간다는 점이다. 그 소설은 아무리 천착해 보아도 「파리의 노트르담」처럼 역사소설이 될 가능성은 없다. 이 소설의 배경은 '지금-여기'의 노벨적 시공간에 부합하기 때문이다.

「노트르담」은 전형적인 역사소설이다. 고딕예술의 전성기가 배경인 「노트르담」은 낭만파의 중세취미를 보여주고 있는 역사소설이다. 1820년대에 작품 활동을 전개한 빅토르 위고는, 이 작품에서 시대적 배경을 15세기로 후퇴시키고 있다. 공간적인 배경은 수도인 파리지만, 그것은 작가가 살던 파리와는 4백여 년이나 거리가 있는 중세의 파리다. 그것도 노트르담사원 주변과 기적궁, 사형대가 있는 광장들이 배경이 되어 있어서, 시민들이 모여 사는 집단주거지역은 아니다. 사건이 일어나는 주된 무대는 제목 그대로 노트르담사원 그 자체라고 할 수 있다. 속세의 법률이 쳐들어가지 못하는 곳, 사제가 모든 권력을 쥐고 있는 고립된 곳, 성역이라 불리는 치외법권지대가 무대인 것이다. '보기 드문 희귀한 무대'라고 할 수 있다. 이 사원에는 거기에서 떠나면 죽는 줄 아는 콰지모도와 그의 양아버지인 프롤로가 살고 있다. 콰지모도의 거처는 사원 안에서도 가장 높고 외진 종루 속이다.

삼룡이에게 있어서도 오생원집도 노트르담사원 같지는 않지만 이웃과는 격리된 고립된 장소다. 삼룡이가 집안에서 맞아 죽어도 이웃들이 아무도 관심을 가지지 않는 섬 같은 곳이기 때문이다. 콰지모도의 노트르담처럼 오생원집은 삼룡이에게는 세계 그 자체이다. 콰지모도가 사원 안에서 프롤로Frollo라는 인물하고만 교섭을 가지듯이, 삼룡이도 집안에서 주인 가족하고만 교섭을 가진다. 하지만 그 집은 바로 옆에 이웃들을 거느리고 있는 지역사회의 한복판에 있다. 비록 십여 채의 집만 있는 작은 동네지만 노트르담사원과는 이웃과의 거리가 비교가 안 되게 가깝다. 게다가 삼룡이의 거처는 가장 낮은 곳에 있다. 그것이 「벙어리」의 현실과의 거리라고 할 수 있다.

빅토르 위고의 「노트르담」은 시간적 배경을 과거에 둔 역사소설이지만, 「벙어리」는 아니다. 당대의 서울의 교외이다. 「물레방아」나 「뽕」은 배경이 서울이 아니고 시골이다. 하지만 나도향에게는 시골 경험도 없지는 않다. 시골 학교에서 교편을 잡은 일이 있기 때문이다. 그의 시공간은 자기가 살던 시대와 지역의 범위 밖으로 넘어가지는 않는다. 그는 초기에 일본의 본을 따서 자전적 소설을 썼다. 자전적 소설을 주로 썼으니까 노벨의 크로노토포스의 범위를 벗어날 수가 없다. 1925년의 후기 소설들은 허구화가 되어 있기는 하지만 당대성의 원리를 벗어나지는 않았다. 그러니까 인물의 외형이나 품성이 지니는 유사성과 비교해 보면 「벙어리 삼룡이」의 시공간은 「파리의 노트르담」과 연결고리가 아주 희박하다. 「노트르담」은 역사소설인데 「삼룡이」는 '여기-지금'형의 노벨적 크로노토포스를 가지고 있기 때문이다.

이상하게도 나도향의 세계에서는 사실적인 소설인 「물레방아」와 「뽕」은 공간적 배경이 「메밀꽃 필 무렵」과 유사한 아름다운 시골인데 반하여 낭만적인 「환희」계의 소설들과 「벙어리」는 배경이 도시로 되어 있다. 자전적 소설은 작가처럼 인물들도 도시인이 될 수밖에 없어서 그런 것 같다.

「노트르담」과 「벙어리」는 유사성 쪽이 단연 우세하다. 그러나 배경은 아니다. 시공간은 완전히 다르다. 「벙어리」는 나도향의 소설 중에서 가장 낭만적인 작품이다. 그 이전에는 인텔리 청년들의 사랑을 그린 소설들은 많은데 건질만한 작품이 없기 때문에 상대적으로 「벙어리」의 평점이 높아진 것이다. 마지막으로 타오르는 불꽃처럼 이 소설에서 나도향은 낭만적 사랑을 꽃피우고 나서 갑자기 정반대의 세계로 방향전환을 해 버린다. 「벙어리」는 나도향의 소설 중에서 고립되어 있는 특이한 소설이다.

「노트르담」과 「벙어리」는 낭만주의적인 극단 선호 경향에서 우선 공통분모를 가진다. 여기에서 범상한 인물은 드물다. 콰지모도와 삼룡이는 그로테스크한 체형과 용모가 서로 비슷하다. 출생과 계층에서도 동질성이 나타난다. 안타고니스트인 프롤로와 새서방의 경우는 연령과 학식, 외모 등은 다르나, 주동인물과의 관계가 유사하고, 여주인공에 대한 가학성이 닮아 있다. 여성인물의 유형에서도 동질성을 나타낸다. 그 다음은 사랑의 패턴이다. 콰지모도와 삼룡이는 모기가 별을 사랑하는 것 같은 사랑을 하는 점에서도 공통된다. 극단적인 것을 한 자리에 놓고 대비하여 그 차이를 돋보이게 하는 수법도 유사하다. 벙어리와 콰지모도는 국적과 시대와 직종이 다른데도 많은 공통분모를 가지고 있다. 그 중에서 극단선호 경향은 초기의 영탄과 느낌의 보고서적 단계를 벗어난 후에도 나도향의 문학에 남아 있는 낭만적인 측면이다. 작풍의 변화의 돌연성, 인물형의 돌변, 감각적 비유법 등도 마찬가지다.

나도향은 「파리의 노트르담」을 읽고, 자기가 알고 있는 삼룡이의 이 야기로 한국의 콰지모도상을 만들어놓은 것 같다. 도향에게는 낭만적 사랑을 그린 작품이 「벙어리」밖에 없다는 점에서 이 소설은 도향의 세 계에서 희소가치를 지닌다. 삼룡이는 콰지모도를 많이 닮았지만, 다행 히도 삼룡이는 삼룡이로서 자립하고 있다. 그는 연화봉에 자기 자리를 굳건히 잡고 있는 것이다. 그렇게 많은 유사성에도 불구하고 삼룡이는 베잠방이가 어울리는 한국인이다. 나도향은 남의 작풍이나 작품을 부분 적으로 차용하는 일을 거침없이 하는 작가다. 하지만 그런 차용이 자신 의 소설의 바탕을 흔들어 놓지는 않는다. 「벙어리」에서도 도향은 '여기 -지금'의 크로노토포스를 살려서 삼룡이에게 육체를 부여하고 있으며, 사건의 일상성을 통하여 소설의 당대성을 확보하여 작품의 개별성을 건 져내고 있다. 로맨스적인 고백문학을 탈피하여 노벨에 접근하고 있으면 서 낭만적 사랑을 정점까지 밀고 나간 곳에 나도향의 나도향다운 특징 이 있는 것이다.

4) 「물레방아」와 「뽕」

(1) 「벙어리 삼룡이」와 「물레방아」

불과 두 달밖에 지나지 않아서 쓴 작품인데, 「벙어리 삼룡이」와 「물레방아」는 모든 면에서 너무 다르다. 우선 여성인물이 판이하다. 방원의 아내는 「벙어리」의 새아씨와 인종이 달라 보일 정도로 차이가 난다. 아씨는 교양있는 양반가문 출신인데 방원의 아내는 막간살이꾼의 아내여서 우선 계층의 격차가 크다. 그래서 교양에 차이가 난다. 하지만 더 큰 차이는 성격과 도덕관에 있다. 새아씨는 규범에 순응하고 사는 모범생이다. 방원의 아내는 그렇지 않다. 그녀는 쾌락원리에 따라 사는 생리인간이다. 욕망이 시키는 대로 그녀는 수시로 남편을 갈아치우며, 돈 때문에 남편을 바꾸면서 양심의 가책 같은 것도 느끼지 않는다.

「물레방아」는 방원의 아내가 늙은 부자 신치규와 흥정을 하는 장면에서 시작된다. 그녀는 첫 남편을 버리고 방원에게 온 여자다. 그런지 2년밖에 지나지 않았는데, 지금 다시 남편을 바꾸려 하고 있다. 처음에는 방원이 좋아서 같이 야반도주를 했을 것이다. 하지만 지금은 돈 때문에 그를 버리려 한다. 그녀는 성과 돈을 주축으로 하여 살아가는 철저한 물질주의자다. 물질주의자임을 부끄럽게 생각하지 않는 유형인 것이다. 김동인의 복녀(「감자」의 주인공) 같은 여인도 처음에는 '도덕에 대한 저픔(두려움)'을 가지고 있었다. 그런데 방원의 아내에게는 애초부터 그런 것이 없다. 그 점에서 그녀는 「뽕」의 안협집과 동질성을 지니고 있다.

나도향의 소설에는 그때까지 살아 있는 여성인물이 거의 없었다. 「환희」에 나오는 신여성들은 성격이 뚜렷하지 않아 유령 같았기 때문이다. 작가의 말대로 혜숙의 말은 항상 "순서없고 애매"하다. 그녀는 미남이 아니라는 이유로 동경유학생인 선용을 탐탁하지 않게 생각한다. 선용보다 미남이며 부자인 백우영에게 끌리는 것이다. 그래서 백우영의 집에 제 발로 찾아가서 겁탈을 당한다. 그리고는 정조를 잃었다는 이유로 그와 결혼한다. 그랬으면서 마지막 부분에서는 선용을 사랑한 것처럼 처신한다. 그러다가 이유도 애매한 채로 백마강에 몸을 던져 자살한다.

애매하기는 영철의 연인도 마찬가지다. 기생인 그녀는 자기와의 유흥비로 빚을진 영철을 구한답시고 백우영에게서 돈을 받고, 그와 같이 인력거를 타고 떠난다. "당신을 양행을 시키기 위해, 부모의 가르침에 순종하여서" 부자 남자와 결혼한다는 이상한 대사를 외우던 심순애처럼, 모든 행동이 납득이 되지 않게 처리되어 있어서, 인물의 개성이 부각되지 못했다. 돈에 관한 태도 역시 애매해서 독자를 헷갈리게 만든다. 백우영을 택한 이유가 돈인지 외모인지 확실하지 않기 때문이다. 안석영의 증언에 의하면 「환희」를 쓸 무렵의 나도향은 기생과 사랑을 하고 있었다 한다.[33] 나도향은 「환희」의 영철처럼 줄창 울고 다니는 센티멘털리스트였고, 돈보다는 사랑이 귀하다고 생각하는 낭만주의자였다. 하지만 그의 분신인 영철은, 돈 때문에 여자를 다른 손님에게 빼앗겨도 별로 분노를 느끼지 않아서, 또 독자들을 혼란스럽게 만든다. 「벙어리 삼룡이」에 나오는 아씨도 개성이 없기는 마찬가지다. 우리는 그 여인들의 이목구비가 어떻게 생겼는지도 짐작할 수 없다. 나도향의 「환희」계의 소설은 인물묘사가 너무 허술하고 통일성이 없다. 그런 경향이 「벙어리」의 아씨까지 이어지고 있다. 그러다가 느닷없이 방원의 처와 안협집 같은 개성이 지나치게 강한 여성형이 출현하는 것이다.

방원의 아내와 안협집은 나도향의 인물 중에서 가장 자세히 묘사된 인물이다. 그들은 지나칠 정도로 성격이 선명하다. 애초부터 사랑에 대한 낭만적 환상 같은 것이 없는 현실주의자인 이 여인들은 「환희」계의 신여성들처럼 주저하거나 망설이는 법이 없다. 강간당하여 할 수 없이 결혼하는 것 같은 짓도 하지 않는다. 그 여자들은 남편을 고르는 권리를 자기가 행사한다. 마땅치 않으면 갈아치우는 결정도 자기가 내린다.

---

33 안석영, 「도향의 비련」, 『여성』 4권 4호, p.4.

성적 파트너도 마찬가지다. 그들은 정조관념이 희박하지만, 싫은 남자는 손도 못 대게 하는 까다로움도 가지고 있어서 남자들에게 항상 군림한다. 나혜석처럼 구호를 외치는 것도 아닌데, 이 여자들은 나혜석보다 더 자유롭고 자율적인 삶을 산다. 그때까지 나도향의 여인들은 잘 죽었다. 「환희」의 혜숙과 설화는 자살하며, 방원의 아내는 남편 손에 죽는다. 모두 스스로 선택한 죽음이기는 하다.

하지만 드디어 어떤 역경에서도 죽지 않는 여자가 나타난다. 안협집이다. 아버지의 노름빚에 팔려온 그녀는 아편쟁이요 노름꾼이라는 최악의 조건을 가진 남자와 살면서도, 항상 씩씩하다. 뽕지기와 잔 것이 들통나서 남편에게 죽도록 얻어맞고 난 후에도 "안협집은 여전히 동릿집 공청 사랑에서 잠을 자는" 담대함을 과시하며, 그 난리 속에서도 "누에는 따서 삼십 원씩 나눠 먹"는 계산을 잊지 않는다. 돈과 성 두 가지를 모두 원하는 대로 처리한 것이다. 그 무렵의 소설에 나오는 신여성 중에서는 「제야」(염상섭)의 정인이 가장 패륜적이며 현실적인 여성으로 그려져 있었다. 하지만 그녀는 자기 잘못을 뉘우치고 자살을 결심한다는 점에서 안협집과는 적수가 되지 못한다. 안협집은 어떤 경우에도 뉘우치거나 자살을 하지 않을 타입이다. 어떤 악조건 속에서도 욕심대로 살 수 있는 의지력과 투지를 가지고 있는 것이다.

그런 강렬한 자유의지 때문에 안협집은 자연주의에 적합한 주인공이 될 수 없다. 에밀 졸라는 환경에 의해 망가지는 여인들을 그렸는데, 안협집은 나나나 제르베즈처럼[34] 의지박약형이 아니어서 환경의 피해자가 되지 않는다. 유전과 환경이 인간의 자유의지를 말살시키는 시나리

---

34 자연주의의 주장자인 에밀 졸라의 「나나」와 「목로주점」의 여주인공. 그들은 모녀지간이어서 유전과 환경의 결정성을 보여주는 알맞은 표본이다.

오를 자연주의자들은 쓰고 싶어 하는데, 안협집은 그 범주에 들어갈 여건이 없다. 그녀는 의지가 강한 타입인데다가 너무 건강하다. 그리고 환경에 의해 망가져 가는 것이 아니라 새 환경을 개척하는 것이다.

안협집과 방원의 아내는 프로문학에 적합한 인물형도 아니다. 계층은 프로문학과 비슷하지만, 에고이스트여서 계급의식이 전혀 없다. 뿐 아니다. 방원의 아내는 신치규의 안방을 차지하면 계층이 부르주아로 업그레이드 된다. 안협집도 수단을 가리지 않고 돈을 모으고 있으니 곧 중류층에 편입될 것이다. 그들은 영악해서 누군가에게 착취를 당할 타입이 아니다. 프로문학과 인연이 닿지 않는 이유가 거기에 있다. 후기에 가서 인물의 계층이 최저층으로 하락하면서 나도향의 세계에는 이런 몰염치하면서 건강한 여성들이 나타난다. 돌연한 출현이다.

방원의 아내와 안협집은 나도향의 인물 중에서 가장 강렬한 개성을 지닌 인물들이다. 「뽕」에는 남성인물들도 개성이 강한 사람이 있다. 낭패를 당하면서도 물러서지 않고 계속 안협집을 탐하는 머슴 삼돌이나, 여자에게 기생하는 요령을 터득하고 있는 아편쟁이 김삼보 같은 인물들이다. 하지만 그들에게는 현실을 개선하려는 강한 투지가 없다. 그래서 초기의 감상적인 남자들처럼 그들도 언제나 여자에게 지고 있다. 나도향의 남성인물에는 여자에게 지는 유형이 많다.

「벙어리」와 「물레방아」의 또 하나의 차이점은 양성관계의 격차에 있다. 초기 작품에는 「벙어리」형 사랑을 꿈꾸는 남자들이 많았다. 그러나 후기의 2작에서는 벙어리식 플라토닉한 사랑과는 정반대인 양성관계가 나타난다. 남녀 모두가 성을 주축으로 하여 사귀고 있기 때문이다. 유부녀의 매음까지 나오는 상황이다. 특이한 것은 성을 상품화하면서도, 성을 파는 쪽이 주도권을 가지는 여성주도형 성관계가 생겨난다는 점이다. 삼룡이식 순정은 여기에 오면 웃음거리밖에 되지 못한다. 나도향의 남성인물 중에서 벙어리 같은 헌신적 사랑을 하는 인물은 앞에도 뒤에도 없다. 하지만 여자들에 비하면 남자들에게는 삼룡이와 유사한 점이 아직도 더러 남아 있다. 방원과 삼돌이의 경우가 그것이다. 그들의 사랑은 벙어리처럼 플라토닉한 것은 물론 아니다. 하지만 여자들처럼 물질화되어 있지는 않다. 방원의 사랑에는 손익계산이 들어 있지 않다. 방원은 여자를 붙잡을 가망이 없어지자 여자를 죽이고 자기도 죽는 쪽을 택한다. 목숨을 버릴 만큼 순수한 집착을 끝까지 가지고 있던 것이다. 벙어리적인 순정은 아니지만, 돈 계산과 무관하다는 점에서 삼돌이의 사랑도 방원의 것과 유사성을 지닌다. 남성인물의 이런 순수한 집착도 이 소설들이 노벨이 되지 못하는 요인을 만든다.

그런 요인은 또 하나 있다. 작품의 공간적 배경이다. 물레방앗간이나 뽕밭 같은 목가적 배경이 이 소설들이 지니는 낭만적 요인이다. 「메밀꽃 필 무렵」과 유사한 배경이기 때문이다. 커뮤니티와 떨어진 변두리 지역이라는 것, 아름다운 자연 속이라는 것 등에서 이 소설의 배경은 낭만파가 매력을 느낄 공간이다. 「벙어리」에는 그런 자연적 배경이 없어서 삼룡이의 사랑에서 낭만성을 삭감해 갔는데 「물레방아」와 「뽕」은 인물이나 사건이 전혀 낭만적이 아닌데 배경만은 낭만적이다. 낭만적 배경과 자유의지를 가진 인물형은 도향의 후기 소설에도 남아 있는 낭만적 요인이라고 할 수 있다. 그의 문학이 이렇게 끝까지 낭만적 요인을 탈피하지 못하고 있기 때문에, 굳이 문예사조와 관련시킨다면 나도향은 낭만주의자라는 말(이인복)이 나오는 것이다.

(2) 두 개의 물레방아

우리나라의 초창기 문학에는 물레방앗간을 배경으로 한 작품이 많다.

손바닥같이 환히 열려 있는 농촌에서, 물레방앗간은 인적이 드문 곳에 위치해 있으면서 외부에서 잘 보이지 않으니까, 은밀한 만남의 장소가 되는 일이 많다. 시골에서 남의 이목을 꺼리는 남녀의 랑데부 장소로는 그 이상 적합한 곳이 없다. 그러나 물레방앗간은 랑데부 장소로만 쓰이는 것은 아니다. 정미소의 출현과 더불어 실용적 가치가 없어진 물레방앗간은, 행려병자나 거지의 거처가 되기도 하며, 때로는 관의 눈을 기이는 정치범의 은둔처가 되기도 하고, 여럿이 은밀한 모의를 하는 장소로도 쓰여서, 신소설 때부터 소설 속에서 중요한 역할을 해 왔다. 이인직의 「귀의 성」에서 시작해서 박경리의 「토지」에 이르기까지 물레방앗간이 중요한 역할을 하는 소설이 많은 것은 그 때문이다.

이렇게 여러모로 이용가치가 많은 물레방앗간을 문학적 명물로 격상시킨 소설들이 있다. 이효석의 「메밀꽃 필 무렵」과 나도향의 「물레방아」다. 이 두 소설은 물레방앗간을 배경으로 해서 남녀 간의 관계를 그렸다는 점에서 공통되는 면을 가지고 있다. 하지만 내용은 너무나 다르다. 마치 비슷한 곳에서 일어나는 사건이 경우에 따라 얼마나 다르게 나타나는지 보여주는 본보기처럼 너무나 다른 사건이 거기에서 벌어지고 있는 것이다.

「메밀꽃 필 무렵」의 물레방앗간은 아름다운 신화가 생겨나는 로맨틱한 사랑의 배경이다. 생전 보지도 못하던 생소한 남자와 여자가 거기에서 우연히 만난다. 주인공은 평생 여자와는 인연이 없을 것 같은 얼금뱅이 장돌뱅이인 허생원과 먼 곳에 팔려 가게 되는 성서방네 처녀다. 어느 달밝은 밤에 허생원은 목물을 하러 갔다가 옷을 벗으러 물레방앗간에 들어간다. 그런데 거기에는 '난데없이' 성서방네 처녀가 와 있다. 처녀는 울고 있다. 우는 모습이 안쓰러워 남자는 여자를 위로하려고 다가서고, 슬픔 때문에 마음이 여려진 여자는 남자의 따뜻한 마음에 감응하여 그 품에 안긴다.

이 한 번의 정사는 20년의 세월을 두고 열매를 익혀간다. 아이가 생겨서 커간 것이다. 그것도 모르고 허생원은 추억을 새김질하면서 20년 동안이나 고달픈 장돌뱅이의 일상을 견뎌온다. 소금을 뿌린 것처럼 메밀꽃이 하얗게 핀 달밤을 배경으로 한 정갈한 로맨스다. 사생아를 낳고 작부가 되었다가 딴 남자를 거쳐 중년이 된 여인, 성서방네 처녀의 현재의 조건은 그렇게 삭막하다. 그러나 허생원 안에 있는 그녀의 이미지는 환상적인 달밤의 메밀꽃밭처럼 때묻지 않은 순수한 아름다움을 그대로 간직하고 있다. 그 희미한 꿈의 자취를 찾아서 20년 만에 허생원은 봉평을 향해 간다. 그녀를 다시 만날 수 있다는 생각에 신명이 나서 허생원은 "발걸음이 해깝"고, 나귀의 방울 소리도 한층 청청하게 들린다. 아름다운 목가적 서정시의 한 대목이다.

그런데 나도향의 「물레방아」는 서정시와는 너무나 다른 음습한 살인 장소로 그려져 있다. 「물레방아」는 도입부에서부터 양성 간의 어긋남이 드러난다. 방원의 아내가 신치규를 만나는 밀회 장소로 나오기 때문이다. 젊고 건강한 남편을 가진 스물두 살의 유부녀가 오십이 넘은 늙은이와 자신의 몸값을 흥정하는 만남이 거기에서 이루어진다. 자신의 교태가 남자에게 미칠 효과를 정확하게 계산할 줄 아는 노련한 여자는, 몸을 꼬고 웃음을 흘려서 먼저 남자를 사로잡는다. 그리고는 자신에게 유리하게 흥정을 진행시킨다. 그녀는 능숙한 장사치다. 흡족한 거래 조건이 제시된 후, 남편의 처리 문제까지 결정을 보고나서야 여자는 남자를 따라 방앗간으로 들어간다.

달은 거기에도 떠 있다. 하지만 그 달은 살아 있는 짐승처럼 숨을 쉬는 것 같은 정감어린 허생원의 달이 아니다. 메밀꽃, 산, 나귀, 인간이 하나로 융화되어 승화되는 것이 이효석의 달이라면 나도향의 달은 방원의 아내처럼 정서와는 인연이 없는 죽은 발광체다. 그러나 방원은 무기물일 수 없다. 그는 숨을 쉬고 사랑을 하고, 정서적 갈망에 휩싸여 있는 정상적인 젊은이다. 그런 어긋남에서 문제가 생겨난다. 치고받고 싸우며 살면서도 방원은 아내를 사랑한다. 방원이 아내를 때리는 것은 "손으로 하는 농담"에 불과하다. 그 부부는 부둥켜안고 자고 나면 모든 악감정이 다 풀리는 그런 관계였던 것이다. 남자와 여자의 정감의 차이가 종결부의 피비린내 나는 사건을 몰고 온다. 여자가 끝내 자기를 따를 것을 거부하자 방원은 아내를 칼로 찌르는 것이다.

> 칼자루를 든 손이 피가 몰리는 바람에 우루루 떨리더니 피가 새어 나왔다. 방원은 그 칼을 빼들더니 계집 위에 거꾸러져서 가슴을 찌르고 절명하여 버렸다.

여자는 스물을 겨우 넘은 나이인데도 이미 경제인간으로 자리를 잡고 있다. 그런데 남자는 연상인데도 아직 여자에 대한 정념을 버리지 못한다. 그녀 때문에 남자는 고향에 살 수 없는 처지가 되었고, 감옥에까지 갔다 왔다. 하지만 아직도 그에게는 원한보다 집착이 앞서고 있다. 그는 여자를 만나기 위해 2백 리 길을 걸어서 온다. 여자와 남자의 이런 어긋나는 마음이 비극을 몰고 온 것이다. 허생원과 성처녀의 이야기는 아름다운 한폭의 목가인데 비해, 방원부부의 이야기는 살벌한 참극이다. 같은 배경에서 일어나는 낭만적 사건과 현실적 사건의 표본 같은 설정이다. 방원의 처는 노벨에 어울리는 인간형인데, 허생원은 아니기 때문이다. 20년 전의 추억 하나로 70리의 도보 여행이 소풍길처럼 즐거워지는 이효석의 물레방아의 낭만성을 나도향의 물레방아에서는 찾을 수 없다. 비평가들이 이 소설에 자연주의라는 레테르를 붙이고 싶어하는 이유가 거기에 있다. 하지만 나도향에게는 아직 방원이 남아 있다. 죽도록 한 여자에 집착하는 방원의 존재는 그 소설이 노벨이 되는 것을 훼방하고 있다.

(3) 새로운 여성형

방원은 화수분(「화수분」의 주인공)처럼 아내를 굶기는 남자가 아니다. 복녀(「감자」)의 남편처럼 게으르거나 몰염치하지도 않다. 그는 성실하고 부지런한 남자이며, 아내를 지극히 사랑하는 남편이다. 문제는 가난에 있다. 여자는 가난이 싫다. 죽기보다 더 싫은 것이다. 가난에서 탈출하기 위해 그녀는 남편을 버리기로 결심한다. 칼에 찔리면서도 여자는 그 소신을 버리지 않는다. 그녀는 안협집처럼 한번 결정하면 죽더라도 신념을 굽히지 않는 타입의 여자다.

그녀가 방원을 버린 동기는 순전히 돈에 있다. 그런 여인들은 전에도 많았다. 그녀의 문제는 그 일에 일말의 가책도 느끼지 않는 점에 있다. 모럴 지향적인 한국에서는 악행을 저지르는 사람도 명분은 세우려 애를 쓴다. 심순애가 돈 때문에 남자를 버리면서 "당신을 양행을 시키기 위해"라는 구실을 만드는 것은 그것이 나쁜 일이라는 의식이 있기 때문이다. 의붓자식을 모함하여 죽이는 장화의 계모도 명분은 '가문의 명예'라는 근사한 것이다. 그래서 「제야」에 나오는 정인은 유서를 쓰고, 그래서 혜숙(「환희」)은 자살을 한다. 그런데 방원의 처나 안협집에게는 그런 수치심이 없다. 몰염치하게 돈을 챙기는 데 대한 부끄러움이 없는 것이다. 수치의 문화인 유교에서 완전히 벗어난 호모 에코노미커스의 출현이다.

"왜 남의 팔을 잡고 요 모양야. 오늘부터는 나를 당신이 그리 함부로 하지는 못해요! 더러운 녀석 같으니! 계집이 싫다고 그러면 국으로 물러 갈 일이지, 이게 무슨 사내답지 못한 일야!"

밀회의 현장을 들킨 여자의 언사가 이렇게 당당하다. 마지막 장면에서도 그녀는 굽히지 않는다. "내가 그까짓 칼쯤을 무서워서 나 하고 싶은 것을 못 한단 말이요? …… 자! 찌르려거든 찔러 보아요." 여자는 그렇게 소리를 지른다. 호세와 칼멘의 마지막 장면을 연상시키는 대목이다. 나도향은 이런 여성형을 그리는 데 성공하고 있다. 도향의 작품에서는 보기 드물게 그 여인들을 묘사한 부분은 자상하다. 방원의 아내는 "새침한 얼굴이 파르족족하고 길다란 눈썹과 검푸른 두 눈 가장자리에 예쁜 입, 뾰로통한 뺨이며 콧날이 오똑한 데다가 떡벌어진 엉덩이"를 가지고 있다. 그녀는 화가 나면 얼굴이 노래진다. 안협집의 묘사는 한 술 더 뜬다. 암상이 나면 그녀는 "포르께한 눈을 사르르 내리 감는" 버릇이 있다.

그녀는 남편에게 칼부림을 당해 죽는 방원의 아내보다는 한수 위다. 안협집은 신치규 같은 노인에게 빌붙어 계층 상승을 할 마음이 없다. 그녀는 내놓고 공청 사랑에서 잠을 자는 창녀 같은 여인이지만, 싫은 남자는 가까이에 다가서지도 못하게 하는 매몰찬 성벽을 가지고 있다. 칼이 들어와도 싫은 일은 하지 않는 점은 방원의 아내와 유사하다. 남편이 옥살이를 하다 돌아와도 눈 하나 깜작하지 않는 방원의 아내처럼 안협집은 남편에 대한 집착이 없다. 그녀에게 남편은 그냥 집에서 기르고 있는 호신용 가축 같은 존재일 뿐이다. 그래서 그녀는 남편에게도 삼돌이에게 도도하게 군림한다. 남자에 의존할 마음이 없기 때문이다. 그녀는 나도향이 찾아낸 새로운 여성형이라 할 수 있다.

5) 「환희」와 「뽕」과의 거리

나도향은 글을 몰아 쓰는 형이다. 「환희」를 쓴 1922년에 그는 초기 3작과 장편소설 「환희」를 다 썼다. 그리고 3년이 지난 1925년에 후기를 대표하는 「벙어리 삼룡이」와 「물레방아」 그리고 「뽕」을 썼다. 불과 6개월 동안에 벙어리의 순정에서 시작해서 안협집의 매춘에까지 초고속으로 달려간 것이다. 달려가면서 그는 성장했다. 「벙어리」와 「물레방아」가 다르듯이 「물레방아」와 「뽕」도 다른 곳이 많다. 작품마다 변화의 자취가 나타나고 있는 것이다.

그 세 작품에는 초기의 작풍과는 다른 공통 특징이 있다. 「환희」계의 소설들은 인간의 내면과 감정에만 초점을 맞춘 '느낌의 보고서'들이다. 그 느낌은 작가 자신의 것이라고 해도 과언이 아닐 만큼 「환희」계의 인물은 작가와 겹치는 부분이 많다. 작가처럼 예술 지망생인 20대 초반의 모던한 남녀들의 내면의 풍경화가 초기 소설의 세계를 이루는 것이다. 그러다가 갑자기 그는 「벙어리 삼룡이」를 쓴다. 사회의 최저층에 속하는 무식한 머슴의 순애보로 방향을 전환한 것이다. 안협집이나 방원 같은 무식무산층의 시골 남녀들이 그 뒤를 잇는다. 그러면서 인물형도 주제도 모두 달라진 새로운 소설이 출현하는 것이다.

그 새로운 세계에 발을 들여놓으면서 그는 사라진다. 달리기를 시작하고 곧 숨이 멎은 것이다. 그래서 그는 마지막까지 자기 세계를 확립하지 못한다. 「벙어리 삼룡이」 이후에도 초기적인 결함사항은 아직도 군데군데 남아 있어서 「물레방아」도 신춘문예의 가작 당선 소설 같다는 평을 듣는 것이다.[35] 「물레방아」에는 신소설의 인물 소개가 이따금

---

35 김우종, 「씨족문학의 일 지점」, 『문학사상』 1973년 6월호.

나오기도 하기 때문이다. "그 여자는 방원의 아내로 지금 나이가 스물두 살 한창 정열에 타는 가슴으로 가장 행복스러울……" 하는 식의 표현이다. 하지만 그는 마지막 6개월 동안에 작품마다 빠른 성장을 보여주면서 자기만의 유니크한 세계를 창조하기 시작했다. 사실 그는 26세에 세상을 떠난 문학청년에 불과해서 1925년이 그의 본격적인 창작의 첫해였다고 해도 무방할 처지에 놓여 있다. 창작 기간이 5년밖에 되지 않았지만 작풍이 달라졌기 때문에, 전·후기로 나누었으니까 「환희」와 「뽕」의 변별특징을 탐색하는 작업이 요구된다. 그 두 작품 속에 도향문학의 알파와 오메가가 들어 있기 때문이다.

(1) 센티멘털리즘의 지양

「환희」와 「물레방아」, 「뽕」 등을 비교해보면, 같은 작가의 작품이라고 하기 어려울 정도로 다른 세계가 나타난다. 초기의 세계를 메꾸고 있던 센티멘털리즘이 후기에는 싹 사라지면서 도시적 배경도 사라지고 토속적인 세계가 나타난다. 아무데서나 울고 다니던 「환희」 속의 사춘기의 모던 보이들은 「뽕」에 가면 최저층에 속하는 머슴이나 아편쟁이로 대체되어 있다. 그들은 결혼해서 기혼자가 되어 있거나, 아무렇지도 않게 남의 밭의 뽕을 훔치는 막일꾼이 되어 있다. 그런 인물들이 등장하면서, 운다는 사실에서 희열을 느끼던 사춘기적 감정유희도 사라진다. 샤토브리앙에서 뒤마로 옮겨가는 프랑스 낭만주의의 진행과정보다 속도가 더 빠르다. 인물들이 너무 빨리 딴 사람처럼 변하기 때문이다. 그 중에서도 여성들의 변화는 괄목할 만하다. 후기에 나타나는 건 성인 남녀의 세계다. 루카치는 노벨을 '성인남자의 장르'라고 규정했다. 어찌 남자만이겠는가? 성인 남녀의 세계를 그린 「물레방아」와 「뽕」은 그만큼 노벨에 접근해 있는 것이다.

(2) 자전적 세계에서의 탈피

센티멘털리즘에서 탈피하면서 인물의 계층에 변화가 일어난다. 「환희」계의 작품에서는 인물형이 유사했다. 자전적 소설이기 때문이다. 그러니까 작가처럼 인텔리인 그들은 우는 것이 특기인 예민한 사춘기의 청년들이어서, 헤픈 눈물과 치기稚氣, 우울과 고뇌의 양상까지도 작가와 유사하다. 그런데 후기에 가면 작가와는 닮은 데가 전혀 없는 거칠고 토착적인 인물들이 나타난다. 주동인물이 머슴의 계층으로 바뀌기 때문이다. 후기의 대표작 세 편에는 인텔리가 전혀 나오지 않는다. 자전적 소설의 시기가 끝난 것이다.

그 뒤를 객관적 리얼리즘을 지향하는 사실적인 소설들이 계승한다. 자전적 소설을 벗어나면서 인물형이 다양화된다. 남의 이야기이기 때문이다. 삼룡이나 방원, 김삼보 등은 영철이나 선용과 다를 뿐 아니라 자기들끼리도 서로 다르다. 삼룡이는 순정파의 심성이 반듯한 머슴이고, 방원은 여자가 떠나려고 하자 칼로 찔러 죽이는 행동파인데, 삼보는 아내의 부정을 눈감아주면서 남편자리를 유지하려 드는 능구렁이다. 공통되는 것은 계층과 양성관계가 순탄하지 않은 점뿐이다. 여자들도 다양하다. 방원의 처와 안협집은 동류지만 서로 다르다. 방원의 처는 남자를 통해 계층 상승을 추구하지만, 안협집은 스스로의 힘으로 계층 상승을 이룰 타입인 것이다.

(3) 양성관계의 변화

후기에 가면 인물의 계층이 낮아지면서 양성관계가 변한다. 「벙어리」
까지의 감정적 사랑에서 육체적 사랑으로 옮겨가는 것이다. 그와 때를
같이하여 여성인물의 비중이 높아진다. 그러면서 방원의 처와 안협집
같은 물질주의자의 목소리가 갑자기 커진다. 「벙어리 삼룡이」는 「환
희」와 「물레방아」의 중간에 속한다. 비자전적 소설이라는 점에서는
「물레방아」 계열에 속하지만, 양성관계에서는 「환희」계와 친족성을 나
타내기 때문이다. 물질보다는 사랑을 중시하는 점에서 방원과 삼돌이는
벙어리와 친족성을 나타내는 면이 있다. 남자들은 여자만큼 물질주의에
물들지 않은 것이다.

도향의 작풍의 변화는 양성관계의 변화와 관련이 있다고 해도 과언이
아니다. 여성의 이미지가 여신에서 창녀로 전락하는 과정에서 그의 작
풍의 모든 변화가 생겨나기 때문이다. 그 무렵의 문인들은 대체로 여성
관이 「환희」의 이영철과 비슷했다. 감정적으로는 막연한 동경 속에서
신여성을 신비화하고 있는데, 현실적인 사랑의 대상은 돈으로 거래되는
기생인 경우가 많은 것이다. 나도향도 이영철처럼 기생을 연모한 문학
청년이다. 돈이 없으면 만날 수 없는 기생과의 관계를 통하여 그는 점
차 현실을 터득해 갔다고 할 수 있다. 기생 뒤에는 포주가 있으니 기생
과의 데이트는 본인이 아무리 순수하다고 해도 돈이 없으면 불가능하
다. 도향이 연인을 못 만나 애를 태우자 한번은 친구들이 데이트 비용
을 모아준 일도 있다고 한다.(주 33 참조) 하지만 계속 남들이 도울 수는
없으니 「환희」의 영철처럼 데이트 비용이 빚으로 남는 경우가 생긴다.
그 과정에서 돈의 위력을 터득했다고 할 수 있다. 거기에 도향의 가세
가 갑자기 기운 불행이 가산되고, 나이가 많아진 것도 보태져서 그의

양성관이 바뀌는 것이다.

하지만 도향의 경우에는 여성의 변화의 폭이 너무 크고, 너무 돌연하다. 불과 두 달 사이에 「벙어리 삼룡이」의 품위 있는 여인상에서, 돈 때문에 남편을 바꾸는 「물레방아」의 여자로 전환하기 때문이다. 그의 문학을 전·후기로 나누지 않을 수 없는 것은 그런 양성관계의 변화 때문이다. 그런데 남자들은 아직 그렇지 못한 데서 문제가 생겨난다. 방원은 그런 여자를 단념하지 못해서 자살하기 때문이다. 기생을 선녀처럼 동경하고 싶어했던 영철이가, 삼룡이가 되어 아씨를 향한 플라토닉한 사랑에 목을 매더니, 두 달 후에는 여자를 칼로 찔러 죽이는 방원으로 변신했다고 할 수 있다. 여자들과 남자들의 그런 차이점이 이 소설이 노벨이 되지 못하는 여건 중의 하나가 된다.

비극적 종결법도 같은 일을 하고 있다. 방원의 아내는 남편의 칼에 찔려 숨을 거두니까 표면적으로 보면 피해자처럼 보인다. 하지만 그건 아니다. 죽음을 선택한 것은 여자이기 때문이다. 그래서 그 죽음은 여자의 패배를 의미하는 것이 아니라 남자의 패배를 의미한다. 하지만 그 남녀는 모두 환경의 희생자가 아니다. 선택권을 가진 자유로운 인간들이기 때문이다. 그래서 나도향은 졸라와 동류가 될 수 없다. 여자가 칼에 찔려 죽는 비극적 종말에도 불구하고 도향의 문학에서는 여자보다는 남자가 약자가 되는 경우가 많고, 양성관계가 비극적으로 끝나는 일이 많다. 평생 슬픈 사랑만 하다가 간 작가의 삶과 조응하는 현상이라고 할 수 있다.

(4) 문체와 장르면의 변화

일본의 1910년대는 자연주의 시기였다. 나도향은 '무각색, 배허구'

의 구호를 내걸었던 일본 자연주의의 평면묘사의 기법을 알고 있었을 가능성이 많다. 그와 가까웠던 김동인, 염상섭 등이 자연주의와 관련되고 있었기 때문이다. 자신의 일상을 각색하지 않고 그대로 재현해 놓고 있는 점에서 그의 초기 소설의 묘사법은 다야마 카다이의 기법과 비슷한 데가 있다. 하지만 일본 자연주의는 감성의 로마네스크를 그리는 문학이 아니다. 기혼인 카다이는 자신의 일상적 가정생활을 객관적 방법으로 시시콜콜하게 재현한다. 자전적 이야기를 무선택하게 재현하려 한 것이다. 평면묘사법을 주장한 카다이가 그 수법으로 쓴 「생」이나 「아내」는 산만하고 지루하다.

나도향의 초기 소설들도 지루하고 산만하다. 나도향은 일본 자연주의에서 현실을 여과하지 않고 그리는 방법만 가져다가 낭만파답게 감성의 세계를 재현한 것이라고 볼 수 있다. 그러면서 그는 지루하건 산만하건 개의치 않았다. 일본에서도 그런 묘사법이 나돌고 있었기 때문일 것이다. 그의 초기 소설의 산만성의 출처는 거기 있다고 할 수 있다. 자연주의식 '배허구'와 '평면묘사'를 대정시대에 유행하던 루소적인 감정묘사와 접목시킨 것이 그의 초기 소설의 문장이라고 볼 수 있기 때문이다.

초기의 나도향은 형식적 완숙성에는 관심이 적었던 작가처럼 보인다. 「환희」를 자신의 처녀작이라고 말하면서 나도향은, 그 무렵에 자신이 두어 시간 동안에 4, 50매씩 소설을 썼다고 고백하고 있다. 그것을 작가는 '누워서 엿먹기'라고 표현했다. 그 무렵의 자기 소설이 "센티멘털하고 통속에 가까운 소설"이었다는 것도 아울러 자백한다.[36] 문학을 하는 태도가 김동인이나 염상섭처럼 진지하거나 체계적이지 않았다는 이야기가 된다. 의과대학을 다니다 만 그는 본격적인 문학공부를 한 일이

---

36 「환희-처녀작 발표 당시의 감상」, 『나도향전집』 상권, p.43.

없는 작가다. 영문학을 전공하려고 동경에 갔으나 집에서 송금을 거부해서 되돌아오고 말았기 때문이다. 「환희」의 이영철처럼 나도향도 하이네나 괴테의 작품을 읽었을 것이고, 「파리의 노트르담」이나 「카르멘」 같은 소설도 읽으면서 문학을 독학했을 것이다. 그렇게 혼자 공부를 하면서 나도향은 여러 곳에서 마음 내키는 요소를 골라서 자신의 문학의 자양으로 삼았던 것 같다.

그런 변화에는 초창기 문단의 미숙성도 관련이 있을 것 같다. 「환희」계의 그가 산만한 '느낌의 보고서'들이 그대로 발표될 수 있었던 것은 1922년 당시의 문단의 미숙성과 관련이 있다고 할 수 있기 때문이다. 『창조』, 『폐허』, 『백조』 등의 문학 동인지 외에 『개벽』, 『조선문단』, 『동광』 등의 잡지와 신문이 여러 개 나왔는데, 막상 소설가는 배출되지 않았던 것이 그 시기의 실상이었다. 그런 시기가 아니었다면 나도향의 초기의 작품들은 햇빛을 보지 못했을 가능성이 많다.

하지만 1925년은 다르다. 이미 한국의 근대소설이 자리를 잡아가고 있었기 때문이다. 『창조』와 『폐허』 시대가 지나가고, 자연주의와 프로문학이 도입되면서 문단의 기틀이 잡혀갔기 때문에 백조파식 감상적 감정유희는 설자리를 잃는 것이다. 그런 시대적 분위기가 감수성이 예민한 나도향에게 작용하여 후기의 작품들을 만드는 데 기여했을 것이다. 후기에 가면 문장이 다듬어지면서 간결해지고, 객관적인 외면 묘사의 폭이 넓어져서, 그의 문학이 객관적 리얼리즘에 접근해 가고 있다. 장르를 단편으로 바꾼 것도 후기 작품에 기여한 바가 크다. 「물레방아」와 「뽕」에 나타나 있는 다듬어진 문체와 단편소설의 압축된 양식은 그가 대중성을 탈피하여 순수문학으로 다가가는 것도 의미한다. 당시의 한국에서는 단편소설이 순수소설의 아성이었던 것이다.

나도향은 남의 것을 수용하는 태도가 좀 방만하다. 좋아 보이는 것이 있으면 막 받아들이는 식이다. 그래서 나도향의 문학에는 평면묘사 외에도 너무나 많은 다른 작가들의 파편이 섞여 있다. 그는 후기 2작에서 이효석식 낭만적 배경을 차용했고, 이인직식 변사조로 인물을 소개하고 있으며, 프로 작가들과 같은 계층의 인물들을 선택했고, 에밀 졸라처럼 물질주의적 인간형을 등장시켰다. 벙어리의 사랑 이야기에는 「파리의 노트르담」에서 차용한 것이 아주 많으며, 「물레방아」의 종장에서는 「카르멘」의 죽는 장면을 빌렸을 가능성도 엿보인다.

그런 과정에서 점차로 나도향은 남에게서 빌려온 것 중에서 자신에게 맞지 않는 것들은 버리는 법을 배운다. 후기에 가면 그는 '무선택', '배허구'의 원리를 버리고, 작품의 치수도 줄여서 압축된 구조를 가진 단편 소설들을 쓰기 시작한다. 그러면서 다른 것도 많이 버린다. '느낌의 보고서' 쓰기도 버리고, 센티멘털리즘도 버리고, 벙어리식 플라토닉 러브의 환상도 버린다. 그러면서 마지막 2작의 세계를 만들어가는 것이다.

그는 남의 것을 방만하게 차용하지만, 그중 누구의 틀에도 얽매이지 않는 특기가 있다. 그래서 결국은 자기만의 인물형을 창조하는 데 성공한다. 방원의 처와 안협집은 누구도 닮지 않은 나도향의 인물들이다. 안협집은 도향 문학의 기억할 만한 이정표라 할 수 있다. 김우종의 말대로 신춘문예의 가작 당선 작품의 수준도 될까말까한 「물레방아」가 오늘날까지 독자의 관심을 끌고 있는 것은, 방원의 아내 같은 인물형을 창조한 데 기인한다고 할 수 있다. 신파조의 가락이 아직도 섞여 있는 문장 속에서도 그 여인들을 묘사한 부분은 구체적이고 객관적이라는 점도 시사하는 바가 있다. 방원의 아내나 안협집은 어떤 주의와도 맞지 않는 나도향의 독창적인 인물형이다. 변종화 화백이 『문학사상』에 나도향의 초상화를 그릴 때, 이 두 여인을 함께 그려 넣은(1973. 6) 이유를 알 것 같다.

「환희」계의 소설들과 후기 3작의 거리는 위에서 살펴본 것처럼 1) 감상적 낭만주의에서의 탈피, 2) 자전적 '느낌의 보고서'에서 객관적 리얼리즘으로의 이행, 3) 인물의 계층 하락, 4) 물질주의적 양성관계 5) 문장의 간결화, 6) 단편양식의 정착 등에서 나타난다. 하지만 단편소설 두 편을 가지고 한 작가의 작풍을 규정하는 것은 주저가 앞서는 일이다. 그것은 그가 나아갈 수 있었던 방향을 지시하는 표지판 구실을 하고 있을 뿐 완성된 작품을 보여주는 것은 아니기 때문이다. 그의 문학은 일찍이 월탄月灘, 동인 등이 지적한 것처럼 하나의 기능성을 보여주는 데서 끝난 문학이다. 개화하려다가 속절없이 져버린 그는 문학사의 영원한 놓친 고기인 것이다.

(「낭만과 사실에 대한 재비판」, 『문학사상』, 1973
「물레방아'의 대응적 의미론」, 『문학사상』, 1977. 3
'벙어리 삼룡이'와 '파리의 노트르담」, 미발표
이 세 편을 종합하여 2019년 쓴 것)

참고문헌

주종연 · 김상태 · 유남옥 편, 『나도향전집』 상 · 하, 집문당, 1988.
정기수 역, 「파리의 노트르담」, 『세계문학전집』 113-4, 민음사, 2005.
이인복, 『현대소설과 상징의 기능』, 민음사, 1976.
백   철, 『조선신문학사조사』, 신구문화사, 1969.
조연현, 『한국현대문학사』, 인간사, 1968.
채   훈, 『1920년대 한국작가연구』, 일지사, 1978.
강인숙, 『자연주의 문학론』 1, 고려원, 1987.
_____, 『자연주의 문학론』 2, 고려원, 1991.
이재선, 『한국현대소설사』, 홍성사, 1979.
「나빈의 낭만주의와 사실주의」, 『문학사상』, 1973. 6.

정한숙, 「반성과 해명」

이형기, 「놓친 고기론1979」

김우종, 「씨족문학의 새 지점」

강인숙, 「낭만과 사실에 대한 제비판」

채훈, 「거듭되 오류와 새 입론」

새 자료로 본 나도향의 생애 문학사상 자료조사연구실

Irving Babitt, *Rousseau and Romanticism*, Meredian Books, 1959.

A Lagarde, L. Michar, *Les Grands Auteurs francais* 5, Bordas, 1956.

J. W. Linn and H. W. Tailor, *A foreword to fiction*, Appleton-Century-Crofts, Inc., 1935.

Carter Colwell, *A Student's Guide to Literature*, New York: Washinton Square press, 1973.

片岡良一, 『日本浪漫主義文學硏究』, 法政大出版局, 소화 33.

木村毅, 『小說硏究 16講』, 新潮社, 대정 15.

吉田精一 編, 『日本自然主義硏究』 상·하, 東京堂出版, 1976.

『田山花袋集』 『新潮日本文學』 7권, 新潮社, 소화 49.

George Brandes, 內藤濯·葛川篤 역, 『19世紀 文學主潮史』 3권-佛蘭西の浪漫派, 春秋社, 소화 5.

「ノヴェルとロマンス」, 『英美文學』 6, 學生社, 1977.

4. 한국 소설에 나타난 남성상

　제한된 지면에서 한국소설에 나타난 남성상에 대하여 논하는 것은 어려운 작업이다. 그래서 대상을 1930년대까지 발표된 소설로 한정하였다. 작품의 수도 가능한 한 축소하는 방향을 취했으며, 작품 선정의 기준은 양성관계를 주축으로 하였다. 주어진 제목이 「한국 소설에 나타난 남성상」이기 때문이다. 이조소설에서는 「춘향전」, 「박씨부인전」, 「홍길동전」, 「이춘풍전」, 「배비장전」 등 5편을 대상으로 하였으며, 현대소설에서는 「사랑」(이광수), 「감자」(김동인), 「삼대」(염상섭), 「술 권하는 사회」(현진건), 「레디메이드 인생」(채만식), 「메밀꽃 필 무렵」(이효석), 「물레방아」(나도향), 「지주회시蜘蛛會豕」(이상)의 8편으로 한정했다. 그 대신 「삼대」에서는 2대인 상훈과 3대인 덕기도 다루기로 했다. 삼대가 서로 다른 시대를 살고 있었기 때문이다. 작품에 나타난 인물의 계층과 유형, 양성관계의 두 측면을 통하여 이조소설과 근대소설의 남성상을 개관하고, 한국소설에 나타난 남성상의 변천과정을 간략하게 추적하기로 한다.

1) 이조소설

(1) 인물의 계층과 유형

이조소설은 현실을 그리는 노벨형 소설이 아니라 '꿈'을 그리는 로맨스romance형 소설이기 때문에, 인물들이 당대 사회의 규범으로 보이 이상적이라고 생각되는 유형에 속하는 남성이 많음을 다음의 표를 통하여 확인할 수 있다.

작품명	출신계급	계층이동상황	지식·재능	직업·직위	인품
1. 이몽룡 (춘향전)	양반	상승	상	판서-정승	상
2. 이시백 (박씨부인전)	양반	상승	상	세자의 선생	중-상
3. 홍길동전	양반의 서자	상승	상	활빈당 당수-판서-왕	상
4. 배비장	하급관리	상승	중	비장-현감	중
5. 이춘풍	중인	하락	하	무직	하

① 이도령형

이 중에서 모든 여건을 완벽하게 구비한 인물은 이몽룡이다. 그는 나이는 이팔에, 풍채는 두목지杜牧之 같고, 도량은 푸른 바다같이 넓으며, 문장은 이태백, 글씨는 왕희지王羲之를 닮은 최상의 인물이다. 충효록에 오른 양반 출신인데다가, 벼슬은 어사에서 시작해서 이조, 호조 판서를 거쳐서 정승에 이른다.[1] 나이, 외모, 재능, 품성, 직위, 출신계급 등 모든 면에서 그에게는 결격 사유가 없다. 조선시대에 규범에 고루 합당한

---

1 「춘향전」, 『한국고전문학전집』 5권, 희망사, 1966, p.78.

이상적 인물이다. 이시백도 이몽룡과 동류지만, 그에게서는 아내의 능력을 몰라보고, 외모로만 판단하여 학대한 데서 오는 인격적 미숙성이 결격 사유가 되고 있다.

이몽룡이 체제 안에서 최상급의 인물이라면, 홍길동은 반체제에 속하는 이상적 인물이다. 홍길동의 모친은 양반집 시녀에서 잉첩이 된 여인이어서, 그는 서출이라는 치명적인 약점을 안고 태어났다. 조선시대에는 천비賤婢의 자식은 신분이 모친의 계층을 따랐으니까 그는 천민이다. 형과 아버지를 호부호형呼兄呼父 하지 못하는 하층계급 출신이어서 아무리 머리가 좋아도 과거를 보거나 관리가 될 가망이 전혀 없는 밑바닥 인생이다. 그런 여건 하에서 출중한 그가 할 수 있는 일은 병서兵書를 익혀 제도권에 도전하는 도적의 괴수가 되는 것밖에 없다.

능력 면에서 보면 그는 이몽룡보다 우월하다. 이몽룡, 이시백의 자식이나 능력은 인간의 한계 안에 머무는 것이지만, 홍길동의 경우는 바람을 부르고, 비를 내리게 하는[呼風喚雨] 초인적 경지에 다다라 있다. 활빈당의 당수인 그는 조정에서도 능력을 인정 받을 정도여서 병조판서의 벼슬을 제수받지만, 그는 율도국에 가서 새 나라를 세우고 왕이 되는 쪽을 택한다. 제도와 인습의 벽을 깨고 새로운 이상 국가를 창건하는 영웅적 인물인 것이다.

이몽룡과 홍길동의 또 하나의 차이점은, 전자가 선비인데 후자는 무사라는 점에 있다. 서양의 로맨스에서는 기사도 이야기가 주축이 되니까, 주인공은 무사가 되는 것이 상례다. 영웅-hero이라는 말이 주인공을 의미하는 만큼 로맨스는 근본적으로 영웅적 인물의 모험담을 그리는 소설이어서, 행동소설적인 성격을 지니고 있다. 이조소설에서 가장 무사도적 로맨스에 적합한 인물은 홍길동이다. 조선 사회의 상문주의적 성격이 소설에 반영되어, 문반이 이상적인 인물의 자리를 차지하는 데서 로맨스의 행동소설적인 면이 약화되고 있는 만큼, 홍길동의 모험과 투쟁의 드라마는 그 희귀성 때문에 이목을 끌게 된다. 하지만 일단 벼슬을 하며 제도권에 편입되자 홍길동의 저항정신은 간단히 끝이 난다. 그때부터 이몽룡과의 동질화 현상이 일어나기 때문이다. 좋은 목민관이 되고 효자, 충신이 되는 유교적인 패턴으로 그의 이야기는 종결되는 것이다.

서얼의 처지에서 계층 상승에 모든 것을 건다는 점에서 홍길동은 성춘향과 유사하며, 초능력을 지닌 면에서는 박씨부인과 상통한다. 남성 중에는 그와 유사한 인물이 적다는 사실은, 이조소설의 양반 출신 남성들이 박씨부인보다 오히려 더 여성적이었음을 시사하고 있다.

② 배비장형

위의 세 인물이 최상급의 자질을 갖춘 인물인 데 비하면, 이춘풍과 배비장은 자질면에서 그들보다 열등하다. 하나는 관리지만 이몽룡과는 비교도 안 되는 하급관리이며, 계층 상승의 폭도 제한되어 있어, 최종 직위가 변방의 현감이다. 재능이나 인격면에서도 배비장은 범상凡常한 인물이다. 그는 하급관리의 부정적인 면을 대표한다. 자기통제력과 통찰력의 부족함, 반규범적 행태 등은 그가 군자의 이상에 맞지 않는 인물임을 입증한다. 이몽룡이 양반의 꿈이라면, 배비장은 융통성이 없는 하층관리의 현실을 대표한다. 소설의 인물이 그만큼 현실로 접근해 오고 있는 것이다.

이춘풍은 배비장보다는 더 범속하다. 계층 자체가 시종일관 중인이라는 것도 그의 중요한 특징이다. 다섯 명 중에서 중인 출신은 이춘풍 하나밖에 없기 때문이다. 그러니까 그에게는 애초부터 방탕의 시중을 들면서, 주인을 골탕 먹이기도 하는 방자 같은 시중꾼이 없다. 배비장처럼 관직의 말석이라도 차지할 기회도 이춘풍은 가질 수 없다. 지모가 모자라는데다가 중인 출신이니 계층 상승을 꿈꾸는 일은 불가능한 처지다. 이춘풍은 인품과 학식 모든 면에서 가장 미흡한 인물이다. 그가 중인으로 설정되고 있다는 것도 우연이 아니다. 허구 속에서도 하급관리나 중인만이 코믹한 사건에 휘말리고 있다는 것은, 글을 쓴 사람의 계급의식을 가늠하게 만든다.

이조소설에서 파격적으로 계층이 급상승하는 인물은 홍길동과 성춘향이다. 서출은 모계의 계층을 따르니까 그들은 계층적으로는 천민이다. 허구 속에서나마 그들의 계층 상승이 가능했던 것은, 그들의 피 속에 흐르고 있는 50%의 양반의 피 덕분이라 할 수 있다. 거기에 양반이 갖추어야 할 덕목德目이 구비되어 있어야 하고, 재능이 출중하다는 여건이 필수조건으로 첨가되어 있다. 아무리 꿈을 그리는 문학이라고 해도, 아무나 계층의 벽을 넘어설 수는 없다는 것이 이조소설 작가들의 한계인 것이다. 그들의 인간 평등사상은, 혈통도 절반은 양반이어야 하고, 양반과 자질이 대등해야만 그들을 승격시킬 엄두를 낼 수 있는 것이 당시의 사회적 통념이었던 것이다.

그것은 춘향의 경우에도 적용되는 규범이다. 춘향은 정절을 지켰기 때문에 계층 상승이 가능했던 것이다. 영국 최초의 노벨인 「패밀라」(리차드슨 작)의 주인공도 춘향과 닮은 점이 많다. 그녀는 하녀였지만 도덕면에서는 춘향처럼 최상층에 속하고 있었다. 그래서 「패밀라」에는 '도덕의 승리'라는 부제목이 붙어 있다. 「춘향전」에 반가 여인의 최고의 덕목인 '열녀'라는 수식어가 붙어 있는 것과 같은 현상이다. 소설은 어느 나라에서나 서민용 문학이어서 계급타파가 공통의 주제였지만, 초창기에 소설 속에서 행해질 수 있는 계층 상승의 가장 중요한 요건이 도덕적 대등성이라고 할 수 있다. 서얼을 옹호하는 체제비판적인 작가도, 그 이상은 꿈꿀 엄두를 내지 못하였다. 그만큼 전통적인 계층의 경계는 어느 나라에서나 완강했던 것이다.

이춘풍은 양반의 혈통만 없는 것이 아니라, 양반의 덕과 학식도 가지고 있지 않다. 그는 삶의 목표 자체가 반유교적이다. 그의 목적은 쾌락의 추구에 있었기 때문이다. 이성존중의 유교사회에는 쾌락주의자가 설자리가 없었다. 자제력의 결핍과 쾌락주의는 유교가 가장 타기하는 결함이기 때문에, 춘풍의 몰락은 쾌락주의자의 패가망신의 표본 같은 역할을 하고 있다. 그런 부정적인 인물의 표본으로 중인이 설정된 것은 우연이라 할 수 없다. 자제력의 결핍은 배비장의 결함이기도 하다. 하지만 배비장의 어리석은 행위는 용서를 받는다. 그를 망신시키는 각본을 짰던 사또가 마지막에는 그를 현감으로 승진시켜 주기 때문이다.

이춘풍과 배비장의 쾌락 추구 자세의 차이는 능동성과 피동성에 있다. 배비장은 피동적인 입장이지만 이춘풍은 아니다. 죄질이 더 나쁘다. 이런 차이점도 그들의 계층과 관련시켜 생각할 여지가 있다. 춘풍은 계층적으로 볼 때 로맨스보다는 노벨에 적합한 인물이다. 이조소설이 노벨에 접근해 오고 있는 것을 그런 남성상에서 찾아볼 수 있다.

(2) 양성관계

① 여주인공의 계층과 유형

작품명	출신계급	계층이동	지능	외모	인품
춘향전	천민 (양반의 서녀)	급상승	상	상	상
박씨부인전	양반	상승	극상	최하-최고	상
홍길동전: 백소저	중인	상승	상	상	상
이춘풍전: 아내	중인	하락-상승	상	중	상
배비장전: 애랑	천민	변화 없음	상	상	하

양성관계를 살펴보기 위해서 여주인공의 인적 사항을 점고해 보면, 이조소설의 여인들은 남자들보다 사회적 계층이 낮게 설정되는 경우가 많은 것을 알 수 있다. 6명의 여인 중에 양반은 박씨부인 하나밖에 없다. 하지만 은둔거사의 딸인 박씨의 지체는 판서의 아들인 이시백과는 비교가 되지 않을 만큼 낮다. 그녀는 괴물 같은 형상을 한 추녀[2]기도 하니까 그런 외모상의 결함까지 가산하면 그들의 혼인은 많이 기우는 결합이다. 하지만 이도령과 성춘향 커플에 비하면 이시백 부부의 신분적 격차는 문제가 되지 않는다. 춘향은 홍길동보다도 더 낮은 계층에 속한다. 천기의 딸이기 때문이다. 그녀가 이도령의 정실 자리를 노리는 것은 당대의 기준으로는 어불성설이다. 이도령의 부모 입장에서 보면 춘향과의 관계는 어디까지나 "미 장가전 작첩"에 불과하다. 그래서 정식 혼인은 거론된 일이 없다. 배비장과 애랑도 계층 차가 많다. 그런데 이상하게도 이조소설에서는 어느 경우에나 여성들이 양성관계의 이니셔티브를 쥐고 있다.

계층면에서는 여성들이 전반적으로 약세에 놓이지만, 지적 수준은 여성들이 남성보다 우월성을 나타내기 때문에 그런 역전현상이 나타나는 것 같다. 지체가 높은 여자는 적지만, 똑똑하지 않은 여자는 하나도 없다. 그 중에서도 박씨부인은 경탄의 대상이다. 그녀는 앞날을 투시하는 천리안까지 갖춘 여인이며, 바람을 부르고 비를 내리게 하는 도술을 터

---

2 박씨부인은 "천성은 현숙하고 학문은 무량"하다. 특히 병서兵書를 애독해서, 방에는 "손오병서"와 "육도삼략"만 있었으며, 바람을 일으키고 비를 부르는 도술에 능했다. 하지만 키는 칠척, 허리는 열아름이고, 코가 높으며, 수족이 부실하여 다리를 전다. 얼굴색은 검고 쌍혹이 있고, 악취가 진동하는 추물이어서 "염라부의 우두牛頭나찰 같다."고 되어 있다.(같은 책 4권, '박씨전' 참조) 이시백이 아니라도 달가워할 여인은 아니다. 하지만 그녀는 나중에 미인으로 환원되고, 그 후부터 그들 부부는 사이좋게 해로하는 것으로 되어 있다.

득한 제갈량급 인물이다. 그녀는 한 남자나 한 집안을 구하는 데서 끝나지 않고, 나라 전체를 전란의 비극에서 구제하는 엄청난 스케일을 지니고 있다. 박씨부인은 남녀를 통틀어서 이조소설에서 가장 뛰어난 두뇌를 가진 인물이라 할 수 있다. 왕이 그녀를 '경卿' 혹은 '충신'이라 부른 사실[3]이 그녀의 공적의 크기를 말해준다. 지모나 학식의 깊이에 있어 이시백은 박씨보다 등급이 낮아도 한참 더 낮다.

여자가 남자보다 지적인 우월성을 나타내는 것은 이춘풍의 경우에도 해당된다. 춘풍의 아내는 지략이 특출하고 언변이 유창하며, 행동력이 구비되어 있다. 그러니 춘풍은 평생 그녀의 피보호자인 셈이다. 춘향의 경우는 상대역인 이몽룡이 이시백이나 이춘풍보다 우월하기 때문에 지적인 면에서 춘향에게 리드 당하지는 않는다. 하지만 현실을 보는 안목은 춘향이 훨씬 위다. 그녀는 신임사또의 미남 자제가 틀림없이 나타나리라는 확신을 가지고, 단옷날 광한루 근처에서 그네를 뛰어서 원하는 남자를 손에 넣는다. 열여섯 살 때의 일이다. 그녀는 사또가 영구직이 아닌 것도 알고 있다. 그래서 도령의 부친이 영전된다는 소식을 들어도 이도령처럼 호들갑을 떨지 않는다. 그런 경우에도 미리 대비해 놓고 있었기 때문이다. 놀라서 허둥대는 이도령을 족쳐서 춘향은 불망기라는 각서까지 받아 놓으며, 자기를 불러 올리는 절차를 남자에게 조근조근 알려주는 어른스러운 면도 가지고 있다. 그런 치밀함과 조숙성은 「배비장전」의 애랑에게서도 나타난다. 춘향과 애랑은 남자를 전문적으로 다루는 직종에 속해 있기 때문에, 남자를 보는 안목이 치밀하고 성숙하다. 애랑은 현직 기생이고, 춘향은 기생의 딸이라는 점과 상대방 남자가 이

---

3 같은 책, p.188에는 "경의 지략을 매양 탄복 하던 중……"이라는 말이 나오고, 다음 페이지에는 "'충렬정경부인'을 봉하시고……"라는 대목이 있다.

도령보다 매력적이 아니어서 사랑하는 대신에 가지고 노는 점만 다를 뿐이다.

남자들 중에서 모든 면에서 여성들보다 자질이 뛰어난 인물은 홍길동 밖에 없다. 그는 괴물들을 퇴치하는 영웅적 행위를 통하여 백소저와 알게 되고, 그 공로로 처가 어른들의 승인을 받아 결혼을 하게 된다. 홍길동은 여자의 도움을 받지 않고, 조상의 후광도 입지 않았으면서, 혼자 힘으로 왕위에까지 오르는 입지전적 인물이다. 나머지 남자들은 양성관계에서 언제나 여자에게 주도권을 빼앗기고 있다. 남자들을 이렇게 평가절하해서 그리는 점에서, 여자들의 우월성에 박수를 치고 있는 페미니스트적인 면모가 엿보이고 있다. 소설은 여권 상승기를 배경으로 하여 출현한 예술이므로 여성의 우월성이 노출되는 일이 흔한 일이지만, 이조소설은 그 정도가 더 심하다. 남자들보다 우수한 여성들이 소설을 통하여 여권운동을 하고 있는 것 같은 느낌을 주기 때문이다. 어쩌면 박씨부인처럼 탁월한 여자들이 이런 소설을 썼는지도 모른다.

그런데도 여자들은 유교의 마지노선인 남편 받들기는 건드리지 않는다. 남자들도 마찬가지다. 그들은 박씨부인이 그런 큰 공을 세웠는데도 벼슬 같은 것은 주지 않는다. 그녀 자신도 그 일을 당연하게 받아들이며, 모든 재주를 감추어 버리고, 이시백을 하늘처럼 받드는 안방마님의 자리에 조용히 정착하는 것이다. 이조소설의 여인들은 나도향의 「물레방아」에 나오는 방원의 아내처럼 남편을 갈아치울 생각 같은 것은 절대로 하지 않는다. 사회활동이 금지되어 있는 여자들은 결국 남자에게 의탁해서 간접적으로 욕망을 충족시키는 방법을 쓸 수밖에 없었기 때문에, 남편의 지위는 여전히 하늘인 채로 남아 있었던 것이다. 애랑만이 예외인데, 그녀는 배비장의 아내가 아니다. 도덕적 마지노선을 건드리지 않는 것은 홍길동도 마찬가지다. 그도 결국은 충효정신을 숭상하는 양반들의 규범을 수락하는 것이다.

계층 상승의 방법에서도 여자들은 남자보다 타율적이다. 홍길동과 성춘향은 조선 사회에서는 사람 대접을 받지 못하는 서출이라는 점은 공통되지만, 성춘향은 홍길동처럼 자기 힘으로 계층의 벽을 타파하지는 못한다. 집을 뛰쳐나가서 새 왕국을 세울 꿈은 꾸지 못하는 것이다. 춘향은 자기의 능력에 대한 자신을 가지고 있고, 그 힘으로 계층의 벽을 깨려는 도전정신도 가지고 있었지만, 이도령네 선산에 묻히고 싶은 그녀의 마지막 소원의 결정권은 이씨네 가족이 가지고 있다. 혼인은 홍길동에게는 하나의 에피소드에 불과하지만, 「춘향전」에서는 전편을 관통하는 중요한 과제로 부각되는 이유가 거기에 있다. 그러니까 춘향에게 있어서 이도령은 계층 상승의 유일한 방편이다. 이도령은 그녀에게 있어서 사랑하는 사람인 동시에 계층 상승의 하나밖에 없는 끄나풀이다. 그녀가 목숨을 걸고 관철시키고 싶었던 것은 사랑보다는 계층 상승 쪽이었는지도 모른다. 그 일을 위하여 춘향은 처음부터 끝까지 전력투구한다.

춘향은 처음 만나는 날 남자와 동침하면서 에로틱한 '사랑가' 놀이를 할 만한 실력이 있는 팜므 파탈이다. 그녀는 프로니까 자기가 무엇을 해야 하는지 잘 알고 있다. 양반들이 좋아하는 정절을 지키는 일이 계층 상승의 필수조건임을 알고 있지만, 그러려면 우선 남자가 자기를 사랑하게 만들어야 하는 것도 알고 있다. 십장가 부르기는 그녀의 마지막 승부수다. 중인환시 속에서 노래까지 곁들여 극적 효과를 높이면서, 그녀는 고통 속에서 그 일을 수행한다. 사람들은 그래서 그녀를 열녀라고 부르며 예찬한다. 「열녀 춘향」 같은 버전이 나오는 것은 그 때문이다.

하지만 그녀는 그렇게 순수한 소녀가 아니다. 그녀는 이도령이 거지가 되어 나타나도 절망하지 않는다. 그녀의 최종 목적은 죽어서라도 그 집 귀신이 되는 것이었기 때문이다. 그래서 거지 이도령에게 가진 것을 다 내 준다. 그러면서 딱 하나의 조건을 내 세운다. "먼 발치에라도 좋으니 자기 시신을 그댁 선산에 묻어 달라"는 것이다. 그녀의 헌신적 사랑에는 계층 상승이라는 계략이 붙어 있었던 것이다.

시신을 선산에 묻어달라는 그녀의 조건은 엄청난 것이다. 육상궁에 앉아 있는 여인들은 출신이 천해서 나라를 다스리는 제왕을 낳고도 종묘에 들어가지 못한다. 자기 아들이 왕인데도 들어가지 못해서 겨우 궁궐 한 모퉁이의 자그마한 전각에 정좌하는 것이다. 더구나 춘향은 결혼한 아내도 아니고, 정혼한 처자도 아니었으니, 정절을 내세울 처지도 아니어서, 선산에 들어갈 명분은 더욱 없다. 그런데도 그녀는 목숨과 교환하는 흥정을 한다. 그녀의 계층 상승의 계획에는 그런 도박이 걸려 있다. 그것은 철저하고도 집요한 집념이다. 그런 불가능한 일을 이루어 줄 수 있는 것이 로맨스라는 장르의 덕목이다. 로맨스는 꿈을 그리는 문학이기 때문에, 당대의 서민들의 꿈을 소설에서 그런 식으로 충족시켜 준 것이다.

이도령의 입장에서 보면 애초부터 춘향은 쉽게 데리고 놀 수 있는 천기의 딸이다. 천기의 딸이니까 초면에 불러들여 사랑놀이를 할 엄두를 낸 것이고, 기생의 딸이기 때문에 춘향은 그 부름에 응한 것이다.[4] 처음 만난 날 밤에 이 소년 소녀는 멋대로 신방을 차려 버린다. 외설스러운 사랑가로 화답하면서 능숙하게 성희性戱를 즐기는 남녀는 둘 다 그 방면에서는 아마추어가 아니다. 만약 암행어사가 되지 않았더라면…… 임명지인 남원에서 변학도가 춘향을 매질하는 장면을 직접 목격하지 않았더라면…… 그들의 관계는 몽룡의 젊은 시절을 장식하는 하나의 에피소드로 끝나고 말았을 가능성이 많다.

---

4 이도령이 "들은즉 기생의 딸이라니 급히 가 불러오너라"(p.16)라고 말하고 있고, 춘향이도 "그나저나 양반이 부르는데 아니 갈 수 있느냐"(p.17)고 말하고 있어 양쪽이 모두 신분의 격차를 인정하고 만나기 시작한다.

이도령은 춘향과의 관계에서 보면 신의가 없고 무책임한 연인이다. 아버지가 승진했을 때 이별이 아쉬워서 징징 울며 법석을 떨던 이도령은, 춘향의 요구대로 그녀에게 불망기를 덥석 써 준다. 그리고 그녀를 조상의 신주 가마에 몰래 태워서 데리고 가겠다는 망령된 발언을 한다. 그래놓고 막상 서울에 간 후에는 "일자 무소식이다." 그의 어머니가 도령에게 이별을 종용하는 말을 한다. 화방천기花房賤妓의 딸과는 정식으로 결혼할 수 없으니, 천상 첩으로 들여앉혀야 하는데, '미장가전 작첩'을 하면 앞으로의 혼사에 지장이 생기고, 출세길도 평탄하지 못하니 단념하라[5]고 한 아버지의 말을 전해주면서, 반대의사를 분명하게 밝히는 것이다. 그 후의 이몽룡은 마음을 가다듬고 열심히 공부해서 과거에 급제한다. 그래서 암행어사가 되는 것이다. 그러니까 남원의 불량소년은 서울에 와서 성숙한 모범생으로 정착한 것이다. 다시 남원에 가지 않았다면 그 사랑은 그냥 끝나고 말았을 가능성이 많은 것은 그 때문이다.

여성을 대하는 태도에서 보면 이시백과 이춘풍도 모두 신의가 없고 무책임하다. 배비장은 더 말할 필요도 없다. 전술한대로 「박씨전」이나 「이춘풍전」에는 가장의 역할을 제대로 하는 남자가 하나도 없다. 경제적인 무능함뿐 아니다. 인간으로서도 그 남자들은 미숙하다. 여기 나오는 남자들은 예외가 없이 모두 여자에게 맹세하는 각서를 써 주기를 좋아한다.[6] 홍길동을 제외하면 반상을 막론하고 네 명의 남자들은 모두

---

5 "양반의 자식이 부형을 따라 하행下行왔다가 화방작첩花房作妾하여 데려간단 말이 앞길에도 해롭고 조정에 들어 벼슬도 못한다고 말씀하시는구나. 불가불 이별이 될 수밖에 없다."(p.38)고 어머니가 말한다. 그것이 몽룡의 부모의 의견이다. 애초부터 정실 자리는 논의 되지도 않았고, 첩으로서도 미장가전이어서 안 된다는 의견이다.

6 이도령은 춘향에게 불망기不忘記를 써주고, 이시백은 여자에게 "밤이 새도록 애걸하면서 무릎이 닳도록 사죄"(4권, p.173)하며, 이춘풍은 아내에게 "주색잡기 않기로 수기를 써줌세"(4권, p.225)라고 말한다. 배비장도 비슷하다. 이조소설의 남자들은 여자와 단둘이 있을 때는 이렇게 여자에게 저자세가 되는 이중성을 가지고 있다.

여성과의 관계에서 부정적 측면을 노출시키고 있다. 사회적인 면에서 보면 훌륭한 목민관이고, 나무랄 데 없는 효자요 충신인 그들은 여성과의 관계에서만 무책임한 자세를 드러내고 있다. 그건 유교 사회에서는 큰 흠결이 아니었던 것이다. 유교의 과거제도나 상문주의가 한국 남성들의 양성관계를 왜곡시킨 점이 많다.

2) 현대소설의 경우

(1) 계층의 하향화와 인물의 범속화

현대소설에 나오는 남자 주인공들의 인적 사항을 점고해 보면 다음과 같은 도표가 된다.

작품명	계층이동	이동 요인	재산	교육	직업
1. 안빈(「사랑」)	상승	교육	상	박사	의사
2. 「감자」의 남편	하락	게으름	최하	무학	무직
3. 조의관(「삼대」)	상승	재물	상	구학문	지주+상업
4. 상훈	하락	여자문제	중	해외 유학	목회자, 무직
5. 덕기	상승	유산	상	일본 유학	학생
6. 「술권하는 사회」의 남편	하락	실직	중하	해외유학	언론인, 무직
7. 「레디메이드 인생」	하락	실직	하	일본유학	룸펜
8. 허생원 (「메밀꽃 필 무렵」)	현상유지		하	무학	장돌뱅이
9. 삼룡이	현상유지		하	무학	머슴
10. 「지주회시」의 남편	하락	질병, 실직	하	공고출신	건축사·무직, 환자

현대소설의 주인공들은 이조소설보다 전반적으로 계층이 하락하는

현상을 나타낸다. 계급사회가 무너져서 양반계급이 사라지고, 인간평등 사상이 자리를 잡기 시작하니 중인이나 천민 출신이 주인공이 되는 경우가 많아지기 때문이다. 계급사회가 붕괴되는 것과, 교육의 문호가 개방되는 시기가 비슷하기 때문에, 중인들은 장사로 얻은 재산으로 신교육을 받아서 쉽사리 계층 상승을 할 수 있었다. 그것은 어느 나라에서나 공통적으로 나타나는 현상이다. 산업사회에 들어서면 귀족문화가 사라져가고, 부르주아가 고개를 쳐들게 되는 것이다.

전통사회가 무너지면 계급의 분류법도 달라진다. 사농공상의 서열이 무너지면서, 재산을 기준으로 하여 부르주아, 쁘띠 부르주아, 프롤레타리아로 나누는 새로운 구분법이 등장된다. 계급의 재편성이 이루어지는 것이다. 그러면 최저계층이었던 상인계급이 가장 유리하다. 양반들이 전통에 얽매여 꾸물거리고 있는 동안에, 상인계급이 새로운 지배층으로 상승할 기회가 많아지는 것이다.

새로운 시대는 교육을 받은 지적 엘리트들이 지배하게 되니까 우리나라에서는 상인들뿐 아니라 교육열이 높은 서북지방 사람들도 지도층이 될 기회가 많아진다. 문학의 경우 초창기 문단을 리드한 문인은 이광수, 김동인, 주요한, 김억 등 서북지방 출신들이며, 최남선, 박종화, 염상섭 같은 문인들은 서울의 중인 출신이다. 위의 표에 나온 작가 중에서도 열 명 중 일곱 명의 중인들이 지적 상류층으로 이동하고 있는 것이 보인다. 계층을 결정하는 요인에 수입 이외에 학력도 포함된다. 신학문은 계층 상승의 중요한 요인이 되고 있는 것이다.

하지만 그 꿈은 오래 가지 못한다. 식민지 시대여서 새로운 지적 엘리트들은 학교를 졸업하면 일자리가 없어서 추락하는 과정을 밟게 되기 때문이다. 이공 계열은 무관하지만 문과나 정치과는 취직할 곳이 없다. 좌익운동에 가담했거나 독립운동을 한 사람은 더 말할 필요가 없다. 7

명 중에서 전문지식을 살려서 정상적인 직업인으로 정착한 주인공은 의사인 안빈(「사랑」) 하나밖에 없다. 공과인 이상도 좋은 직장을 얻지만 폐병 때문에 무직자가 되기 때문이다. 유산을 물려받은 조덕기(「삼대」)는 조상의 재산 덕분에 유산층의 신분을 유지할 수 있었지만, 나머지 5명은 모두 극빈 상태로 추락한다. 특기할 사항은 남자 주인공 중에 정치나 고급 공무원이 없다는 점이다. 이조소설의 경우 우수한 인재는 과거에 급제만 되면 입신출세의 길이 보장되었다. 그래서 마지막에는 언제나 정승이 아니면 판서가 되면서 해피엔딩으로 마무리된다. 그런데 192, 30년대에는 그 공식이 통용되지 않는다. 좋은 자리는 일본인들이 차지하기 때문에 졸업은 실직과 이어지는 것이다. 좌파나 독립운동에 연루된 사람들은 취직하는 일이 더 어려웠다. 염상섭의 「밥」이나 조그만 일」이 그것을 입증해 준다.

주인공의 계층이 하향선을 그은 데에는 산업사회적인 리얼리스틱한 현실관도 큰 몫을 한다. 이상주의를 지향하던 시기의 로맨스적인 특출한 남성상은 사라지고, 산업사회적인 현실적 인간들이 나타나기 때문이다. 그런 상황에서 현실을 있는 그대로 재현하는 노벨이 등장한다. 노벨은 범상한 보통사람들이 사는 일상적 세계를 그리는 문학이기 때문에 인물이 왜소화된다. 노벨에 나타나는 인간상은 보통사람들이기 때문이다. 더구나 1920년대 초반은 자연주의와 프로문학이 대두하던 시기였다. 프로문학은 무산층을 주로 내세웠고, 자연주의는 환경에 지배당하는 자유의지 결핍형을 선호해서, 주인공들은 계층적으로나 도덕적으로 최저층에 속하는 사람이 많아진다. 그런 경향이 다른 작가들에게도 영향을 주어서 「메밀꽃 필 무렵」이나 「벙어리 삼룡이」 같은 낭만적 소설에서도 주인공은 최저 계급에서 발탁된다. 출중한 자질을 가진 양반에서 출중한 자질을 가진 안빈형 중인층으로 주인공의 계층이 하강하다가, 마지막에는 벙어리와 방원 같은 천민층으로까지 내려가는 것이다.

작중인물들을 지식과 재산 양면을 기준으로 하여 다음의 네 부류로 나누는 것이 그 무렵의 계층 측정 분류법이었다. 유식유산층, 유식무신층, 무식유산층, 무식무신층으로 나뉘는데, 룸펜 인텔리겐치아들은 유식무산층에 속한다. 유식무산층은 막일꾼보다 더 가난하여 계층 측정에 혼선이 생긴다. 그런 분류법으로 위에 든 작품의 인물들을 나누면 다음과 같다.

① 유식유산층

유식유산층은 지식과 부를 공유한 당대 최고의 계층으로, 안빈과 조덕기가 여기에 속한다. 전자의 경우에는 지식이 승하고 후자의 경우는 재산이 승하다. 하지만 이 두 인물은 지식과 재산을 분별 있게 사용할 줄 아는 균형 잡힌 인품을 가지고 있으며, 인격적인 성숙도가 높은 긍정적 인물들이다. 하지만 한 사람은 이상화되어 있고, 한 사람은 현실적으로 그려져 있다. 낭만주의와 사실주의의 격차가 인물을 그리는 방법에 투영되어 있는 것이다.

안빈은 이상적 인물을 선호하는 이광수의 인물답게 로맨스의 인물에 가깝게 설정되어 있다. 그는 이몽룡처럼 모든 면에서 이상화되어 있다. 결격사항이 거의 없다. 한국에서는 보기 드물게 그는 기독교적인 박애정신까지 구비하고 있고, 인술을 제대로 펴는 전문인인데다가 도덕적인 면에서도 하자가 없다. 많은 여인들이 그를 흠모하지만, 그는 선을 넘지 않는 대신에 그들을 인격적으로 존중해 주어서 존경을 받는 스승으로 정착한다. 양반계급 출신은 아니지만 거의 성자에 가까운 인물형이라 할 수 있다.

덕기도 명민하고 균형이 잡힌 인물이지만, 안빈형은 아니다. 그는 현실적인 부르주아 청년이다. 아직 학생이지만, 덕기는 돈 처리를 제대로 할 줄 아는 현실적 인물이다. 고방 열쇠를 제대로 관리할 능력을 인정받아서, 아버지가 받을 유산을 대를 건너서 상속받은 이유가 거기에 있다. 그는 돈의 가치를 잘 알고 있으면서도, 돈을 실제 이상으로 존중하거나 집착하지 않는다. 조부가 남긴 재산을 그는 모든 가족에게 무리없이 분배한다. 조부를 독살한 혐의가 있는 젊은 서조모와 룸펜인 아버지 문제까지 적절하게 처리하는 탁월한 솜씨를 보여주면서, 덕기는 새로운 시대의 바람직한 가장으로 자리를 잡는다. 진보적인 친구 병화에게까지 혜택을 주는 비교적 공정한 배분법을 터득하고 있었기 때문이다. 서울 중산층의 안정된 균형감각을 지니고 있으며, 감정조절도 잘 하는 성숙성을 지니고 있는 덕기형의 인텔리 상속자들은 작가 염상섭이 가장 사랑하는 인물형이다. 그 중에는 서자도 많지만 염상섭은 그것을 결격사항으로 보지 않는다. 거기에다가 덕기는 당시의 다른 일본 유학생들처럼 공산주의를 잘 아는 인텔리로 설정되어 있다. 하지만 그에게는 거기 가담은 하지 않는 분별심이 있다. 심정적으로만 그것에 동조하는 심파타이저인 것이다.

하지만 덕기는 안빈형은 아니다. 그의 힘의 원천은 조부가 남기고 간 재산이다. 그게 전부다. 그는 기업가도 아니며, 본격적인 상인도 아니다. 자기 힘으로 무언가를 이루는 인물형이 아니라 물려받은 재산을 잘 지키는 보통사람 중의 하나인 것이다. 그러니까 이 계층에서도 예외적으로 출중한 인물형은 안빈 하나밖에 없다. 안빈이 로맨스적 인물형이라면, 덕기는 노벨에 적합한 인물이다.

② 유식무산층 – 룸펜 인텔리겐치아

유식하면서 직업이 없어 가난한 계층이다. 여기 속하는 인물은 네 명이나 된다. 그 중에서 「삼대」의 조상훈은 무산층이 아니니까 제외하면, 나머지 3명이 룸펜 인텔리겐치아이다. 지식과 재산의 불균형에서 오는 갈등, 미래에 대한 희망이 없는 데서 오는 불안은 식민지 인텔리들의 울화를 돋워서, 날마다 술만 마시며 살게 만든다. 그런 상황을 그린 것이 현진건의 「술 권하는 사회」와 「빈처」의 세계다.

「레디메이드 인생」에서는 그런 울분이 자녀를 문맹으로 만드는 행위로 나타난다. 배워도 취직이 되지 않으니까 아이를 공장에 넣는 인텔리 아버지가 나오기 때문이다. 「레디메이드 인생」의 작자 채만식은 죽을 때 마지막 소원이 원고용지를 많이 쌓아 놓고 글을 쓰는 것이었다니 그 가난을 짐작하고도 남는다. 어린 아들을 학교에 보내는 대신에 직공으로 취직시키는 행동 뒤에는 그런 현실에 대한 분노가 도사리고 있다.

「지주회시」와 「날개」의 주인공의 문제도 역시 가난에서 오는 지식인의 좌절이다. 그의 가난에는 폐병이라는 질병의 표찰까지 붙어 있다. 아직 페니실린이 없던 시기여서 그 무렵의 폐병은 치명적인 질환이었다. 많은 엘리트들이 그 병으로 요절했다. 생명 그 자체가 위협 받는 난치병을 앓게 된 이상은, 총독부 건축과의 안정된 직장을 할 수 없이 사직하고 룸펜이 된다. 병이 모든 것을 망쳐버린 것이다. 그는 요양차 내려간 배천 온천에서 술집 작부인 금홍을 만나 데리고 올라온다. 결혼도 안 하고 그녀와 같이 살면서 이상은 다방을 시작한다. 다방과 술집을 시작하면서 그의 삶은 바닥 모를 나락으로 빠져 들어간다.

「지주회시」와 「날개」에서는 작부에게 얹혀사는 남자들의 상이 나타난다. 「날개」의 남자는 아내가 몸으로 벌어들이는 '모이'를 얻어먹으면서, 낮에는 그녀의 화장대에서 화장품 냄새를 맡으면서 놀거나, 돋보기로 지리가미(휴지의 일어)를 태우면서 시간을 보낸다. 유아적인 퇴행증상을 나타내는 것이다. 이조소설의 인물들에게서는 찾아볼 수 없는 정서적 불안정, 자포자기, 절망 등이 그의 내면을 폐병처럼 잠식해 들어간다. 가난 속에서 영양실조가 되어 폐병에 걸린 이상과 김유정의 인물들에는 환자가 많다. 작가 자신이 폐병환자이기 때문이다.

이런 인물들이 등장하면서 한국소설은 비극적 남성상으로 채워져 간다. 날마다 술이나 마시며 사는 룸펜 인텔리나, 자식을 공장에 보내고 좋아하는 지식인 아버지, 술집 작부의 기둥서방이 되어 밤에는 아내의 손님들에게 방을 비워주어야 하는 지적 엘리트들의 비극은, 식민지 지식인들이 겪은 한국적 비극이다. 룸펜 인텔리들을 다룬 소설에는 가난 때문에 아내가 양잿물을 먹고 자살을 기도하는 소설도 있고,(염상섭, 「조그만 일」) 주의자 전력을 가진 남편을 끼니때만 되면 찾아오는 옛 동료와 밥그릇을 둘러싼 실랑이를 하는 여인도 있으며,(염상섭, 「밥」) 최서해처럼 빈곤의 밑바닥에서 허우적거리다가 법을 어기게 되는 인물들을 형상화한 작품도 있다. 하지만 그 중에서도 가장 참담한 것은 감옥에 간 경력이 있는 사상범들이다. 룸펜 인텔리겐치아는 식민지가 낳은 가장 비극적인 남성상이다. 그들은 정신적으로는 귀족이어서 막일은 하지 않으려드니 가장 참담한 경지에 놓이게 되어서 사실상 사회의 최저층으로 전락하는 것이다.

③ 무식유산층

앞의 유형과 대척되는 것이 무식유산층이다. 이 계층의 인물은 조의관 하나뿐이지만, 채만식의 「태평천하」에 나오는 윤직원도 거기에 속한다. 그들은 토지 소유 계급으로, 지주로서의 수입 외에 정미소를 하거나 수형手形 거래 같은 것으로 재산을 늘려서 부르주아 계급으로 진입하는 것이다. 일제의 수탈정책 속에서 재산을 늘리는 일은 쉬운 일이 아니었기 때문에 이 유형의 인물은 많지 않다.

조의관이나 윤직원은 재산을 늘리는 수완은 박지원의 「허생전」의 주인공과 비슷하지만, 허생이 버리지 못한 금전 멸시 사상 같은 것은 그들은 가지고 있지 않다. 돈 버는 일을 천한 일로 생각하지 않는 자본주의적 인간형들이라고 할 수 있다. 조의관은 균형감각과 자제력을 가진 부르주아이다. 비록 손녀 같은 첩을 총애하기는 했지만, 그녀에게 홀려서 유산의 배분을 그르치지는 않는 균형감각을 가지고 있었다. 그의 유산 명세서는 세세한 데까지 배려한 자상하고 공정한 유서다. 그때까지의 한국소설에 등장한 가장 상세한 유산명세서라고도 할 수 있다.

④ 무식무산층

「메밀꽃 필 무렵」의 허생원, 「금 따는 콩밭」의 영식, 「감자」의 복녀의 남편 등이 여기에 속한다. 그들은 지적인 면에서나 경제면에서 최저층에 속하는 사람들이다. 하지만 정신적인 면에서 보면 허생원은 복녀의 남편과 같은 부류가 아니다. 얼금뱅이에 왼손잡이인 허생원은 허름한 옷을 입은 별 볼일 없는 중년의 장돌뱅이다. 그는 매일 수십 리 길을 상품 보따리를 나귀에 싣고 밤을 새며 걸어 다니는 고달픈 삶을 살고 있다. 그에게는 가족도 없다. 하지만 그는 달밤과 메밀꽃과 여인을 사랑할 줄 아는 낭만적 인물이다. 작가는 그를 첫사랑의 여인을 잊지 않고 사는 로맨티스트로 부각시키고 있다. 밤을 새워 걸어야 하는 고달픈 밤길을, 달밤에 메밀꽃을 즐기러 나온 한량처럼 즐겁게 만드는 원천은, 한 여인을 향한 사랑의 추억이다. 허생원은 자연 그 자체처럼 소박한 인물이어서 그의 사랑에는 가식이 없다. 산촌을 무대로 하는 이효석의 소설에 나오는 인물들은 대체로 허생원처럼 순박하고, 짐승들처럼 정직한 자연인들이다.

나도향이나 김유정에게도 허생원을 닮은 무식무산층의 인물들이 있다. 벙어리 삼룡이나 「금따는 콩밭」의 영식이 등도 사랑의 아름다움을 아는 낭만적 인물들이다. 한 여자에게 숭고한 사랑을 바치는 점에서 삼룡이는 허생원과 유사하다. 친구 말에 속아서 전 재산인 콩밭에서 금을 캔다고 농사를 망쳐버린 영식도 그들처럼 순박한 자연인이다. 영식은 김유정의 인물답게 어질고 착한 농사꾼이어서 자신을 망치게 한 친구를 원망하는 대신에, 불쌍하게 여기는 따뜻한 마음씨를 가지고 있다. 극빈자이면서 남을 배려하는 정서적인 여유를 가지고 있는 김유정의, 허황하고 어진 인물들은, 적빈赤貧 속에서도 유머를 잃지 않는 희귀종 선인들이다.

복녀의 남편은 그들과는 정반대의 극을 대표하는 인물이다. 허생원이나 영식과는 달리 그는 악인이라고 불러야 할 종류의 인간이다. 그는 조상에게서 재산도 좀 물려받은 일이 있는데, 일을 하지 않고 게을러서 계속 내리막 인생을 산다. 마지막에는 칠성문 밖 빈민굴로 굴러 떨어지는 것이다. 칠성문 밖에서 그는 아내인 복녀가 중국인에게 몸을 판 돈으로 생계를 이어 나간다. 그러다가 아내가 중국인에게 죽임을 당하자 시체까지 팔아먹는 전형적인 몰염치한이다. 그에게는 삵(「붉은 산」의 주인공) 같은 망나니에게도 남아 있던 마지막 한줌의 양심조차 없다. 그는 한 여자를 망치는 환경의 힘을 상징하는 사악한 인물로 설정되어 있다. 「감자」는 먹거리인 감자가 도덕을 말살시키는 것을 그린 자연주의 계열의 소설이니까 그에게는 어떤 장점도 허용되지 않는 것이다.

복녀의 남편은 몰염치하니까 굶지는 않는다. 남을 착취하기 때문이다. 그와는 반대형인 허생원 같은 이도 굶어 죽을 정도로 가난하지는 않다. 막노동을 감수하기 때문이다. 192, 30년대 소설의 인물 중에서, 가장 가난한 부류는 유식무산층, 그 중에서도 예술가나 주의자들, 그리고 폐병 환자들이다. 먹을 것이 없어서 아내가 양잿물을 마시는 이야기는 룸펜 인텔리겐치아가 나오는 소설에만 있다. 식민지에서 문과를 선택한 지식인들의 수난상이 인텔리들의 처절한 가난과 질병으로 형상화되어 있다. 그들은 정신적으로 혼란스럽고, 경제적으로도 가장 비참한 처지에 놓여 있다. 일제 강점기에 한국에는 중산층이 적었다. 극소수의 지주들을 빼면 상류층도 아주 적었고, 나머지는 거의 모두 프롤레타리아였다. 그 중에서도 룸펜 인텔리겐치아들은 가장 가난한 사람들이었다. 당시의 인텔리들은 대체로 중상층 출신인데, 유학을 한답시고 가지고 있던 토지마저 다 없애고, 무식무산층보다 더 빈곤에 시달리며 살게된 것이다.

(2) 양성관계

① 바람직한 남성이 없는 혼란기

이상적인 인물상은 근대소설에서는 춘원의 작품에서만 나오고 있다. 그는 이상주의자이기 때문에 그의 인물들은 대체로 비범하며 성자스럽다. 「사랑」에 나오는 안빈은 그런 유형을 대표한다. 그는 인격적으로 숭배를 받는 남성이다. 그는 당대의 신지식인들 중에서는 보기 드문 안정된 성격의 소유자였고, 종교에 관심이 많았으며, 유명한 의사였고, 페미니스트였다. 춘원처럼 안빈은 여성을 존중했다. 춘원이 나혜석의 마지막까지 의지하던 멘토였고, 모윤숙의 구원의 남성이었던 것처럼, 안빈은 아내와 석순옥과 인원 세 여성의 스승이고 연모의 대상이다. 여러 여인이 한 남자를 숭모하는 데서 춘원식 플라토닉 러브가 생겨난다. 원효대사의 여인들이 모두 남자를 따라 삭발하고 비구니가 되는 것처럼 안빈의 여자들도 모두 그 남자가 원하는 것을 따라 한다. 연인들뿐 아니라 아내에게서도 그는 흠모를 받는 남성이었기 때문에, 그 여자들은 모두 그의 신도였으며, 제자였던 것이다.

그 중에서도 플라토닉 러브를 완성시키는 것은 석순옥이다. 열네 살부터 저서를 통하여 그를 사모하기 시작한 석순옥은, 안빈의 주변에 머물고 싶어서 여고 영어교사의 자리를 버리고 간호사가 된다. 안빈의 가정에 누를 끼치지 않기 위해서 그녀는 사랑하지 않는 남자와 결혼까지 한다. 그건 거의 신앙의 경지까지 높여진 자기희생적인 사랑이다. 순옥에게 있어서 안빈은 이성인 동시에 스승이며, 흠모하는 성자이다. 석순옥은 한국문학에 처음으로 나타난 플라토닉 러브의 주인공이라 할 수 있다. 사랑을 통하여 계층 상승을 도모하려는 성춘향의 경우와는 차원이 다르다. 석순옥의 사랑은 조건 없는 숭배요, 육체를 초월한 사랑이기 때문이다. 그런 성스럽고 아름다운 애모의 대상이 춘원의 안빈이다.

복녀의 남편은 안빈과는 정 반대의 유형이다. 그는 복녀가 중국인과 성적 거래가 있는 것을 알면서도 묵인한다. 여자를 착취하면서 편한 일상을 보내기 위해서다. 그런 삶을 그는 부끄럽게 여기지 않는다. 죽은 아내의 시체도 팔아먹는 사람이니 더 말할 필요가 없다. 그의 가난의 원인은 전적으로 그 자신의 나태함에 있다. 필자가 김동인을 "물구나무선 춘원"이라고 한 일이 있는데, 복녀의 남편을 "물구나무선 안빈'이다.

그 중간에 조혼한 인텔리 남자들이 서 있다. 아직 아버지가 될 준비가 되어 있지 않은 소년 아버지들은 방학에 올 때마다 부쩍부쩍 커져 있는 자신의 아이들이 너무 낯설고 부담스럽다.

아직 첫사랑도 하기 전인데, 그들은 강요당하여 남의 지아비와 아버지가 되어 있는 것이다. 부양능력도 없으니 그 가족은 오로지 짐이 되는 존재일 뿐이다. 거기에 신여성이라는 새로운 동경의 대상들이 배치되어 있다. 그래서 기혼자인 소년들은 중혼을 하거나 이혼을 하게 된다. 사회에 발을 내 디디기도 전에 죄인이 되어 있는 것이다.

조혼으로 인해 발생하는 양성관계의 혼란은 여자들에게는 더 큰 재난이다. 아무 죄도 없이 소박데기가 되는 구식 여성은 더 말할 것이 없지만, 그녀들의 남편을 빼앗아 살고 있는 모던 걸들도 설 곳이 없기는 마찬가지다. 그 무렵의 신여성들은 직장도 얻기 어려웠고, 남편감도 찾기 어려웠다. 남자들에게는 모두 이미 아내가 있었기 때문이다. 결혼할 파트너가 없으니 사랑하는 남자의 첩이 되거나 혼자 사는 길밖에 선택지가 없었다. 상황이 그렇게 복잡하고 혼란스러우니 남녀 모두가 벼랑 끝에 서게 되고, 급기야는 '죽어서 당신 아내 되어지리다'라는 노래를 부르면서 남자와 함께 현해탄에 빠져 버리는 윤심덕 같은 케이스가 생겨나는 것이다.

그런 악순환은 어려서 낳은 자식과의 관계도 왜곡시킨다. 아이들은 모던 보이인 아버지에게서 버림을 받아 고아처럼 자란다. 「만세전」에는 조혼한 아내가 죽었는데, 동경유학생인 아버지는 그 옆에 있는 자기 아이를 거들떠보지도 않는 장면이 나온다. 「레디메이드 인생」에는 그렇게 자란 아들을 아버지가 학교에 보내지 않고 공장에 보내면서 쾌재를 부르는 대목이 있다. 아버지가 될 준비가 없이 애비가 된 사람들의 비극이다. 모두가 억울하고, 절망적인 상태에서 헤어나지 못하는 조혼의 후유증은 여자 가장의 문제, 미혼모 문제 등을 노출시키면서 과도기의 양성관계를 엉망으로 헝클어 놓는다.

1930년대가 되면 사회가 변해서 이중생활이 남자들의 거취에 문제를 일으키기 시작한다. 「삼대」의 조상훈이 그 첫 희생자다. 그는 홍경애와의 스캔들 때문에 그 동안 쌓아놓은 모든 것을 잃는다. 집안에서는 상속권을 박탈당하고, 사회에서는 일자리를 잃고, 교회에서는 신망을 잃어서 결국 타락의 늪지대로 곤두박질을 치는 것이다. 그런 환란의 도가니 속이니 바람직한 남성상은 나타나기 어렵다.

192, 30년대의 또 하나의 문제는 가난과 결핵의 유착현상이다. 김유정과 이상이 거기에 해당된다. 복녀의 남편은 사지가 멀쩡한데도 일을 하지 않고 여자에게 기식하지만, 이상의 「지주회시」의 주인공은 질병으로 인해 작부인 아내에게 부양을 받고 있다. 이상은 경성공고를 우수한 성적으로 졸업하고 총독부 건축과에 취직이 된 촉망받는 젊은이였지만, 폐병이 그의 삶을 파괴하기 시작한다. 「종생기」의 서두에 나오는 것처럼 「지주회시」의 주인공은 '스물셋'이고 '봄'인데 '각혈'을 하게 된다. 폐병은 1930년대 한국사회에서는 불치병이었다. 많은 사람들이 영양실조로 인해 폐병에 걸렸고, 영양실조로 인해 살아남지 못한다. 페니실린도 없던 시기인데 먹을 것도 없으니, 한번 걸린 폐병은 나을 방법이 없는 것이다. 김유정도 이상도 모두 폐병으로 20대에 죽는다.

「지주회시」의 작자는 그런 인물들의 양성관계를, 서로 상대방을 잡아먹는 거미의 양성관계로 포착하고 있다. 이미 가정은 서로를 잡아먹어 가는 '거미'들이 같이 사는 '우리'에 불과하다. '우리'라는 단어는 이상의 주인공의 삶의 양상을 단적으로 보여준다. '우리'에서 사는 사람은 이미 '인간'일 수 없는 것이다. '우리'에서 불쌍한 거미부부는 둘 다 날마다 '연필처럼' 여위어간다. 날마다 서로를 뜯어먹어 가면서 몸집이 줄어드는 것이다. 가부장 제도의 와해와 육체의 와해가 상승하는 뒤얽힌 지옥도가 그 제목에 함축되어 있다. 나날이 여위어가는 가냘픈 여자를 뜯어먹으며 살고 있는 자신에 대한 혐오감과, 나날이 생명이 줄어드는 데서 오는 절망감, 작부인 여자의 직업에서 오는 질투와 연민이 뒤얽힌 이상식 양성관계의 파탄이 1930년대라는, 사방이 막힌 시대를 배경으로 클로즈업 되고 있는 것이다. 가난과 폐병, 조혼과 식민지라는 여건 속에서 남자들은 자기 구실을 다할 수 없는 룸펜들이 되어가서, 이 시기에는 인텔리층에서는 양성관계가 더 왜곡되어가고 있었기 때문에 안빈을 빼면 바람직한 남성상이 거의 나타나지 않는다.

② 얼금뱅이와 벙어리의 순애보

그런 상황인데 「메밀꽃 필 무렵」에서는 기상천외한 러브스토리가 나온다. 성처녀에 대한 허생원의 순정이다. 그는 여기에서 다룬 모든 남자 중에서 한 여자를 평생 그리워하는 낭만적 사랑을 하는 보기 드문 늙은 로미오다. 삼룡이도 마찬가지다. 그런데 인텔리 남자 중에서는 여자에게 모든 것을 거는 남자가 거의 나오지 않는다. 안빈은 사랑을 하기에는 너무 거룩한 존재로 부각되어 있다. 그는 사랑을 하는 사람이 아니라 사랑과 존경을 받기만 하는 존재다. 나머지 남자들은 조혼한 아내와의 관계에 얽매여 있는 경우가 아니면, 조상훈처럼 두 다리를 걸친 여성관계로 망신을 당하는 한 형이거나, 이상처럼 폐가 상해가는 환자들이어서, 진지한 사랑을 하는 인물이 거의 없다. 이광수의 허숭(「흙」의 주인공)이 나타났을 때 대중들이 환호성을 올린 것은 그 때문일 것이다.

현진건은 조혼한 아내와 마찰이 없는 부부상을 보여주는 예외 적인 작가이다. 「술 권하는 사회」, 「빈처」 등이 모두 그렇다. '사회'라는 단어의 의미조차 모르는 구식 여자와 현진건의 남자들은 평형을 유지하며 잘 살아가고 있다. 하지만 그 화합은 로맨틱한 관계는 아니다. 김유정의 경우에도 양성관계가 화합으로 나타나는 커플이 많다. 하지만 그 남자들은 허생원처럼 모두 최하층에 속하는 인물들이다. 남는 것은 「감자」와 「날개」의 인물들처럼 여자에게 얹혀사는 사람들이다. 두 작품이 모두 너무 황폐한 상황이라 사랑을 운위할 계제가 아니다. 최서해의 작품에도 로맨틱 러브는 없다. 그러니 여자에게 순정을 바치는 남성은 왼손잡이요 얼금뱅이인 허생원이 아니면 벙어리인 삼룡이밖에 없다. 얼금뱅이나 벙어리처럼 불구성을 지닌 남자들만이 여자를 순수한 이성으로 애모하는 곳에 그 시대의 양성관계의 문제성이 드러난다. 이 시기에는 중년의 추레한 장돌뱅이와 불구자인 삼룡이의 로미오가 있을 뿐, 바람직한 양성관계는 안빈 이외에는 나타나지 않는다. 양성관계도 계급의 경우처럼 재편성되고 있는 과도기였다고 할 수 있다.

3) 한국 소설에 나타난 남성상의 변화

(1) 인물의 왜소화와 지적 영웅들의 좌절

주동인물의 계층과 유형, 양성관계 등을 고찰한 결과 이조소설과 현대소설 사이에는 다음과 같은 차이가 나타난다. 남자 주인공의 계층이 지적 엘리트층에 치중되어 있는 점은 비슷하다. 상문주의적 전통이 지속되고 있어 이도령의 후계자는 현대소설에도 많다. 작가들이 대부분이 문과이기 때문이다. 그런데 홍길동에게는 후계자가 적다.

하지만 현대소설의 지적 엘리트들은 이도령처럼 모든 장점을 모아놓은 이상적인 인물이 아니다. 이미 꿈을 그리는 문학의 시대는 가고, 현실을 직시하는 시대가 왔는데 현실의 인간은 완벽할 수 없기 때문이다. 그래서 현대소설의 주인공들은 출신계급이 점점 낮아지고, 지체도 낮아지며, 인물도 왜소해져 간다. 신문학 초창기의 모던 보이들 중에는 양반계급 출신이 거의 없다. 소설 속 인물의 계층하락 현상은 지속되어, 1920년대 중반부터는 최저층의 인물들이 주인공으로 등장한다. 복녀의 남편을 위시하여, 벙어리 삼룡이, 허생원 같은 인물들이 무대 위에 올라서는 것이다.

그러면서 계층의 재편성이 이루어진다. 제3계급에 속했던 의사와 건

축 기사 같은 사람들이 제1계급으로 상승한다. 상인들도 그 뒤를 따른
다. 새로운 직종도 생겨난다. 의사가 등장하고, 사업가도 나타나며, 금
광투기자라는 새로운 직종도 출현하고, 인력거꾼도 등장한다. 직종이
다양해지면서 인물형도 다양해진다. 백조파 시대에는 허생원이나 삼룡
이 같은 인물의 내면적 순수성이 각광을 받는 경우도 생겨난다. 한국
소설에 낭만주의가 파고든 것이다. 문제는 낭만주의 시기와 자연주의,
프로문학 등의 시기가 중첩되고 있는 데 있다. 그래서 1920년대 초부터
세 개의 유파에서 일제히 하층계급 출신의 주인공이 증가한다.

   그런 한편에서는 룸펜 인텔리겐치아들이 양산된다. 일제 강점기의 폐
색된 분위기 속에서 애써서 새 학문을 배운 신지식들이 룸펜으로 전락
하는 현상이 나타나는 것이다. 공부를 하면 출세를 하던 공식이 깨지고,
지적 엘리트들은 출구 없는 현실 앞에서 좌절한다. 거기에 가난과 폐병
과 검열제도가 파고든다. 일제시대는 지적 영웅들의 수난기였던 것이
다. 그런 여건 속에서는 이도령 같은 이상적인 인물형이 출현하기 어렵
다. 안빈을 제외하면 그 무렵의 현대소설에서는 이상화된 남성상을 찾
아보기 어려운 이유가 거기에 있다.

   여전히 겉으로는 가부장적 사회가 유지되지만, 개화기 이후에는 가족
제도와 양성관계에 변화가 생겨난다. 그 첫 번째 징후가 불륜에 대한
사회적 통념의 변화다. 기독교의 영향으로 일부다처제에 제동이 걸리고,
첩을 얻는 것이 출세에 지장을 주는 현상이 생겨나는 것이다. 이조소설에
서는 애랑에게 농락당하여 관리의 체통을 손상시킨 배비장이 용서를 받
는데, 「삼대」에 오면 신여성 첩을 얻은 목회자 조상훈이 사회에서 가혹한
심판을 받는다. 외국 유학을 한 존경받는 지도자였던 조상훈은, 그 일로
인해 상속권도 상실하고 교계에서도 명성을 잃어서 폐인이 되어간다.
지적 영웅들의 좌절과, 새로운 성도덕의 심판, 가난으로 인한 폐병환자의

증가, 물질주의 등이 소설 속의 남성상을 왜소화시켜가는 것이다.

(2) 양성관계의 혼란

이조소설에는 이상적인 여성상이 많은데, 현대소설에서는 그런 여성상이 아주 드물다. 초창기의 현대소설에 바람직한 여성상이 나오지 않는 것은, 작가들 대부분이 남자였기 때문이었는지도 모른다. 신여성을 바라보는 초창기의 남성 작가들의 시선은 심하게 흔들리고 있었다. 나혜석을 모델로 한 염상섭의 「제야」와 「해바라기」, 김명순을 모델로 한 김동인의 「김연실전」 같은 소설은 당대 최고의 학벌을 가진 신여성을 주인공으로 하고 있다. 그런데 모두 바람직한 여성으로 그려져 있지 않다. 가장 성공적으로 새로운 여성의 삶을 사는 것 같이 보이던 나혜석을 바라보는 염상섭의 시선도 곱지 않았지만, 김명순의 경우는 악의가 느껴질 정도로 김동인의 연실은 혹평을 당했다. 신여성에 대한 이런 시각은 남성 작가들의 신여성상이 양가관계에 있었던 것을 상기시킨다. 모던 보이들의 신여성관은 모순 덩어리였기 때문이다. 그 무렵의 남자들에게 있어서 신여성들은 우선 동경의 대상이었다. 하지만 어떤 이는 기혼자여서 신여성 앞에서 콤플렉스를 느끼고 있었고, 어떤 이는 가난하여 다가설 엄두가 나지 않아서, 그들은 신여성 앞에서 편안하지 못했다. 자유연애사상 자체가 아직 낯설 때여서 남녀 모두가 새로운 양성관계에 대하여 혼란을 겪고 있었던 것이다. 오랜 남존여비사상이 흔들렸는데, 새로운 가치관은 확립되지 못한데다가, 낭만파의 여성숭배 경향까지 범벅이 되어, 소설 속에서 신여성들을 여신과 창녀 양쪽으로 극단화시키는 작가들이 나타난 것이다. 결혼 서약서를 써서 서로의 연애의 자유까지 보장해 주고, 화가로서의 삶도 전적으로 후원해 주기로 하고 결혼한 나혜석의 남편이, 그녀와 이혼하고 돌아간 곳이 기생의 품이었던 사실이 그런 혼란상을 단적으로 보여준다.

남자들은 기생과 신여성에게 기대할 것의 차이를 확실히 모르고 있었던 것이다. 아직 자유연애사상이 자리잡지 못한 상태에서 발생한 일종의 시행착오였다고 할 수 있다.

구여성과의 관계는 더 말할 필요가 없다. 초창기의 조혼한 부부 사이에는 지식의 격차의 문제가 있었기 때문에, 그들의 부부관계는 시초부터 흔들렸다. 새것 콤플렉스에 걸려 있던 당시의 모던 보이들은, 구식 교육을 받은 아내를 사람 취급도 해 주지 않았다. 인권평등 사상은 귀동냥이라도 한 세대이니 조혼한 아내와 자식은 죄책감을 유발시키는 성가신 존재일 수밖에 없었다. 신여성도 감당하기 어렵고, 구여성은 귀찮게 느껴지는 그 사이에 끼어서 남자들은 많이 힘이 들었고, 남자들이 안정된 규범을 찾지 못하고 있으니 여자들도 힘들 수밖에 없었다. 그런 현상들이 양성관계의 화합을 저해하는 요인으로 작용해서, 이 시기는 양성관계가 조선시대보다 더 복잡하고 불모화되는 현상이 나타난다.

하지만 안빈과 석순옥의 관계처럼 전 시대에는 찾아볼 수 없었던 새로운 양성관계도 나타난다. 소유를 초월한 플라토닉한 사랑은 고대소설에서는 찾아볼 수 없던 것이기 때문이다. 복녀의 남편이나 김삼보 같은 부도덕한 남성상이 부상하는 현실 속에서, 안빈이나 허생원 같은 낭만적 남성상이 나왔다는 것은 현대소설이 가지는 새로운 측면이다. 그렇게 극과 극이 뒤섞여 있어서 초창기 소설에 나타난 남성상은 왜소하고도 착잡하다. 식민지인데다가 새 문화와 묵은 문화가 끝탕을 하던 과도기였기 때문에, 안빈과 허생원 같은 낭만적 남성상을 제외하면 바람직한 남성상을 찾기가 어려워진 것이다.

(1980년대에 아산문화재단 주최 「여성과 문학」 세미나의 주제 강연 원고임)

부록

1. 출전

I부 한국 근대소설의 정착과정에 대한 고찰

1. 노벨의 장르적 특성
   : 강인숙 편저, 『한국근대소설의 정착과정연구』(1999) 서론
2. 박연암의 소설에 나타난 노벨의 징후
   ―「허생」을 중심으로
   : 『겨레어문학』 25, 건대, 2000
3. 이인직 신소설에 나타난 노벨의 징후
   ―「치악산」과 「쟝화홍련전」의 비교연구
   : 『건대학술지』 40호, 1986

II부 한국 소설 산고

1. 춘원과 동인의 거리 I
   ―역사소설을 중심으로
   : 『현대문학』, 1965. 2
2. 춘원과 동인의 거리 II
   ―「무명」과 「태형」의 경우
   : 『新像』(동인지), 1968년 가을호
3. 나도향론 1
   : 「낭만과 사실에 대한 재비판」, 『문학사상』, 1973
   「'물레방아'의 대응적 의미론」, 『문학사상』, 1977. 3
   「'벙어리 삼룡이'와 '파리의 노트르담'」, 미발표
   이 세 편을 종합하여 2019년 쓴 것
4. 한국 소설에 나타난 남성상
   : 1980년대에 아산문화재단 주최 「여성과 문학」 세미나의 주제 강연 원고임

2. 강인숙 연보

1) 약력

원 적	함경남도 이원군 동면 관동리 112
본 적	서울시 용산구 한강로 2가 100
생년월일	1933년 10월 15일(음력 윤 5월 16일)

강재호, 김연순의 1남 5녀 중 3녀로 함경남도 갑산에서 출생

* 1945년 11월에 가족과 함께 월남하여 서울에 거주

아호: 소정(小汀)

2) 학력

1946. 6~1952. 3	경기여자중·고등학교
1952. 4~1956. 3	서울대 문리대 국어국문학과(학사)
1961. 9~1964. 2	숙명여대 대학원 국문과 석사과정(문학석사)
1980. 3~1985. 8	숙명여대 대학원 박사과정(문학박사)

3) 경력

1958. 4~1965. 2	신광여자고등학교 교사
1967. 3~1977. 5	건국대학교 시간강사
1970. 9~1977. 2	숙명여대 국문과 시간강사
1971. 3~1972. 2	서울대 교양학부 시간강사
1975. 9~1977. 8	국민대학교 국문과 시간강사
1977. 3~1999. 2	건국대학교 교수
1992. 8~1992. 12	동경대학 비교문화과 객원연구원
현재	건국대 명예교수
	재단법인 영인문학관 관장(2001년~)

4) 기타 경력

1964. 9 「자연주의의 한국적 양상-김동인을 중심으로」

1965. 2 「춘원과 동인의 거리-역사소설을 중심으로」로 『현대문학』의 추
천을 받아 문학평론가로 데뷔

2018. 5 자랑스런 박물관인상 수상

5) 평론, 논문

(1) 평론

「자연주의의 한국적 양상-자연주의와 김동인」　　　　　『현대문학』　1964. 9

「춘원과 동인의 거리(1)-역사소설을 중심으로」(등단작)　『현대문학』　1965. 2

「에로티시즘의 저변-김동인의 여성관」　　　　　　　　『현대문학』　1965. 12

「도그마에 대한 비판-김동인의 종교관」　　　　　　　『신상』(동인지) 1965. 겨울

「춘원과 동인의 거리(2)-〈무명〉과 〈태형〉의 비교연구」『신상』　　1968. 가을

「유미주의의 한계(김동인론)」　　　　　　　　　　　『신상』　　1968. 겨울

「단편소설에 나타난 캐릭타라이제이션」(김동인)　　　　『신상』　　1969. 여름

「강신재론-'임진강의 민들레', '오늘과 내일'을 중심으로」『신상』　1970. 여름

「박경리론-초기 장편을 중심으로」　　　　　　　　　발표지면 미상

「한국여류시인론」　　　　　　　　　　　　　　　　『시문학』　1971

「순교자」(김은국)에 나타난 신과 인간의 문제」　　　　『청파문학』 10

　　　　　　　　　　　　　　　　　　　　　　　숙대국문과　1971

「이광수의 '할멈'」　　　　　　　　　　　　　　　　『부녀서울』　1972. 8

「낭만과 사실에 대한 재비판(나도향론)」　　　　　　　『문학사상』　1973. 6

「노천명의 수필」　　　　　　　　　　　　　　　　『수필문학』　1973. 7

「생의 수직성과 고도-게오르규의 전나무」　　　　　　『문학사상』　1976. 6

「김동인과 단편소설」(『김동인전집』 5 해설)　　　　　삼성출판사　1976. 9

「동인문학 구조의 탐색」　　　　　　　　　　　　　『문학사상』　1976. 11

「물레방아(나도향)의 대응적 의미론」　　　　　　　　『문학사상』　1977. 3

「신사복의 고교생 최인호」　　　　　　　　　　　　『여성중앙』　1977. 9

「오딧세이(호머)의 방랑과 그 의미」　　　　　　　　『문학사상』　1977. 11

「김동인의 '붉은산'」　　　　　　　　　　　　　　『건대신문』　1977.11.16

「모리악의 '떼레즈 데께이루'」 　　　　　　　　『문학사상』　1978. 5
「게오르규의 어록」 번역 　　　　　　　　　　『문학사상』　1978. 7
「황순원의 '어둠 속에 찍힌 판화'」 　　　　　　『문학사상』　1978. 9
「문학 속의 건국영웅-비르길리우스의 '에네이드'」　『문학사상』　1979. 2
「언어와 창조」(외대여학생회간) 　　　　　　　『엔담』　　　1979. 3
「하늘과 전장의 두 세계-톨스토이의 '전쟁과 평화'」　『문학사상』　1979. 6

(2) 논문

「에밀 졸라의 이론으로 조명해 본 김동인의 자연주의」,
　　　　　　　　　　건국대『학술지』 28, 1982. 5, pp.57-82
「한·일 자연주의의 비교연구(1)-자연주의 일본적 양상 2」,
　　　　　　　　　　건국대『인문과학논총』 15, 1983, pp.27-46
「박완서의 소설에 나타난 도시의 양상(1)-'엄마의 말뚝(1)'의 공간구조」,
　　　　　　　　　　숙대『청파문학』 14, 1984. 2, pp.69-89
「박완서의 소설에 나타난 도시의 양상(2)-'목마른 계절', '나목'을 통해 본 동란기의 서
　　　　울」　　　건국대국문과『文理』 7, 1984, pp.56-74
「박완서의 소설에 나타난 도시의 양상(3)-'도시의 흉년'에 나타난 70년대의 서울」,
　　　　　　　　　　건국대『인문과학논총』 16, 1988. 8, pp.51-76
「박완서론(4)-'울음소리'와 '닮은 방들', '포말의 집'의 비교연구」,
　　　　　　　　　　건국대『인문과학논총』 26, 1994.
「자연주의연구-불, 일, 한 삼국 대비론」, 숙대 박사학위논문, 1985. 8
「여성과 문학(1)-문학작품에 나타난 남성상」, 아산재단간행, 1986, pp.514-518
「고등교육을 받은 한국여성의 2000년대에서의 역할-문학계」,
　　　　　　　　　　여학사협회『여학사』 3, 1986, pp.69-74
「한·일 자연주의 비교연구(2)-스타일 혼합의 양상-염상섭론」,
　　　　　　　　　　건국대『인문과학논총』 17, 1985.10, pp. 7-34
「한·일 자연주의 비교연구(3-1)-염상섭의 자연주의론의 원천탐색」,
　　　　　　　　　　건국대『국어국문학』 4, 1987, pp.1-15
「한·일 자연주의 비교연구(3-2)-염상섭과 전통문학」,
　　　　　　　　　　『건국어문학』 11, 12 통합호, 1987, pp.655-679
「자연주의에 대한 부정론과 긍정론(1)-졸라이즘의 경우」,
　　　　　　　　　　건국대『인문과학논총』 20, 1988. 8, pp.39-64

「염상섭과 자연주의(2)-'토구·비판 삼제'에 나타난 또 하나의 자연주의」,

　　　　　　　　　　건국대『학술지』 33, 1989. 5, pp.59-88

「염상섭의 소설에 나타난 시공간(chronotopos)의 양상」,

　　　　　　　　　　건국대『인문과학논총』 21, 1989. 9, pp.7-30

「염상섭의 소설에 나타난 돈과 성의 양상」,

　　　　　　　　　　건국대『인문과학논총』 22, 1990, pp.31-54

「염상섭의 작중인물 연구」, 건국대『학술지』 35, 1991, pp.61-80

「명치·대정기의 일본문인들의 한국관」,『건대신문』, 1989. 6. 5

「한·일 모더니즘 소설의 비교연구(1)-신감각파와 요코미쓰 리이치」,

　　　　　　　　　　건국대『학술지』 39, 1995, pp.27-52

「한·일 모더니즘 소설의 비교연구」연재,『문학사상』, 1998. 3월~12월

「한·일 모더니즘 소설의 비교연구(2)-신흥예술파와 류단지 유의 소설」

　　　　　　　　　　건국대『인문과학논총』 29, 1997. 8, pp.5-33

「한·일 모더니즘 소설의 비교연구」연재,『문학사상』, 1998. 3월~12월

「한국 근대소설 정착과정 연구」,『박이정』의 동명의 논문집에 실림. 1999

「신소설에 나타난 novel의 징후-'치악산'과 '장화홍련전'의 비교연구」,

　　　　　　　　　　건국대『학술지』 40, 1996, pp.9-29

「박연암의 소설에 나타난 novel의 징후-〈허생전〉을 중심으로」,

　　　　　　　　　　건국대『겨레어문학』 25, 2000, pp.309-337

(3) 단행본(연대순)

『한국현대작가론』	(평론집)	동화출판사	1971
『언어로 그린 연륜』	(에세이)	동화출판공사	1976
『생을 만나는 저녁과 아침』	(에세이)	갑인출판사	1986
『자연주의 문학론』 1	(논문집)	고려원	1987
『자연주의 문학론』 2	(논문집)	고려원	1991
『김동안-작가와 생애와 문학』(문고판)	(평론집)	건대출판부	1994
『박완서 소설에 나타난 도시와 모성』	(논문집)	둥지	1997
『네 자매의 스페인 여행』	(에세이)	삶과 꿈	2002
『아버지와의 만남』	(에세이)	생각의나무	2004
『일본 모더니즘 소설 연구』	(논문집)	생각의나무	2006
『어느 고양이의 꿈』	(에세이)	생각의나무	2008

『내 안의 이집트』	(에세이)	마음의 숲	2012
『셋째딸 이야기』	(에세이)	웅진문학임프린트곰	2014
『민아 이야기』	(에세이)	노아의 방주	2016
『서울 해방공간의 풍물지』	(에세이)	박하	2016
『어느 인문학자의 6·25』	(에세이)	에피파니	2017
『시칠리아에서 본 그리스』	(에세이)	에피파니	2018

(4) 편저

『한국근대소설 정착과정연구』	(논문집)	박이정	1999
『편지로 읽는 슬픔과 기쁨』(문인 편지+해설)		마음산책	2011
『머리말로 엮은 연대기』	(서문집)	홍성사	2020

(5) 번역

『25시』(V. 게오르규 원작, 세계문학전집23)		삼성출판사	1971
『키라레싸의 학살』(V. 게오르규 원작)		문학사상사	1975
『가면의 생』(E. 아자르 원작)		문학사상사	1979

(6) 일역판

| 『韓國の自然主義文學-韓日佛の比較研究から』 | 小山內園子譯 | 2017 |